岩手の純文学

道又力 編

東洋書院

岩手の純文学

目次

芥川賞と岩手の作家

道又 力

本書は、芥川賞最終候補に選ばれた、岩手ゆかりの作家の小説を集めたアンソロジーである。石川啄木や宮澤賢治を例に挙げるまでもなく、岩手はこれまで数多くの優れた文学者を輩出してきた。けれども何故か、芥川賞を受賞した作家はいない。その一方、直木賞作家は故人を含めて五人おり、いずれも初ノミネートで初受賞している。受賞すれば文学史に名が残り、受賞しなければ出版すらされぬまま忘れ去られる場合もある。だが受賞できるか否かは、時の運にも左右される。落選したからといって、必ずしも受賞作に劣るとは限らない。現に収録した候補作品は、どれも秀作ばかり。本書によって、岩手の純文学の豊かさ奥深さを、じっくりと味わっていただきたい。

文藝春秋社が芥川龍之介賞・直木三十五賞を制定したのは、昭和十年のこと。芥川賞・直木賞が誕生するまで、我が国にはこれといった文学賞はなく、新聞や雑誌の懸賞小説が代わりの役目を果たしていた。「文学賞の元祖」と、芥川賞・直木賞が呼ばれる所以である。そもそもの提唱者は、文藝春秋社主で作家の菊池寛。若くして亡くなった親友、芥川龍之介と直木三十五の名を冠し、二人の業績を記念すると共に、文学の振興を図ろうとしたのだ。文壇のボスと目されていた菊池は、「生活第一、芸術第二」が信条のリアリスト。本を売り作家を食わせるには、マスコミに話題を提供し、世間の関心を惹きつけておく必要がある、と認識していた。同じ理由から菊池は、文芸講演会を全国各地で大々的に開催したり、作家を舞台に立たせて文春文士劇を行っている（第一回の演目は久米正雄、川口松太郎、今日出海らが出演した『父帰る』）。

芥川賞・直木賞は、当初より若手作家の渇仰の的となる。第一回芥川賞で落選した太宰治は、「作者目下の生活に厭な雲ありて、才能の素直に発せざる憾みあつた」という川端康成の選評に逆上、抗議文を書いた。第二回芥川賞においても太宰は、「私に下さいまするやう伏して懇願申し上げます。御恩は忘却しませぬ」と、佐藤春夫に哀訴の手紙を出した。結局、昭和二十三年に自殺するまで、再び太宰が候補に選ばれることはなかった。太宰の文才は文壇で広く認められており、見苦しい振る舞いさえなければ、いずれ受賞できただろうに、と言われている。

岩手の作家が初めて最終候補に残ったのは、昭和十五年下半期の第十二回芥川賞。森荘已池の『氷柱』と、儀府成一の『動物園』である。偶然ながら、二人とも宮澤賢治と交流があった。森は明治四十年、盛岡市の生まれ。盛岡中学に在学中、同校の先輩にあたる宮澤賢治の詩集『春と修羅』を読み感動。やがて賢治本人と深い友情を結ぶに到る。昭和十五年十二月に出版された森の短編集の表題作『店頭』には、二人の出会いの様子が生き生きと描かれている。

その人（賢治）の話すことは、私（森）の知識のそとがはにあることばかりであつた。非ユークリッド幾何學や氷河期や法華經や、ベートーヴエンの田園交響樂など、ともかく、私はこの人の後から後から話すことを、何パーセントしか理解できなかつた。どういう風に應對すればよいのか、私はえんえんと燃える火事か、とうとうと流れる洪水でも見る人のやうに、心の中では呆然としてゐた（中略）私はまた、暴風雨のやうなものにうちひしがれた一本の草のやうでもあった。

（森荘已池『店頭』）

森は早熟な文学少年で、芸術家気取りの地元の歌人や詩人を批判する文章を新聞に投稿しては得意となっていた。賢治の圧倒的な才能を目の当たりにして、ようやく森は自分の未熟さに気づく。そして賢治の死後には、その語り部として、作品を世に広めるため力を尽くすことになる。候補作の『氷柱』は、同短編集に収められた作品。作者自身と思しき「私」が、友人に導かれるまま、とある田舎町で〝地獄めぐり〟するという、実体験に基づいた物語である。『氷柱』の主な選評は次の通り（受賞作は櫻田常久の『平賀源内』）。

◎小島政二郎「私は作者に、東北弁の芸術化を慫慂（※勧めるの意）したい。鈴木三重吉の広島弁に於けるが如く。そうしない限り、地の文と会話の不調和を如何ともし難いと思う」

◎瀧井孝作「一種の感覚派の作品と云いたいような、観察に、詩人らしいような鋭い感覚があり、描き出されたものは感覚的ではあるが、何か美しい感じで頭に沁みた」
『氷柱』は、変態的な傾向を持つ父子を見つめる私＝森の、とぼけたユーモアに何とも言えない味がある。宇野浩二は「無手勝流の面白さ」を褒め、川端康成は「作者の才質は見るべきだ」と認めている。
儀府成一は明治四十二年、岩手郡雫石町の生まれ。母木光の筆名で詩を書いていた二十代の儀府は、賢治から小説を書くよう勧められる。

「詩によりも童話によりも、あなたのいわゆる香気や感性が、短編小説にならら一そう活かされるのではないでしょうか」
私はろくな詩もつくれぬまま、そのころいよいよ詩に行き詰まりを感じ、すでに韻文から散文へ、すこしずつ苦しい移行をはじめていた。が自信がなく、人知れず悩んでいた。

（儀府成一『最初と最後の訪問』）

賢治の助言もあり、儀府は作家への道を歩み始める。『動物園』の初出は、「現代文學」昭和十四年十月号。家族全員が動物にちなんだ名前のため、村人から〝動物園〟と渾名される一家をめぐっての泥臭い騒動を描いている。『動物園』の主な選評は次の通り。
◎瀧井孝作「山村の農民の漫画を見るような作品だが、描写の筆は放胆に似て線が太く強い新鮮な所があった。会話の方言などは面白味があるけれど、読みづらいのが難だと思った。これも捨て難いので、ぼくは候補者にあげた」
◎宇野浩二「悉く東北言葉である読みづらさを辛抱して読みつづけたが、面白いところもあるけれど、よくない意味で、題材も、芸術的にも、ゲテモノである」
『氷柱』以上に、『動物園』の方言の用い方は徹底していた。「私は方言を偏愛したのです。自分一人ばかりも、混ぜものでない純粋な方言を作品の中に活かし、活字に写そうとしたのです」と、儀府は書いている。宇野が評した如く、確かに『動物園』の題材はゲテモノだが、その本音むき出しの野放図さは、むしろ〝良い意味で〟芸術的ではなかろうか。『氷柱』と『動物園』が選にもれたのは、言葉の問題が大きかった。選考委員の小島は東京、瀧井は岐阜、宇野、佐佐木、川端は関西の出身。東北弁に馴染みのない彼らは、『氷柱』『動物園』での方言の会話に違和感を覚えたのである。だが、どちらにおいても、方言の醸し出す人間臭さなしには、作品そのものが成り立たない。風土が培った言葉を生かそうとした森と儀府の狙いは、都会人の選考委員には全く理解されなかったようである。ちなみに森は『蛾と笹舟』『山畠』の二作で、昭和十八年下半期第十八回直木賞を受賞。岩手に初の直木賞をもたらす。

昭和十九年下半期の第二十回芥川賞最終候補には、川村公人の『盆栽記』が残った。川村は明治四十四年、盛岡市の生まれ。同市で床屋を生業としながら、「白亜紀」「岩手文学」など主に地元の文学雑誌に作品を発表していた。『盆栽記』の初出は、「日本文學者」昭和十九年九月号。盆栽に魅せられた貧しいハンコ職人の喜怒哀楽を、愚直なほど克明に描写した作品である。『盆栽記』の主な選評は次の通り（受賞作は清水基吉の『雁立』）。

◎佐藤春夫「（『盆栽記』の）老成ながら魅力の乏しいのに比べて僕は『雁立』のみずみずしさを採りたい」

◎横光利一「入念の作、父子二代の盆栽に集めた作者の意識は正統だが、展開の途切れた難が額ぶちを蹴脱し、惜しい美しさで記憶に残った」

◎川端康成「自分が迷いまた考えたのは、金原健児氏の『春』か川村公人氏の『盆栽記』かを『雁立』と共に授賞したい心残りの問題だった。『盆栽記』は盆栽の精神を書連ね過ぎて読後の余韻にその精神が案外薄れるから、作者にまだ盆栽の心に染み足りぬか手づから盆栽に親しみ足りぬところがあるのだろうと難癖をつけた」

川端は『雁立』のほかに、『春』か『盆栽記』を受賞させようと考えていた。実際、二作同時受賞の例は、それまで何度かあった。だが川端の意見は通らず、受賞作を一本に絞るため、あえて『盆栽記』の粗探しせざるを得なかったらしい。今も昔も、芥川賞の選評は総じて辛口だ。選考委員の言う通り、老成した文体で入念に書かれているものの、やや地味な作品ではある。だが、読み応えは十分な好短編である。地方で細々と書き続ける川村にとって、芥川賞を受賞できるかどうかは作家生命に関わる問題だったろう。結局、川村は専業作家にはならず、一冊の著書を出すことなく終わる。

芥川賞・直木賞は、この第二十回を以て中断した。B29の度重なる襲来で東京は焼け野原となり、文芸誌の発行が事実上不可能となったためである。復活したのは、昭和二十四年の上半期から。同年下半期の第二十二回芥川賞最終候補に、早くも岩手在住の作家が選ばれる。池山廣の『日本の牙』である。池山は大正三年、東京日本橋の生まれ。当時は岩手大学で近代文学を教える身だった。『日本の牙』の初出は、「作品」昭和二十四年十月号。主人公は祖国解放のため抵抗運動に身を投じた若き朝鮮人。全篇を彼一人のモノローグで押し通した異色作である。『日本の牙』の主な選評は次の通り(受賞作は井上靖の『闘牛』)。

◎瀧井孝作「朝鮮を属国として取扱った、征服者のするどい牙を剔抉した暴露小説で、被征服民族の悲痛が描かれ、これは素材からみても、現在でなければ発表できない作品で、これを読んで、現在の日本の位置と姿も考えられるような、国際的な小説とも云うべきものではないかと思いました」

◎石川達三「日本の文学は、いわゆるアプレ・ゲエル派の作品によってではなく、むしろこういう作品の傾向から伸びたり厚味を加えたりして行くのではなかろうか(中略)井上君の闘牛とを比べてどちらを採るべきか、私には解らない」

◎舟橋聖一「(井上靖、澤野久雄、池山廣)の三篇を私は推した」

『日本の牙』の評価は悪くなく、井上靖という強力な対抗馬さえいなければチャンスはあった。池山にとって不運と言うしかない。その後、池山は地方文学無用論を唱え、岩手文壇の大御所・鈴木彦次郎と新聞紙上で火花を散らす。同じ芥川賞候補作家の儀府成一、森荘已池、川村公人もこれに加わり、岩手文学史上特筆すべき一大論争となった。間もなく池山は助教授の地位を捨て、プロ作家になるべく帰京するが、残念ながら大成には到らなかった。

次に岩手の作家がノミネートされたのは、二十年後の昭和四十四年下半期の第六十二回芥川賞。内海隆一郎の『蟹の町』である。内海は昭和十二年、名古屋市に生まれ、父親の赴任先の一関市で育った。婦人雑誌や家庭実用書を扱う出版社に勤めながら小説を書き昭和四十四年、『雪洞にて』で第二十八回文學界新人賞を受賞。『蟹の町』は、その受賞第一作である。初出は「文學界」昭和四十四年十二月号。謎の新興宗教が支配する町で、精神的に追い詰められていく男を描いた幻想味漂う小説だ。通勤時間を惜しんだ内海は、会社近くの駅構内のホテルに泊まって『蟹の町』を仕上げた。文学の師と仰ぐ作家の伊藤圭一は、「面白い作品だから、いいところまで行くんじゃないか」と励ましてくれた。受賞したのは、詩人の清岡卓行が初めて書いた小説『アカシアの大連』であった。さほど落胆はしなかったが、「文藝春秋」に掲載された選評を読んで愕然となる。選考委員十一人の中で、『蟹の町』にふれた者は一人もいなかったのだ。無視は酷評より辛い。落ち込んだ内海は筆を折り、それから十数年間、編集者の仕事に没頭する。『蟹の町』が無視された理由は分からない。読み直してみても、芥川賞の水準は軽くクリアしているように思える。選考委員の文学観と合わなかったのだろう、としか言いようがない。内海が作家に復帰できたのは、ある雑誌から連載依頼があったお陰である。四百字詰で十五枚、一話完結という条件だった。内海は毎回、市井の人々の日常を心温まる小さな物語にまとめ上げ、これが後に三百編を超す「人びとシリーズ」の出発点となる。カムバック後は、平成四年上半期（『人びとの光景』）、平成四年下半期（『風の渡る町』）、平成五年下半期（『鮭を見に』）、平成七年上半期（『百面相』）と、何度も直木賞候補に挙げられた。受賞こそしなかったものの、伊藤桂一いわく「（内海の）人と人をあたため合うような社会のための文学」は、今も熱心な読者から愛され続けている。

平成二年下半期の第百四回芥川賞では、有爲エンジェルの『踊ろう、マヤ』が最終候補となった。有爲は昭和二十三年に岩手で生まれ、生後間もなく東京へ移った。昭和五十七年、イギリス人ロック・ミュージシャンの夫との愛憎の日々を描いた『前奏曲』で、第五回群像新人賞を受賞しデビュー。『踊ろう、マヤ』は、元夫との間に生まれた一人娘マヤの思い出を綴ったもの。初出は「群像」平成二年八月号である。主な選評は次の通り（受賞作は小川洋子の『妊娠カレンダー』）。

◎黒井千次「幼い娘の死という素材を一つの作品世界にまで昇華させることの出来なかったのが惜しまれる。（中略）小説とはつくられたものであることに注目し、そこに意識を集中すれば、いつか規模の大きな作品が生まれそうな予感を覚える」

◎田久保英夫「素材のつよさがよく出た作品だ、と思った。六歳という年少の娘を失う衝撃と悲しみは、私の胸にも響いてくる」

◎大江健三郎「知的な力ということでは『踊ろう、マヤ』の有爲エンジェル氏が突出している。彼女はそれぞれ攻撃的なエゴを持った英国人のもと夫と娘と彼女自身を描く。その三者をいずれも容赦しないから、切実なユーモアが生じる。辛い経験のあと、その心理的な意味を、幾重にもかさなったひだをはがしてゆくように繰り返し考えている。したがって荒っぽくガサガサしているようでも説明的であるようでも、こうした表現しかないところにつきつめた上での文体なのだ。これだけ独特なタイプに自分をきたえた人が、なんであれその結実を見せないはずはない」

◎吉行淳之介「終わりのころにオカルト風の部分が出てきて、そこには何の説明もないが生彩がある。これを搾りこむ力があって八十枚で仕上げていたらなあ、と勿体なくおもう」

◎古井由吉「予選通過作品中の筆頭に置いた。（中略）自己愛の様態を表現することにおいては、この国の文学はさまざまな筆致を微妙に展開してきた。それをこの作品はさっぱりはずしている。したがって荒けずりの形をしている。しかし荒く立っている」

◎三浦哲郎「有爲エンジェル氏には、次作を期待したい。『踊ろう、マヤ』は愛娘を失った嘆きの書だが、これをたとえば火山の鳴動だと思いたい」

賛否が分かれ受賞は逸したものの、翌年には同作で第十九回泉鏡花文学賞を得ている。鏡花賞の選考委員は五木寛之、奥野健男、尾崎秀樹、三浦哲郎、吉行淳之介。三浦と吉行がいたにも関わらず受賞できたのは、これもまた時の運ということか。

平成九年上半期の第百十七回芥川賞最終候補には、佐藤亜有子の『葡萄』が選ばれた。昭和四十四年、岩手に生まれた佐藤は盛岡一高を経て、東京大学仏文科を卒業。デビュー作は平成八年、第三十三回文藝賞優秀作を受賞した『ボディ・レンタル』。東大出の女性がエロチックな小説を書いたという興味と、マスコミ受けするタイトルが相まって、かなりの話題を呼んだ。『葡萄』は、〝モノ〟を介して関係を保つ〝あたし〟と〝あの人〟の奇妙な愛の形を描いた、四百字詰で三十枚ほどの小品である。初出は「文藝」平成九年春号。主な選評は次の通り（受賞作は目取真俊の『水滴』）。

◎田久保英夫「私には、佐藤亜有子の『葡萄』が興味深かった。（候補作中）一番みじかい短編で、設定も「あの人」と呼ぶ相手と「あたし」という女の二人で、「あの人」がさまざまなモノを使って、目を閉じた「あたし」の肌に触れるという単純な仕組みだが、鋭敏な感覚的表現で、モノを媒介にした自分と他者のかかわり合いの、根底にある姿をかいま見せる。（中略）私は参考に、以前に出た長短の作品も読んでみたが、相当の能力で、こんご才気を抑え、小説的な具象を貫いてほしい」
◎池澤夏樹「この賞の候補とするには短すぎる。一つのテーマでこの長さでは才能の判断のしようがない」

芥川賞を逃した佐藤は、『東京大學殺人事件』『アンジュ』『タブー』と、立て続けに長編ミステリーを書く。佐藤にとってミステリーの手法は、心の謎を解き明かす精神分析と同じであった。やがて佐藤は自伝小説『花々の墓標』を発表し、作品に秘められた謎を明らかにする。佐藤は幼い頃、性的虐待を受けていた。東大に入ったのも、「傷つききった自分の心に、最高学府の学生という堅い鎧」をかぶせるためだった。〝モノ〟を通じてしか他者と関われない〝あたし〟は、心に鎧をまとった佐藤自身の姿でもあった。

佐藤亜有子を最後に、岩手の作家が芥川賞候補に選ばれることは絶えた。岩手においては、いわゆる純文学なるものは衰退してしまったのか？　純文学と大衆文学の間には、かつて厳然とした区別があった。芥川龍之介自身、純文学に異常なプライドを持っていた。ある時、己の牙城たる「中央公論」の創作欄に、大衆文学畑の作家が小説を掲載したと知って激怒。徳田秋声、宇野浩二らを糾合し、大衆文学を載せるなら二度と執筆しない、と編集部に脅しをかけたほどである。現在では両者の境界は曖昧となり、むしろエンタテインメントとされる作品のほうに、かつてであれば純文学が扱ったであろう深遠なテーマが盛り込まれていたりもする。もはや純文学でなければ、と肩肘を張るような時代ではなくなった。そもそも芥川賞とて一つの大きな指標ではあるが、絶対的なものでは無論ない。とは言え、たかが芥川賞、されど芥川賞。八十年以上の歴史を誇る文学賞に、岩手人が一人も名を留めていないのは、やはり寂しい。そう思うのは、時代遅れの感傷に過ぎぬであろうか。

氷柱《つらら》

森荘已池　著

一

木煉瓦は歩くたびに、ことことと音がした。会場には誰もいなかった。そして何かさかなでも焼くような匂がこもっていた。私はおかしなこともあるものだと思って、絵を見るよりさきに窓を上げて外を見た。ぷーんと鼻をつく匂に見おろすと、やっぱり秋のさかなであった。絵の会場は二階で、下はこのデパートの店員たちの食堂らしかった。コンクリートのたたきの上に、火を一杯いれた大きな七輪のようなものが置いてあった。じゅ、じゅ、じゅうと、秋刀魚が焼けているのである。顔は見えないが、古風な髪かたちの婦人がエプロンがけで、その何十尾かの秋刀魚をいそがしく焼いていた。ぽっと油が燃える、するとその猛烈な煙が一寸とだえる。その焔は新鮮なだいだい色だ。なかば透ったその火はめらめらと踊るようであった。消えるとまた、もうもうと煙はあがって来る。私はいそいで窓をしめた。

展覧会はこのまち出身の或年取った従軍画家の個展で、小さい作品が三十点ほどかけてあった。南京城の城壁も青い空に浮んだ白い雲も、楊らしい木も、夢のようにぼんやりした絵であった。土色の道路の上を、かぶと虫やてんとう虫が歩いているようなのは、揚子江溯江部隊という題がついていた。いくらさがしても、どの絵にも爆撃機も飛んでいなかったし、大砲もなかった。兵士一人描いているわけでもない。私は自由画のようなものだと思い、それにしても子供たちならば、きっとタンクや大砲や飛行機を描くにちがいないと思った。そとに出ると丁度バスが来た。駅に近づくと、K川の鉄橋であった。何気なく見るとはっと目をつきさすような風景であったが、ちらっと過ぎてしまった。護岸の下にごろごろと大きな自然石がならび、石は水につかっているのも砂から半分顔を出しているのもあったが、まるで赭のようにあかかった。川水もコロイドのようで、ぬらぬらする感じがじかに膚に来るような水であった。M鉱山からの鉱毒であった。駅で私は弁当を買った。そして汽車が動きはじめるとすぐ食べはじめた。向いの席の人は外交員か何からしくそばを食べていた。円い容れものの真中に、盃のようなものがあって、それにたれが入っているのである。ああこういうものも出来ているのかと、私はこれをつくった頭のいい人に感心した。汽車は岩手山の麓をぐるっと廻り、N駅に来ると丁度M市から見る山の裏側を見ることになる。岩手山の麓にM鉱山がある。燐分や鉄分や硫黄分が、人のからだに一定量必要なように、この鉱山の硫黄もいま戦争中の日本のからだには、特に最大限度に必要なのであろう。しかし、私はK川に流れる濁った川水を、どうしても汚ない分泌物、いって見れば国家という生体が流す分泌物のようなものだという気がしてならないのである。岩手の国は傾きて見ゆ——という平福百穂画伯の名歌は、このあたりの景観であろう。汽車は分水嶺にかかり、二つの機関車は、ばばばばと、はげまし合い速度はのろのろとなる。秋の草が土堤一面だ。

　I駅に着く。新屋敷幸一の顔は、二三十人の人のかたまりの上にある。吾が友は背が高いのである。おおと、嬉しそうな顔で手をあげる。その手がまた八ツ手のようなものである。どうしたわけかばあっとひろげている。

——飯は食ったっか——

と、新屋敷がきいた。食べたと答えたが駅を出ると新屋敷は私をそば屋につれて行った。ぶんぶんと、実に沢山の蝿だ。私は、

——田舎のそばは、何が出るか解らんからな。みみずのだしでないのっか——

と、冗談をいった。

——先ず見ておらせぇ——

と、新屋敷は、大きな指をまげてこきこきと骨をならしながらいった。

——胃が悪くないのか、口の両側が子供のように、くちゃくちゃじゃないっか——

と、私はひやかし、新屋敷の老人くさい表情に、

——眼鏡をどうして、そんなに鼻の先きの方にかけるのさ、とぼけた効果を出すつもりすか——

と、いったが新屋敷は相変らず指をコキコキ一本残らず鳴らした。相かわらず蝿はテーブルの上をぞろぞろ歩いたり、また飛び去ったり、飛んで来たりしている。空気までが飴色をしている。ふとってつまめそうもない手をした娘さんが黒塗の大きな膳にそばを二杯のせて持って来た。雪袴《もんぺ》が似合っている。

——これがそばだってか——

私は驚いて新屋敷にきいた。一寸ばかりにきったネギに充分味もしみこんだような大きなシメジがまじって、のっそりそばが見えないほど盛ってあった。

——どうだ、驚いだっか——

と新屋敷は、ニヤニヤ笑って箸を割った。そのネギとシメジの下にそばがはいっていた。白いやわらかい肉もはいっている。

——豪華版だな——

と、私はさっき汽車の中で見たそばを思い出していた。そ

れからまた今お膳をはこんで来た娘さんのぴんとはり切った手の肌を思った。とすれば、汽車の中のそばは何というものだろう、あれは青い茶を入れて着色したそばだったから、なおさらいやな感じであった。

新屋敷は、ばたばたと手を叩いた。八ツ手か熊手をばしゃばしゃと振ったようでおかしかった。

――おかわりと、それがすんだら、さっきたのんだのすぐなせぇ――

と、新屋敷は顔を出した娘さんにいった。

――とっても二杯なんて食えないな――

と、私がいうと、山を越えなくちゃならないのだから、是非食えといわれた。

雪袴の娘さんが間もなくお盆に一杯せんべいのようなものをつみあげて持って来た。それはカリントウであった。一枚取って見ると、いまあげたものと見えて、熱いのである。私は集る蝿を手をふって追いつづけた。私は盛岡のデパートから、一つ八銭の大ドーナツを買って土産に持っていた。これもカリントウに負けた。食い切れないのは袋に入れさせて、家に持って行けと新屋敷がいった。軽いからよいようなものの二里も山路を持って歩き、その上汽車でM市まで持って歩くのかと思うと、邪魔けであった。しかし、このカリントウなら家族を喜ばせるのに充分であった。

――お前持ってくれるのか――

と、私は新屋敷にいった。

――ずうずうしいなせぇ――

と、新屋敷は笑った。

――兎の肉もうまいもんでしょう。そばにはいっていたのは兎肉だせぇ――

と、新屋敷が教えた。

――そうか、俺は鶏にしてはやわらかいし、山鳩かと思っていたよ――

私は、さっきから歯の間にはさまった肉片を舌でさぐりながら、カリントウを食べつづけていた。

二

橋を渡るとI町に入る。水はすきとおって底の石がはっきり見え、向う岸には崖があって、青い淵になっている。M川である。橋の右手に石の段段がある。その石段は川岸の崖と同じ岩つづきらしく、段段の両側町は、みな料亭であった。その橋を渡ると、町並にはいる。あき地にモダーンな建物が建ってある。玄関の上のテラスのI町役場という金文字に、紙が張って隠してある。反町長派と町長派と六名ずつで激しい争いをしている、そのとばっちりから、新築しても引越しないでいるという。私は新屋敷と一緒に、この不思議な政争の町を歩いた。ごくありふれた田舎の町である。

——これが町役場だ——

私たちは往来に立止まってこの有名な町役場を見た。普通の町家であった。三尺の土間がひさしの下にある。格子にうすきたないポスターがかかっている。入口はがたがたしたガラス戸だ。

——どこが会議室なんだ——

と、私がきくと、新屋敷は答えた。

——そんなものはないせぇ。そこらの机をかたづけて、町会になるんせぇ——

居酒屋の喧嘩のような調子で、役場の前にはのっそり町民が集って、そのうす暗い町会をのぞきこみ、中からははげしい争いの声がきこえて来るのだと、新屋敷が教えた。間もなく、これ以上荒れたらもう土になるだけだと思われるような塀が見えて来た。長い土塀であるがまるで蔵の土壁のように厚く、屋根もかかっている。それが、原型もとどめないように傾きかけ、破れているのである。門のようなところがあったので、そこから中をのぞいて見た。何とその塀の中は豆畑であった。

県北指折りの呉服屋であったが、主人は俳句や茶にこって、産を傾けたということで、一寸見ただけで六七百坪はありそうな豆畑で、そこにぎっしり家や土蔵が建ってあったという。国亡びて山河あり、呉服屋滅びて豆畑となる、と私がいうと、新屋敷はあははと街の真中で笑った。軒下で粟や稗を打っている女たちが、びっくりしたような顔でこっちを見る。私たちはやがて町並を離れた。道はのぼりになり両側は桜並木にかわる。遠くから賑やかな音が聞えはじめた。わっわっ、という声やきーんとした女の子の声にまじって、電気蓄音機が鳴っている。あたりは青い空の下に紅葉があるだけで、何も見えなかった。

——女学校の運動会だせぇ、見て行くっか——

騒音はいよいよ近く、急な坂をのぼると、高台の上に小ぢんまりした学校がありその前に運動場があった。大変な人でお祭のように食い物店が出ている。新屋敷は五尺七寸はあるだろう。私は五尺六寸三分ある。人垣の上の二つの頭は、たちまち新屋敷の友人S教諭に見つかってしまった。私たちは来賓席に通された。ところが来賓席には私たちを加えて三人の来賓しかいない。つまり前にはたった一人しかいなかった。いない訳はあとで解った。白い皿にドーナツが盛り上げられて黒豆コーヒーも出された。運動会は終りにちかく、各学年のリレー競走になった。ピストルの音がすると、ひゃーとかきゃーとかいう声がそっちこっちに起り、女の子たちは足踏みしたり旗をふったり、大へんな騒ぎであった。私たちの前で一人選手が倒れた。地響きがした。また立って走るとき股には見事に赤土のこすれたあとがあった。次ぎが来賓競走であった。私たちはまるで鴨が葱を背負って、来賓席に飛び込んだようであった。三人では足りないので、一般観覧席からも目星をつけて引っぱり出され、ともかく十人足らずにはなった。提灯に灯をつけて走る競走である。私は和服に羽織袴で、新屋敷はホームスパンの洋服を着ていた。私は運動場を少し照れて横切りながら新屋敷に、一人であんまり遅れては見っともないから一緒に走ってくれと頼んだ。上着をぬいだ老先生、洋服の女の先生、羽織袴の私、そのほか小学校の先生らしい人、思い思いに私たちはスタートに並んだ。ピストルが鳴った。私が提灯に灯をつけて立上った時は、ビール樽のような腰をしたツーピースの服の女の人は、もうゴールインして一等の旗を持っていた。新屋敷はあわてて私の手をとり、ぐんぐんと引っぱって走った。大の男が二人、一番ビリになって手をつないで走るので、二千人近い観衆が、一度にどっと笑った。いろいろの声も聞えた。

私たちは一等から五等まで赤地に白の筋のはいった旗を、あとののこりはいいかげんな旗を持たされた。ずうーっとならんで校長先生の前に順順に進んで行った。御褒美はザラザラした西洋紙に、賞と木版で刷ってあった。席にもどっても、私はふーふーと肩で息をして、なかなかどうきが静まらなかった。

——あけて見っか——

と、私がいうと、

——行儀が悪いなせぇ——

と、新屋敷がいったが、テーブルの下で新屋敷の方が先きに紙を破って見た。それはライオン歯みがきであった。向いの山が満山の紅葉で「桜が丘」というのは、この高台の名らしかった。最後に全生徒が校歌を歌ったのでそれをきいていると、ここいらの山や川の風景がいかにもうまくよみ込んであった。白のはちまきと赤のはちまきをした二人の生徒が、校庭の隅にそろってかけて行った。紅葉の中を、国旗は二人の手でおろされた。

ほかほかしたよい日和で、国道というのにまるで通る人がなかった。I町とF町間はたいていの人は汽車に乗るので、歩く人は少いという新屋敷の答えである。山の根を廻ると川の音が聞えて来た。また国道はM川に沿いはじめた。見おろすと、人が二人いた。一人は鉄棒を持って、大きな石をごとんごとんと叩いているようである。

——何してるんだ。鉱石でも採すのか——

と、私がきくと、

——あれは雑魚とりだ——

と、新屋敷が答えた。私は珍しがったが、この辺ではごくあたりまえのことらしかった。俺もやったと新屋敷がいう。鉄のテコで、川中の石を上から力まかせに殴りつける。すると、石の下にいた雑魚が震動で脳震盪を起して、ふらふら出て来るというのである。そこから私たちは山路にはいった。五六百米の高い崖の上で、カンカンと石を切る音がした。仰いで見ると真赤な紅葉の崖に、帯のように木の生えていない傾斜がある。そこをごろごろ切りとった石をころがすのだという。白いシャツに黒い腹かけの人が、何人かで手を動かしているのが見えた。ここから見上げれば高い崖でも、あの上は相当に広い平地のある山頂であるという不思議な地形であった。黒い路を土龍が通って横切ったあとがもくもくとい く條もあった。冬になったら土龍どもはどうしているのかと思った。私たちはぐるぐると路は廻って、結局さっき石を切り取っていた崖の向う側に出た。

旗すすきが風もないのでしんと立っていた。登りつめると、山頂はかなりの景観であった。千米ぐらいの崖になって、その崖は真赤な火のような紅葉である。

——岩に鉄分が多いらしいなせぇ——

と新屋敷がいった。この崖だけが特に赤いのである。ちらちらと、目の下の紅葉の海の中に動くものがあった。よく見ると鳶であった。廻って飛んでいるのである。とんぼより小さく見えた。ひやひやして足にすーっととり肌が立つようであった。M川がきらきらと光る向う岸にI村とそのつづきのF町が見えた。それもすぐ目の下である。家群《いえむら》の周囲に田圃が見える。私たちはここの山頂で足を投げ出して休んだ。地球のシワのように山脈が幾通りも幾通りも重って見えた。あの山の陰はE村、あの山の陰はK村と新屋敷は教えた。つまり村村は山と山との間の谷間にあるわけである。

——あすこのK村では、娘はみんな一人子供を生んでから、その子供を家に残して嫁に行くんだ——

と、新屋敷がいった。

——子供も産めますという証明か——

と、私がきくと、新屋敷は労働力が不足だからだという。嫁に行くということも、他家に行く前に三年ぐらいは家にいて、婿の方から通って来る。

——王朝時代みたいじゃないか——

と、私がいった。

――そんな雅《みやびや》かなもんでないせぇ、労働力の提供でせぇ――

と、新屋敷が答えた。この村村では嫁入り前の娘に処女なしといわれている。処女なしということは童貞なしということである。娘も試《た》めされるが、若者も験《た》めされる。その結果はすべての若い男女が一言で定評される。あいつはヨセだということは、やせて力が足りなく、一人前に働けない男だということである。あいつはマメだということは、よく働く娘だということである。生理的な方面でもズバリと一刀両断したようなことばで仲間どうしの批評が生れる。処女だとか貞操だとかいうことは、一番上の包み紙か、果物の皮かのようにあつかわれる。

――何が野蛮だ、何が文化だとかんたんにはきめられまいな――

と、私はこの村村の若い男や女たちの幸福を思った。似合った者同志が生涯伴侶になることであろう。

ところで新屋敷を私が訪ねたのは、新屋敷の奇妙な結婚問題のためであった。相手は新屋敷と同じように小学校の先生で相談したいことがあるから来てくれと手紙をよこし、私は紅葉を見に行こうと返事を出したのであった。新屋敷のいうことには、もちろん私は反対であった。しかし反対したところで、新屋敷の考え方は、もう土にしっかり根を張った樹のようなもので、どうにもならなかった。相談にも何にもなるものでなかった。ただ新屋敷がひとりでもやもや内へくすませて置く精神的なものを、私がきくことによってきれいに吐き出させることが出来たなら、というような意味で私はやって来たのである。

――ところで本題にとりかかったらどうだ――

私はこういったけれど、新屋敷は漠然と山脈を見ていて返事もしなかった。

――石切所（いしきりどころ）は、イエス・キリストに通ずるなせぇ。あの山を見なせぇ、あれは酒井将軍のいうピラミッドだせぇ――

I村の後方、満山紅葉の山脈の前に、黒く陰気なピラミッド型の山がある。杉が全山に生えているのか、もう後の山脈の日影になったので、よくは見えないが、変に暗い感じがこもっていた。キリストは八戸に上陸し、このあたりまで布教の旧蹟だという説が、早くから熱心に信じられているのである。王朝風な婚姻制度の前時代に、もうそういう話が横たわる山河の歴史なのである。

――本題は町に行ってからにしませぇ――

と、新屋敷はやや不機嫌にいって立上った。不機嫌といっても、私に対してではない。父の住む、つまり新屋敷の住む村は足下に見えるのである。太陽は山脈の上にかかり、くるくると燃えるようなあかがねいろの波が、いま沈もうとする太陽からひろがっていた。

末の松山の峠には、貝殻が沢山ちりばめられた坂道があった。いつかは海の底だったであろう。明治大帝の御休み場があって、召し上がられた清水は、むかしのままにちょろちょろと音がして湧いているのである。間もなくあたりがうす暗くなりかけた。空の薄明は浅黄色からだんだん深い淵のように変った。しいんとした谷間に、丁丁と樹を切る音がひびいた。すっかり暗くなった。

――M部落まで行ったら提灯を借りようせぇ――

と、新屋敷がいった。道を歩くといろいろな匂が流れているのに気がついた。落葉の匂いであったが、樹林の種類によって匂いが別である。肥料の匂う畑もあった。道の向うのかなり高いところに、ぽかっと赤いものが見えた。何だろうと新屋敷にきいたが解らなかった。だんだん近づくと、それは焚火であった。稗ガラをさっきの山のように円錐に積んで火を焚いた跡であった。肥料の灰をとるためだという。もう大方燃えつきて真赤な火になっていたが、黒く灰になってかぶさっているところもあり、白い煙がそのてっぺんから少しも乱れず、すーっと真直ぐに昇っているのである。M部落にはいると、いろいろの物音が聞えて来た。夕飯のすんだあとらしかった。仔牛が前につながれてある家から、新屋敷は提灯をかりた。先生さよならと、家家から子供たちが飛び出した。ばたばたと私たちに近づくと、わざわざ提灯の前まで来てお辞儀するのである。新屋敷はいちいち子供らの顔にそのブリ提灯を近づけて照らし、

――幸吉か、うん武《たけし》か――

といって子供の名を呼んだ。

M部落をすぎると、闇に白白と光る溜池があった。冬になるとスケート場になるということであった。そしてその坂をのぼり切ると突然ぱっと目の前にきらめく電燈であった。F町の中心にはいる坂だったのである。

三

広場を前にして、四角な大きな西洋館があり、精養軒というレストランであった。二階の部屋があいているかと新屋敷がきき、私たちは階段をあがって二階に行った。二階は小ぢんまりしたホールになっており、その片隅の方に二つの小部屋があった。ビールをいいつけると小麦色をした顔に白粉を

つけないその女給は立去った。私はホールにはいって見た。突き当りが鏡になって、左右に洋酒の棚があったが、みんなから瓶である。椅子や卓は昔はやった表現派風な大きなもので、青いビロードが変色していた。片隅についたてを寄せて塀のようにしてあるのでのぞいて見ると、鏡台や布団や風呂敷包みなどがあった。

――おや、寝室か――

と、新屋敷をふりかえると、さっきの女給がビールを持って階段をあがって来たが、あわてて走って来て、

――見ないで、見ないで――

と、二人を小部屋の方に押した。

――驚いたなや――

と、私は大げさに驚いて見せた。

――ここの天井はなせぇ、屋上でせぇ。そこに何があると思うせぇ――

と、新屋敷が、女給の顔をうかがった。女給は、

――国策ですよ――

と、ふてくされたような顔をしてビールをついだ。屋上には十匹ほど狐が飼ってあるという話で、私はこれには、ほんとうにびっくりした。その屋上からは、本物の狐火も見えかねない。大正の末頃には、その屋上まで客がこんだことがあったという。もういまは階下の小さいバア風な部屋だけの商売で、この二階のホールも使うことがないという話である。胡瓜と馬鈴薯にマヨネーズ・ソースをかけて、大きなハムであった。それからいろいろ出した料理がみんな豪華なので、このF町にしては珍しいと訊《たずね》ると、これはすべてIとF両町連名の経済ブロックの特産品であった。いくらも飲まないうちに、新屋敷は、うーっうーっと、おくびを出した。尋常一様のおくびでなかった。まるで腹の底から、風でも吹きあげるようである。

――胃が古い木管のようになってるでないっか、あんまり飲んだらよくあるまい――

と、私がいうと、

――観破されたなせぇ――

と、新屋敷は笑った、もう一人来た女給と一緒に、お人払いだといって、新屋敷は二人の女給を追い出した。

――向うも農繁休業だせぇ、ふん、こっちもそうせぇ、それであさって結婚式をやれと親父がいうんなせぇ。この人だせぇ――

新屋敷はポケットから写真を出した。親父が結婚しろという女教員の人の写真であった。私は手にとってよくその写真を見た。着物を着て腰かけていたが、からだは横向きで顔は

やや正面の方を向いていた。

——背はちいさいせぇ——

と、新屋敷がいった。顔はごくありふれた、女教員にはよくありそうな人であった。

——なかなか胸なんか厚手じゃないっか——

と、私がいうと、

——ああ、ビーフ・テーキと比べたなせぇ——

と、新屋敷がいった。

——気の毒なもんだ——

と、私はしみじみいった。新屋敷の胸にも通ずるものがあったのであろう。厚手という言葉が面白いといってあは、あは笑っていた新屋敷もやがてしんと黙りこんでしまい、馬鈴薯をカチンカチンと皿にひびかせて刻んだ。

——見合いをしたんだね——

と、私がいうと、

——うん、したせぇ——

と、ぽっくりと答えた。

禁治産者になった新屋敷の父にとって、いま出来ることは、鳥獣を撃つことと子供らを自由にすることだけであった。煮て食おうと、焼いて食おうと、俺の勝手だ、誰も文句をいうことはないと、酒を飲んでは暴れるのである。次男と三男は家を捨てた。次男は仙台でバスの運転手をしていたし三男は東京で既製品の洋服屋の番頭をしていた。妹は小学校の六年で、四男は二年生であった。長男の新屋敷は、中学を出ると師範の二部にはいり、F町の教員になった。何でも親父のいうことをきいた。親父はI村の村長をしたこともあり村会議員もしたことがある。そしていまは、酔っぱらっては新屋敷を殴ることに生き甲斐を感じているという風であった。狂人の多い町ゆえ、裏町を通ると三四個所に監置小屋があるということであったが、新屋敷の父は、酒乱ではあったがふだんはちゃんとしているので始末が悪かった。新屋敷は兄弟の分全部代表して父の忿懣の捨て場所になったつもりであった。その父は、何とした風の吹き廻しか、新屋敷に結婚しろといい出したのである。いわれるとおり見合もした。結婚もする。しかし新屋敷は、弟たちはともかく、自分だけでも断じて子孫を残さないと心にきめてしまった。だから結婚したって、式をあげたというだけの話で、あとの責任はとらない、というのである。そしてがぶがぶ酒を飲んでいるのである。父の血は自分の血だ。少しもちがうものではない。さかずきを割り、コップをがりがり食い、女を殴るとき、すーっと血が鎮まるのを覚える。はじめ女を殴ったときは、きゅっと心臓が痛かったが、そののちは、これほど手頃な便利な殴りあんばいのよいものはないと思うようになった。拳闘用の砂袋などはとてもかなうまい。こんなことをいう新屋敷を、私はなかなか信じ切れず、さっきの子供たちの顔がちらちらと目の前に浮んでは消えた。あんなにしたわれる先生としての新屋敷をじかにこの目で見たからであった。

――それぁ、気の毒には気の毒だがなせぇ、世の中には奇態な男もあるもんだという風なエピソードが、あの人の一生の一寸したところに残るだけだなせぇ――

と、新屋敷がいった。

――親孝行でないっか、神様も許してくれるなせぇ――

こういいながら、新屋敷は突然どんどんと床を踏んだ。

――もうおすみですか――

と、女給が二人はいって来た。呼鈴の代りに下にしらせる足踏みであった。

――うん、勘定だせぇ、これから親父の古戦場に行く――

と、新屋敷は半ばは女給たちに、半ばは私にいうようにいった。そして狐に小便をかけて来るというと、屋上に行く階段を、たしかな足取りでのぼって行った。

――ほんとうに、あんだたちを殴るのっか――

私は階段に新屋敷が見えなくなると、小麦色をした女給にきいたのである。

――ほんとうだす――

と、その女給がいい、もう一人の顔色を見たが、

――したんとも殴られたいみたい。きっと次の日何か持って来てくれるっか――

と、いった。

自分の悪い血を信じこもうとして、それがなかなか出来ない新屋敷の苦悶を見るような気がした。心底から自分の血に憎悪しての乱暴なら、女たちの表情や言葉がこんなに穏かなわけはない。それとも女給たちは新屋敷をかばっているのかなと私は考えた。しかしかばおうとするのならば、もうそこには漠然とながら、形のない愛情があるのではないか。新屋敷はなかなか降りて来なかった、私も狐を見ようと思って立ちあがった。よろよろとしたので酔ってるなとはじめてわかった。狐を見るのではない、見られるんだなと思うと思わず笑ってしまった。新屋敷が階段を降りて来た。

四

街はしんとしていた。みんな戸をとざし起きている家は一軒もなかった。帯から時計を出して見ると十二時に五分前である。犬が五六匹のそのそ歩いていたが、私たちに向って一

声も吠えなかった。人の気性の激しい町ときいていたが、犬は別なのかと、犬嫌いな私はほっとした。屋並を空にすかして見ると大きな家や小さな家が乱杭《らんぐい》のようにでこぼこでどこが大通りということもない一本町であった。私たちのやって来た料亭は道路からとんとん傾斜した道を十間ばかり降りたところに玄関があった。ガラス戸には白いカーテンがひかれてあったが、玄関に大きな字でふくべ楼とかいた自然木の根の看板がかかってあった。

——こんばんは——

と、ガラス戸をあけてはいり、新屋敷が呼んでも誰も出て来なかった。

——居ないすか——

と、また新屋敷が呼ぶと、とっくりのように細長い、白い顔の老妓が出て来た。こっちを見ると、俄かに笑顔になってもみ手をした。さあさあどうぞと、手をとらんばかりに寄って来たのである。主人も女将も寝てしまって出て来なかった。廊下を一曲りすると、急な階段があった。私は先きになってその階段を中途まで上ったが、上にざわざわと衣ずれの音が聞えた。ふっと見上げると、七八人の女がいて、下を見おろしていた。私は段の中途にびっくりして足をとめた。私は実はたじたじとなったのである。とっさに降りかけたあとからきた老妓の頭が私のお尻にぶっつかった。私はまたのぼった。私はまともには女たちの顔も見ないで、さあどうぞという部屋にはいった。老妓と新屋敷は何か冗談をいいながらついて来た。ところが、驚いたことには、さっき七八人いた女たちもはいって来たのである。私はふところ手にして、仕方なく女たちの方を見た。四人は毛糸で出来た室内オーバーのようなものを着ていた。白と緑色の縞のもあり、桃色と黄色のもあった。あとの三人はそれを着ないで、うぐいす色の羽織を着ていた。女たちはがやがやと太い声やつぶれた声で物をいいはじめた。一人の羽織が火を持って来た。その人がスターという格らしい。一寸おでこであごも出ているが、きれいな黒い目である。

——お茶——

と、新屋敷がいった。あぐらをかいて頭をごしごしかいている。お茶が来ると、新屋敷は私がそれまで持ち歩いた土産の紙包みをほどきにかかった。

——おいしいものを食わせるぞお——

と、一人一人の顔を見た。一つ八銭の大ドーナツからは紙に油がにじんでいた。

——あれ、何だべぇや——

と、一人が驚いた。

——知ってる奴は手をあげ——

と、新屋敷がいうと、みんなお互に顔を見合せた。一人が女学校のバザーで見たことがあるが、こんなに大きくはなかったといった。

——あ、覚《お》べだ。いって見べぇっか——

と、一人が新屋敷にいった。

——こいつ、いえ、さあいえ——

と、せめられると、その女は、

——ダットサン——

と、いった。私は腹の底からおかしくなり。たまらなくなって、うしろにごろっところげて笑った。それがおかしいというのであろう、女たちは互に身をもたせ合って、いろいろな声を立てて笑い崩れた。

——え、ダットサン、ダットサンったら自動車だよ、自動車を食うってか——

笑いはなかなかとまらなかった。この町にはまだダットサンがなかった。多分陸送されるダットサンを見たか、誰かにきいたのか、それとドーナツがまじってしまったのであろう。

新屋敷は女のうちの一人を指して、

——あいつをいおうか——

と、いうと、その女は、嫌《や》んだ、嫌《や》んだと身もだえした。——その女はネーブルというのを根室と覚えてしまって、それが札幌といつの間にか変って、札幌を食べたいといった——という話であった。女たちはみんなでドーナツを食べはじめた。

——俺たちは飯を食うから、お茶漬を出せや——

と、新屋敷がいった。

女たちがひどく猥褻なことを、けろっとしていい合い、私はそれをきくと、ざわざわと寒気がした。ナスの辛子漬がうまかった。飯を食うと、あつい番茶を飲んだ。そしてふくべ楼を出た。もう一時を過ぎていた。玄関から本道の方にのぼらず、新屋敷は私を家の横手に連れて行った。石垣の溝のようなところに樹がかぶさっていたが、そこに立って小便をすると、突然ギャギャーと家鴨が鳴いた。かなり広い池であった。星もない空は曇ってしまい、池の水もよく見えないほど暗かった。池には橋があり、それを渡りかけると、こんどは鵞鳥が鳴いた。ことことと橋を渡った。水の匂がした。家鴨も鵞鳥もやがて鳴きやんだ。橋は池の真中ごろまでで尽きたところにまるい鉄製の大きな鳥籠のようなものがあった。

——おしどりがいるだがせぇ——

と、新屋敷がいったが、のぞいても暗くて何も見えなかった。耳をすましたけれどもしいんとして物音もしなかった。

寄り合って眠っているのか、二羽とも起きて声も立てず闇に不審の眼をこらしているのかも知れなかった。

――向うの家が離れ座敷だせぇ。あすこのらんかんから、女たちを池の中に落すのが親父のたのしみだったなせぇ。古戦場だせぇ――

と、新屋敷はいった。――とっくりのような老妓はマゾフィストで、あの老妓とめぐり合ったのが父の不幸のはじまりであったともいった。私たちは音もしないおしどりの巣からもどりはじめた。坂をあがる池の傍に小さな小屋があった。

――この小屋には何が飼ってあるんだ――

と、きくと、新屋敷は、女たちの専属の小屋だ洗條するところだ、といった。ふくべ楼は、料亭兼貸座敷であった。さっきの女のうち、毛糸のオーバーみたいなものを着ていた四人は娼妓で、他の三人は芸妓だと、新屋敷がいった。私は今更ながら不思議な町だと思った。半ば公的な町の集会も、この家の広間で開かれるというのである。

――大変なところへ案内したもんだなや。知らないからいいようなものな――

と、私がいうと、

――野心があって行ったんでもないせぇ、別になんでもないせぇ、郷に入らば郷にしたがえでなせぇ――

と、新屋敷が答えた。

裏町を行こうか。夜っぴて騒ぎ唄っている狂人の声が二三個所できこえるからというのには、いやだと答えた。人傑を出す町といわれており、現に日本有数の学者飛行機とローマ字で有名なT博士などを出しているこの町には、激しい精神的な土台があり、方向のきまらない何人かの人は、天才と紙一重だという狂人になるのかも知れなかった。どこかで鶏が鳴いた。

――や、一番鶏じゃないか――

と、私がいうと、

――何ぁに、ねぼけ鶏せぇ――

と、新屋敷は答えた。これから新屋敷の家までは一里余もあった。いくらか下り気味になる町のしんちんとした闇の中を、私たちは急ぎ足になって歩いた。遠くの方から汽車の音がきこえ、駅にはいり、汽笛をのこして山にこだまさせて去るのが、手にとるように私たちの耳にきこえて来る。F町のうちはいくらか電燈もあって明るかったが、I村にはいると、ほんとうに真っくらであった。ふくべ楼に提灯を風呂敷包みにして忘れて来たのに気がついた。新屋敷は引きかえして持って来るといったが、私は大丈夫だといってとめた。こんな暗いところに待っているのがいやだったし、丁度道も半分ころまでは来ているということである。M川の水音がきこえて来た。私は水音というものは懐しいものだと思った。みんな眠って、目を覚ましているのは、この水音だけなのである。丁度そこらが午後に見た崖の上からは、真下にあたっているだろうと思って見上げたが、空と崖との境も見別けがたかったが夜があけると、まるで染まるような紅葉があるのだ。と不思議な気持であった。——突然、きゃあと鳥が真っくらな空で叫んだ。夜行する生き物を脅かすような声で、一声啼くと、あとからあとからつづいた。二三羽か五六羽か見当もつかなかった。鋭い羽音さえもきこえた。私はそのたびに思わず首をちぢめた。

——何だろう、気持が悪い、止めてくれよ——

と、私がいうと、新屋敷は、わはっはっはと笑った。その声の方が無気味だったのか、怪しい鳥はぴたっと啼き止んだ。

——止めてくれといったって、自分の鳥じゃあるまいし、啼きたくって啼いてるんだから仕様がないせぇ——

と、いった。多分夜鷹だろうというのであるが、私はドーナツをダットサンといった、さっきの娼妓を、夜鷹という名前で思い出していた。

新屋敷の家のあたりに近づくと、家並が町らしくなった。しかし物音ひとつしないのは同じであった。新屋敷の部屋には、きちんと二つならべて寝床が敷いてあり、机の上にはコップと水差まであった。私は父が禁治産者でも、こういう母ならばと思った。けれども寝ようとする私たちの部屋に、また怪しい声がきこえて来た。何か演説するかと思うと、唄などを唄うのである。私は不安になった。かなり遠いらしいので、まさか新屋敷の父親ではあるまいと思った。それはやはり近所の狂人であった。小屋に監置されて、目を覚ましているかぎり、唄ったかと思うと演説しているということであった。あすはいよいよ新屋敷の父と顔を合せなければならないかと思うと、枕の傍に置いた時計の音が妙に不規則にきこえたりした。新屋敷は、脚を立ててぽこんと布団に山をこしらえて、ぐうぐう眠ってしまったのである。私の時計は二時に五分前であった。——

五

そののち——

一週間ばかりすると、弟に召集令状が来たから、東京に迎えに行くと新屋敷から手紙が来た。結婚式がすんで三四日したわけであった。私は新屋敷に会うために、M駅に行くことにした。あの女の人と同道するとあったし、私にも東京の友人に頼む用事があった。あの女の人の実家は県南のH駅の近くの町で、新屋敷もその人も学校の農繁休業がもう少しで終りになるので、ついでに送って行くとあった。私は駅のプラットフォームでも汽車がつかないうちは半信半疑であった。或はどんな気持の変化で、ほんとうに結婚してしまわないとも限らないと思った。列車がとまらないうちに新屋敷は窓から半身乗り出して、例の八ツ手みたいな手をひらき、やあといってにこにこ笑った。――にこにこ笑ってはいたがどんよりと青白くすぐれない顔で、どこか底には生煮えのものがただよっている感じである。私はちらっと新屋敷が立って出口の方に行ったあとの席を見たのであるが、花嫁らしい女の人はおらなかった。ただ男の子が一人窓から顔を出して、こっちを見ていただけであった。

――後で解ったことであるが、新屋敷はその女の人と同車して来なかったのである。別別の車室に乗って、新屋敷はずうっとその少年と並んで腰かけ、××文庫のアンデルセン自伝などを読んできかせ、童話を話したりして来たというのであった。これも私は後で考えたことであるが、あの女の人は別の車窓からじっと私たちを見ていたことであろう。私はその顔つきまではっきりと思い浮べることが出来る。そのときはただ新屋敷が東京で世話になったことのある郷土料理屋の主人についていくらか話しただけで、あとは何にも触れず私たちは別れたのであった。

六

詩壇、文壇、評論壇の最高峯といわれるK・T氏、Y・R氏、T・P氏らが絶讃してやまない私たちの郷土の誇りとなった宮澤賢治氏の研究機関紙を出す準備や、陸軍病院に芸術慰問をすることや、秋から私は大へん忙がしく、新屋敷にも手紙を出さなかったし、向うからも来ないで冬になってしまった。そして十二月の廿六日新屋敷から手紙が来た。冬景色を見、水のはいらない酒を飲み、かたがた稗めしなども差上げたい。また例の重大問題についてきいていただきたいからとあった。――駅に降りると、道は逆方向であったが私は冬になるとスケート場になるという溜池を見たいといって、この前来たとき降りて来た坂に行って見た。小さい子供たちが、四角な橇に乗って、坂をすべっていた。テカテカ光っていて、ひどくあぶないので、私たちは坂道のふちを登った。スケート場は、ぐるりが全部まっ白で、セーラー服の女学生が沢山いてすべっていた。それに紺や黒の雪袴《もんぺ》の女の子や花模様の着物の子もまじっていたが頬がまっ赤で、おずおずとすべる子の格好が処女《むすめ》らしくひかえ目なので、私はひとりでに嬉しくなった。すると突然秋の運動会の提灯競走を思い出した。

——ふくべ楼に提灯忘れたっけな、あれどうしたんだ——

と、ふりかえって新屋敷にきいた。

——うん、汚ない提灯なもんで、その上とりに行がないでいたら、爐にくべられてしまったせぇ。しようがないから俺の自転車の電池をひとつかわりにやったせぇ、二つあったもせぇ——

と、新屋敷が答えた。そしていった。

——きょうは親父、ふくべ楼にあんだを招待するといっていたせぇ。行くっか——

私は、いよいよ難物と対面かと思い、内心いやだったが仕方がないので、

——うん、いいとも——

と、答えた。私たちはまた女の子たちの歓声をあとに、ひとまず新屋敷の家に行った。父親は爐にあぐらをかいて火をもしていたがコールテンのズボンをはいて、黒い厚ぼったい洋服を着ていた。

——うちの息子《むすこ》がいつもいつもお世話になって、どうもこんどもわざわざおいで下すって御めいわくさまです——

と、爐から立って板の間に坐ってきちんと挨拶され、私は意表をつかれてまごまごしてしまった。たくましい親父であった。爐に足を入れて新屋敷も腰かけた。どうやら息子の方は薄い影法師のようでもあり茶の見ると、どうやら息子の方は薄い影法師のようでもあり茶のダシガラのようでもある。この人は金を持っては家を飛び出し三四日も帰らず、北海道や大阪などから葉書が来たりすることがしばしばあるという話で、会話の口調なども田舎ハイカラではなく、底から洗練された話し方であった。私はこの人が何で禁治産者なのかと、金の指輪などをして、白くぷくぷくした手をまじまじと見ていた。父親は自分で茶をいれて、

——粗茶をどうぞ——

と、いって出した。この手が燃えさしの木をふり上げて息子の頭を殴ったことがしばしばあるのである。が——それを見たことがない私はどうしても信じられなかった。新屋敷の後頭部には、髪をながくしているから隠れてはいるが、半月形の禿《はげ》がある。それは新屋敷があんまり味噌汁を食べるといって、親父に殴られて負傷したあとであった。晩酌をやっていたときだったそうであるが、味噌汁を食べすぎるといって殴ぐられた息子などは世の中にもめったにあるものではないであろう。母親が、

——炬燵もしてあるから、まずあっちへお通し申せ——

と、いってくれたので、私たちは新屋敷の居間に行った。

——いやだね、御招待を何とかして断わるわけには行かないかなあ——

私は炬燵でこっそりいった。

——なあに、こっそり二人で帰ってしまえばいいせぇ——

と、新屋敷はいったが、私は後がこわかった。

結婚はことわることにしたと、ぽつりぽつり新屋敷が語り出した。式をあげても夫婦らしいこともせず又ろくろく話もしない新屋敷を、向うの女の人は、うぶだからととったらしい。そうして何に彼にと新屋敷に話しかけたのであるが、ゲーテがどうとか、ハイネがこうとかいわれたときは、新屋敷はぞーっと寒気がして来たそうである。

——日本一いやな女だせぇ——

と、はき棄てるように新屋敷はいった。

——何故そんなら、ごとごと無駄なことをするんだ——

と、私はいった。新屋敷は黙って答えなかった。私はやはり新屋敷の中にも病的な血が流れはじめたのかと思った。日本一いやだとは私の常識ではどうして、そんなにいやな精神状態になるのか解らないのである。向うの女の人の生涯にとっては、ひとつのエピソードになるだけだ、というこの前の言葉から見たら、恐しくはげしい変り方であった。

——それぁ、やめるのは、君の前前からの予定ではあっても、さてほんとうに式まであげたら、責任を感じなかったっか——

と、私は恐らく新屋敷と知ってからはじめてのようなはげしい口調でいった。

——まるで親父が二人になったようだなせぇ——

と、新屋敷がいって、額を炬燵につけた。丁度そのとき襖があいて、母親がコーヒーをいれてもって来た。

——子供らが家に寄りつかないでなせぇ、これだけは親孝行でなせぇ——

と、母親がいいはじめると、新屋敷は、

——あっちへ行ってらせぇ——

と、うるさそうにいった。

——おや、この人はまんつ——

と、母親はコーヒーを炬燵の上に置くとすぐ部屋を出て行った。

——飛んだ孝行息子だな——

と、私は苦笑した。私はもっとこのお母さんと話がしたかった。

——半殺しにされてもいいし、なあにほんとに殺されれば、それでかえってさっぱりするせぇ——

という新屋敷を見ると、コーヒーを飲みながら、涙が二筋、口まで流れているのである。やはり無法な言いがかりをつけられて、あるとき新屋敷は土蔵に逃げこみ、中から鍵をかけてしまった。すると父親は大きな石を持って来て蔵の戸へどしんどしんとぶっつけはじめた。新屋敷は戸のすぐかげにきちんと端座して、だんだんに石を投げつける速度がにぶって来るのを、黙ってきいていた。――

疲れ切って音がしなくなった頃、母親は大きな茶碗に冷酒をついで出した。それをはあはあ肩で息きをしながら父親はがぶがぶ飲んで、

――あの野郎ぶち殺してくれる、ぶち殺してやる――

と、いいつづけたそうである。母親には指一本乱暴に触れないところから考えて、またふくべ楼では女たちにひどい乱暴をするところから考えて、私は母親への極端な感情が、息子たちへ暴行して代償になっているのではないかと思った。酔って目の色が変になると小学二年生になる弟は大へん巧妙に父親の猟銃を隠すそうである。その弟もだんだん大きくなると、自分のようにやられるにちがいない。自分も中学にはいったころからひどい目にあいはじめた――と新屋敷はいうのである。私ももう口をあかなかった。何かいったところで寸毫も減りもしないのであろう。なるほど、あの女の人は、ちらっと窓口をすぎた一羽の鳥のようなものに似ていると、私は思わざるを得なかったのである。

――外に出ると、もう夕方で、あたりは水いろに暮かかっていた。山脈には雪がぼんやりとし、ピラミッドだという山は、この前来た紅葉のときの秋と同じように陰気で黒黒としていたがいくらか岱赭じみているのである。全山に杉が密生しているのであろう。少しも白いところが見えないのは、雪をとどめないからであろう。私の足駄は雪にキリキリと鳴った。私は帽子をかぶらず刈ったばかりの頭なので、後頭部に寒さがじかに来た。電燈がつき、遠くの、町の方の光はきらきらきらとゆれた。雲が少しもないからだんだん暗くなると、ふるえるように星座が輝き出すであろうと思った。父親も息子もスキー帽をかぶって目と鼻だけを出しているのである。息はく息が白い。

――途中で気が変ったのか、父親はふくべ楼はよした、波治へ行こうといい出した。行って見ると、そこは支那そばや鍋焼うどんしかないところであった。酒だけ飲めばいいんだからなといった。

――しょっぺえ川を渡って北海道へ行ったときはな、わっちは大道五目屋と友達になったんだ。あいつらのいうことはいいねえ、日本国中に親分があって、どこに行ったたって仁義一つでおまんまの食えねえということぁないという

んだ。台湾朝鮮には行かんらしいが、あとはどこにでも行くんだ。旦那、あっしらには失業というこたぁござんせんといいやがる。だがあいつらの仲間にはいると、もう足は洗われないんだね。正業について店なんか出しても、入り代り立ち代り仲間が来て、しまいにはつぶしてまうらしいんだ。こう見えてもIの新屋敷といえば大阪の親分でも知ってるんだ。こいつなんかは駄目な奴さ。四十五十のはした金にしばられて、毎日毎日時計みたいに学校に出て行きやがる。

こんな気焔をあげているうちはよかったが、ふくろくストーブを燃やそうとしきりにかき廻している青白い顔の波治のおかみに、

——やい、この肺病たかり、酒に水入れたりしたら、その分にして置かんぞ——

と、目がすわって来ると、私はそろそろこわくなった。まさか自分にはとは思ったが、はずみはどこから出て来るかわからなかった。息子が立つと、

——こらっ、逃げる気かっ——

と、どなった。それでもとうとう二度目に小便に立ったときから、新屋敷はとうとう見えなくなってしまった。

——何にあのぢくたれ（意久地無し）——

と、割合にかんたんにすんだが、私は一人残されてどうすればよいか迷うだけであった。

——嬶コあずけて、満州さ行けったけぁ、ほくほくとよろこんでけづがる——

だんだん言葉がI村らしくなって来た。けれども少しすると、さあ帰るべと腰をあげたのである。私はほっとした。林の上に三日月と金星と水星が並んでひかっていた。私はこんなに美しい月と星を見たことはかつてなかった。人人がキリキリと足駄をきしませて歩いていた。家に帰って見ると、新屋敷は母親と爐端に腰かけていた。私はどんなことが起るかと、はっとしたが父親は、

——嬶コ貰ってうれしか。おっつけて見たが——

と、息子にもたれて肩を叩くのであった。

七

私は夢うつつの中に、そののしり声をきいていた。ゆうべ寝入りばなにも近所の狂人の叫ぶ声を聞いていたから、それだろうと思っていたのである。ところがはっきり目が覚めて見ると、となりの新屋敷の床はからっぽで、ふくみ声だが声はまさしく父親であった。

——ぶちこわしてしまう。きさま、学校もやめてしまえ、満州行もやめろ、俺今から校長と村長に行って話して来る。きさまみたいな奴は勘当だ、出て行きやがれ——

と、いっているのである。私が来て助言して、結婚を破談にしたと、父親が受取ったのかと思った。母のなだめる声がしたが、息子は一言もいわなかった。

——お客さんにも聞えるがら、しずかにしなさんせぇ——

と、母親がいっている。

——何ッ、客だと、客は帰すな、鉄砲を出せッ——

と、いった。

——鉄砲で何するせぇ——

と、母親がいっている。

——うん、鳥でもとって来て今晩一杯飲んで、とっくり話コきがないうぢは帰すな——

と、父親がいった。がやがて父親の出て行く気配がした。——おっかない鉄砲だ、と私が布団をはねあげて思わずあぐらをかき、きょうは零下十度はあるかな、と思っているところへ、

——お聞げんしたか——

と、母親と息子がいかにも申訳なさそうな物腰ではいって来た。私はいそいで着物に着かえ、

——お母さんとお話したござんした——

と、正直にいった。そして三人は炬燵にはいった。母親は古風な束髪に結っているが、翁の能面を女にして、若く優しくしたような顔をしている。無地の紺のはっぴを着て年寄りくさい縞の雪袴をはいているが、肌は雪のように白く、しかもつやつやしている。

——まんつ、そのころは、父さんはいまに見ろ、金の冠に白金のステッキをついて見せるがらと、口ぐせにいいあしたせぇ——

と、いって、ほほ、ほほと笑うのである。

大正の好景気時代に、新屋敷の父はＭ川のほとりに鉄の製煉場を建て、鉄を掘る一方金山も経営した。どっちも人を六十人ほど使う小型のものであったが、貧弱村Ｉ村とすれば今までにない大胆で新鮮な企画だったので、Ｉ村やＦ町の人人は、やり手だと評判した。しかし鉄も金もお話にならない稀薄なもので、このあたりの山には、丁度空気がどこにもあるように、鉄分はどこにもあるものである。あの紅葉の崖だって、鉄分が少し余計にあるために、あんなに真っ赤で美しいのである。鉄が最高の値段のときでやっと採算がとれる程度の含有量で、好景気はあすにもばたばた崩壊するかも知れないことを見透しもせず、全く大胆にちがいなかった。Ｆ町の

上のM川のほとりには、その残骸の煙突が今でも立っているということであった。

――あの崖からは見えないのか――

と、私はきいた。森の蔭になるから見えないと新屋敷は答えた。

そのつぎの失敗が酒造会社で、この近郊は元来よい米の産地でないから、酒造米を他から買わないと頑固にいいはったために、酒がみんな酢のようになったのである。

――どぶろくを飲む野郎どもに、うまい酒ェ飲ませたいと思ってやるのに、失敗させるとは、神も仏もない世の中だといったなせぇお母さん――

と、新屋敷が母にいった。技術と科学を全く無視して、自分の失敗をすぐ神仏に結びつけるのは、

――おがしなせぇ――

と母親がいうまでもなくおかしな話だ。あのピラミッド型の山も新屋敷のものだったのである。いまではもう二三十万円はするだろうといわれる杉も、新屋敷の祖父の植林したものだそうである。それから父親は荒れてしまい、禁治産者になってしまったのである。

――どうせのこと、みんななぐしてしまった方が良《い》がしたと思われませぇ、少しばかりの財産子供らのために護《まぶ》ったって、父さんがあんなで、子供らがちりぢりになったら何の役にもならなせぇ、それより親子兄弟そろって土方でもしてかせいだ方が、よっぽど良《い》なせぇ、――ぐちをこぼしたなせぇ、御飯も上げないで――

と、いって母親は台所に立った。この母の賢さが、父親をあんなにしたのではないかと私は思った。それは事業の失敗もあっただろうけれども、女にうの毛ほども娼婦性がないということも、ときには悲しいことだ。あのふくべ楼のとっくりみたいな女は、事業の失敗と一緒に父親をサディストにしてしまったのではないか。私はこういう意味のことをいい、新屋敷はそういう父親を見て育って来たから、逆に身の内に潔癖を磨ぎすまして行ったのではないかといったのには半ば賛成した。

――親父はアル中から、男でなくなってるのではないっか――

と、新屋敷がいったときは、私は少しもそんなことを考えていなかったので、内心あわてた。新屋敷の顔を見たが、何の変った表情もなく、常常考えていて、新屋敷の頭の中には、もうかなり前から形をつくっている考えらしかった。女をいじめるのも、鉄砲で無暗に鳥やけだものを撃つのもそれだ、と新屋敷はいった。

――話が陰気になったね、おなかの大きな女の人は弟さんのお嫁さんか――

私は、白いエプロンをして台所で働いていた女の人についてきいた。召集された弟が東京で結婚していた人で、この村の言葉は少しも解らないが、新屋敷と父の言葉だけが通ずるのだという。自分の嫁には何一つ話しかけず、弟の嫁とは話するといって、新屋敷は頬を父親に殴られ、口の中が裂けて血をかなり出したということであった。私は炬燵布団の下にかけてある重い刺子《さしこ》を手で握りながら、あの親父が心臓麻痺でも起してくれれば、万事が解決がつくのだが――と考えていた。

稗飯のとろろ汁はおいしかった。凍らさないように室《むろ》にとって置いた自然薯《じねんじょ》で、色は黒かったがとろりとこくがあった。私は二番の汽車で帰ることにした。

外に出ると朝日がまぶしく、氷柱《つらら》が金色にそまって、この家の軒にずーっと並んで大小いろいろまじっているのである。駅まで送るという新屋敷と私を見送りに門口に出て母親は、まぶしそうにきれの長い目をほそめ、手を額にかざしてこっちを見た。

――親父が何といおうと、その吉林省の木材会社に行くがいいな――

と、私は歩き出しながらいった。

――うん、行く――

と、新屋敷が答えた。

門を出るときふりかえって見たら、母親はまだ戸口に立ち、弟の嫁も出て来てその傍にいた。私はまたていねいにお辞儀をした。そして新屋敷と一緒に雪をキリキリと鳴らしながら歩き出した。どんと樹木にこだまして、一発の弾丸が飛んで来ないものでもないと思い、いやいやそんなばかなことはある筈はない、今ごろは役場か学校で、無法ないいがかりに人人を困らしているであろうと、私は自問自答した。あの鉄砲は――私のために晩の御馳走の鳥を撃って来るものであることは、校長も村長も、よもや解る筈はないであろう。――

動物園

儀府成一著

1

構えだけは村の小学校ほども大きかった。ただ、見ただけでも中ががらんどうの感じで、「の字型に曲っていた。俗にいう南部の曲り家だからだ。その曲り家の丁度まがり角の内側につけ足された、縁側と同じ高さのみすぼらしい便所のわき、雨垂れの地掘れ防ぎに一列にビール壜を逆さに埋めた軒下に、民一郎は部落で一台きりの自転車を立てかけた。そこには、しまい忘れたものらしい三尺からの柄をすげた真新しい唐鍬が一本、白く水草の茎のように、斜に浮いた形で置かれていた。廏舎の前の水溜りもすでに光を消し、北側の庭木の列、ひばの群がりも梢一つ動かないのに、風がひやりとほつれた草屋根をすべって来、戸をあけたままの廏舎の中から、何かかさこそと物音が聞こえてきた。それは馬の動く気配ではなくて（この廏舎には、もう数年前から馬は飼われていない）投げこまれていつの間にかたまった藁屑や枯草が、風に煽られて波立ち崩れるからのようだった。納税の切符を配ってあるいていた民一郎は、一番あとまわしにした面坂戸の前で立ちどまり、あたりを窺うようにしてしばらく考えてから、その唐鍬と自転車の間をすりぬけて、もはや人色も分からなくなりかけた土間を横切って、あがり框の破れ障子の前で声をかけ、立って来たおしぎ婢に納税の切符をわたした。するとおしぎから、又たのみたいことがあるから、ちょっと上がってもらえないかと云われた。民一郎はことわり切れず——と云うより、さそわれたい気持もあったから、ゴム長をぬいで板の間に座った。いろりには薪というよりも、木の根が三つもころがされてくすぶっていた。

十三人からの家族は、いろり端からだだっぴろい板の間に、油煙だらけの吊りランプと、飯鍋、汁鍋、漬物鉢などを乗せた台をはさんで、だれ憚ることなく音をたてて黄色い夕飯をかっこんでいた。鮒江は炉端から一番はなれた場所にいて、民一郎の視線を意識してか、下を向き、かくれるようにして箸を動かしていた。

おしぎは一家の主婦らしい口つきで、民兄《たみあに》にも晩飯を一杯あげたいけれど、あんまりぼろぼろの粟飯でとても咽喉は通るまいからと断わって、あぐらの上に両肘をついて箸を使っている熊右衛門の後ろの状差から、手紙をぬいて来て民一郎にわたした。それは入営中の、鮒江の弟申義から来たものだった。民一郎は封を切って一応目を通してから、こんどは皆に聞えるようにゆっくりと音読した。

「ほほう、それじゃこの手紙も、まァだ金送れが」

耳をすましていた申義の父、当主の鹿蔵は、さほど大きくも高くもないのだが、まん中からポキンと折れたように曲がっていて、その曲がり具合いが鋭かったから、非常に際立って見える鉤鼻を、たなごころでツルンと撫であげると、誰よりも先に口をきいた。

「兵隊さ行っていて、銭金《ぜねがね》、なんでそらほど要るもんだべよ」

「ほんにさ。五円でもいい、十円でもいいって、その五円でも十円でもが、どっから降ってくるべえ」

「せんだってから、もう四ン度もそんたな便りだな」

「そんだらば民兄、銭コ送れって、その銭コ何に使うか、その事情ば書いて無いってすか？　まっさかおら家の申義病《さる》気して、寝てるわけじゃながんべな」

家族たちは食べたあとの椀で白湯をのみ、がやがや云いながら炉端に寄ってきた。いろりと同じ大きさの四角い火棚には、はきふるされた藁の履物やら濡れた衣類やらが、ゆらゆら揺れ動く無数の煤と一しょにぶら下げられ、そのまん中から太い黒光のする自在鉤が吊られていて、耳の欠けた一斗炊き鍋がかけられていた。

「あの小馬鹿こァ、することに事欠いて、借金でもしたんだべかや」

解せないといった面持で、家族たちはさっきの話を追った。

「しかし爺《じ》さま、おらとこの申義は、軍隊さ行った筈だもな。われの家から金を取寄せて、湯水のように使うためにいった筈じゃなえ」

「そうどもよ。しェば、おらとこの申義ァ、なじみ女ごでもこさえたんじゃなかんべか」

「自分の名前コも書けないよなスカンピンの二男《おじ》きれなんど、どこの誰が惚れでくれるってよ。あははは」

「うんにゃ、うんにゃ。世の中ッつうものは、一概にそう云ったもんじゃなえ。ないこっちゃないもんな。何もおらとこの申義だって、鼻もあれば臍もある。甲種合格の立派な若いもんだ。男の値打ちは面じゃなえ、どんたな張りあいで、どんたなええ女ごに惚れられないもんでも、ないでャ」

そこで年寄から子供たちに至るまで、おかしがって吹き出した。民一郎もつられて笑ったが、こんどはそこで頼まれついでに、金、金って矢の催促だが、一体全体何に使う金なのか、そんな理由の分からない金なんどけ、ビタ一文も送ってやる訳にはゆかない。それどころか家の方は不景気で火の車だから、なんぼでもいいからそっちの方からこそ送って寄越せ、という意味の返事を、代筆しなければならないことになった。

ざらざらする板の上に、小学五年の寅次の雑記帳からむしり取った紙をひろげ、詰衿のポケットからシャープ・ペンシルを抜いて、返事を五行ほど書きかけた時だった。すべりの悪い入口の大戸が荒々しく開けられて、お晩でごあんすという声とともに、誰かが土間にとび込んで来た。こっちでも同じ言葉で応じて、いちように上がり框の方に目をそそぐと、破れ障子をあけて顔を出したのは藤棚戸のお筆婦だった。大女のお筆は、他人の家に入って来たのに被り物をとるでもなく、唇を噛みしめてじっとこっちを睨み据えるようにしていたが、そのがっしりとした肩から土間へ、いや、上がり框の閾の上に、かついで来たものをどしんと置いた。それは民一郎がさっきこの家に入りがけに軒下で見かけたあの真新しい唐鍬だった。

「ほンにほに、お前達ときたら、あんまりひどいじゃないますか」お筆は、憤然として食ってかかった。「やっとこさ十何年ぶりで、新しい唐鍬を買ってもらって、これからは野老掘《ところ》りにも、堰工事のときも助かる、やーれ嬉しやと思って一夜明けて見たら、すんでに失ぐなった。いつもの伝で、これはきっと、おめえ館《たち》に違いないと見当をつけて来てみたら、これこの通りちゃーんとある！　他人のものを掻っぱらって来て、それをかくして置きもしないで、なんたらお前たちは図々しい人たちなんだか。オラは呆れ返ってしまった。たまげてしまった。――ンでも、これからはこんたなよくない真似、絶対やめでもらいたいな。なんぼうオラがお人好しだって、ものには程度というもんがある筈だし、いつまでも黙ってばかりはいないから。いいンすか」

「然《した》らんばおめえ――」

しゃがれた声だった。赤犬の毛皮を着て、横座にどかりと坐っていた祖父の熊右衛門だ。額が両方から禿上がっていて、まるで角でも見るようだった。額の上にもう一つ額を重ね、頤の下にもう一つの頤を足したような、しゃくれて長い顔立だった。

「おめえ、したらんば訊くが、かくして置きもしないでって云うのは、ものを掠めて持って来ても、かくして置ぎさえすれば、科《とが》にもなんなえし、腹も立だなえし、それで済むつうことの当てこすりがよ」

お筆は目を吊り上げてすかさず反撃した。

「とんでもねえこった。かくして置こうが置くまいが、盗人に二つがある筈がなえ。それを、くそ！　他人のものを掠めて来ながら、わが物づらをして、我の家の前にさらして置く――その図々しいやり方が、オラには憎らしくて、あんまりだと思うのし。なあ、そうではないすか。本家《おや》の兄さ」とんでもない場面で引きあいに出されたものだ。民一郎はどきんとしたが、書くことに夢中になっていて、何も聞えなかったというふりをした。すると当主の鹿蔵が、老父を庇うように横から口をいれて、お筆の矢面に立ちはだかった。

「しかし何だな、藤棚戸の嬶さま。おらとこにゃ、その唐鍬コをおめえ館から担いで来た者は、一人もいないな。第一、現場を見届けたのでもあんまいし……これあ何かの間違いじゃなかんべか」

「間違いも気狂いも、唐鍬がひとり歩きして、何用あって、こんたな遠くまでくるもんか」

「……」

替りばえもなく、すぐ鉤鼻に手をやって怯む伜をしり目に、熊右衛門のおっかぶせるようなしゃがれ声がした。

「いやいやお筆、世の中がベラボーに進歩して来たもの、今では唐鍬にも足がはえて、ノキノキひとり歩きしないもんでもなかんべよ。わっははは！　ねぇにさ、おらに云わせりゃ、同じちょろまかして来た物でも、悪る狭い量見起こして、いつまでも我の物にしてかくして置くより、使って用コが済んだらば、ハイこんどはお次の番だよ、とな。誰の目にもつき易い場所さ出して置く方が、なんぼうさっぱりして気がきいてるか、分からないような気がするどもな。どうも世の中は昔からえろえろさまざまで。……まあええさ、それだけ喋べったらお前の気持もおさまったべ。気持のおさまったとこで、コラショと担いで家さ帰らっしゃい」

「何だどう、このくたばり爺奴《じっこ》！　ひとの物を掻っぱらって来ていて、担いで行けもコラショもあるもんか。それがおめえたちの挨拶すか？　それでいいつう考えすか？　ほんとにオラは癪にさわる！　ものが儘にならば、ただでなんど置ぐもんか。ほんとうにおめえたちぐらい無法たがりの、奴隷《どつぼ》乞食《えど》の、ろくでなしがあるもんか。おらは今云われたこと、死んでも忘れなえ……」

「まあでャよう、そんたに赤むくれにむくれて、胆《だん》コが抜けるほど腹ァ立てるもんではなえ。短気は損気、疝気に悋気ってな、何の足しにもなりゃしなえよ。ねえにお筆、クヨクヨしゃんすな川端柳って、歌の文句にもあるではないが。ものはお互いっコじゃないがよ。お互いに、無いものが無いと、何とも不便なもんだ。おめえ館《たち》でほしいが無いものは、おらとこに有ったら、いつでも遠慮しないで、サラリど持ってって使えばいいじゃないがよ」

「したってオラ、おめえたちみたいに、無断で他人の物を掠めるなんて早業、生まれ変わって来でもしない限り、とっても出来ない相談だもな。オラ、ドロボじゃなえもの」

「出来ないって見たとこで、そりゃ何もおらのせいじゃなし、出来るもんに比べれば、たんだ損するばかりだべよ。ねぇに、世の中つうものは、一から十まで回りもちで、そう四角ばって考えない方がいい。早い話、村でいえば村長が変わる。村会議員が変わる。郡では郡長、県では県知事、国では代議士、その上あ大臣……大臣から村会議員のはてに至るまで、みんなぐるもるしょっちゅう変わる。これなんどは、世の中万事、まわり持ちつう生ぎ証拠でさ。まあよ、大体こんたな塩梅式のもんだから――」

「塩梅式もくそも！」お筆は待ちきれなくなって、熊右衛門の長ったらしい逆ねじをひったくった。

「そんたないけ好かない屁理屈なんど、オラァ聞きたくなえ。世間では、あの家は動物園だの、年寄から孫子《まご》のはてに至るまで、手ァ長え、手ァ長えって云ってら、これじゃ全く話以上だもな。オラだってこれまでにも、なんぼう被害を受けて来たか知れないども、まーさか、こらほどひどい悪たれだとは思わなかった。ああほんとに肝焼《きんまや》げる！　おめえ達ったら、他人の品物をぬけぬけと盗んできていて、申し訳ない一とこというんじゃなし、人に難癖つけて、家中総がかりで人を頭ごなしにする了見だ。オラのよな足れなしのお人好し相手なら通るべが、世の中はそうそうまい具合にばかりいくもんではない。今にきっと、こっぴどい目にあわされるにきまってるし、死んでも地獄に追《ぼ》んなぐられて午頭馬頭《ごんずめんず》にジャンギジャンギと斬り刻まれるべ、見てるもんだ」

「――なァにどう？」

それまで良人の熊右衛門のかたわらに、二つ折の恰好で、膝を舐めるように控えていたカメ婆さまが、眉毛が一本もない、木彫りの面のように表情の動かない顔をもたげていった。

「この半可垂れ、人を盗人呼ばわりした上、人がどんたな死にざまをしようが、おめえ等のよな不人情な寸白《すばこ》たかりの世話になんどなるもんか。から小癪な！　なあんでも、かあんでも、いい気になって、物が見えなくなった、失くなったと云や、かんならずオラとこの人たちにおっ被せる。これじゃ、なんぼう仏様のよなおら家《え》の人達だって、どうせ罪を着せられるなら、盗らずにかれこれ嫌疑かけられるより、盗って云われた方が得だ、毒食わば皿までだって思うことだって、たまにはあるべじゃないが。なァお筆よう」

「ンだって婆《ば》さま、こう云えば、年より婆さまに口返すよで下《げ》だども――おめえ館《たち》の人だち以外に、他人の物に手をかけるよう癖のある者は、この部落にゃ一人だって居ながんすよ。こんどのこの唐鍬だって……」

「しかし何だな、お天道さまだきゃ別だども――」そういってお筆の言葉を遮ったのは、この家の四組の夫婦のうちで、一番若い、鹿蔵の弟の馬之助だった。それまでは、どこを風が吹くといった素振りで大股をひらいて火に手をかざしていた彼が、痣のため左眼から上半分、ぼかされた写真のように暗い顔を急にこっちへむけて、「天下にゃ、これ一つしかないなんつう物は、まんず恐らぐあるめえな。同じもんが、なんぼうでも、どこにでも、ごろごろしてる筈ではなかんべか。おらだばそう思うし、現にその唐鍬だって、藤棚戸とも、面坂戸とも、屋号も目印も何《なん》も付いでない。こんたな唐鍬コなんどは町の店屋やいけば、なんぼうでも売ってるしろものだもんな」

　お筆は「何を下らない」とばかり、馬之助の横槍はあっさりと受けながした。

「いずれにしても、どこかの国にでも行ったら知らないこと、なんぼうそんたな説教聞かされても、唐鍬のひとり歩きは受け取れないな。なあに、オラにはちゃーんと分かっている。これは定《じょう》やもの、あの丑松爺奴《じっこ》のしわざだべよ。今ここにゃ、あの手ンぼ爺奴は見えないようだが、こうした細かい手道具掠めまわるのは、もっぱらあの爺奴の仕業だって、世間では折紙つけてるもの」

「このくそったれ！　喋べこど止ァめろ」亭主をあからさまに面罵されたのでは、だまってはいられなかったのだ。ぐちょぐちょに爛れている赤い目と、四方から引っぱりあっている皮ばかりの細長い咽喉と、この二つで出来ている生きもののような軀つきの、こんどは弟嫁のタツ婆さまだ。

「おめえ達は、盗られてそらほど困るよな大事なものならば、どうしてバーンとした紐コでもつけて、ぎったりと肌身離さず、夜昼抱いででもいなどさ？　なんぼう石川の五右衛門親《と》父《ど》みるよな泥棒の親方でも、そこに物さえ無けりゃ、置いてさえ無いば、百夜かよっても無駄足ふむしかなかんべに。だいたい、そんたな大事なもの、そんたな盗られるようなあぶない場所さ、突ン出して置くつう法がなかんべよ」

　お筆も、こうまで入れ替わり立ち代わり無法に極めつけられては、もはや皮肉でもあびせるほかはないと思った。

「あーあ、全くだなす。とるものより、とられる者の方が悪い！　そんだそんだ、オラァ謝まったます」

「そうともよ、おめえ等にゃ、オラとこの丑松爺さまァ、ぶっ殺してやりたいくらい愛《えら》しくない男かは知れないども、オラには、天下に二人とない、ええ御亭《ごて》だ。あーんまり、ウダクダけちつけないでけろ」

「あ、あ、わかったます。そういえば、たしかにそうだべな。あの小うるせえ蝌蚪《げえらご》型の目つきといい、後架の屋根に匍いあがったはいいが、蔓を切られてぐんなりと萎《しな》びた南瓜いろのブッ禿頭といい、二本しか指のない手ッコといい、実際まったく大したもんだもな。屹度もって、三国一のええ良人《とど》さまだごった。……あーははは！」

いくらやりこめようとしても、やりこめられる相手ではなく、逆に一家総がかりで食ってかかられると、軀中の意地も張りもぬけたようになってきて、いきりつ立つほど馬鹿々々しく、お筆も今は笑い出していた。そして虚勢を張って笑いながら唐鍬を肩にのせて、悠々と大戸のかげに姿を消した。

相手は去った。しかしこの家の人たちは、依然として坐ったままだった。どこでも必ずやる門送りに立つものもなければ、こうした異常な場合、やらずには居られない、負け惜しみでもあれば見栄でもある独語を洩らすでもなく、かと云ってことさら剛愎と冤罪を装って、笑い出すでもなかった。何事もなかったときの物腰で、けろりとして焚火に対いあっていた。

民一郎だけはそうはいかなかった。彼は自分の軀で、満座の中でとり返しのつかない恥でも掻かされてしまったような屈辱感で、顔を上げるのさえ憚られた。鮒江の気持や立場を考えると尚さらつらかった。いくら彼女だけは別だといっても、この面坂戸の家族の一人として、世間の憎悪なり指弾から免れるわけにはいかないのだ。もう手紙の返事を按じるどころではなかった。泣いているのかも知れないと食卓の端をぬすみ見たが、はしり場《ば》（流し元）にでもいったのか、鮒江の姿はそこにはなかった。

「中義への返事は、うちに帰って清書しますから」と嘘をついて、民一郎は逃げるようにして外に出た。風が吹き、うすい月が出ていた。用水堰にもつれるように走っている小径は、融雪直後のどろどろで、乗るにはかなり無理だったが、馴れた径なので彼は自転車のペダルをやけに踏んだ。自分がひそかに抱きつづけ描きつづけて来た愛の願望も、こんな風では一層困難で、むしろ絶望状態にすら感じられた。が、それならそれで——いや、それにつけても鮒江とはどんな手段を尽くしても、結婚しなければと彼は思った。

段になっている苗代田の横で、まだ腹の虫をおさえかねて大声でプンプンあたり散らしながら、唐鍬をかついで歩いているお筆に追いついた。民一郎が自転車からとび降りると、お筆はそれと察してぶっきら棒につっかかってきた。

「まんつ本家の兄《おや》ったら、何であんたな動物園なんどに行くもんだか。行かない方がいいとオラは思う。あんたな人でなしの乞食滓《ほえどかす》共につきあってるど、朱に交われば何とかで、しまいにゃ屹度ろくなことにはならねえにきまってる。嬰児《ぼっこ》でもこさえる量見なら話は別だども、手コなんどまで長くなったら如何《なじょう》にするべや？」

「は、は！　嬰児もそうだども、手ッこも短くて役に立だないから、もう少し引ん伸ばしてもろうべかと思ってス——そらそうど、藤棚戸の嬶《かか》さまったら、たまげた弁士だなあ。おら、さっき聞いていて、手に汗握ったでや」

「弁士もくそも！　あの丑松の手ンぼ爺奴《じっこ》がいたら、この煌《びら》めく唐鍬でもって、あのぶっぱけ頭から火ァ出るだけ、ビングラ、ビングラど、三四十もぶっ食らわせてやんべと思って行ったども、虫が知らせたとみえて居やがらねえんだもの、ムシャクシャしてどもなんねえ。全体あのくされ爺奴ァ、どこの世界さ行ってるべ」

「あの爺さまだら、いろ茶屋で、町の髪の毛買いだか何だかと、諭しながら酒コ飲んでいだっけな、夕方まで。——しかし、面坂戸であんたにやっつけて来た以上、もう沢山だべよ、嬶さまァ」

「何が沢山だってよ、駐在さ、ぶっ届けられないばかりも、なんぼうありがたいんだと思って」

人の好いお筆が、こうまで腹に据えかねているくせに、十日も経てばまた何事もなかった以前の目顔で、のこのこと〈動物園〉と往き来するだろうと思うと、民一郎はおかしかった。いいなずけの品子を破談にして、動物園の鮒江を貰うことに定めたなどと打ち明けたら、大柄で単純なこの嬶さまには、驚きのあまりこの泥んこの上に尻餅をつくかも知れないと思うと、おかしさが一層こみ上げてきた。

柴をかぶせた橋をわたったところで、突きのけるようなやり方で、誰かが二人を追い越した。

「お晩でごあんす」

民一郎は足をよどめ、声をかけた。が相手は会釈もしないで行きすぎた。

「誰だべ？」

闇をすかして見つめると、藁で編んだ蓑《けら》を着て雪沓《つまご》をはいた、山帰りの大男であった。背中には軽々と、炭を三俵くくりつけていた。

「ほう、男滝《おったき》戸の丙作のつき生か。あの臍《へちょ》曲がりァ、人に声をかけられても、一銭にもならないと思って、返答もしやがらない」

お筆はそういって舌打ちをし、凍りはじめた水溜りを横に跳ねた。

小径はにわかに堰から逃れて、まばらな小楢林にはいっていった。林の中からは腐蝕した落葉の匂いがして来、残雪をいただいた県境の山上に落ちかかったうす月が、歩をはこぶごとにすっきりとした小楢の梢を浮き立たせて、向うからは、岩を噛む河瀬の音がひえびえと聞こえてきた。

熊右衛門、カメ。丑松、タツ。鹿蔵、おしぎ。馬之助、マス。鮒江、中義、寅次、犬松、つる子、——姓は青笹、これが面坂戸の家族である。一家十三人ことごとく動物とゆかりのある名前の持ち主で、偶然にちがいなかったが、滅多にあるものではないと人からも珍らしがられていた。〈動物園〉という綽名の起りだった。もっとも、山間部落としてはかなり奇抜なこの綽名には、ただに家族の名前がそうだからという理由以外に、もう一つの意味も多分にふくまれていた。

　この面坂戸の人たちは、いつの頃からか物をかっぱらったり、人をぺてんにかけたり、とんでもない嘘をついたりするのが朝めし前だ、と云われていた。この蔭口に偽りはなく、一家族の盗癖がむかしから公然の秘密になっていて、そういう悪事で暮らしをたてているのかと思われることもあった。ただわずかによいのは、彼等の働く悪事は今までのところ、コソ泥、三百、かたり、ぺてんといったケチくさい範囲にとどまっていて、それ以上の大掛りな悪にまでひろがっていないことだった。それは貧寒であると同時に緩慢すぎる環境と、この人たちの知能の程度を語るものにちがいなく、洗ってみれば粉糠《こぬか》泥棒みたいなものにすぎないのだが、何百年来、夜寝るときはもとより、何日留守になろうが、鍵一つかけないで暮らしてきた土地にあっては、やはり小煩さい、油断ならない、端倪すべからざる「手余《てやま》しもの」だった。屋号の代わりに〈動物園〉と呼ばれるのは、家族の名が全員動物とゆかりがあるからというより、こうした手癖の悪さに由来しているのであろう。

　いま、この音にもひびく〈動物園〉のなかでも、そのこすっからさで随一を謳われる丑松が、さっき民一郎がお筆に教えた通り、そのとき部落の中ほどにあるいろ茶屋にいた。丑松の左手には指が二本しかない。漁をしていてワニザメに咬み切られたといい、相手次第ではワニザメが鯨になったり、鷹ノ巣岳の猪《うえのしし》になったり、賭博場での出入りの刀《どす》になったりした。「手ンぼ」と云われるのは、この指のためである。彼は、兄の熊右衛門とは五つちがいの六十五だ。顔から性格から声の調子、踝をぶっつけてせかせかと歩くときの手の振り方までそっくり似ていたが、柄だけは一と回り小さく、目が鋭いのと、一倍小狡い点では兄をはるかにしのいでいた。彼は若いころの松前あるき（北海道への出稼ぎ）以外は、これという正業についたことのない男だ。分家をするでもなく、子供もなく、この年になってもまだ五十代の精悍さで、稀にしか獲ったことがないのに、鱒突きによく淵にももぐったし、奥山に熊狩りに出かけていったりもした。ふだん、よほど軀工合いでも悪いか嵐ででもないかぎり、町まで下がっていって何日も泊まって帰らなかったり、毎日上下《かみしも》と、部落から部落をうろづいていた。

　こうした、お筆の形容を借りると、「蝌蚪型《げえらご》」の目つきをした丑松と対いあって、節だらけの山毛欅の五分板のテーブルをはさんで睨みあい、如才なくとり入り、そうかと思うと、故意にいきなり立っておどかしつけ、高笑いをし、酒を強い、ふざけかかり、相手のたなごころに指を押しこんで、もう一本足せの引けのと、かけひきとも冗談ともつかない——その実、そのどれでもある応待をしているのは、町の商売人——まだ、ブローカーという言葉は入ってきていなかった——だ。おきまりの角刈り、いろ眼鏡、金の入歯に金指環というこしらえで、これも色ものの絹のハンカチを首に巻いて角帯をしめ、指から巻煙草をはなしたことなしという四十がらみの、江刺家という男だった。江刺家は、ここから十三里先の県庁のあるT市に住んでいるといった。口が巧く、彼は〈髪の毛買い〉とか〈皮買い〉の名目で、この近傍の村々にちょいちょい来た。もう十五六年も前からで、彼はなるほど小字を回りあるき、髪の毛だの鼬の皮、ばんどりなどを買ってくれたが、扱われるものは決してそればかりではなかった。彼が町からはるばるとやって来た前後には、この「すり鉢の底のような」とたとえられる部落の娘たちの数に、ポツリポツリと異動がおきた。増えるのではなくて減るのだった。するとその都度「どこそこの何子は町の大地主のところに、見習奉公に上がったそうだ」とか、「工場へ入ったどう」という類の噂が立って、そのあとにはきまって「また髪の毛買いの江刺家さんが仲に立って、万事世話をして下《くな》さったそうだ」とつづけられた。しかし、そうした大地主だの、三年も勤めれば総桐の箪笥だの、きらめく嫁入衣裳だのの揃う何々工場だの、ただ楽をして、紅白粉をつけて、日に三度米の飯に上魚で、男たちに酒の酌をしたり歌ったり踊ったりするだけで、ざくざくと銭金の儲かるカフエーに、江刺家さんの世話で働きにいった筈の娘たちが、ひとたび峠を越えて町へ出るとなかなか帰ってこなかった。帰ってきても彼女たちの多くは、生まれもつかぬ半病人になっているか、父親のわからない乳呑児をおぶっているか、いずれにしても、村ではもう役に立たない女になっていた。

　粟や稗を食らい、昔通り〈ちゅう木《ぎ》〉と呼ぶ木片《こっぱ》や、わらや、乾し草で尻をぬぐっている部落の人々は、こうした敗残者や犠牲者を何人送り迎えしても、あたりが柔かくて口の巧い江刺家さんが、どんな仮面をかぶっている怖ろしい人間かに気がつかず、それを次の悲劇、第一、第二の陥穽への鞭とも見せしめにしようともせず、江刺家さんの親切にすがりついて、同じ愚を自らもくり返す始末だった。

丑松と江刺家の前にならべられた徳利は、深い雪の上で伐った木の切り株を春になってから眺めるのとよく似ていた。ぞろりと並び本数も昨日の倍に近い。大皿に盛られた豆腐と羚羊《かもしか》のごった煮、生のまま漬けられた真青なわらび、烏賊の丸煮、頭をとってひらき、酢にひたしたいわし――飲み、食い、何度目かの執拗な耳打ちと指の本数によるかけひきも打ちきられて、話はいつの間にか丑松の得意の賭けごとに移り、いま二人ともそれに夢中になりかけているところだった。

髪の毛買いの江刺家が、もう少しで目まぐるしく野良が始まるのに、もうすでに飯米の工面にも無理算段をしなければならないこの季節を狙ってやって来たのには、それ相応の理由があった。こんどは妾の周旋が目的だった。かねて目星をつけていたことではあり、充分の自信もあったのだ。

「お前さんの家には昔から、名のある軸物や刀が家宝として伝わってあるそうだが、今でもあるだろうか。あったら是非とも見せてもらいたい。いや、値はいくら高くついてもかまわないから、ぜひ譲ってもらいたい――」

江刺家は、何か事あれかしとうろづいている〈動物園〉の丑松を、はじめはこんな口実でいろ茶屋におびき入れた。

「お前さんの兄さん、ええと熊右衛門さんといったな――あの人の着ている毛皮は何の皮だろう？　猿なら大したものだが。ああいう古いもの、人の持ってない物なら何でもほしい、という変わり種の骨董屋がいてね。こんどあの村にいったら、なんか珍しい掘り出し物をして来てくれないか、と頼まれて来たどこよ。あの皮も一しょに売ってもらえると、ありがたいんだがな」

江刺家は相手の反応をためすように、こうも持ちかけた。むろん、丑松好物の酒肴は、ぬかりなくならべ立てての話だった。丑松は、それにはうんともすんとも答えなかった。それから悦けて、まず盃をキタッ、キタッと見事に飲み干して、皿も一つ一つ片づけ、お代わりをした。酒は、鶏が水でものむときのように、盃をありったけ傾けて飲み、羚羊の肉や烏賊の丸煮は、大皿のふちにかぶりつくようにして食べた。のどぼとけがごくり、ごくりと鳴り、一と区切りついたところで箸の先で歯をせせり、唇を舐めまわし、仕上げのように横手でこすった。

「酒ッつうものは、いつ飲んでもうめえもんだ」

丑松はまず酒をほめた。それからお代わりをした魚と肉をほめ、あげくのはてには褒める材料をぬけぬけと相手に求めて、「江刺家さんは三十八だなんてから嘘だべ、せいぜい二十九か丁度だべが、この人は四方八方であんまりもてるもんだから、われの年までサバを読んでる風だもな」とからかい、指環や眼鏡の値段をきいて一々たまげたり、感心した顔になり、座が少しでも白けかかると、得意の卑近な色話を織りまぜた。その物柔らかな表情や声だけでは、人の饗応を受けるときは、この程度の追従は誰でもするのが普通と見せかけながら、丑松の軀のどこをのぞいても隙はなく、相手の出方次第ではどのようにでも自在に牙をむいてくる——食えない感じも確かにあった。

江刺家は盃を口にもっていくよりも、徳利を取りあげる役に回り、貴様がそのつもりならいくらでも恍けろ、いくらでも飲め、いまに吠え面かくのはどっちの方かと内心うそぶきながら、それ相応の受け答えで恬淡と微笑し、その日は腹のさぐりあいだけであっさりと別れた。

そうして今日だった。髪の毛買いは丑松に実際にあたってみて、中々のしたたか者であることを確めたが、こんな手ぬるい交渉は無意味だと見きりをつけ、態度をがらりと変えた。

「ときに丑松さん、掛軸だの猿の毛皮だのもそうだが——」かさにかかって、ずばりと切り出した。お前さんとこのあの何とかいう娘さんは、もう二十七か八になったそうだが、どうして縁付かないのだろう? ここらあたりで娘の二十七八といえば、もう硬《しな》くて食われない八月のわらびだ。嫁に行かないのもらわれないのには、それだけの曰くあっての話に相違ないが、その売れ残りの瑕ものを承知で、ぜひほしいというものがいる。相手は、お前さんも名前ぐらいは聞いたことがあるに違いない、T市の畜呉服店の楽隠居で、数年前本妻を亡くしたがこんどは先の短いことではあるし、事情で正式再婚というわけにはゆかない。が、隠居といっても金庫の鍵はいまだに自分で預っているというし、贅沢好きの若造りで、万事さばけているだけあって、はたからうしろ指一本ささせるような人ではないから本妻同然で、つとめはまるでらくだ。まあいってみれば家柄のよいところに抱えられる、ご隠居か子供相手の付添いか看護婦みたいなもんだ。本人の将来への保証はもとより、親元へもこれこれのことは必ずすると云っている。売るの買うのとは話がちがう。ものァ相談だ。うまくまとまったら、お前さんへの銭代《きさかりだい》——手間代世話賃はずうんとはずむ。ひとつ、骨折ってみてはくれまいか……

丑松は聞いているのかいないのか、しばらく腑抜けしたような顔つきでぼんやりとしていた。この話は、彼にとっても意外だったにちがいないが、充分間をおいて、効果を上げる演出も知らなくはないのだ。何本ものお銚子を逆さにして一杯にしたコップをゆっくりと傾けると、丑松は矢庭に立ちあがった。そうして見るも無慚なその左手でテーブルを叩きつけ、色をなして喚き出した。

「な、なんでえこの狸野郎！　軸物ァどうしただ？　ええおい、脇差が、猿の毛皮がどうしただ？　猿の皮をひっ被せて、ひとの生娘をかっ攫う了見だか」

　だだっぴろいこの店屋が、びりびりするような猛々しさだった。そして他人の大事の箱入娘を、目くされ金を引き換えに妾てかけに差出せなどと、人を見くびるにもほどがある。あのしおらしい、咲きかけたかかけないか、まだ花には早い白桜《ひきざくら》のようなおらとこの鮒江子のどこが一体瑕ものだと、歯をむき、さも憎にくしげに江刺家に食ってかかった。それは如何にも誇と名誉を傷つけられて、憤懣やる方ないものの身振りだったが、髪買いはいささかも動じなかった。こんどはおれの番だとばかり、唖黙って相手を無視した。

　江刺家が口をきいたのは、丑松のほしいままな罵倒――というよりは、田舎くさい間延びのした啖呵が、張りあいぬけの形で下火になった時だった。

「まあさ、お前さんも何村の何親父と、一応も二応も名の通った親父さんじゃないか。相手と時によりけりだ、あんまり野暮ったらしい芝居は止めたらどうだね。え、さっきも云った通り、いならいやでそれでいいんだ。売りに出された泥鰌や茸じゃあるまいし、他人の娘さんをどうされよう――それにしてもだ。あんたないい若い女ごを、あんたな風にしてあたら年コを腐らせでしまうなんて、勿体なえ……罪だ、とおらは思う。若い女ごの軀ばっかりは、置けば置くほど値打ちが出てくるなんてもんじゃなえ。全くそれとは逆だ。本人の身にもなってみるがいいし、おらのいいたいのはそこだ。いい加減にとうが立った今、へたに嫁にやろうとしたところで、炭焼か土方の後家の口ぐらいのもんで、一文になるわけのもんでなえ。こっちから呉れてやりたいと思うとこじゃ洟もひっかけないし、向うから口をかけて来る手合いは、貧乏ものかろくでなしに定まっている。なあお爺《ど》ッちゃ、ものァ相談だつうのはそこだよ。それをお前さんときたら、初手から烏みたいに喚きたてでしまうんだもの、相談にも何にもならねえじゃないが。――まあええさ、夜みちにゃ日が暮れないから、お互いにゆっくりど考えて語るべ。さ、野中の地蔵さまみたいに立ってないで、坐《ねま》ったねまった。そんたに激語《ぎご》ったら咽喉もかわいたべ。まあねまって、熱いどこ一杯ぐっとやれや」

　相手の短着をぐいと引っぱってすわらせて、盃を四五度もやりとりした髪買いは、そこでもう一筋縄ではゆかない丑松に、一段と声をおとさせ、「娘ァいるにいるども、おらのこさえた娘じゃないもの」とか、「馬《まっ》コや反物じゃあんまいし、まだ新鉢《あらばち》を割られたこともないまっさらの生娘が、たったそれ分量《ぶんこ》のはした金で、如何《なじょう》にもなるもんだない」などと云わせていた。

　この調子ならばもう一と押しだと、舌なめずりをした髪買いだ。口には税金はかからないし、ぼろを出さないだけの場数を踏んでいる。彼は手を替え品を変えて、丑松の歓心をおびき寄せ、そそり立てるのに躍起となった。人を人とも思わぬ丑松の姿勢も、その並べ足される好餌の前で、だんだん怪しくなってきた。「――それも、そんだな」などと、もっともらしく合槌をうったりした。だが、それは相手を適当にあしらうことで探りを入れ、奔命させようための手段だったと、誰が知ろう。丑松は相手の腹のきたなさを洗いざらいさらけ出させたところで、俄然仮面をかなぐり捨てたのである。

「やい、このくされ腐れ瘡《かさ》ッかき！　お手前《でめえ》はこのおらを、全体どこの誰だと思ってけつかる？　ものを喋べる時あ相手をよく見てからにするもんだ。おらは如何にも在郷《ざいご》太郎だ。食うや食わずの貧乏たかりだ。したが、それが一体どうしたつうんだ！　口先ばかり達者でフニャフニャした、おでめえ等のよな者の指図なんど、おらァ受げたくなえ。受げねばなんねえよな義理もなえ。それをいいんだ気になって、なんだのかんだのって他人の疝気病んで、あげくのはてにゃ甘え汁をすする算段だ。ふうん、そんだ、丁ン度よかんべ。今夜はな、この南部の国山火部落の丑松さんの骨っ節が、硬《こわ》ッぱしいが硬ッぱしぐないか、どんたな味がするか、すすれたら啜ってもろべ。やらばやってみるべ？　さ、やるべ」

　丑松は再び指が二本しかない左手で、テーブルを叩きつけて立ちあがった。

「お爺《どつ》ちゃ、おまえ、何を云うっけな？　え、それとこれとじゃ、義経と向かっ脛《つね》以上に、話がちがうじゃないが。ええ、おい」

　髪の毛買いは、前後のつながりもなく突然絡みはじめた相手の底意をはかりかねて、なだめようとして手を泳がせた。あきらかに一撃を食らった感じである。丑松は江刺家の手をはらいのけ、あくまでも忿怒を粧って、或る謀《はかりごと》へと強引に話題をもっていった。

「ちがうもんか、何が、どこが異って！　おら、おでめえ等みだいな、吹けば飛ぶよな人足とァ土台人物がちがうんだ。うそだと思ったら、何でもいい。早えとこやってみべ？　勝ン負するべ」

「勝負ど？」

「おおよ。腕押し、ケッケラゴ（片足とびチンチン）、足相撲に指相撲、首っぴきに棒突っぱり、股木突《まどり》き、めぐり、丁半、どっぴき、ずぶくぐり——そのほか何でもござれだ。おらァ自慢するわけじゃないども、こうみえても、何をやっても、退けをとったことなしつう名人でな……うわっははは！　から嘘だと思ったら、一丁いくべよ」

「なあんだけな。あんまりえらそうな口をきくから、何かと思ったば、そんたなつまらなえ遊戯《わすら》勝負か」

「そんだら、賭《かげ》は如何《なんじよ》だ」

「賭ど？」

女と賭博で前科のある髪買いの目が、黒っぽい眼鏡の奥でギロリと光った。話が意外な方に——だが丑松の目論だ計画どおり、くるべきところに来たかたちだ。丑松は、相手の関心を意外に早くそそのかしたのを見てとると、いよいよ能弁になり狎々しく笑いかけて、かけの種類やら面白さやらを、泡をとばしてまくしたてた。

「この屁っぴり爺奴《じっこ》！　さてはこの絹物づくめのおらから、まるッ裸にひんむしろうって計略だな」

江刺家は、指環をしている方の手で衿もとをまさぐって叫んだ。それは丁度「よし、そんならやるべ」と合図したのと等しかった。男同志は憎悪と軽蔑の笑顔をあらためて見せあった。

いろ茶屋の亭主留十郎は、ガラス戸越しに二人のやりとりを偸み聞いて、又はじまったと微苦笑した。しかしそう思っただけで、彼はそれをしおにこっそりと寝床に引きあげてしまった。ひどい目にあわされるのがどっちの方なのか、長年の経験で知っているのだが、留十郎にすれば、そういうことで多少でも店の商品が動くとすれば、それに越したことはなかったからだ。

十人は対いあって坐ることの出来る深い切炉には、惜しげもなく炭火がおきていて、浅い灰に尻をうめて滾っている大鉄瓶には特大の徳利が入れられ、そのかたわらには、山鳥の臓物らしいものが串にさされて、こんがりとこげていた。ほそ長い土間には、塩叺から瀬戸物、馬のわらじ、砥石、ランプのホヤといった雑貨がごたごたと積まれてあって、入口ちかくの梁からは、黄色い脂身もなまなましい熊の肢《しし》が二本、足首のとろを縄でくくられて吊られていた。反対側の前下がりに飾ってある駄菓子箱の方からは、酒だの酢の匂いがツーンと漂ってきた。

さっき留十郎があたっていた台所の炉端には、娘の品子がきて坐った。どうやら湯上がりらしかった。間もなく、女将のおいろもお勝手を片づけて、手をふきふきやって来た。母娘のせいか肥ってよく似た軀つきだが、おふくろの方がずっと色白で、まだ娘よりも男の目を惹きそうだった。二人は見ない振りをしながら、ガラス戸越しに店の方に視線を投げ、ほおえみあったり、眉をしかめたり、何か囁きあったりした。

いつも三十分は遅らされている店の煤けた柱時計が、ゆっくりと八時を打った。だが、賭けごとに夢中になっている丑松と江刺家の耳には、時計の音などきこえぬらしい。わざとそうしたのであろう、こしぴりと呼んでいる短い普段着のふところを袋のようにおしはだけ、冬山ではきふるした雪草鞋《おそひき》をつっかけて、大股をひらいた丑松は、お筆が〈蝌蚪型《げえらご》〉だと罵った、尻あがりに鋭くとがっている目を神経質にパチパチやり、首を振り、回すようなゆるやかさで顎までもぐもぐやり、咽喉を鳴らし、ばりばりと音をさせて懸命にものを噛んでいた。それは一升からの殻のままの南京豆だった。

テーブルのこっち側では髪買いの江刺家が、火のついた敷島を指ではさんだまま、やや鼻白んでそれを見張っていた。しかし、三尺離れただけの彼の意地悪い監視をもってしても、薬指と小指しかない丑松の左手にごま化されて、たくみにふところに捻じ込まれる南京豆には気付かなかった。魔術師みたいな丑松の指のうごきは、賭場での習練によるものに相違なかった。

三十分もしないうちに、あっさりと勝負がついてしまった。丑松は一番あとの一と粒を口のなかにはうり込むと、手首、袖口、衿もとと残るくまなく触って見せ、両手を叩き叩き立ちあがった。

「つき生！　こりゃァまるで、馬みてえな爺奴《じつこ》だ」

江刺家は故意を粧って忌々しげにきめつけ、一と口喫ったばかりの煙草を切炉の火にポイと投げた。眼鏡へ手をやった。ポキ、ポキと指を鳴らした。彼は、まさかと高を括っていたのである。六十も半ばに達したこの老人が、殻をむきもしないで一升からの落花生を、平らげるなんてあり得ることだろうか。こけおどかしの啖呵の手前、骨っぽいところを見せびらかそうと無理するにちがいないが、屹度みっともなくへたばってしまうであろう。そうなったら、この文無しの慾張りを存分にとっちめてやろうと、それが面白さに熊の肉を懸けた勝負だったのに、予想は見事にはずされてしまった。

「うふふ!うふふ！　それ見たことかよ、又来てごんせ、だ。おらァこう見えても、今時の青二才なんどにゃ退《ひ》けを取らないし、おっかなくも何ともなえ。なんぼ頭が禿げても、指コの数が少しばっか足りなくても、腕にゃ年をとらせなえ。……どりゃ、おら、約定通り、きめたものは遠慮しないでもろうべな」

いうなり丑松は、身振りたっぷりの跳ね方で土木《どぎ》をはねて、ガラス戸ごしに、あっけにとられてこっちを覗いている茶屋の母娘に笑いかけ、梁からぶら下がっている熊の肢を二本とも、するするとひき下ろしてしまった。

「どうだ髪買い、いいや娘買い！　負けだか、まんだ負げないが？　まんだやる元気あるか、それとも降参が？　なんじょだ」

「こんどあ何だ？」

うかうかと乗せられた上、ものの見事に打っちゃられた形の髪買いは、こうまで挑発されてなぶられると、いきおい意地になっていた。

「なんだっていいとも、昔から譬にもいうじゃないが、男は度胸、おなごは愛敬ってな。おめえも男だらば、おらだって男だ。もっと男らしいものを懸げて、もっと男らしい勝ン負やるべ」

うんとも答えないで、江刺家は気ぜわしげにあたりを見回した。そして何を見つけたのか、ずかずかと土間に向かって立っていった。

「そんだらば、此奴ではなんじょだ？」

振り向きざま髪買いが示したのは、二尺からの塩引であった。塩叺のとなりの粗末な台の上、底の浅い箱から、かぎを引っかけて吊ったのを見ると、ひらかれた腹の中は勿論のこと、塩引は塩引の名の通り、いかにも塩からそうに赤ちゃけた塩をいっぱい吹いていた。丑松はそれを見るとわが意を得たとばかり跳ねあがった。

「おお、おお、塩引、塩引はおらの大好物だ。ええども、ええども！　そんだらは今度ァ、何を懸げら？」

「この塩引を一息に、ヒレ一つ残さずきれいに平らげたら──そうさな、うん、酒を五升買うべ。万が一食いかねたらば、お前の方でおれに五升おごれ。その時になって、金が無えの勘弁してくれのといったって、おれは絶対に許さん。それでいいな」

「よいども──」

「ただしな、この塩引は、洗って切ってもよいが、目玉から、骨から、皮から、尻尾コ《しっぽ》から、ひれから、はらわたに至るまで──つまり何から何まで全部平らげねば、絶対駄目だぞ。それでもいいか」

「よいども。産土さまも御照覧あれ、だ。南部のなにくそ、こんたな日高《かなくぎ》みたいな塩引一ぴきや二ひき、もて余すようなおらじゃなえ」

丑松はこともなげに云い放って、まず土間の隅から、使いぶるしの炭俵をぬいてきた。そして、すでに自分のものになった賞品の熊の肢を、くるくるとそれに包んでテーブルの端に乗せると、さっき江刺家が箱から引き出した塩鱒を手摑みにして、表にむかってとび出した。

「くそ、癪にさわる！」

江刺家はやけに舌を鳴らして、つめたくなった酒を手酌でぐっとあおった。ランプは明るかったが、急に顴骨がとび出してけわしい人相の男に見えた。

「——なンす、もうそんなこと、お止《や》めエんせであ」

茶屋のおいろ嬶は、仕切りのガラス戸を開けて、見かねたように声をかけた。が、よほどむしゃくしゃしていたとみえて、髪の毛買いは眼鏡に手をやっただけで、返事もしなかった。

待つほどもなく〈てんぼ〉の丑松は、水のしたたる塩鱒をぶら下げて戻ってきた。彼はそれを、勝手知った土間の棚の上から、すり減った俎と庖丁とを取ってきて、たしかな手付きでスタスタとまず二枚にし、骨をとり、こんどは片身ずつ、荷札型に見事に切った。それがすむと、骨と頭と尾とひれを全部一緒にして、刃物の背《みね》でトントンタンタンよく叩いて、とうとうとろとろに潰してしまった。これで一切準備がととのったのだ。

「なンす、止《や》めらさいでばよう、面坂戸の丑爺《うしじ》さまァ。おめえ、酔ったまぎれにから元気つけて、年コを忘れで、そんたな無態《むで》な真似して、しまいに病気にでもなったら何んとするどう？　おらだって万一のことでもあれば、見ていて止《と》めなかったつって人に云われるもの。……なあス、悪りいごとは云わないから、もうそのへんで止めるんだます」

なにしろ、昔からの村同志なのだ。おいろ嬶はさすがに商売ぬきの声を出して、真顔で丑松をとめにかかった。が、慾に目のくらんでいる丑松の耳には、声だけは聞こえても、いたわりまでは通じないらしかった。

「ねえに、こちらの嬶さまよ、でえ丈夫だでばさ、心配してくなさるな。この町の目くされ野郎に、ドガーンと一と泡吹かせてやらないことには、おらの一存が立たねえもんな。——おら、ほんとのことを語れば、松前で船に乗っていた時分には、鰊《かど》なら二十本、こんたなホッケみたいな鱒なら、一食《ひとかたぎ》に八ぴきぐらいは、ペーロリど片づけたもんだったでば」

「さあ、やった、やった、この爺奴《じっこ》！　——のろいことなら牛《べこ》でも出来る。あとの文句は汽車でくる……」

江刺家は、いまいましげに怒鳴ったが、目ではガラスを透かして見える品子を追っていた。

「急《せい》てはことをし損じる、ってな」

丑松は一向平気で、のろのろと軀をうごかした。

常居の奥の寝部屋からは、留十郎の大きないびきが、この退くにもひかれない、どこまでいくか分からない賭けごとを、けしかけ、嘲ってでもいるかのように、板戸ごしにゴオースン、ゴゴーオースンと聞こえてきた。

「まんつ聞くもんだ、おら家《え》の阿父《とど》の鼻音ォ……まるで、大きな鋸で、板でも挽いてるみたいだあ」

品子はちょっと身動きするのにも、娘らしいしなをつくってすぐ笑った。衿あしや、むちむちした膝のあたりから、まだ蕾ほどに固い色っぽさがちらちらした。難をいえば目がほそすぎ、耳がちいさく、いつ見てもうす赤かった。膝がしらのところには女学講義録が一冊、投げ出されていた。

やがて準備のととのった丑松は、その焼きも煮もしない、ただ塩からいだけの塩引の切身を、テーブルのほどよいところにキチンと積んだ。それから大事をとって外まで小用に立って来、炭火に両手をかざして充分暖をとってから帯をゆるめ、咳ばらいをし、白湯で咽喉をしめして、さて、おもむろに一番上の一と切れに手をかけたのである。

「――ああうめえ！」

虚勢にしてはあかるすぎる声だった。しばらく振りで好きなものを口にした、満たされた人の顔だった。すこしも迫らない手付きで身をむしり、ひょい、ひょいと投げ上げるやり方で口にほうり込み、どうやら咽喉に閊《つか》えない程度に噛みこなしただけで、水を呑むときの鶏みたいに軽く首をのべ、至極あっさりと嚥みこむのだった。見た目にはたしかに美味しそうで、真似たくなるくらい鮮かで自然であった。三つ、五つ、八つ――と豆腐型の角が欠けて、順々にひくくなっていく。あの骨、皮、頭、尾、ひれなどのたたきのときは、潰れ残った骨を歯で砕くのか高い音がした。口のはしからは涎が流れて、さすがに何度も、げえッ、げえッとやった。

「あやや、ほに穢ないごとう。まるで、犬《いんぬ》のよう……おらァ嫌《や》んたでば。なンす、早く止めらせでよう、阿母《かか》ァ」

はじめは面白そうに見ていた品子も、ここまでくると大袈裟に眉をひそめ、母親の袖をひいた。けれどもおいろは面倒くさいのか、けろんとして白湯を飲んだ。

丑松の〈萎《しな》びた南瓜いろ〉の禿頭からは、ポヤポヤと湯気が立った。咽喉がぬるぬるしてエガラッポクなってくるらしく、ときどき口中の唾液を丸めて、とッ、とッと足もとに吐き出した。口いっぱい頬ばっていたものを一気に嚥み下そうとして首をのべると、瞳孔が妙なぐあいにみひらかれて、死んだ魚の目のように光った。切身のかずが減るにつれて、この一心不乱な、しかし淡々としたくり返しが次第に速度を増していった。

さいごの一と切れが無慚な丑松のてんぼに移されたとき、不遜な人柄をそっくり顔中にむき出しにしている髪買いの江刺家も、いまは全く兜をぬいだもののように、背中に回していた腕をほどいて頭を下げた。

「もういいでャ、沢山だでャ。おらァ降参だ。おめえという人間は、なあんたらまあ因業な爺奴《じっこ》なんだか。もう人間を通りこして化げもんだ。恐れ入った。さっきその塩引を洗いにいったとき、鰭だの、まなぐ玉だの、はらわただのの半分は、川戸《かど》にぶん投げて来たのをおらは知ってるども、あんまり見事に片付けたから、おら、気前よく見のがしてやるす。……いや、まったく、おらは今になって、お前さんを見直した。お前さんつう人物がわかった。やられだ！　やられだ！　はっはっはははは」

　そして「コンのつき生」とつけ足して、思いきり丑松の背中をどやしつけた。丑松はそれを合図にとびあがって、このおさえ切れない勝利感をもっと誇示するため、残りの塩引の切身をむしゃむしゃやりながら土間に走ってゆき、手を振り足をあげて、ゆうらりゆうらりと踊りはじめた。そうしてこころ辺りでは聞いたことのない、のろいテンポの歌を声をしぼって唄いだした。

「たンまげた。たンまげた」

「まンつまンつ、おらハこんたな人、知らねえなす」

　茶屋の母娘もあきれたところを通りこして、いまはほめる側にまわっていた。

　〈てんぼ〉の丑松はますます図にのって、駄菓子箱の前までよろけていき、そこに並べてある酒樽の中から五升樽を一本ひき寄せて抱えあげると、再びこっちの方へよろよろと戻ってきた。そしてテーブルの上から炭俵包みのさっきの熊の肢をとって酒樽に乗せ、両手でそれを頭上にかざしながら、なおも歌い、舞いの所作をつづけたまま表に出ていった。

2

　採草地の火入れだった。

　五つの小字の人たちは、火入れの日にえらんだ今日の午後が、雨も降らず風もない絶好の日和だったことを喜びあい、それぞれの部署にわかれてついた。男たちは一番警戒を要する山麓の民有林からさかのぼって、国有林の山腹を次の尾根へ帯状に走っている境界線をかためた。境界線といってもここは、草刈たちが往き来するだけの細い山径だ。が、火入れの時だけは枯草や風倒木、柴はもとより、落葉さえきれいに片づけられ、その上唐鍬やスコップで地肌までがりがりと掻きむしられ、まっ黒な広い防火線に早変わりをする。官山に火でも移しては大変だからだ。なにしろここは採草地といっても、平坦な野原ではなかった。山そのものであり、山合いの台地であり、沢が流れ、大小の尾根が山裾に向かって岬のように突き出ているかなりけわしい山地であった。この辺一帯は十余年前に炭を焼き、薪をとったところだ。耕地の乏しい部落の人たちは、家畜の飼糧のほかに、肥料のすべてを刈草にたよっていたから、こんどはこの灰色の山を採草地として共同で払い下げて、尾根や沢を境いに家の数に細分して使っているのだった。

早春とはいえ春の火は足が速く、見えない焔となってめらめらとあたりをなめた。火の輪がひろがると、不思議なことに風が立ち、風が風を呼んで焰まで音をたて、火の粉がとぶ。やがてあっちからもこっちからも——尾根のかげからまで、ほおう、ほおうほおうと喚声がわきあがる。と、別の方角からも負けじとそれに応じ出す。それはごく単純な叫び声のくり返しにすぎなかったが、それだけ却って旺んな野性を思わせ、過去と現実とが呼びあい、こだまし、何か通いあっているような物ものしさを感じさせる。煙があたりをうめ、一瞬にして風に吹きはらわれると、手製の色とりどりの手甲をはめ、麻殻束《おがらたば》を斜に背負い、すばやく火種を移している女たちの姿が、山の中段、崖の下、台地、沢のほとりのあちこちに点々と浮いて見えた。白く枯れた野老の花が夥しくからみついている藪の根方から、いきなり雉が羽音をとどろかせて、啼きながら一直線に峰越しに飛んでいった。陽だまりのゼンマイは、まだ綿をかぶっているほど稚なかった。

「じゃァじゃァ、火の足がおっそろしく速えなあ。これじゃァ中段から火入れは、一時止めにした方がよくはなかんべか」

「あん。この調子だばどうも、この辺の線があぶないようだなス」

上の国有林との境界線のあたりで、親父たちの話声がしたと思うと、やがて谷にむかって、火入れを少し休めと叫びはじめた。しかしごうごうと燃えさかる火勢の音に防げられて、この命令はなかなかとどかぬらしかった。危険な個所の固めを男手にゆだねた女たちは、火に巻きこまれないように敏捷にわたり歩き、つけ残し焼け残りのないようにと、方々に火のついた麻殻《おがら》たいまつをつきつけていた。

むろん境界線から内側へむけても用心ぶかく火は放たれたが、下から上への火勢にくらべると、上から下への迎え火は、比較にならないくらいのろく、弱かった。

ただならぬどよめきと、援けを求めているらしい叫び声に、民一郎たちが西寄りの尾根のかげから駈けつけた時には、山の襞を蔽っている笹の群に移った火が、機関銃のような音をたてて焔をあげ、境界線の一部を突破して、国有林の刈り手のない萱の立ち枯れにおどりかかったところだった。考えたり、ためらったりしている暇はもうなかった。人々は火の中におどりこんだ。軀をぶっつけあい、目に血をうかべて喚きちらし、道具を振りまわした。その割に効果があがらなかったのは、火勢がそれほど烈しく、人々の気持が動転し、あわをくっていたからにちがいなかった。

「――退却！退却！　これじゃとっても手に負えないじゃ」

「火に巻かれるんじゃなえぞ」

叫び声が入り乱れた。

「いいか、みんな、火の先を切れ――山サ上がれ。そうして土を掘っちゃぐれ」

甚内という年長の爺《じ》さまが叫びざま、かろうじて焔を跳ね越えて、数間傾斜を這いあがった。そこに居合わせた男たちは、無言でそれに倣った。半ば役に立たなくなった防火線は捨てるしかない。そこから三間余り上ミ手に陣取った男たちは、手あたり次第枯草や柴を薙ぎたおし、風倒木や雪折れは片っ端から叩き伐ったり引きぬいたりした。埋蔵木と、手がかかる限りの石は掘りおこした。原始的なマダルッコイ手段にみえても、水も消火器もないこんな場所での防火作業としては、これでもほとんど唯一のものといえたかも知れない。燃えるものをそこから無くすること、そして石を起こし、埋蔵木を引き出すことで、あとにあいた穴を拠点に、土が得られるからだ。しめった土を大地にばらまき、火焔を目がけて叩きつけると、たいがいの火は一応そこで食い止めることができるのだ。こうした作業と同時に、あらゆる道具で地肌ががりがりと掻きむしられて、第二の防火線が山腹を横に徐々にのびていく。金てこが曲がり、唐鍬やスコップの柄が抜けたり、ぼうぼうと火を吹いてこれ以上使いものにならなくなると、着物をぬいで焔の舌を叩きつけ、火の上をわざところげまわる者もあった。もう文字通り死にもの狂いといってよかった。

第二の防火線でどうにか火を食い止めたとき、人々はそこに丸太のようにぶっ倒れてしまった。火熱と汗のために目をあいてはいられなかったし、立っているだけの気力さえ、使いはたしたようだった。髪や眉毛はこげちぢれ、手足は傷だらけになり、腕にも顔にも火脹れができていた。生爪をはがしたもの、身に着けていたものから道具まで、どこへどうなったかわからなくなったもの――とにかく、満足なものは一人もいなかった。

「ああ、ああおらァ……さっきというさっきは、もう全く、くたばるがと思ったでャ」

誰かがやっと口をきいたのは、大分経ってからだった。

「おらもさ。おらももうあんまり苦しくて、これがこの世のおさらばかと、何度思ったか知れねえ」

「ずんぶん辛がったな。こうしてまで息をついてるのは、おらの力じゃなえ。きっと、神様か何かのおかげだような気がするくらえだ」

声のした方に、もの憂げに顔だけふり向けたが、疲労と恐怖でいまだに口をきく気にもなれないのが大部分のようだった。からだ半分起こしかけて、関節の痛さに悲鳴をあげ、またどたりとひっくり返るものが何人もいた。しかし、谷間の方からものの焼ける匂いや音が断続し、ほおうほおうと叫び声が徐々にせりあがってくると、荒い山肌から首をもたげ、目を見はった。「火入れ」がまだ終わっていないことを思い出したのだ。

「もしも万一お上の山なんど焼っぷくったら、どんたな科《とが》に問われるもんだか知らないども、腰さ縄をつけられて狐森さ連れでいかれ、赤え着物コ着せられるにきまってるべな」

「そうとも。お上に申しわけがなくて、とっても娑婆になんど居られるもんじゃァないでば。罪人は監獄さ行くことになってるもん」

「しェば、そこで前科一犯何の誰兵衛つう勘定か」

「チョッ、笑い話どころがよ。この何万町歩もの山を灰《あぐ》にでもしてみろ、おらたちなんどは一生涯浮かばれなかったべあ……」

「そんだ、そんだ。今考えてもゾーッとする。消せで、まんつよかったなス」

ほんとによかった。来年からは、絶対こんなことのないようにしよう。そうでもしなければ生命がなんぼあっても足りない、と甚内は歯のない口をあけてようやく笑った。

ヒリヒリするくらい咽喉がかわいているのだが、水はおろか一服の煙草もなかった。腰にさげていた煙草入は、さっきの死にもの狂いの消火活動で、どっかへ吹っとばしてしまったのだ。下方から火がだんだん迫ってくる気配なのに、疲れはてて、誰もまだ動く気がしないらしい。

「しかし、話はちがうども、」誰かがあとをうける。「考えれば考えるほど、おらには口惜しくってなんねえことが一つあるな。ほかでもないが、おらの村の爺《じ》さまたちが、も少し目はしのきく男だったら、このおらの村の名前のついてる大っけな山ばかりも、いま時分はおらのものか、村のものになっていた筈なのに、つうことす。『そこからここまではおらの山だます、大昔からおら家《え》で木を植えで、何代も何代も手入れをして木を育て、おら家で自由にしてきた山だます』こう申し上げて、めくら印の一つも捺せばなんぼうでも好きなだけ、ほしいだけ自分のものになったつうもなす……その頃の山あ。げんに、隣村の山銀をみればいい。何千町歩もの檜山を、われ一人の山にして大尽暮らしをしてけつかる。なんであの家一軒だけ、あんたな莫大もない山持ちになれるわけがなえ。山銀の先祖は、ちょっと才覚めぐらしたばっかりに、孫子《まごこ》の代まで栄えでいる。そこへいくとおらとこの爺《じ》さまなんどときたら、ドンパチの意気地なしの能無しで、山を持てば上納コをとられる。上納つうものは待ったなしのおっかないもんだとばかり、指コくわえでぼやんとして、たんだ見過ごしていたつうもなす。まんつ欲のないこと、小馬鹿くさいこと、話にも何にもなるもんだない。おらは口惜しくって、腹が立ってどもなんねえが、おめえたちはそう思わないすか」

語り手をみると、それは〈動物園〉の鹿蔵だった。居合わせた一同は、大体話の主旨には賛成だった。今どきの人間なら、誰がそんなヘマをするだろう。まったく勿体ないことをしたものだ。昔の人たちは馬鹿正直すぎたと、こきおろしもした。が、とりとめもなく喋りあっているうちに、彼等は次第に、いつもの卑屈なあきらめの方へ傾いてゆきはじめた。人にはそれぞれ、もってうまれた運というものがある、というのである。

「おら風情のもんがよ、そんたな欲の深いこと企《たくら》んでジタバタしたって、なぞにもなるもんではないでば。山はさておき、百姓に生まれて百姓しながら、米はおろか、野菜のはてまで買わねば食えないつう妙な百姓だ」

「そんだでば。こんたな山の中に生まれで住んでいて、たきに柴コのはでまで銭出して買っていぶしている始末だ。何千町歩つう山でも持たされでみろ、たちまぢかまどを返す（倒産）か気が狂うか、いずれろくなことがないにきまってら」

そんだ、そんだ、まる裸が苦がなくて一番ええ、と彼等は上をむいて笑いあった。ただ鹿蔵だけそれにはどうしても不服らしく、ポキンと折れたように曲がっている鉤鼻をしきりにつまんで、にがり切っていた。

「どりゃ、おらたちも少しやるべや」

年かさの甚内がそういって腰をあげると、みんなもやっと立ちあがった。民一郎は我慢ができなくなり、水をのむため沢に向かって走った。

ささくれ立ち、すりむけて血まで出している泥まみれの指をすすぎ、べとべと汚れたとがった顎も洗った。ぬらぬらして臭い地下足袋もぬいで、火熱でヒリヒリする足を水に浸した。軀をたおし、両手をついて胸をささえ、透いて流れる水をごくごく飲んだ。今をさかりの山桜の葩が、浅いながれをもつれながら流れてきて、水底のうす青い川藻や小石の上にうすい影を投げ、あちこちに点々と貼りついたりした。すこし頭痛がするので、彼はしばらく流れのほとりにうずくまった。

民一郎はふと気づいて、ズボンのかくしに手を入れ、しわくちゃになった角封筒をとり出した。ゆうべおそくまでかかって書きあげた鮒江への仮名ばかりの手紙だ。落とさないでまずよかったとほっとしたが、こうしてはいられない人の顔になった。手紙をもとのところに押しこみ、使ったタオルは流れのそばの水木の枝に忘れたまま、下りてきた小径を逆に防火線まで駈け上がった。

峰の切株に片足をかけて見下ろすと、この谷間の一画はすでに黒一色になりかけていた。むろん、灰の下は火だらけだし、木の切株や埋蔵木はまだ燃えていたが、いずれも防火線からはるか下方なので、ここは今立っている見張りだけで大丈夫だと民一郎は思い、山腹を横切って尾根をこえた。四ンの沢と呼んでいるこの谷間は、採草地のうちで一番ひろかったし、山の傾斜もゆるく、すり鉢状になっている中央には平地もあって、同じ地続きでも草の育ちがずっとよかった。西側の山かげから郡境いの国有林がはじまる。木のある雑木山がかさなるように嶺をならべ、遠くになるにしたがって次第に高くなり、てっぺんにはまだ雪が残っていた。しかし里山近くの南寄りのあちこちには、ふんわりとした淡い群がりが見えた。山桜にちがいなかった。山にはこうしてこっそりと、いつしか春がきていたのだ。

沢から谷間から、平地へ、斜面へ這っていた煙がきれると、火のついた麻殻《おがら》たいまつをかざしている、赤、青、白、黄と色とりどりの三角にたたんだシハンをかぶった村娘《あねこ》たち、嬶さまたちの姿がうかぶ。それは不思議なくらい印象的で鮮明だった。民一郎は目をこらして、その中に鮒江の姿をさがし求めた。

それらしい影はどこにも見つけかねたが、さがしあぐねた民一郎の目に、はるか下方の私有林と採草地の地境いの木立を背に、しきりと手招ぎをしている男が映った。あれから1時間半も経っているのだが、それは甚内たちと前後して、二ノ沢へ移動したはずの〈動物園〉の鹿蔵だった。鹿蔵はまっかな顔をし、腰までわざとよろよろと剽軽に泳がせて、私有林になっている沢の方——峰越しに黒い穂を見せている杉むらを指ざした。そして卑しげに笑って、ものを汲んで口までもっていく真似までしてみせて、さらに手招きをくり返すのだった。誰か湧き水でも見つけたか、ビール瓶に何かつめて来たのであろうが、折角だけれど俺はさっき下で水を飲んで来たばかりだし、第一、父親《おやじ》の方ではどうにもならないぞと、民一郎は苦笑して首を振った。

実際彼は、鮒江のことを思うとそれどころではなかったのである。今日こそどんなことがあっても必ず手渡すのだと、口ではうちあけかねた、年来の心をこめて書いたこの手紙も、うかうかしていては、また持って帰らなければならないのだ。思えば、同じ小字に住んでいて、手紙などというこんな手段以外に、女に近づくことも心をうち明けることも出来ないわが身が、つくづく情なく、腹が立った。いつものことなのだが、銀吾や麻次郎をみろと思った。彼等はむずかしい理屈などは一つもいわない。そのかわり、好きな娘たちにはずかずかと近づいて、口説いたり、ふざけたりして憚らない。そして夜になると、怖れる風もなく彼女たちの寝部屋にしのんでいく。〈アネコ〉の名で呼ばれる娘たちの方でも、自分の身辺に一人でも多くの異性を惹きつけ、チヤホヤされたり引っぱられたり、通われたりすることを、美人の証明であるかのように思っているらしい節があった。もちろん、見知らぬ旅人をわざわざわが家に泊めて、その旅人の無聊を慰めるために、自分の娘を――ときには自分の妻さえ提供したという遠い時代を偲ばせるかのように、性というものは精神でよりも肉体でアナーキーに行なわれ、どこにも悲劇がおこらないという故俗の名残りめいたものが、村にはまだ残っているようだった。

こうした奔放な性の取引は、生の機微を彩るテクニックとして扱われ、小粋にさばくことになれたヨーロッパ風の自由な色恋沙汰にどこか似通っていて、たとえ無知からにせよ大人の世界かも知れないなどとは、民一郎には思い及ばない世界だった。村の連中にあるものは醜い色情衝動だけで、恋も愛も区別がつかず、野獣とえらぶところがないのだときめつけずにはいられなかった。もしも彼に、いうところの野獣に近い真似ができたら、村の優雅な風俗にこれほど牙もむかず、蔑んでいる彼等を羨むような矛盾にも、おちいりはしなかっただろう。民一郎にはそういう実行力が全く欠けていた。おかげで毎日顔をつきあわせている同じ小字の娘に、付け文をしなければならない始末だったのだ。

民一郎だけ、なぜこんな風に村の衆から浮きあがってしまったのだろうか。「中学にやったからだ」とは、父の栄左衛門があとでした述懐だが、それがすべての理由だったかどうかはよくわからない。郡境の分教場を卒業した民一郎は、先生に無理にすすめられて、二里ちかくも離れた本村の農業補習科に二年間通学した。それを聞いて腹を立てたのが、T市でかなり手広く材木商を営んでいた叔父の栄次だった。「そんな補習科なんかに通わせたって学力がつくわけでなし、何の資格もあたえられないにきまってる。民一郎はあまり丈夫でないから、百姓や山仕事は無理かもしれない。万一にそなえて、学校の先生にでもなれるような、ちゃんとした勉強をさせた方がいい。学費はおれがもってやるからやり直せ」と、生家の兄夫婦や年寄たちを口説きおとして、民一郎を県庁所在地のT市へつれていった。が、民一郎は師範学校の入学試験に失敗した。一年遊んで、翌年ふたたび受けたがとうとう駄目だった。叔父は意地になり、懇意な市会議員に手を回して、こんどはこの気の弱い甥を独断で市立の中学校に入学させた。県立でなくても中学校の卒業証書さえ手に入れておけば、あとで田舎で小学校の代用教員という手もあるのだ。こうでもしてハクをつけなければ体裁が悪くて、甥を村に帰すわけにはゆかないと思ったのである。

ところが民一郎が中学三年の二学期に、栄次叔父はポクリと急死した。心臓麻痺である。それでも伯母がまともな女なら民一郎の学業は無事つづけられただろうが、男出入りの絶えなかったこの家付娘は、店員あがりの夫が死んで三月すぎると、家屋敷から製材工場の鋸のはてまで叩き売って、若いつばめとどこかへ逐電してしまった。

もともと彼女は、女学校の三年生で妊娠したような娘である。処置に窮した親たちが、店員の中から栄次を聟にえらんで大急ぎで祝言させたのは、栄次は山出しのぼんやりで、人が好く、少しぐらいのことなら目をつむってくれそうな、のっそり型を見込んでのことだった。案の定、子供は予定より三カ月も前に生まれたが、このあてがい聟は泰然としてその出産に疑問の目を向ける風もなく、半年後にその赤ん坊が感冒から肺炎になって死ぬと、身をしぼって慟哭した。民一郎が受験のためこの家に連れてこられたときは、すでに舅たちが死んだあとで、店の切り盛りは一切聟の手にわたっていたのだが、十五も年上の、馬鹿正直なだけで何のおもしろみもないのっそり型では、火遊びするために生まれてきたような家付娘には、満足できる筈もなかったのだ。

こんなわけで、民一郎の学生生活はここで終わりを告げた。村を出てから、足かけ四年目の出来事である。

民一郎の帰郷を何よりよろこんだのは、世間のせまい肉親たちだった。死んだ栄次は可哀そうだけれど、栄次の要らざるお節介で、掌中の珠を奪われた思いをさせられていた家族は、すらりと背ののびた民一郎を涙を浮かべて迎えた。小学校の義務教育さえやっとという部落にとって、民一郎は中等教育を受けた唯一のインテリであった。食うにこと欠かない総代のあとつぎでもある民一郎は、こうした地域社会から、別もの扱いにされたのはいうまでもない。ただ、村から離れていた四年間の歳月――そのたった四年間の空白は、民一郎を村から浮きあがった人間にしていたのだ。そうとは意識しないが、宙ぶらりんな人間に。その証拠を見るがよい、彼はいま、部落の誰もがことごとに毛嫌いして、なるべく寄りつかないようにしている〈動物園〉に、ひとつの理想と義務のようなものを感じて、しげしげと足をはこんでいるのだ。

日没とともに風が全くおさまった。火入れの人々は、もう大丈夫と見極めて山を下りると、採草地一帯はどの谷も、巨大なくろい毛皮を何枚も投げ出したように見え、やわらかな暮靄に徐々にひたされて、やがて夕闇の底に沈んでいった。しかし夕闇が次第に濃くなるにつれて、それまで目立たなかった残り火が、夜の底からチラホラ浮かびはじめた。

生えていたままの恰好で灰になって、まだ崩れもしない去年の草を踏んで、急な斜面の曲りくねった近道を、きょうも機会を失った民一郎は、おもたい歩調で下りてきた。いそぐでもなく台地に出て、沢のほとりにさしかかった時だ。肩さきに白っぽいものを乗せて、流れのかたわらから丁度動きかけた人影を彼は見た。二つであった。何心なく声をかけると、一人は驚いた風をしてわざとばたばたと走り出したが、のこされた一人は速度をゆるめた。

ふり返った顔に近づいて見ると、それは思いがけない鮒江だった。相手がわかると、鮒江の方でも間がわるそうに首をちぢめ、落とした櫛を探していたのだといい、故意に逃げ出した連れの名を高い声で「サンコォ、待じろでばあ……化げものでも何でもないもの」と、照れかくしのように呼びたてた。が、サンコは待つふうもなく燃え残りの笹藪をがさがさと掻きわけて、林の方へ姿を消してしまった。民一郎はこのおどけもののいたずらを、気がきいていると思い、もっと逃げろ、早く遠くへいってしまえと念じる一方、いきなりあたえられた偶然の幸運にわななきながら、或る力にそそのかされて鮒江の肩に手をのせた。

高い立枯れの枝が、すぐかたわらで、ぼぼっ、ぼぼっと音をさせて火を噴きはじめた。燃えこぼれ、花火のように火の粉が散った。篝ほど焰をあげることもあった。だんだんしめり気を帯びてきた靄の下から、焼けあとの入りまざった何かの淡い匂いがした。

帰りたがる鮒江を遮って、民一郎は夢中で語りだした。二人の結婚のことだった。〈動物園〉の人たち――鮒江一家への、いわば思いやりの告白だった。二つとも、いかにも宙ぶらりんな若い者の思い描きそうな、青くさい理想であり夢であったが、そのヒロイックで古風な犠牲的精神も、一概には笑ってしまえない一つの情熱に貫かれていて、悲壮なまでに真面目だった。が、自分のそうした一本気な感情に負けた結果、恋をささやくのではなくて、それはまるで議論でも押しつけているかたちになった。

だが、鮒江の態度には熱がなく、あきたらないほど落ちついていた。それというのも、民一郎の妹のキヌを通じて、彼の気持は前からある程度知っていたのと、彼女は彼女なりの目で、民一郎などよりもっと深く、現実というもののきびしさを、わが身の置かれている立場とともに、見抜いていたからだった。

鮒江が今、追いこまれてやっと口をきく気になったのは、恋でもなければ愛のためでもなかった。民一郎だけは全然別の人なのだ、という一点と、それをあきらめさせ、別れることを意味していた。

「今までは、口でいったことは一度もなかったども――」鮒江はいった。「オラは民一郎に、ほんとにありがたいな、申しわけないことだな、とせんから思っていた。どしてって、オラのことばかりじゃない。あんたなオラの家の人達まで案じてくれるなんて、民一郎をおいて一人もいない……オラには、それがよっく分かっていたから。ンでも、それはあんまり勿体ないし無駄だから、もう今日限りでやめてもらうべとオラは思う。民一郎にもだんだん分かりかけて来たべが、オラ家《え》の人たちは、他人からどんたに教えられたり面倒をみられたりしたとこで、如何《なじょ》にもなるような人達じゃない。情けないし、お羞《しょう》すい話だども、みんな無駄だ……みんな、河さ石コぶっ込むようなもんだ。おまけに、馬鹿をみたり、世間からもの笑いにされるのが誰かってば、一番親切にしてくれたその人だ。民一郎だ。そんたな罰あたりな話って、あんべかな。おらはそれだば嫌だ……それだば気持がゆるさない！　なあ民一郎、こんたなことを云えば、人の真心を仇《あだ》で返すようで悪いども、どうかもう、オラのことも、オラ家のこともあきらめでけろ。かまわないでけろ。オラは今日までのことは、家内中に代わって、この通り頭下げて礼コする――生きた一生忘れない……」

「礼コもくそも！」

民一郎は鮒江のしどろもどろの言葉をひったくって、憑かれたようにつづけた。

「礼コもくそも、つまらない真似ば止めるもんだ。こう云えば鮒江の気にさわるかも知れないども、おまえ館《たち》の人たちについちゃ、おらは前から或る考えをもっていたもな。世間ではふたことめには、〈動物園、動物園〉て、うしろ指さして悪口いうが、おらだけはそういう世間の方を、もっともっと軽蔑し、憎んできた。人間てそういうもんではない。あそこの人達が、たとえ少しぐらい道から外《そ》れたことをしても、決してあの人達ばかりのせいじゃない。あの人達は、ああでもしないことには生きていけないのだ。どうにもならないからああなのだ。悪いとすればそれだ。まともに生きていけないようにしている、それなんだ。その意味で、あの人達だけ憎んじゃならない。あの人達はひと一倍不幸な人達だ。あの人達は許されなければ……容れてやり、いたわってやらなければならない人達なんだ。おらはそう思って、誰に教えられたのでも頼まれたのでもないども、何とかしてやりたいと思いつづけてきた。――しかし結局、このおらに何が出来るべ。雪《つま》沓《ご》一足、満足につくれないおらだ。少しばかり物を考え、読み書きをおぼえたって、力のうちに入りやしないし、くその足しにもなりはしない。そこでおらは、迷ったあげくに考えたのよ。そんだらばこうしてやろう、キヌを分家に出したつもりで、田だの畑だのをつけて、申義さ呉れてやるべ。そうしておらはおらで、お前を――鮒江をもらおう。こういう方法で、あの不幸な〈動物園〉の人達に近づこう。近づいて、少しでもいい方さ、あかるい方さ引き寄せよう。このことは他人のためというよりも、ほんとはおら自身がまず救われることではないのか……おら、生意気かけ知らないども、こう思ったもな。町から帰って来てから、このことばっかり考えつづけてきた。したが、おらはキヌの奴に小馬鹿にされたからじゃないども、おらのこうした考えが、いかに難しいか、甘いか、だんだん分かってきた。おらの願いは物語みたいに美しいし、手が届きそうな近さに見えるが、実際は夢のようなものかもしれない……笑い話に似たものかもしれない……屹度そうだ。屹度そうだと気づいた時、おらは、おらのこの願いが実現できても出来ないでも、人に尽くしてやり、人の痛さを自分の痛さにしようという、この気持ばかりも捨てまいと思うようになった。そうして卑怯かも知れないが、この気持に縋りついている現在のおらだ。なあ鮒江、今のところどういう手段もとれない無力な人間の、最期に残されたたった一つの願いごとだと思って、よく聞いでけろ。――おらは鮒江を、一日だってあの家さ置きたくなくなった。誰が何と云おうと、これ以上いためつけられるのを見てはいられない。あの人たち全部は如何《なじょ》にもしてやれないなら、せめてお前一人ばかりも、何とかしてやりたい――やらねばならそだ、おらはそう心を決めだ。なあ鮒江、わかってくれるべ？　おらのこの気持を真面目に聞いて、おらと一緒になってけろよ。な、な！」

民一郎ははげしく、切実に、半分泣いているような声になっていた。しかし鮒江は、意識的に相手のこうした激情を外らすかのように、表情をおさえ、軀をかたくしたままだった。そして、ああ寒び、と云ったり、サンコったら要らざることに気イ回して、おらも早く帰らなければ、と云ったりした。が、やがて、次第に子供っぽく熱してくる相手の前で、やんわりと別のことをいった。

「民一郎ったら、いつか、キヌ子をぶん殴ったってな」

「うん、ぶん殴ったども。あの野郎ったら、中義が除隊になって家さ戻ってきたら、おらを助け、あの不幸せな一家に光を差させるつもりで、嫁に行け、いってけろって頼んだら、オラァ猿だの熊だの、手ンぼのいる動物屋敷へなんど行きたぐない。何の因果でよりによって、人身御供になんどなられるべ……云うことにこと欠いて、こんたな空口《からくち》をきいたもんだ。おらはその瞬間、世の中がまっくら闇になった気がして、泣いでも足りなかった。腹が立った。ぶち殺してやってもたりないくらい、妹の奴が憎らしがった」

「キヌ子、オラのおかげで、いい迷惑したな。——ンでも、これからはもう、そんたな手荒な真似、絶対しないでけろよ」

「しないとも。あんたな半可垂れ、なんぼ云ったたってぶっ叩いたって、はじまらないもの。それに、おらにも世の中の難しさが、だんだん分かりかけて来たし。……そのかわり、なあ鮒江、お前はおらの家さ、嫁てくれるべ」

「——お空に梯子《はすご》、提灯《ちようつん》ちり鐘つりあわの、だべもの」

鮒江はそうはぐらかして、はじめて声をあげて笑った。民一郎は青ざめながら、鮒江の手をはげしく引いた。

「そんなことあるもんか。おらァほんとに真剣だぞ。お前だって、も少し真面目に考えて受げてくれたって、罰もあたらないかべ」

「そう云ったたって、民一郎ったら、お前にはちゃんと、決まった人があるんじゃないど？　え、この人ァ品子ば、如何《なじょ》にする量見だべ？　可笑しねごと！」

「あんたなもの、親同志で決めた許嫁だか何だか知らないが、おらァ見ったぐもないもな。気位が高いかと思うと、ばかに卑しいし、欲ばかり深くて、口巧者で、煙草のようなものにまで、運賃がかかったと云って定価より高く売ったり、十三銭の釣銭さ、間違った振りをして十一銭しか返さなかったり……男だろうが女だろうが、必要とあれば平気で手玉にとりかねないあんたな女ごなんど、おらァ大嫌えだ」

「そう云ったたって、なんぼう考えたって、オラはあんまり身分ちがいだものなあ。同じ村同志で育った仲だども、民一郎たちにゃ田地田畑から、山もあれば金もある。町の中学さも行った躯だ。家柄のいい、総代の大事なあととりだ。それをオラときたら、目に一丁字もない村一の貧乏たがり、おまけに四つも五つも年上だし、世間から爪弾きされてる〈動物園〉の娘だもの……」

「そんたな下らないことを喋べって、何もわれの身、卑めないでもいいじゃないが？　な、もっとわれの身、いだわるもんだ」

「ううん……オラ、やっぱし出来ない相談だな。たとえオラ一人だけよくっても、オラみたいなものが嫁にいくと、おまえ館《たち》の父《とど》だの母《かか》だのまで、泣かせることになるもんな。なんぼ考えたって、いざこざなしで八方うまく納まる筈がなえ。――それに、オラ、われ一人だけ倖せになればいいとは、どうしても思えないな。親の泣くときは子も一緒になって泣いてこそほんとうだ。それが親子つうもんだ、オラはそう思う。オラは、そういう女ごに生まれで来てるもの……」

「馬鹿ッこ！」

民一郎は叫びざま、鮒江の肩に両手をかけて乱暴にゆすった。

「全体お前は、おらを好きなのか？　好きでないのか」

鮒江は慄え、一度両手で顔を蔽ったが、須臾にしてその手はするすると左右にひらき、微笑をたたえて相手を見上げる姿勢になった。三角にたたまれた紅いシハンの端から髪がこぼれ、瞳にある瑞々しさは口もとにもあった。それは草や野の花がもっている、さり気ない瑞々しさに通うものだった。色も白く、淡い微笑が走っただけで、うかぶともなく漂うえくぼの哀愁が、鮒江の場合たまらなかった。それは哀しいくらい可憐だった。

微笑んで、一瞬民一郎の顔を凝視していた鮒江の目もとから、大粒の涙がポトリと落ちた。

「鮒江、お前はおれのもんだ。やっぱりおれのものなんだ」

民一郎は絶叫しながら、向こうから頽れるように投げ出されてきた鮒江の躯を抱いて、そのまま地肌にたおれていった。

――

ドベロク事件の起きたのは、この採草地の火入れの翌日のことだった。

この降ってわいたような事件の取沙汰は、語る人により、語りつがれるたびごとに、いろんな枝葉をつけ足して、小字わたりに流れとんだ。「なあ、まんつまんつ」と、胴の太い、いまだにお歯黒で歯を染めているお喋べり好きな媼さまたちが先に立って、寄るとさわるとはじめるのだった。

「なあ、まんつまんつ、男滝戸《おったきど》の丙作親父と、〈動物園〉の鹿蔵親父ときたら、おっかないことをやったつうなス。警察さ引んなぐられた話、おめえ達も聞いだすか」

「あ、あ、聞いたどもえ。なにしろオラにも耳コがあるもの。――まんつなス、おなじ家同志みたいな隣同志でいて、なんぼなんでも丙作達ァ、よくもぶっ届ける気になったもんだなス。おらだばハ、とっても出来た話じゃない」

　相手が聾か啞でないかぎり、会話はこうして面白半分、際限もなくくりひろげられてゆくようだった。

「なんしろあの丙作親父の乞食《ほえど》ときたら、ころんでもただでは起きないよな、爪の先コ箒《はぎ》にしてけつかる欲っぱりだもな。酒の二斗もただ飲みされじゃァ、どしてどして黙ってなんど居られないべ。あの男だば、実の親でも科人《とがにん》にしかねないもス」

「ほンだでば。あれ式だばやりかねないな。一旦やるとなったら、矢でも鉄砲でも持ってこいつう人物だもの。――それはそうと、話は後にもどるども、それにしてもあの面坂戸の鹿蔵親父ったら、よくもまあ人の隠し酒コなんど、目っけたもんだなス」

「ねに、あったり前だべさ。動物園の鹿コだもの、それに、あのギーンナリとかん曲がった上等とび切りつう鼻だもの、十里四方ぐらいはきくこった。なんでも人の話だと、あの野ン火の火入れの日に、鹿蔵親父がのんどカラカラに乾かして、水コ呑むべと思って長根越えして蟇沢《がまざ》の林さ下りて来たば、どこう何処《いずく》からともなく、プンプンプンプン、なんともかんともええ香《かまり》コがして来たっけどうさ。そこで、はで、こりゃ奇態だな、と思って、そごら中鼻ふりまわして探しあるぎ、林の中さ踏みこんで見たば、いちばーん奥の、いちばーんくらい木の間さ、杉の生っ葉がのっそりど、天コ盛りに積んであったど。おンや、全体ありゃ何だべ、あんたな処にあんたな盛りコがある筈がなえ。こりゃ怪しいなど思って近づいて、その杉の葉ッコ掘っくり返してみたば、ずーんと下の方から、二斗樽のあたまが出はってきた。へん、これだと思って大いそぎで蓋コとって見たば、なんと今をさかりのドベロクが、樽《こが》から溢《あま》るだけ。ドワドワドワドワ沸いでいたつうもな。元来、樽コの中から生まれて来たよな男だもの、鹿蔵親父ァそれを見た時あ、まったく天にも昇る心地だったつなス」

「ほんでもさ、そこで鰓から余るだけたらふく飲んだらば、飲んだぶん儲けたと思って口拭って、知らんぷりをして、あとはそれ切りにしてしまえばええ男ス。それを、あれ式ときたら、村で名うてのいげ根性汚《きた》なしなもんだから、すぐさま弟の馬コ之助をつれで行って、やっさもさ担ぎ出したのァ、そもそも過ぢの始まりさなス」

「そンだそンだ。慾のある鷹ァ爪コ抜がすって、昔からものの譬にもあるもす。そりゃ証拠に、そのドワめく二斗樽さ縄コかけて、それに棒木《ぼっき》つッ通して、鹿コと馬コの二人がかりで担いで、ヨンガモギ、ヨンガモギ山あ下りで、もう一と息でわれの家の垣の内つうとこで、人もあんべに当の丙作親父にぎったりど捕《つか》まえられでしまった……」

「――この腐れ盗人《ぬすびと》ォ、ひる日なか、人の大事な樽《こんが》ァ、どこさ持っていぐ気だ？　そう丙作が咎めるど、鹿蔵親父は、あなカン曲った鼻のふくろをヒクモク蠢《いの》かして、まず、えッへら、えッへらど笑って、ふーん、そんだらば、樽の中のものが何だか、答えられだら答えでみろ、と脅かしたどうさ。すたれば、こちらの丙作は、しんばらく返答につまって、くちばしのあたりをモグシャグやらかして居たつども、何としても妙案が浮かばなかったとみえで、とうどう思い切って、酒だ、おらの酒だっと怒鳴ったば、鹿蔵はビクともしないで、酒は酒でも何酒だ？　――あま酒だ。なに、あま酒だ？　お手《で》前《めぇ》は人を盲にする気だか、こったら強《きづ》い、飲めば飲むほどパヤパヤどええ気持になり、もっと飲めばグデングデンになって、あばれるか踊り出したくなって来るよな甘酒あ、どこの世界にある。このから嘘吐きの意気地なし野郎、お前はおっかなくて、ほんとのことが申し立てられないつうならば、おらが代わって教《しか》せでやる。えッへん！　これはな、そもそもな、ドベドベ国のログログ村で発明された、ドベロクつうもんで、素性を明かせば、お上で売ってござる酒ではなえ。おそれ多ぐも畏くも、法律の網をごまかして、こっそりど密造してつくった酒だ。これを万一、見咎められるか訴えられたとなると、可哀そうだがうしろさ手回されで、狐森行きの監獄入《べぇ》りだ。そうでないば、百両二百両つう罰金だ。酒は酒でもこの酒は、ただで済むよなおだやかな酒じゃ、ござりませーんだ。――な、丙作、ええか、分かったが？　わるいことは云わない、分かったら男らしぐ利口にドンと分別して、足もとの明りいうちに早々《ひらから》ど帰るもんだ。その方が身のためだ。なんせこれはな、天の天罰、地の土蜂で、もはや造ったその人《にん》の手を放れたもんだ。いや、放すべきはずのもんだ。もっと噛み砕いていえば、これはこうした場合のしきたりで、当然おらのもんだ。見《め》っけた者のもんだ。天の授りもんだ。うわっはははは！」

「そこであんまりこっぴどく面《つら》こぐりされだ手前、丙作親父の方でも我慢ならなくなって、この泥棒たがり、黙って聞いていればいいんだ気して、ベラモラベラモラ鉋屑《かながら》みたいに喋べくりやがる。お前がそらほど嵩にかかって、人の弱味につけ込む量見なら、おらだってもはや容赦がならねえ。たとえドベロクにしろ糞っ汁《つる》にしろ、これは初手からおらの酒だ。憚りながらおらの密造——じゃなえ、おらの造った酒だ。さあ渡せ、さあ返せ。渡さないとあらば窃盗罪でぶっ届けるが、それでもええが？　そう声を嗄らして詰め寄ったつな。すたれば、鹿蔵の鼻まがりァ、こんたな塩梅に手コ振りまわして、ニヤリー、ニヤリーど笑って、ねえにどう、窃盗罪でぶっ届ける？　ふーん、それもよかんべ、面白《おもす》れ、とどけれらんば届けでみろ。藪つついて蛇出すつうのが、お前のよな小《こ》っ足れなしのするこった。さあ届けろ、造ってならねえ酒を、お上の目ェたぶらかして二斗も三斗も造った者がええか、それともそれを見《め》つけ出して忠告した者の方が悪りいか、出はるところさ出はって、白いか黒いか裁いてもろうべ。

——なんだど？　このけだもの屋敷の鼻まがり！　ぬすっと猛々しいどはおめえのこった。われのことは棚に上げて、人の非を打つ権利がおめえにあるど思うのが。人の酒を盗んで浴びるだけ飲んでもまだ足りなくて、兄弟手組んで、樽まで担ぎ出すなんて、おめえの方がおらの罪にくらべりぁ、倍も重いにきまってべ。こらほどことを分けて、下タ手に出てもその道理《こどわり》が分からないつうならばこうしてやる！　と云う否や、丙作ァ、しょって来た薪木《たぎに》コをそこさ下ろして、刀がわりに薪ざっぽうを振りかぶって、鹿蔵覚悟、とばかり斬ってかかったつうまス。すたれば鹿蔵は、ドベログ樽《こんが》かついで来た長え棒木《ぼっき》を槍にかまえて、さあこい、足腰立たねほどぶちのめしてやる、とばかり、ドドチャンドドチャン戦ったどうえ。——何でも人の話によると、丙作親父の方が、あぶなかった風だなス」

「おらの聞いた話は反対だな。鹿蔵親父の方こそ、すんでのことで頭割られるとこだったたって。おしまいには組打ちになって、薪コ振り上げたば、折よぐそこさ男滝戸のモヨ嬶が通りかかって、御亭《ごて》の首さ腕巻いで、むりむり間さ割って入った。鹿蔵親父の方には本家の方角から鮒江がとび出してきて父《とど》ォ止めろ、父ォ止めろって死にもの狂いに泣きながら縋りついだつうな。村一の慾張《よくたが》りと、箸にも棒にもかからねよな手ん長と……丁ン度よい取組みだったべが、よくよくの生命知らずな話さなス」

「まったぐ、まったぐ。人のもの笑いになった上、罰金だの拘留《こうり》だのって村の恥ィさらして。ばあかな話さなス」

「それにしても、よぐ、罰金とこうりだけで許されたもんだな、オラは、丙作の野郎は、三、四年は娑婆の風さ当たれないがと思ったら。ンでも、ちょう日、五十円もの罰金では、相当いてえなス。オラのよな貧乏もんでは、そんたな金とても工面出来ねえから、今どきは懲役に行っていたこった」

「ま、丙作はいいざまス。あの畜生ァ、われの家の爺《じ》さま婆《ば》さまに、三度の食もろくに当てがわない、近所づきあいもろくにしやがらないつう人非人だ。罰があったのさ、今度つう今度は。――それにしても、片一方の鹿蔵親父ときたら、たった三日四日こうり食らっただけで帰されたつうが、オラ、これはどうしても合点がゆかねえな。あんたな、生まれるとからの悪党が、牢さも入らねば科料も取られねなんて、それでいいもんだべか」

「なんしろあの親父コったら、人のドベログ盗み飲みしたあげく、酒樽まで担ぎ出しながら、あれは盗んで来たのではござりません。見《め》っけたから駐在の巡査《たんぼ》さんに届けるべと思って、わざわざ搬び出して来たところだったます、そう申し上げたつうもの、これじゃァ科《とが》にも何にもしようがなかったべな」

「ほんとに口は調法、うめえもんだなす。しェば、この調子だと、あの動物園の人たちは、これからどんたな悪事をはたらいても、罪に落ちるよなことは、まんず無かんべな。別に、あの人たちを罪人にしたいどは思わないども、どんたなことをしたらあれ等を裁いて、思い知らせることが出来るんだか、オラにゃ丸コのまるきり見当もつかねえ事《ごつ》た」

「そう云えばなるほどそうだども――しかし何だ、おらたちはあの家の衆なんど、すこしも羨《けなり》くなんどないな。何《な》してって、いつの時代でも、悪がおしまいまで栄えたためしがなえ。動物園だって、他人の物ばかり掠めで、怠《せっこ》いで、毎日のらくら暮らしながら、あの大人数で何年経っても貧乏々で、首《くびた》が回らない。これで安心ということは、いつが来てもまずあるめえ。あれほど器量よしで、天間美代子か照手の姫か、まして鮒江のおなご振りって、歌にまで唄われるよなええ娘がいながら、二十七にも八にもなって、いまだに貰い人《と》も貰い人もなえ始末だ。一事が万事で、今に屹度ろくな目にあわないべから、まんつ見てるもんだ」

「そンだそンだ。らくをして、人のもの盗んだり、ぺてんにかけたりしてそれでいいなら、暮らしがたつなら、誰も汗くそ流して稼ぐ者は、世の中になくなるべ――それにしても、動物園一軒のおかげで、村ではなんぼう迷惑してるだか、知れたこっちゃねえなス」

「ほンにな。衣類、手道具はもとより、人の垣の内の百合は掘る。栗はひろう。梅、桃、すもも、ぐみに柿、なす、金瓜、ごぼう、マフワのはてに至るまで手当たり次第だ。それくらいだから、人の仕掛けた〓ッぴらは見て回る。置き鉤の岩魚や鰻は揚げてあるく。萩や桑は刈る。たけのこ、片栗、タラ芽《ぼ》、田螺《つんぶ》のはてまで攫ってあるく。去年なんどはおらとこの本家《おや》で、大事の籾を掻っぱらわれた。ある時は人の好い本家の栄左衛門親父も、もう勘忍袋の緒が切れた、あれは近々農会さ出して、検査を受ける筈の籾だっけが、これじゃどうしても一俵半ほど足りない、ああ事《こど》やった、どうしたもんだべ？　あの動物園の恩知らず、人をこんたなひどい目にあわせで済む気だかと、もうすんでのことで駐在さ自転車ぶっ飛ばすとこだったども、あやにぐ自転車は、あのたから息子の民一郎が無鉄砲に乗り回したおかげで、パンクしていたし、考えでるうちに総代の考えが変わって、いや待で、たとえどんたな理由にしろ、自分が任されている部落から、罪人出したとあっては世間様に対して申し訳がなえ。たんだ、人からうしろ指さされるばかりだ。総代もいいが、こういう時ばかりはつくづく辛いといって、泣き面《べつちよ》してこぼして居だっけあ。……今年になってからも動物園じゃ、もうずいぶん稼いだつう噂だなス。なんでも人の噂だと、この頃はあの家の人たちは、他人の風呂までぬすんで歩くつう話だ、ほんとだべか」

「ほんともほんと、大ほんとだス。オラ家《え》の湯殿さも、この間から何度も来てなし、おかしったらおかしったら！　それというのは、どうもこのごろ風呂を沸かすたんび、次の朝になってみると、湯コがあらかた無ぐなってる。そればかりか、豚コの五、六ッぴきも湯の中で洗ったみたいに、ドブドブと穢ぐ臭ぐなっている。はで妙ンただ、どうも不思議だ、つうことになって、ある晩げみんな戸締りしてから、こっそりと戸の隙間から、湯殿のあたりを見張っていた。すたれば、しばらくして、草履コつっかけた禿頭が、堰の向こうからヨラショラど現われで、この家が寝静まったのを確めると、そろっと湯殿さ近づいて、音のしないよに戸コ開げて、中さ入って小一時間も出はってこないもんだ。――なるほンど、さでは〈動物園〉のしわざだったのか。ンじゃ、湯ッコがよごれるのもあたり前だ。なんせ相手は人間じゃない。熊だの鹿だの亀だのから始まって、馬から寅から、犬のはてまで入っていたんだもの！　……まンつなス、他人の女房《おがた》さ通《かよ》ったのぬすんだのって話はあるども、据風呂湯ぬすんで入って歩りぐ話ァ、あんまり聞いたことがなえ。そこでオラとこの若い衆達ァ、やめればいいのに、仇討ちだつうんで、何日かした或る晩げ、ちゃんと準備をして待ぢかまえでいると、そうとは知らない湯泥棒がスタスタとやって来た。そして湯殿に忍び込み、湯さ浸ってパチャパチャやり、いい気分になりはじめた頃合いを見計って、かねで用意の石ころだの木の根っこだのを、湯殿をぶっころがす勢いで、ガッチーン、ガッチーンと力任せに、雨あられとぶつけたもんだ。さしたらさすがの湯泥棒様も仰天したとみえて、パチャパチャざあも、死んだみたいにばったり止んだ。こっちは考えがあるから投げるのをやめてじっとしていると、やっぱりうす気味悪るかったんだべな、それ以上湯コを使う気にもなれず、さりとていつまでも湯の中さ、ずぶくぐりして隠れているわけにもゆかず、つぶてが飛んでこなくなったのは、敵の奴等が引きあげた証拠だとでも思ったのか、湯殿の戸をぐえら開げて着物は丸めて小腋にかかえた、褌もしめねえ丸ッ裸の禿頭がとび出した。そうら今だぞ逃がしてなるかと、いたずら好きのオラ家《え》の若い衆たちは、庭木の蔭から総攻撃をかけたもんだ。こんどは何をぶっつけたかというと、半年も外庭《おにや》さ積んでおいて廏肥《こえ》の下から雪を掻き出して、握り固めた馬の小便だらけの雪だまと、ゴンギリとまで凍《し》みている馬の糞さ。色のついたザラメのような雪だまが、はんだか太郎にぶつかると、ざんざらざーと頭から浴びせかかるし、石ころみたいに固い馬の糞は、軀さ当たるたんびビシャッ、ビシャッと音をたてる。その時の湯泥棒の恰好のおかしいことったら、世界中さがしてもあんたなポンチ絵は、何枚もあるもんではなかんべって、あとでその話をくり返して、オラ家の人たちは涙ァ出して笑いころげあンした」

「まンつまンつ、聞けば聞くほどたまげたもんだなす」

「そんだ、おかしな話で思い出したども、この間丙作と鹿蔵がわたりあった時なども、ずいぶんおかしかったつうな。あの、面《つら》の痣じゃなくて、痣さ面《めん》コつけたよな馬コ之助は、兄《おや》貴《がた》が負けそうになると、二人して担いで来たドベログ樽さ、両手柄杓《ひやぐ》にしてつっ込んで、ドベログを汲みあげては丙作の頭から、ドワリー、ドワリーど、ぶっかけていたつうなス。ほしたらしまいにゃ丙作のくたばりも、耳あなから、鼻から、あの叺みたよなわに口から、尻《けつつ》のあなまで、だらしゃらだらしゃらドベログぐるみにされでしまって、軀中からプンプンいい香《かまり》コをたてながら、あッ苦し、あッ苦しって、いまにも息が断れそうにもがいてる状《ざま》ったら、見ちゃ居られなかったつう話だ」

「われの造った酒、われの身にくたばるだけ浴びたら、身から出た錆落どしで、丁ン度よがんしたべな」

「――おーほほほ」

「――おーほほほ」

3

中義が弘前から除隊になって帰ってくると、村は例年のように白いものに蔽われていた。緑の少ない、葉の落ち尽くした平凡な柴山、木の橋の架かっている水の涸れた川の流れ、萱で葺かれた荒壁造りの家々、あちこちで立ちのぼっている籾殻焼きの煙——変わり映えのしない山間部落のいつもの眺めだったが、それでも一年一作の収穫を終えたあとの季節のやすらぎが、それとなく感じられた。

だが、こうした半ば居眠りしているような自然を背景に、部落にはそれなりに人の動きがないわけではなかった。いろ茶屋の娘品子が、あの髪の毛買いと称する江刺家と出奔したのも、〈動物園〉の鮒江の姿が突然村から消えたのも、気まぐれに襲ってくる真冬の嵐の前触れのようなものだったかも知れない。

「〈動物園〉の鮒江ったら、T市《まち》の銘酒屋さ、酌婦に売られでいったつンじょ」

もっぱらの取沙汰だったし、事実はその通りかも知れなかったが、あれほど丑松に働きかけた江刺家の手だけは経ていないように思われた。なぜなら、鮒江が村からいなくなる三日前に、品子と江刺家がいっしょに峠を越えたきり、行く先もわからなければ、いまだに帰ってこないからだ。この二つの出来事は、全然別々の事件として発生したように見えるけれど、どうも案外、そうでないような節もあるようだった。おまけに、品子とも鮒江とも無関係でない民一郎の家で、相当派手な悶着を起こしたのまで一枚加わったから、絶えず刺戟に飢えているような山の人々を、沸き立たせずにはおかなかった。

悶着というのは、総代のあととりである民一郎が、小さい時からの許婚の品子との約束を破談にして、〈動物園〉の鮒江をもらってくれと云い出したのが、騒動のきっかけだった。

ところが、親と親とが堅くとり決めた約束を反古にして、そんな勝手な真似など今時出来るものではない。第一、あの面坂戸はどういう家柄で、鮒江はどういう血を引いているものの孫子だか、よく考えてみろ。いくら鮒江が三国一の美人で、お前は教育を受けたこの家の家督だからといって、許されることと許されないこととがある。絶対いけないと、民一郎は家族全部から強硬に反対されてしまった。優柔不断で、夜遊び一つ出来ない民一郎も、しかし今度ばかりは譲歩しようとはしなかった。おれが今これを切り出して頼む、単なる甘いいろ恋沙汰からではなくて、ちゃんとした願いことと、主義主張があってのことだ。ちぢめていうと、鮒江以外の女と結婚する意志は全然ない。もしも鮒江以外の女を嫁にもらえというのなら、おれは家出をしてここへは二度と帰らないから、親たちも爺《じ》さまたちもそう思ってけろ——

親と子が、かっきりと対峙した。ものも食べたのか食べないのか、泣いたり喚いたり、家族は仕事も手につかず、何日も睨みあったままで過ごした。一時はどうなることかと案じられたくらいである。

　だが、品子たちの出奔と前後して表て立った鮒江の身売話で、部落中の視聴を集めていたこれほどの〈家同志喧嘩〉も、呆気なく自然と幕になったかたちとなった。相手の女にそろっていなくなられると、親子の間にはもはや争うべき対象が残されていなくなったからだ。世間の口は、酌婦に売られたという鮒江に対して、あんな美人の生娘を、なんて可哀そうな真似をしたもんだ、それというのも親が親だからと噂しあった。しかし、いろ茶屋の品子への同情は、男と手を携えての家出にもかかわらずもっと多かった。

「品子が駆け落ぢしたのは、約束を踏みにじった民一郎への面当てス。そしても一つは、動物園の鮒江への腹癒せさ。なにしろあの女ごあ、あれでて茶屋小屋《ごや》育ちのようでもなく操も固かったし、利口で、しまり屋で、相当ホマチ銭も貯めでいだ。そして何かってば、すぐ民一郎民一郎って、聞いていて塩梅わるくなるほど惚気語ってたくらいだもの、普通なら、あんたな悪党面《あぐとづら》した髪買いなんどと、逐電するよな尻軽じゃなかったもス。それが証拠に、民一郎の一時のがれのいいわけを真《ま》に受けで、三年も四年も婚礼延ばしして、しおらしぐ待ぢて来たのでもわかるべよ」

　これが戸を立てられない世間の口だった。

「結局よ、いちばーん損をしたのは、総代とこの民一郎だべや。親がこれぞと見立ててくれた女ごにゃ、足蹴にされる。惚れだ女ごからは肘鉄砲と、なしのつぶて。おまけに二人に、鳥コ飛ばしたよにぐえら逃げられる！　虻蜂とらずのアンポンタンとは、あれ式のこったべよ」

　人たちはこうも嘲った。民一郎の真剣なたのみを拒んだ妹のキヌは、中義に嫁ぐどころか、営林署の見習主事の橋本さんとあっさりと食っついて、世間態を憚って総代があわてて頼んだ形式上の媒酌人の先に立って、間借りしている官舎に、さっさと行ってしまった。仲人の先に立って、あんなに上を向いて大股で歩く花嫁は見たことはないが、あれもいま流行の恋愛とかいうもんだべかと、これも媼さまや親父たちの声だったが、本人は気にかける風もなかった。

　世間をせばめたのは民一郎である。反対は覚悟の前で、すらすらと運ぶなどとは思ってもいなかった。が、たった一度でも鮒江と軀の上で結ばれてから、二人の関係、二人の愛情だけは疑わなかった。周囲のどんな反対も押し切って、たたかい抜くという自信もそこからきた。しかし、相手に無断で姿を晦まされると、彼はいっぺんに絶望の淵に突き落とされてしまったのだ。彼にも面坂戸に駈けこんで鮒江の居所を確かめるという勇気すらなかった。人を避けて、毎日二階の自室に閉じこもり、失われた恋人の名を心で呼びつづけながら泣いた。

こうした民一郎を訪ねて、〈動物園〉の中義がふらりとやって来たのは、除隊になって帰郷した翌日の夜だった。中義は、もう腰までの短い村の普段着姿だったが、上には見なれないオーヴァをひっかけ、赤皮の編み上げをはいていた。

「——健在《まめ》で居だっけがや」

二階の炬燵に向き合うと、中義は挨拶がわりにいった。村にいた頃より目が鋭くなって、動作もどことなくキビキビひき緊っているのが見える。ただ、まるい肩と、真黒に見える鼻孔、ぶあつな唇、寸が詰まっている分、左右に出ばっているような顎、こうした道具立てだけは元のままだった。中義ははじめ何か気になるらしく、民一郎の肩越しに立机の方にしきりと視線をはせた。そこには民一郎が中学校にいっていた時分、一級上のガニ股の男から金を三円捲きあげられて、その抵当《かた》だといって無理に押しつけられた小さな油絵が置かれてあった。そしてその横の柱には、大きなカレンダーがかかっている筈だった。彼も中義の仕草にさそわれてそっちを見た。〈裸婦〉という題のいいかげんな習作はあっさりと無視出来たけれどと、1935と横に刷られたカレンダーの日付に気がつくと、民一郎の口からあぶなく溜息が出そうになった。それは鮒江が村から失踪した日、いや、いなくなったと聞かされたあの日なのだ。あれから二週間、おれはカレンダーをめくるのさえ忘れていたのだ。

中義の除隊祝にかこつけて、母は息子の様子を見に来たようだった。ありあわせの煮しめやら魚やら見つくろって雇い女に持たせ、お銚子と一しょに二階にはこんできた。

内気な民一郎は、こんなにも恋こがれている恋人の弟——幼な馴染を迎えながら、自分の傷はまだそっといたわって置こうと思い、今夜はもっぱら聞き役に回ることにきめ、中義に、軍隊での変わった話、おもしろい話をしてきかせろとせがみ、好きでもない盃をほして差した。中義は酒が強かった。彼は以前から「ただの酒だばなんぼでも飲む」と云われている一人だ。彼は酌がれるそばからキタッ、キタッと見事に傾け、膳の上はもとより、炬燵の傍らに下げた菓子盆にまで箸をのばして、何の必要からか、一度つまみ上げた食べ物を目の高さにまでもっていき、と見、こう見してから、パクッ、パクッと食べるのだった。その箸さきが民一郎の膳にまで及ぶころには、おらァ章魚ときたら大好物だ。ホッキもそうだし、笹焼き、かずの子、すずこときたらましての大好物だと、例の人もなげなる口癖がはじまって、何でもないつまらないことにでも上を向いて、うふふ、うふふと笑うようになった。そうして、民一郎の注文した「軍隊での変わった話」ではなかったが、申義はポツリポツリと語り出した。それは何のつながりもない通り一ぺんの見聞にすぎなかったけれども、生まれて以来この谷間の部落から出たことのないような彼にすれば、隣県とはいえ弘前は遠い他国であったから、八甲田山も、枝もたわわに色づく林檎畑も、田茂木野原も大鰐温泉も、おそらく驚異にちがいなかった。しまいにはやっと覚えてきたという津軽じょんがらとか、大鰐温泉小唄などを、ぎこちない節まわしで唄いはじめた。なかなか小味ないい声で、自分自身でまずうっとり聴き惚れてでもいるような唄い振りだった。歌がひとしきりすむと、こんどは問わず語りに、これは弘前のある町のことだと前置きして、日曜日の外出ごとに飲屋のようなところに出かけていき、ああしたのこうされたのと、どこまでがのろけだか法螺だか分からない話になり、買いたてらしい紙の札入から、名刺判の女の写真をすっと抜きとって民一郎にわたした。

「あれれ――歌でもって気分を出してから、こんな美人を拝ませるんだもの、おら敵わねえなあ」

民一郎はせいいっぱいの冗談をいうと、申義は、くッ、くッ、くッと鶏みたいな含み笑いをし、舌なめずりをして、

「うかうかと町なかなんど歩いちゃおられないのよ。申ス申ス、さびしい筈の兵隊さん、やりたい筈の兵隊さん、ちょッとき間《ま》、これ、ちょっとッたら、ねえったらようなんて絡んで来てな、ぐえらと軍帽引ったくって、どんどん二階さ上がってしまう。まッさか国家の干城が、帽子《ぼっち》無しでは隊さ帰るわけにはゆがない――何せ官品無くせば重営倉っていわれでいる通り、あれは天皇陛下からの借りもので、おらの生命なんどより何層倍も大事にさせられでいるもんだもな――取っ返《けえ》すべえと思って梯子段を上がって行ぐつうと、そこで、待ってましたッとばかり、ギッタリど取っ摑って、嫌《やん》だも困ったもねえ、つしもし一杯飲まされでしまうつ方法よ。わっはははは」

「なるほどなあ、中々うまぐ考えたもんだよなあ。もっとも行く方だって、最初から、そのギッタリが目あてで行くべども。それじゃ文字通りシャッポだべよ。――そらそうど、このトテシャンは、どこの誰だでヤ？」

「ふふ！　想像にまかせるべよ」

「この野郎！　さては君もこの人に、その手で散々やられた組だな。しかし、こりゃァ、相当振《ぶ》りのいい女ごじゃないがや」

「ねぇに、そらほどではないどもさ。まあ民一郎、おらもおかげで苦労したでば。話せば長えども——」

「おら、その長え話ときたら、なによりの大好物だ。語れであ」

「うん。まあ、ハハハ！　何だ、その、いろいろさまざまだども、とんどの詰まりや、あんだの家さ、連れで帰ってけろって、ハンカチ片手に目に涙、ッてわけよ」

「へー、話半分としても、たまげねない訳にはいかないくらいもてたもんだよなあ。こんたなバリッとした町の女ごに、そうまで溜息吐かせたり泣かせたりするにゃ、なみ大抵じゃ出来ないいつう話だが君ァ全体、如何《なじよう》な手で口説いたもんだべ？　男振りでか、銭金でか？　さては君はこの女ごさ、相当注ぎ込むかどうかしたんだな？　後学のために、そいつをおらさ教《しか》せろでャ」

くだらない、と思いながら、幼な馴染に調子をあわせているうちに、民一郎はふと「五円でも十円でもいい、金送れ」と云ってよこした、〈動物園〉あての申義の手紙のことを思い出した。が、当の申義はけろりとして、

「注ぎ込んだ？　何をさ」と真顔で訊ね返した。

「何を、じゃないよ。金だよ」

「冗談だない。兵隊が、月になんぼの給料をもらってると思って。それに、こう見えでも青笹申義ァ、そんたに甘え男ではないでば。そんたなことをソロバンにはじいたら、おらなんどよりゃ、向ごの方で何倍使ってるか分からないくらいだ」

「まいった、まいった。それじゃもう、ほんものじゃないが。売った、買ったじゃなかったら、もう立派な恋愛だべ。それほど想ってくれるやさしい彼女を、君はどうして連れて来なかったのさ。可哀そうだし、男の意地からいったって、そんたな薄情な真似はやるべきじゃないな」

「したって、まっさがなあ……なんぼなんでも上等兵にもなれないでいて、兵隊が除隊記念に、嬶をみやげに連れで帰ったつう話は、あんまり聞いたことがないもなあ……」

「そういえばそうだが、それじゃ結局、はなせ軍刀に錆がつく、トコトットットってわげか」

完全にあてられた、といった恰好で、民一郎はふき出した。目に一字ないこの友だちが、三年間の軍隊生活でどんなに苦労したか知れない。それを慰めてやろうと思って、つとめて調子をあわせていると、ふだん口にしたこともないエゲツない言葉まで次々ととび出してきて、心の虚ろな民一郎をまごつかせた。だが、申義はそんなことなど少しも知らない。真っ赤

になって相好をくずし、ぐい、ぐいと盃をかさねた。酔うほどに話は熱を帯びてきて、その女――銀子という名だった――との関係は決して浮わついたものではなく、正式に結婚しようとまで誓った仲だと打ち明けた。民一郎はバツをあわせながら、何だかくすぐったくなってきて、素直には容れかねる気持になったが、それでもしまいには身につまされた気分になってきて、中義の青春のために、敢て祝福してやらなければ、と思いなおした。

この地方の風習で、適齢前後にはたいがい妻帯していて、早いのになると、子供の親にまでなっていて入営した。だが同じ長男でも中義の場合は、そうはゆかなかった。単に貧乏なだけではない。人の忌み嫌う〈動物園〉というハンディがついている。なにか棚ボタ式の運にでもぶつからない限り、人なみの嫁とりなど、思いもよらぬ身の上なのだ。そんな彼にとって銀子というこの女は、たとえどんな境涯にいたにせよ、最初の〈女〉にちがいはない。それが心の底からの結びつきなら、だれが否定できるだろう……民一郎はこんな風にわが身にひきくらべながら、中義のあけすけな話振りと笑いに、秘められた恋の歓喜と苦悩を感じとった。すると、人の皿の上まで荒らしまわる彼の図太さもさほど苦にはならず、身近かな親しさがわいてきた。指に火がつくほど短くなった〈ほまれ〉を喫い切ると、中義はからになった小皿にそれをひねりつけて、ひと事のようにつづけた。

「ま、おらもな、兵隊さ行ったおかげで、上等兵にはなりかねて帰ったども、なんぼか勉強をして来たつもりだ。世間から〈動物園〉だなんて綽名つけられでいる我の家のことも、ほかの家と比較して見ることもおぼえたし、広い世間さ出はれば、おらのよな男でも、相手にしてくれる女ごも居るもんだつうことも分かった。そこでおらは、ものは試しだと思って、お互いにかくさないで身の上話をすることに約束していた銀子の奴さ、あらい湊いぶちまけだ。おらの家は、世界中さがしても二つとなさそうな動物園という家だ。木戸銭とって、見世物にして日本中回ってあるきたいが、お前はおらの女房《おがた》になって一緒にいかないが、と云ったら、銀子の奴、しンばらく考えていたが、ちょっと変わってるども、おもしろぐも何ともない。それどころかあんだの家の人たちは誤ってる。人間、田地《でんち》持とうが持つまいが、汗みずくになって働いて、苦しんで生ぎてこそほんとうだ。それが人間というものだ。それをひとごと面《づら》をして、見世物にして歩きたいとは何事だ。あんだまでそんたな馬鹿野郎とは知らなかった。おらは瞞されでいた。乗せられでいた。ああ口惜し！　もう我慢がならねえ、というなり、銀子の奴ァ、この恋《こよ》しい筈のおらの面を、火ァ出はるだけビーングラビングラぶん殴ったもんだ。……おらもこれにゃびっくりしたなあ。おらは地方にいた時、人からもずいぶん侮られて来たし、ひどい目にあわされたこともあるども、こんたに手荒く、めんと対って面《つら》の皮こぐられたり、ぶったたかれたりしたのは始めてだ。おらァ全くキリキリ舞い上がるほどたまげちまった。それが軀でよりも心の方でだもの、尚さらだ。そこでおらはたまらなぐなって、がぶがぶがぶがぶ浴びるだき酒くらって、歌でもないば唱えることでもない、張り裂けるような声を出して、うわわあ、うわわあと獣みたいに叫《さか》んだ。すたれば銀子の奴ァ、あんだも男大人《おんこ》だら、童《わらし》みたよな真似してごまかすな。涙《なんだ》など流すな。生まれ変わって世の中のからくりをもう一と皮ひん剥いでよぐ見ろ。もっと強い、人コらしい、殺されてもただじゃ死なないよな男になれ！　そう云っておらの胸倉つかまえで、気狂い牛《べこ》みたいに、ムヤミヤタラに小突き回すもんだ。おらはその時はもう何が何だかわけが分らなくなっていだ。ンだもんで、もう理屈なしに、くそ、このデレスケのかさっかき、ただで置がれッかつう気になってな、手あたり次第、びんぐらびんぐらと銀子をぶん殴った。蹴ったぐった。突きとばした。そしたら銀子の奴ァ、額《なずき》からダレーンと垂れさがった髪を口に咥えで、泣ぎもしないば逃げもしないで、おらをじいっと睨めで、歯ぎしりして、人間一生のうちで、ほんとに生命のやりとりをしたり、泣いだり笑ったりするよな相手と事件にぶつかるのは、二度はあっても三度とはない筈だども、とにかぐおらを叩《はだ》くことで気がすむなら、あんだ、なんぼうでもオラを叩げ。オラを打擲することで、あんだに人間らしい気持がうまれて目が醒めるつうなら、尚のこった。オラはかたわにされるのも厭わない。さあ叩げ、もっと叩げ、何百でも何千でも思うざま、好きなようにぶっ叩げ！　たンだ馴染甲斐に、面と尻《けつ》は叩かないでけろ。ここ二カ所疵ものにされでしまっては、オラは今夜から商売が出来なくなる！
……これにゃおれも負けだな。あははは」

　申義はこともなげに喋りまくり、吹き出すことで言葉を切った。民一郎は目をみはらされる思いだった。部落内での物質的な背景、家の格式、頭脳、そのいずれの点でも人と比較にならない低劣な地位におかれた故か、自然どこへ出て何をやっても、怯じ畏れるように小さくなっていた〈動物園〉の申義、何をいっても誰からも相手にされず、また許されもしなかったほど惨めだったあの申義が、昂然と胸を張り大手を振って、いきなり自分の前方をあるき出した感じなのだ。鮒江への恋、その恋を軸に、動物園に対して思い描いた殉教的な願い――鮒江とその一家に献げた苦痛や懊悩が、申義のなめた苦痛や懊悩以上に、どうして人間的だったとか美しかったと云えるだろう。しかし自分は最初の衝撃だけで、もろくも一切を失ったとあきらめてしまったのに、この男は、女を相手に酒をくらいながら、たった半日か一晩で、掴むべきものをちゃんと掴み、あっさりと片づけてしまったのだ。しかも今、いささかも深刻がる風もなく、方向も見失ってはいないのだ。おれは負けた、と民一郎は思った。

「ま、学んだの何だのと云ったたって、この程度の話だどもな、」中義はどこまでも穏やかだった。

「おらも軍隊の飯を食ったおかげで、知らない間に妙ンたな男にされたに違いないが、少しは大人にもなったつもりだよ。年寄りたちや親父たちが目ェ光らせてる中は、どうにもならないかべが、月日が流れでいけば、動物園の檻もだんだんと腐されていくべ。おらはこれから新規蒔ぎ直しのつもりではじめるじょ。蟻コみたいに働くじょ。ねえに、人間どっちにしたって大《てぇ》したことはねえさ。人は人、おらはおらだ。あわてないで、びくびくしないで、惑わないで、おらはこれからおらの道を行くべ——なあ民一郎、どうかお前ばかりも長え目で見でいてけろ。おらはもう〈動物園〉の孫でもないば、息子でもない。根限り真正直に稼いで生ぎる土百姓だ。たった一人コだ。一人コほど強いもんはどこにもなえ。おらはたった今うまれて来たばかりだ。面坂戸の祖《はしきり》だ！　最初の土台石だ」

民一郎は感動して思わず叫んだ。

「そうだ、中義。お前、家の人たちと喧嘩しろって意味じゃなえ。お前のいうその檻を、打っ壊わしてけろ。おらもお前と一緒だぞ」

「うん、打っ壊すども。そしておらは、たとえ股木《まっかき》小屋でもおらの家《え》ッコを建でるもん」

民一郎は目がしらが疼い来てどうにもならなくなり、炬燵の上にのしかかるようにして幼な馴染の前に手をつき出した。かたちの上でも、相手の決意や体温をたしかめたかったのだ。

するとは中義は盃を取りあげて、もう止めるべよ、ずんぶんええ気持にご馳走になってしまって、と笑っていい、まだなかなか止めそうもない鮮かさでぐっと乾して、民一郎ののべた手に盃を近づけた。

朝から降りしきっていた雪も、午後になると小降りになった。厚ぼったい灰いろの雪の層が切れると、まっさおな空の一部が一瞬濡れ光って、その遠い空の奥から、しめり気を帯びた雪片が、沈むきもちでちりりちりりとこぼれて来た。いま小字中の人たちは、それまで被っていた菅傘や、邪魔っけなけらや角巻をぬいで、髪や肩にそのこぼれてくる白いものを乗せたまま、さもいそがしそうに〈動物園〉に出入りしていた。今日は中義の嫁とりの日だった。動物園からは朝から笑い声が洩れ、あかるいどよめきが絶えなかった。

　中義の婚礼がこんなに急にまとまったのには理由があった。本人の口からあけすけに発表された弘前での艶聞——あの銀子との情事が、両親、家族、親戚一同を震撼させずにはおかなかったからだ。

「軍隊にいて、金送れ金送れってきたあの矢の催促ァ、やっぱし理由のないこっちゃなかったもんな。中義ァ、そういう魔性たかりに取っ付かれて、食いものにされて居たにちがいなえ」

「ほんとによ。まんつ、そんたな狐ッコ見るよな商売女ごなんどに、ここさ押し掛けられでみろ。こんたな貧乏家《かまど》など百あっても足りなかべあ。早ぐあきらめさせで、手コ切らせでしまえ。そうでもしてしまわないことにゃ、その商売女ごのために、一家悉く、尻《けつつ》の毛《けんぶ》まで、引ッつま抜がれるよな目にあわされるに決まってら」

「したが、相手の写真コ、肌身放さず持ち回ってる最中に、中《さ》義《る》の奴、あぎらめろの別れろのと意見したって、ウンと云うもんだべか？」

「ウンもくそもあるもんだないでば。こんたな時はな、なんのかんの大騒ぎしないで、どっかから今日にも嫁コを探してきて、ひと晩いっしょの床さ寝せでみるもんだ。木仏金仏石《いし》仏《ぼとけ》じゃあるまいし、ええ若いもんが、一晩中女ごコ抱かされて、濡れずにすむなんつ筈はなえ。つまりこんたな場合つうものは、相手がどこの誰でござれ。女ごでさえあれば——あそこにあなッこさえあれば間に合うもんだ。神代の昔からそういう塩梅になってるから、士農工商《しのごの》いわないで、早く嫁コ抱かせるに限るでば」

「なるほどなあ。このおらの相分家《あいかまど》の爺《じ》さまときたら、若え時、七人も八人も嫁コを取り替えたその方の達人だ。さしがにえらいことをいう……」

「さあそれじゃ善はいそげだ。女ご振りなどどうでもかまわないから、あなッこある小娘《めらし》コ探してきて、中義さんに当てがうべ」

　こんな調子で、動物園の親戚たちは何回も寄り合いをし、滑稽なくらいあわてふためいて、中義の嫁さがしに動き出した。その人たちには、当の中義が弘前で、銀子という一人の娼婦から、どんな風にして心の目をひらかれて帰ったかなど、想像も出来ないことだったのだ。

申義というと、あのあとも民一郎のところに入りびたった。銀子への手紙の代筆をたのみにだった。「変わりはないが、親切はいつまでも忘れないでいる、そう書いでけろ」などと申義はいった。こんな風に熱のないのはいくら友人でもおれに気兼ねしてなのだと民一郎は思い、最初のうちは恋しいとかなつかしいとか、ぜひもう一度会いたいなどと、申義の身になって文章を練った。しかし民一郎に何本代筆させても、これを読んでくれといって一度も先方からの返事を持ってこないところをみると、弘前からは音沙汰がないらしかった。申義はそれでもさして落胆した風もなく、例の写真をあちこちで披露しているらしかったが、嫁取り話がもちあがると、「ま、それも仕方がなかんべな」などと、他人事のような口をきくようになり、少なからず民一郎をがっかりさせた。そうして次第に民一郎へも足が遠のき、今日の挙式ということになったのである。

十一軒の小字の家々は、この日はほとんど空家も同然だった。働き手の悉くが助人《すけと》として、動物園につめかけているからだ。この人たちは、ふだんどんなに啀みあっている間柄でも、こうした祝儀不祝儀の場合はそういう行きがかりは忘れたことにして、共によろこび共に哀しむ風習を、未だに捨ててはいないのだ。羽織姿の祝人《いわいと》役は年寄たちに任せて、親父たちや若い者たちは、もっぱら仕事の手伝いに奔命する。本家からは屏風に客用の夜具布団、相分家《あいかまど》からは膳椀とランプ、上《かみ》からは火鉢、下《しも》からは三宝、どこそこからは座布団、隣りからはすずりぶたという風に、大半は借りもので間にあわせる習慣になっていて、この方の係りは主として男たちがした。動物園には昔から仏壇と畳がなかったので、仏壇はともかく、畳だけはあっちから六枚、こっちから八枚、これも借り集めて運ばなければならなかった。

「畳や布団の借り貸しは、お互いさまだから珍らしくないども、今日という今日は、米はもとより、薪《だぎに》から、味噌、醤油、漬け物のはてまで持ぢ寄らねばご祝儀にならねえつンだから、たいしたもんだよなあ。おら、この年になるども、こんたな話聞いたことがなえ」

「なに、動物園は代々そういう家だでば。馬之助がマスもらって来た時も、鹿蔵とおしぎの祝言の時も、そうだった」

「しかし何だ。薪だの漬け物だのまで貢がせるなんて、酷《ひで》ェもんではないか」

「ひでェひでェ、たしかにひでェ」

親父たちは悲鳴をあげながらも、結局あちこちとび回って調達した。

女たちは女たちで、家の中で朝からてんてこ舞いをしていた。部屋中のふき掃除、煮炊き、配膳、お化粧、餅つき、祝い苞の用意、隙見酒の支度、助け人たち自身の食事その他、花嫁がこの家の閾をまたぐまでにしておかなければならないことが、うんざりするくらい数あった。が、こういうことの好きな、そしてこういうことには万事もの馴れた嬶さまたちは、若い嫁や娘たちを助手にして、一向うろたえる風もなく、かといって投げやりな態度など曖にも出さず、祝儀気分を声にはずませて動きまわっていた。そうして、もらわれて来る花嫁はどんたな面《つら》コの人だべな、とか、花聟より四つとか年上だつうが、〈ヘラの果報持ぢ〉というから、却って福が授かるべな、とか、こんど孫が生まれたらこの家《や》の爺さまたちは、又けだものと縁のある名前コつけるつもりだべか、とか興味をおさえかねて、仕事をつづけながらひそひそと語りあっていた。

午後も三時になると、料理人の音吉が、つき出た腹を誰かの割烹着で被て、足袋もはいてない赤い足をして、下屋《げや》からなまぐさい軀を台所のいろり端にはこんだ。それは、どの部落にもこうした器用な人物は必ず一人はいるものだが、受け持たされた二日がかりの役目を、あらまし片付けた証拠だった。音吉はそこで、助《す》けに来ている嬶さまの一人から、冷めたいドベロクをこっそり貰いうけて、砂糖気の少しもない煮〆をさかなに、ごくごくと咽喉を鳴らして呑み、海苔でも焙るときのやり方で、焚火の上に足をかざした。

そこへ綿入《どんぶく》の裾を、これも女物のだぶだぶの雪袴《ふぐみ》に押し込んで、浅黄モンパで衿をつつんだ栄左衛門が、鼻のあたまに外れそうに眼鏡をのせて、水涕をすすり啜り、からになった瀬戸びきの糊鍋をかかえて、常居の方から出てきた。栄左衛門は、この動物園とは血つづきではなかったけれど、同じ小字となればその関係は血縁同様だったし、大本家、物もち、総代という家柄が、何かことあるごとに無理にも買われるのだった。今日も実は〈貰人《もらいと》〉側の一人として、花聟について先方に行くように決められていたが、喘息持ちの栄左衛門は、雪ふりと遠い道のりを考えて、その大役は倅の民一郎に押しつけてしまったのだ。そのかわり自分は朝から動物園にやって来て、一番大事だと云われる座組のことから、帳付け、障子張り、あくる日の〈樽《こが》あらい〉の配慮まで、してやらなければならなかったのだ。同年輩の音吉と栄左衛門は焚火にあたりながら、折からの不景気やら、どうやら兵隊を多くとるようになって来た世相について、のんびりと話しはじめた。

お酌の化粧がすんだのも、丁度それと前後してだった。助《す》けに来た娘たちの中から、特にえらばれた五、六人が、裾が踵までとどくやわらかものを着せられて、これもどの村にも一人ぐらいはいる素人髪結から、長い時間をかけて髪をあげてもらい、お化粧もしてもらうのだった。このお酌たちは、こっちから十人の〈貰い人《と》〉が出かけると、先方からも同じ人数で花嫁について来る〈送り人《と》〉と、何十人かの祝人《いわいと》、それに大勢押しかけて来て、障子をしめておくと、指や舌で目茶々にされてしまうので、はじめから戸障子全部あけひろげて、花嫁の器量のよしあし、衣裳はもとより、祝膳の料理の品数まで見せた上、酒やつまみ肴まで振り舞わなければならない村中の隙見人《すきみと》の視線のなかで、さらされながら立ち働かなければならないので、その役目は重大で名誉であった。しかも、今日は他人のために提子《ひやげ》を抱えてお酌に立った身が、あしたは他人からお酌に立たれる身であるかも知れないのだ。彼女たちはそうした責任と晴れがましさの手前、また着なれない着物だの、ゆいなれない髪だのの手前硬くなって、酒をこぼしたり、物につまづいたり、思うように軀がこなせないので汗をかいたり、祝客に冗談の一つもいわれると、もう声が出ないほど赤くなったり、いろいろヘマをしがちだった。

栄左衛門と音吉は、仕上がったばかりの晴姿を見てもらいたさに、用もないのにしなしなとやって来るお酌たちをつかまえて、ほうこりゃ、どこの姐さんたちでがンすべ？　煌《ぴら》めく衣裳をつけて、柳腰して、花魁《おいらん》道中すか？　ええこど教《しか》せるから、今夜はおらさ抱がさって寝でみろじゃ、などとからかった。お酌たちははしゃいで、あえほに、まんつ、おら嫌《やん》だますでァと耳まで染めて、袖で顔をかくしたり、睨んだり、やたらに全身をくねらせたり、中にはなかなか洒落たのがいて、ええこど教せるっと爺《じ》さま達ァ、あのカツカツ山すか、などと応酬して逃げていった。頭の上、角ばった庇髪がぐらぐら揺れた。雄鶏の鶏冠をヒヨコが借りて冠ったら、こんな風かと思われる恰好だった。

〈動物園〉の人たちはというと、鹿蔵とおしぎは「貰い様《さま》」として息子について行ったし、馬之助とマス夫婦は町使いに出かけたが、まだ戻ってこなかった。あとは全部家にいる筈だった。しかしこの人たちはどういう考えからか、折角来てくれた助人《すけと》たちの先に立って、采配を振るとか、用を頼むとかする様子もなく、ただふらふらして、がらんどうの大きな家の中を、いったり来たりしているばかりだった。だから助け人たちは、よくよくの用事以外は家の人たちを通さないで、助け人同志で相談しあい、てきぱきと支度をすすめた。こんな無責任な家人を一々相手にしていては、今日の間にはあわないのだ。

するうちに、黄色い垂氷の下がった軒下で、どん、どどんと、足踏みをする音がして、祝言に招ばれた遠方の客たちがやって来はじめた。彼等は入口の土木《どぎ》の手前で、合羽や房のついた角巻の雪をほろき、モンパの頭布だのをぬぎ、下げて来た祝樽を持ちなおして、「おめんとご座ります」と家の中へ声をかける。この泊りがけの客たちはとりわけ鄭重に扱われて、畳の敷いてある常居に招じこまれ、家人たちと長い長い挨拶をかわし、久濶を叙し、昔話や現在のくりごとなどに、尽きぬ花を咲かせるのだった。この人たちは、ここの家からよそへ嫁聟に行ったという近い血縁か、その家の婆《ば》さま嬶さま、嫁などの実家の人たちである。でなければ、同じ姻戚関係でも、当人たちはとうに死んだが、その息子とか孫とか、故人の何かにあたる人がまだ生きているからというだけの薄い縁引きで、こうした時でもなければ、ほとんど往き来が絶えているような人々だった。血の上での遠い近いの差はあっても、お互い別の土地に距離をおいて暮らしているから、ふだんはほとんど訪ね合う機会もないのだが、この人たちの胸には、まだ人が珍らしいという昔の名残りが残っていて、迎える方でも迎えられる方でもこうした機会をよろこんだ。動物園の人たちは、こうした泊りの祝人たちを迎えはじめると、それをよいことにしてそれにばかりかかりきり、お勝手の方はいよいよ他人任せにして、のぞいて見もしなくなった。

県道からも国道からもはるかに逃れた、落武者の裔《すえ》だといわれている隣郡の、〈動物園〉の身許など何一つ知らない部落まで、中義の嫁のもらいに出かけた人たちも、とうに帰路についた時刻となった。一時歇んだ雪がちらつきはじめて、軒に下がった茶色の大きな垂氷が、暮色を呼びよせるかのように光った。そのとき助け人たちは、これ一つやってしまえば、支度もしまいだという仕事にかかっていた。それは嫁とりにつきものの嫁とり餅――餅搗きだった。動物園のでこぼこだらけの大土間には、屑を抜きとったあとの藁が円く敷きつめられ、手彫りの古い大きな臼が二つも持ち出された。

和《あ》えどり――こねどりの嬶さまが、この冬のさ中に肌脱ぎをしてそれぞれの臼に一人ずつ取りつくと、これもシャツだけになって向う鉢巻をしめた若い者たちが、まん中を握り易く削った、両端とも杵になっている片手搗きの杵を軽々と手にとって、五、六人ずつ臼をとり巻いた。と、その方を分担していた嬶さまと娘たちが、釜と大鍋から〈蒸《ふ》かし桶〉を抜いてきて、逆さにしてスポリと臼にあけた。まっ白いふかしは臼からあふれそうに盛りあがって、甘味のある粘っこい湯気が、濛々と立ちのぼるのだった。

「さ、この人たち、はじめてもろうべな」

和えどりの嬶さまは、臼のかたわらの小桶に両手をつっ込んで、水のしたたる手でふかしを叩いて合図をした。五、六本からの恰好のいい杵が、円を描いておもむろに動き出した。ふっくらとした白いふかしの山が徐々にくずれ、くずれていくにつれて次第に杵の上げ下ろしに力が加わって、速度も早くなっていった。

もちろん向こうの臼も同じであった。めでたい祝いの餅搗きなのだ。あえどりは年功を経た嬶さまだし、搗き手は血気さかんな若い者たちだ。自然威勢もよく、気合いもかかろうというものだった。何本もの杵が一度に打ち下ろされると、一瞬あえどりの濡れた手が、さっと餅の表面を撫でて去る。その、さっと引かれる手が、何度目かに小桶の水にひたされて、打ち下ろされる杵の先端を、こんどは目にも止まらぬ素早さで、つるり、つるりと、撫でるのだ。杵を餅にとられないため——餅を杵にくっつかせないためであった。もしも打ち下ろされる杵に遅速があったり、あえどりの手が機敏を欠いたりすれば、嬶さまの濡れた指が、あっという間にふかしもろとも、ぐしゃりと潰されてしまうであろう。手が臼の中でひらめき、さっと引かれたと思う次の瞬間には、もう次の杵が音たかく殺到しているのだ。ここの呼吸がむずかしかった。馴れないものでは危険であった。それは時間の計算外だといいたいくらいの一刹那で、寸秒の狂いもゆるされないのだった。搗かれるたび、どおん、どおんと臼が鳴って、白ちゃけた水がピシャッ、ピシャッと四方に飛んだ。そして、杵が一せいに上にあげられ、再び一せいに打ち下ろされるまでの何秒かの合い間に、五升からの重たい餅が、あえどりの両手でさっと持ち上げられて、上下《うえした》が、ぐるんぺたんと引っくり返されることもあった。いわば愉しい力業、巧者な芸のようなものでもあった。

ところが今日のこの餅搗きは、どうも調子が少々変だった。いくら搗いても餅になってこないのだ。ふかしが潰れもしなければ、粘ってもこないし、ふんわりとやわらかにもなってこないのだ。米粒がばらばらで、いつまで経ってもふかしのままなのだ。普通だったらとうにあえどりが、半分搗けたことのしるしに、声を掛けて餅をひっくり返し、搗き手たちに一息つかせる筈だ。それをいつまで経ってもやらないのだ。いや、やりかねていたのである。搗き手たちは次第に顔を紅潮させて、呼吸を荒くし、杵の上げ下ろしがどうやら乱れてきた。

「こりゃ可笑《おが》しいじゃ、如何《なんじょ》したこったべよ?」

とうとう和えどりの一人、お筆嬶が、小首をかしげて手をひいてしまった。

「そう云えば、こっちの臼も、さっぱど餅にならねえでば。なんぼう搗いでも」

さきに搗くのを止めていた向うの臼の和えどり――ミネ嬶もそういって、不審もあらわにこっちを見た。若い者たちも臼のふちに杵をもたせて、顔を見あった。

「――はでな?」

「まったくもって奇態だな」

「こりゃ、ひょっとすると、ごくふるーい糯じゃなかんべか」

「したってそう云えば何だども、こちら様にゃ、ふるい糯なんど、ある道理がないじゃないか。今日のお振舞い用の米コだっておらたちみんなで持ち寄ったくらいだ」

「それもそんだな。一升買いをしてる家だもな。――ええと、ま、そんだら、もう少し搗いでみるべ」

どっちの臼でも、再び杵がうごき出した。どおん、どおんと、負けず劣らず臼が鳴った、粘っこい水が、ピシャッ、ピシャッと四方に飛んだ。いささか持て余し気味の搗き手たちは、「よォきた。そらきた」と掛声をかけ、あえどりは、「うんとコしょう。そらしょう」などと囃したてる。何がどうあろうと、めでたいはずの嫁とり餅だ。活気に満ち、どの額からもじっとりと汗が光り出し、頬が上気して赤くなってきた。しかししまいには、やはり掛声もはやし声もなごやかさを失って、だんだん短くとがっていった。

ものの三分もしたと思うと、又どっちの臼でも申し合せたように同時に、搗くのもこねどるのも止めてしまった。どの顔を見ても、だまされたことがはっきりした時などにする、やりきれない、爆発したいのをやっと耐えているような表情になっていた。

するとそこへ、台所や釜場で、二た臼目のふかしの支度をしてした別の嬶さまたちや娘たちが、大土間のこうした様子に不審を感じたのだろう、前後してどやどやと土間に下りてきた。

「どうも今日の餅搗き様たちァ、油ッコが足りないど見えて、トロペヂ(しょっちゅう)中休みばっかりしてるようだもな。何としたもんだべや?」

先頭に立っている嬶さま――料理人の音吉の女房が、ちょっかいをかけ出した。

「中休みって、とんでもねえこった。ほれ、そんだら、この臼の中をよく見でけろ。なんたな真似をして、なんぼう搗いてもこねくっても、米の粒が潰れないでぼろぼろで、やわらかくもならなければ、粘りもしない。まんつ、如何《なんじょ》な張りあえのもんだか、おらはトンと分からなぐなってしまったでば」

その時、向うの臼についていた和えどりのモヨ嬶が、下唇を噛みしめ、いささか含むところのある顔をわざとして云った。

「するところりゃァ糯《もちごめ》じゃなくて、うる米――ただの米じゃなかったべか」

「まッさがよ」

お筆嬶はあっさりと否定しながら、自信なげに小腰をかがめて、じいっと臼の中をのぞいた。しばらくすると、彼女は表情を変えて叫んだ。

「おーッ、なあんたら事《こつ》たべよう。これじゃァまるで、腹中さ蕁麻疹《ぼろち》でも出たか、疥癬《しず》でも掻いでるようだな。まるこのまるきりボロボロボロボロしてるじゃないが、まったくこれはただごとじゃなえ。おらもついうっかりして、こらほどひどいもんだとは気付かなかった」

お筆はぶりぶり云い、指のさきで臼の中のものを撮み取っ見つめていたが、しまいにはパクリとそれを口に入れて、仔細ありげに嚙みしめていたが、ぷッ、ぷッと土間に吐き捨てると、おどり上がって叫んでいた。

「まンつお前さん方、これは糯《もちごめ》どころか、ろくな粳《うるこめ》でもなえぞ」

「ほんとがよう?」

一同は唖然としたおももちでこっちを見た。

「うそだと思ったら、われの指でよく触ってみろ。そして、口で、よっく噛ン舐めでみるもんだ。糯どころか、あく臭くてバサバサした外米そっくりの下等米だ」

一同はにわかに動揺し、お筆がした通りのことをそっくり真似だした。と、向こうの臼についていた男滝戸のモヨ嬶が、いくら搗いても餅にならないふかしを両手でこねて、玉にして「米コが化けたあ。米コが化けたあ」と唄いながら、妙な腰つきで浮かれ出したので、みんなは忽ち腹をかかえて笑い出した。

「こりゃ屹度、どっかから、かっぱらって来た米コだったべよ」

「そうに違いなえ。あんまり方々から手当り次第に掻ぎ集めたもんだから、糯も粳も、わけが分からなくなってしまったべよ」

どの目も、いきいきと光り出した。

「ふん、いいざまだ。大事の総領息子の嫁とり餅が、うる米のため、搗いでも搗いでも餅にならねえがったなんて、縁起でもねえ話だ。ほンにほに、末代までも話の種にされるンべあ」

「ああな……罰ァあだったただな」

「親の悪事は子に報いるって、昔から諺にもあるもんな。ええ気味《きび》だ」

「まったくだ。これで日頃の仇ァ討でたつうもんだべよ」

「――したどもよ、こりゃァ一体、この始末をどうつけたもんなんだかな」

　考え深い一人が口をはさんだが、そうした世間並みの大人の配慮を容れる余地さえ、もう失くなっているようだった。

「そう云えばそれもそうだども、さてこれから雪をこいで方々から糯を借り集めで来て、といで、水さうるがして、上げて、ふかし釜さ移して、蒸《ふ》かして、それから臼さあけて、杵《きね》でヘントコヤー、ヘントコヤァと搗いで、――たんじやァ、とっても今日のご祝儀にゃ間に合うまいな」

「ねーに、いいんだます。そんたな七面倒くさいことは止めで、このまんまこの化げものを搗いで見あンすべ」

「それがいいな。何くそ、どうせ搗きついでだ。餅になろうがなるまいが、こちとらの責任は何もない。とにかく、搗いて搗いて搗ぎまくってやンべじゃないか」

「おもしれェな。粳が先につぶれるか搗き人《と》たちが先にへたばるか、やれやれ、やってみよう」

「そうだ、やるべ」

「――それァ搗げ」

「――やれァ搗げ」


　大土間の人たちは、ここでわあっと云って沸き立った。こんな子供だましか他人のあら探しみたいなことでも、相手の今までが今までだったので、彼等は、おとなげなさなど忘れてしまったのだ。逆に、これまで抑えにおさえて来た〈動物園〉への反感、憎悪、嘲笑といった共通の感情が、いま、ようやく思いがけない発火点を見いだして、一時に爆発したのだ。搗き手の若者たちは、おおと声をあげて高々と杵を振りあげた。あえどりの嬶さまは、小桶の水を手ですくって、臼一杯たたき込み、そばに立っている人たちにもおどけてぶっかけた。何事かとのぞきに来ていた大勢の助け人《すと》や子供たちまで、口や脇腹に手をあてがって、のたくるような恰好でげらげらやりながら囃したて、お筆の音頭に合せて声をはりあげた。

がったらェ　がったらェ
よーい餅ァ　そうなんだ
搗けるようだ　減るようだ
よーい餅ァ　そうなんだ
搗けるようだ　減るようだ
がったらェー　がったらェー

どの顔を見ても、上機嫌に酔っぱらったように笑みをたたえ、ふざけ、おどけ、おろめき、ひょろめき、洒落のめし、小腰をかがめて踊りくるっていた。その合い間合い間に杵は力まかせに打ち下ろされ、生麩をとかしたような水が八方に飛び散り、大きな臼が今にも割れそうに、どおおん、どおおんと鳴り、揺れにゆれて、ひとりでに移動した。童歌《わらべうた》は不遠慮にくりかえされた。

このただならぬ騒動が、自然と耳にとどいたのであろう。そのときになって家にいた〈動物園〉の人たちは、やっと座敷や常居から姿をあらわして、うす暗くなりかけた上り框の端に立ちどまった。熊右衛門、カメ。丑松、タツ。この二夫婦に、寅次、犬松、つると一人のこらずだ。熊右衛門が一番前に立ちはだかり、長老らしく鷹揚にそりかえって、土間を指ざして口をきいた。

「なんとまああの助け人たちときたら、威勢のいいこったべよ。あの人たちは、おら家《え》のご祝儀をよろこんでくれて、あんたに景気コつけてくれてるべな」

丑松は鼻をうごめかして、かたわらから言下にいった。

「兄のいう通りだ。日の出の勢いとはあのことだべなス。めでたいこと、縁起のいいこと、まったく大したもんだなス」

しかし、目をこらして尚も見ていると、それどころか何か異常な雰囲気が感じられた。杵は餅を搗くためというよりも、臼の底を突き破らんばかりに叩き込まれ、臼のふちをなぐりつづけ、杵同志をぶつけあっていた。二人のあえどりは、餅には少しも手を触れようとせず、手桶の水ばかりところかまわずぶっかけて、踊るような、もちゃげるような腰つきをして皆を笑わせていたし、ぐるりに立って見物している連中ときたら、まるで馬鹿にでもなったように口をあけて、「それ搗け、やれ搗け、がったらェ」と、昔噺に出てくる鬼の餅搗きでも見ているつもりなのか、けしかけけしかけ、はやしたてているのが分かった。

それと知ったとき、人を人とも思わぬ動物園の人たちの表情も、さすがにさっと変わった。

「——これこれお前さんだち、お前さんだちはそこで、一体何をしてるどこだどえ?」

蝌蚪《げえらご》型の丑松の目が刺すように光って、威嚇をこめた錆びた声が、大土間に向かって喚かれた。二度、三度とそれがくり返されると、臼のまわりの顔のいくつかが、キロリとこっちを振り向いた。がその顔が、うすら笑いを浮かべてもとにかえされた時、こんどこそ大変だった。目顔で、次へ次へと何かが囁かれたのであろう、すべての動作が俄然倍も誇張されて、お祭のような馬鹿騒ぎが、その絶頂へと調子を上げていった。

　夢中になってふざけちらし、この単純極まる童うたを唄い、みんな一緒になってはやし立てていると、この人たちの意識の底からは陶然として浮かび上がってくる何かがあった。それはいつ間にか年を累ね、ただ食べることに追いまくられていつ忘れるともなく忘れていた、記憶と童心につながっているようだった。かつて幼かった幸の日に、泣くたびむずかるたび、唯一の伴侶である年寄たちのふところや背中で、秋のお祭がきたら、お正月がきたならと、何よりのご馳走、何よりも旨いものとして餅が持ち出されて、その餅つきの模様を語るたびに伴奏のように聞かされた、これは後さきのない子守唄の一と節だった。今、はからずもこうしてそれを高々と唱和することによって、あの日の歌の心、うた自身の失われた遠い脈搏が目覚めあがり、無言の裡に意識から意識へと呼応しあい、なつかしくいきいきと蘇ってきて、新しい血液のようにふてぶてしく鳴りわたり、噴きつづけている感じであった。ここには、他人を辱めていいざまだと思う捨鉢めいた気持のほかに、予期しなかった感慨と共通の荒い興奮さえあったのだ。

　臼のなかの粳は、滅多やたらに搗きまくられたり捏ねまわされたりしているうちに、それでもどうやら潰れて来たのであろう、だんだん臼にくっつき、杵を捉えるようになってきた。しまいには杵と一緒に、ガタドーン、ガタドーンと臼まで持ちあがった。

「なあ、なったらよう、皆さまよう。もう沢山だから、止ンめでけろたら。臼あぶっ壊《こわ》れる！　そんたな無態《むで》な真似せば、おら家《え》の大事な臼がぶっこわれるでば――」

　見ているうちに事態が読めたのであろう、ろくでなしで鳴り響く熊右衛門も、いまは角のように両方から禿あがった頭を振りたてて、声をしぼって頼んだ。よれよれの綿入の袖から手を出して棹のように振った。

　だが、土間では、誰ひとり耳を傾けるものも、やめるものもなかった。勢いの赴くところ、まして記憶のなつかしさと、していることの痛快さに、彼等はいよいよ夢中であった。

それァ搗げ　やれァ搗げ
がったらェ　がったらェ
よい餅ァ　そうなんだ
搗けるよんだ　減るよんだ
それァ搗げ　やれァ搗げ
がったらェ　がったらェー
がったらがったら　がったらェ

鮒江さえ家にいたら、たとえどんないきさつにせよ、事態はここまで来はしなかっただろう。そうしてそれとは別だが、民一郎が若しもこの場に居合せたら、どんな顔つきをしたのであろう。それにしても花嫁花婿は——中はからっぽでも形ばかりの道具などを舁ぎ、祝の藁苞やら提灯やらをぶら下げた人々に前後を衛られながら、まだ橇さえ通わない一本の雪みちを雪に降られて、どこらあたりまで来たのであろう、軒の氷柱を染める暮色からいえば、とうに峠を越したはずだ。

　杵の上げ下ろし、臼の音、あえどりの手振り腰ぶり、かけ声、笑い笑、はやし方、唄、もののひびき、と音と声とが入り乱れ、水がとび、愕きあきれている〈動物園〉の人人をはじめ、いつの間にかのぞきに来ていた助《す》け人《と》から、お酌、祝《いわい》人《と》まで——何もかも役者が出そろったような雰囲気のただなかで、大きな二つの臼は跳ねあがり、勢い余ってころがされて、はてはでこぼこだらけの敷き藁の上を、ごろごろごろごろ転げはじめた。——

盆栽記

川村公人　著

水かけ十年と云われる程、盆栽の灌水は非常にむずかしい。灌水しだいでは肥料などいらぬと迄云われるのである。だから、その道の苦労人達は、折おりとりかえ飾られる善吉の盆栽が、どれも見事に生き生きとして立派なのに舌を巻くのであった。

殊にも善吉が、此の頃仕事場の前の小机に飾った赤松の鉢には真底感嘆し頭を下げた。松は一番と云っていいほど水加減が難事だからである。それでも、何んとかケチをつけようと眼を三角にして、丹念に眺める者もあったが、どうにも手の施しようがなくて、この三十になるやならずの若僧が、と自分達が盆栽に執心し始めてからの歳月を勘定し、愈々舌を巻くのであった。

「ふうん――これぁ赤松だな。阿父っあんは黒松を持ってた筈だったが――あれもええもんだが、これぁまた見事だ。まるで広重の絵ッコにあるようだな。」

と、五月も終ろうと云うのに、まだ襟巻を放さない質屋の隠居は、四季を風雪にいじめ通されてきたのであろう倣岸とも見え不屈とも見える頑丈な幹と、踊りの名人の手振りに似た流れるような枝振りを眺め入るのであった。

羨望に溶けそうな目尻を下げ、先刻からふむふむ、と、しきりに感心して眺めていた盆栽道楽の古本屋の親父は、

「善さん。お前さん一体何処からこれを仕入れて来たハン。」

「山がらで御座んす。」

「山がら?」

古本屋の親父は桁の外れた尻上りの声をあげ、

「善さん、お前《めえ》さん採って来たってスカ。」

「はあ。」

ふむーん。と、古本屋の親父は更めて赤松を眺めて感に堪えない風であった。そして彼は、顔も上げずポツポツと印刀を動かしその度にぴくりぴくりと動く鉢の大きな善吉の頭を瞶めるのだった。

善吉は始めて仕事の手を休め、去年の夏山の崖端で見つけたこの松は、旨い工合に鳥渡した岩間の僅かばかりの土に生えていたこと、それを太い根は切りその儘また土で掩って、つまり根廻りをして来てこの春掘りだして来て鉢にあげ、もう大丈夫鉢についたから出してみたと、その次第を話した。

「はーあ。善さんは沢山《うんと》阿父っあんに伝授されだべをなァ。」

「そうだべ。」

二人の言葉には羨望と小憎らしさの響きが縺れ合っていた。

「はあ。」

善吉は肯定したような返事をしながら、丸い鼻先にひっかけた分厚い拡大眼鏡の底を睨めポッポッと印刀を動かしていた。

しかし、善吉は父から何も伝授された訳ではなかった。父が盆栽いじりをしている時には傍へ行ったこともなかったのである。

それは、善吉が高等小学校を卒《で》て、父から印判彫りの手ほどきを受けて間もない頃のことであった。七八十年もの歴史を見てきたらしく肩を張ったように左の上った下屋根の廂《ひさし》の上の大屋根は、右に首をかしげた風に老いぼれ歪んだこの家の箍が、外れて崩れるような大声で怒鳴る父の声に、愕いた善吉が裏につつ走って行くと、父は醜く顔一杯を口にして、寒吉を叱っているのであった。傍で幼い寒吉は驚愕と恐怖に戦き唇まで白くして、かばいながらひたすら謝っている母へ縋って、ひきつるように泣いていた。

母の説明に依れば、母は自分の飼っている鶸に水をつけ、乾かしてやる為に、陽当りのいい縁側に出して置いたら、寒吉が父の大事に手入れしている林風に七本植込んだ欅の枝を折り、鶸の籠に差入れていたと云うのであった。成程赤銅《あか》の針金や三味線糸で枝振りを作っていた欅の枝は折れていて、五本の樹は頭や片腕の無い者のような不恰好さで鉢の上に呆けた風景をつくっていた。

欅の枝を差込まれた縁側の籠で、鶸は恐怖の眼で親子四人をまじまじと瞶め、小首をかしげながら小さな軀を愈々小さく丸めているのであった。幼心に、寒吉は母がはこべや青菜を鶸にやっていたのを見ていて真似たのであろう。善吉は盆栽にそそぐ父の熱情の並々ならぬことは知っていたが、それより寒吉や母が不憫であった。

「お父さん。お父さんは子供より鉢植が大切スカ。」

と、途方にくれた顔で立っている母や、惜し気もないようにポロポロ涙を落して、頭を振り振り泣いている寒吉をちらりと眼の隅で見て、声を励まして云った。

「莫迦野郎!」

父は蒼空も落ちて来るかと思うような怒鳴り声で、

「貴様に盆栽と鉢植の区別が出来るか!」

そして、そこら辺りの丼のような鉢に植えているのが植木と云うやくざな物で、盆栽とは文字通り盆の上に栽《つく》ると云う意味で、非常に苦心がいりそれだけ貴重なものだと、前の惰性で途方もない大声で講釈をした。

そう云われて始めて善吉は気づいたのだが、成程、父のは皆うすい本鉢物ばかりであった。

しかし善吉が、

「兎に角、盆栽でも鉢植でも——」

と、云うのを皆まで云わせず、

「生意気な。出て行け！」

と、云うのである。

仲裁して勘当されては間尺《ましやく》に合わないと、善吉はなお咽喉《のど》の辺りまで衝きあげてくる抗弁を噛み殺して黙ったのであるが、それ以来父の盆栽には寄りつかず、盆栽となるとひどく冷淡に構えていたのである。

その善吉が、父の死後盆栽作りになったのは、表面冷淡を装ってはいたが、真実心底から嫌いではなかったからである。店頭に飾ってあるのや裏に出た時、善吉は冷淡の顔の中で、眼だけは盆栽の心の澄むような美しさ佳さに牽かれていたのであったし、また母がしきりに勧めたからでもあった。父が丹精のものを惜しむ心もあったであろうが、それよりも母の心に働いていたものは、亡父への愛情の残光と夫存命中の面影を偲ぶに何よりも強いよすがを失いたくない気持であったようでもある。そうした母の心根に強く動かされて善吉は、この見事な父の遺産を引き継いだのであった。そして、あの見事な三昧堂の盆栽も、親父が死んだから……と、街の盆栽作り達の哀惜と嫉妬の交錯した僻い臆測を裏切って、善吉は一鉢も枯死させず立派に育てて見せたのである。

盆栽作り達は、そんな善吉に強敵を感じ、阿父さんからコ̇ツ̇を伝授されただろうとか、血は争われないとか云いながら、父の存命中は盆栽を見向きもしなかった善吉を頭に泛べて、小憎らしいと云う眼を流すのであった。

善吉はその度に、はア、と、云ったりフフと笑ったりしていたが、伝授も伝承もなく、鉢の樹々の性質と自然環境を考えては手入れをしてやっているだけなので、何年も盆栽をいじっているその人達の云う言葉が、すらりと呑み込めず、彼等の語る苦心談がしんみりと肚に沁み込まないのであった。

善吉は盆栽の世話をしているうちに、次第に盆栽を愛した父の心中が解ってくるのだった。店頭の一隅に置かれた一鉢の盆栽に雑念が払われ、仕事に疲労した心気が労わり洗われるのであり、父が名人の名をよばれる程の仕事ができたのも、始終仕事場の前に鉢を置き、眺めてはその清き美しさに心を静め頭脳を洗っていたからではないだろうか、とも思ってみるのである。善吉は此の頃、父の心が自分にのり移り父の眼で盆栽を眺め、父の腕で仕事をしているような自分に気づくのだった。

父の遺していった黒松は、落雷にでも激しく裂かれたように、真中の一本は根本から八寸位のところで折れ、それが乳白色に歳月にか風雪にか晒されて、古代の獣の牙のように見える。それを挟んだ二本の樹は日本武人のように柔味の底に剛さを見せた枝々に、深い翠《みどり》を宿していた。善吉はこの松に鷲の悠々飛翔する深山の風景を想像し、赤松に駕籠や馬で往還した時代の俤が偲ばれて、色々の空想が繰り拡がったり、石楠花や槙柏に高山や幽谷の幽邃の有様が脳裡を流れ、駒鳥や雷鳥の声さえ聴えてくるような気持になる。そんな時、善吉は仕事に疲れた眼を瞑り、盆栽が吹き込んでくれる想像の世界に漂流いだすのであった。

もう善吉には盆栽が無くてはならぬものになった。俗塵を離れ陶然として眺め愉しみながら、せっせと動かす印刀は金銭も忘れ慾の衣も脱ぎ捨てて軽く動き、フッと吹き払う彫屑の飛んだ印判は、軽妙飄逸なうちにも重厚な滋味をもっているのであった。

これはどうも少し寝過ぎたぞと、善吉は慌てて顔を洗って店に出ると、もう雨戸が開けられている店の三和土には、初夏の陽が強くさし込んでいた。急ぎの仕事があったのに、前夜は盆栽の同好者達が集って仕事が捗らなかった。彼等は老人や閑人が多いので、善吉の迷惑を一向考えず、時間の観念なども全然なくのんべんだらりと坐り込んで話合うのであった。そしてついに午前一時頃迄も話込まれてしまったのだった。喘息病みの旅館の主人は、朝の冷い空気が悪いと称し夜ふかしをして正午近くまで寝ている習慣なだけに、皆が立ってからも立つ気配がなく、とうとう再三誘われて漸く御輿を上げた始末であった。

それから一時間で仕事はきりあげたが、床に這入ったのは二時過ぎだった。

「どうも困ったお客さん達だよ」

と、善吉はひとりごちながら、槙柏を表に運んで灌水してやった。頭から颯っと水を掛けると、渓谷の底から湧き立ってくる深山の霧や、表面動かぬように漂い流れる靄を吸ったような翠白色の密集した葉が、ぶるうんと身震いするような山の雰囲気を瑞々しく漂わした。善吉はそれでいっぺんに頭の底にまだ煙っていた鈍色の濁った睡気を拭われた。

善吉には、去年岩手山《おやま》に登った時のことが、まざまざと思い出されてきた。八合目と九合目の中間で御来光を拝んだ。太陽が昇ってくると、靄霧は真赤なその光に吸われて消えてゆき、太陽自身も靄霧を吸ったせいのように次第に黄色になっていった。しかし、渓谷や窪地や敷いたような四辺の草樹の間には、まだずっしりと霧が潜《ひそ》んでいるのだった。その時のそんな雰囲気そんな色だと、善吉は槙柏を眺め、その時の気分になって、

「ああ、いいなァ」と、呟くと、鼻腔に集ってくる空気まで山の清冽さを帯びてきて、肺臓の隅々の塵がすっかり攫われて行くような気持になる。

善吉は如露を持った儘、岩手山《おやま》を見に道路の向側まで行った。明治時代の壮士風に右肩を張っている歪んだ屋根の上に、岩手山は緑紫色のどっしりした山容に、深い紫の山襞を強く引いて乗っている。善吉は眺めているうちに、まるで岩手山にのしかかられた為、家がつぶれ歪んでいるような錯覚に陥ちて、

「さてさて、驚《たま》げた岩手山《おやま》だ。」

と、呟いて店の前に戻って来た。槙柏はまだ葉末からタチタチと雫を落している。朝の陽を受けて滴り落ちるその水晶の粒々を眺めていると、

「槙柏類は葉水で生かせ。」

と、いつか小耳に挟んだ亡父《ちち》の言葉が思わず口を洩れて出た。

父は自分が惨めに扱われて育っただけに、ひどく子煩悩であり、厳しい叱責のうちにも深い慈愛が籠っていた。

寒吉が欅の枝を折って鶏に呉れた時も、並居る母子三人の脳髄が微塵に砕けるかと思うほど怒鳴ったが、その後は驟雨が通り過ぎたような顔であった。

「泣ぐな。いつまで泣いでるんだ。男童《おとこわらし》と云うものは、そういつまでも長泣ぎするもんでねえ。」

と、云い道に可哀想になったのであろう、寒吉に菓子など買ってやり、

「阿父さんの盆栽を折るんでねえぞ、な。木コだって草コだって皆生ぎでるんだがら、折られると痛えんだがらなァ。可哀想《むじえや》な事《ごど》するなえなァ。」

寒吉の頭を撫でながらそう諭した。

しかし、その時、善吉の胸には先刻の不快な言葉がこびりついていて、かりにも「出て行け」と、云う言葉は何事であろう、と、若い彼は子供と盆栽の価値比較をしてみたりしていた。むろんその後で直ぐ、父はそうした直情と一徹さをもった人なのだと思うのであったが、強烈な言葉に叩かれて曲った感情は、すねた子供の気持に似て、盆栽となると、胸底に小さな瘤が出来てきて、冷淡な風を装うのであった。

だが、そんなことも今は古い疵痕のように懐しくも哀しい想い出として、甘酸っぱい感情の疼きをともない、靄気のように胸中に棚引くのである。

父は四人兄弟の三番目で、次男である直ぐ上の兄は死んで産れ、男ばかりの三人兄弟として育ったが、父が産れた時も難産で母は死ぬ程病んだと云うことであった。父の父つまり

祖父は、その為少しの蓄えを遣いはたした上、借金までした。小さな荒物屋を営んでいた祖父は、その僅かばかりの借金を返済するのに苦労した。一升につき僅か二三銭安い南京米を買う為、人目をはばかって夜十丁程も離れた米屋に通ったりした。祖母はその頃の苦労を後々までも父に語ったと云うことであった。その上、父は非常にむっつり屋でしかも直情一徹なので、祖父も祖母も父には愛情が薄く、兄弟喧嘩をしても、兄や弟が悪戯をしても、叱責されるのはいつも父であったと云う。

　そんな父の立場のみじめさは、父の直情を愈々募らせると共に、孤児のような陰翳《かげ》を身に帯びさせた。父はよく一人で遊んだ。父の友ともなり慰めともなったものは、海のような深い色を見せ、色々変った形の雲を泛べたり、どんより低くなったり、茜色に染まったりして変化する空や、樹々や草々や色々の花であった。父はそれらを眺めて厭きず遊んだが、そのぼんやりしたような顔を見て、親達も兄弟も父を「ぼやり」と、陰でよんだと云うことである。

　父の右の顳顬にあった禿は、叔父が隣家の梨の木から実を盗んだ時、いつも呆んやり樹などを眺めている父を犯人と睨んだ祖父に、いきなり投げ飛ばされて出来たのである。鞠のように飛んだ父は、裏口の溝に架かっていた御影石の小橋に頭を打ちつけ、「梨盗人《どろぼう》」と、おどかしに喚きたてた隣家の人は、結果の意外に非常に愕き、顔半面血だらけになった父を抱きかかえ慌てて自分の家に駈け込んだ。

「その時ァ俺の十歳《とう》の時で、石さぶッツかった時気絶して、隣の人に抱がれたのも知らながったヲナ。」

と、父は一寸程の長さの禿を撫でながら、善吉や寒吉に話したことがあった。

　父が印判師になったのは、別に師匠に就いた訳ではなかった。十一二歳の頃から遊び半分に芋判を彫り、それから檀などを彫るようになり、学校友達や先生に褒められる程上手になった、遉の祖父も、

「呆《ぼ》やりにも、何か得意があるもんだなァ」と、舌を巻いた。

だが、小学校を卒ると印判屋ではなく、呉服屋に丁稚奉公に出されたのは、祖父が商人だから子も商人に、と、云う気持からでもあったろうが、職人は兎角道楽者が多かったからでもあったようである。しかし、呉服屋は相当の資本が無ければ暖簾を分けて貰う訳にはゆかず、それに無口な父はどう考えても呉服屋は性に合わないと決心し、徴兵検査の年一杯を勤めあげると、奉公中ちびちび溜めた金と店を退いた時貰った少し纒った金とを合せ、それに祖父から僅かばかり家財らしい道具を貰って、現在の家に「御篆刻三昧堂」の看板を

掲げたのであった。

そして、篆刻と共に名をあげた盆栽も、父幼少の頃の友でもあり慰めでもあった、自然の中の樹々の美しさ懐しさを、自分の懐《ふとこ》ろに抱こうとする魂が、それを作るようにさせたのであろうと、善吉は思うのである。

父は二十五歳になって妻を迎えた。嫁に来た当座、この人は印判屋が本業であろうか、植木作りが本業であろうかと本当に考えたものだと、母は善吉達が大きくなってから話したことがあった。それ程父は盆栽に執心していて、店頭に集る人々も客よりもその道を好きな人達が多く、その人達に淹れてやる御茶が月一斤位であったそうだ。

しかし、愛情を籠めて美しく仕立てたそれらの盆栽に、今度は父が心頭を清浄にされて彫った印判は、何んとも云えぬ滋味と重厚な味をもっていたのである。よく注意して見ると、稚拙のような味さえ漂っていて、唯に綺麗ごとに終らないこの不思議な味は、なまじ印判屋の弟子となり師匠をとらなかった為でもあったようであった。

後年ゴム印が世に迎えられるようになり、他の印判屋達は、困ったものが流行って来た、困った困った、と、悲鳴に似た愚痴を零しながらも次第に全然ゴム印屋に転じたり、従来通りの印判とゴム印の二足の草鞋を履いたりしていったが、父だけは相変らず昔通りの印判だけに終始したのは、例の一徹な気性からだけではなく、

「あんなもので篆刻の味が出せるか。ゴムなど彫って何が面白いんだ。」

と、云った通り、父は金銭を追わず仕事を愉しみながら生活すると云う、強靭な魂を抱いていたからであった。

そんな父であったから、いつも貧乏で暮したが、矢張り世の中は実用一点張りともゆかないものらしく、三昧堂でなくてはと訪ねる人々も多く、その人々は書家は勿論三昧堂の篆刻を知っている老人達が多かったが、若い者でも蔵書家などよく訪ね、面白いのは医学生や高等学校の生徒達がよく蔵書票に使用する判を依頼に来た。「小父さんの作った判は何んとも云えないいい味があるんでねえ、小父さんのものでなくては駄目だから」と、若い学生に云われると、父は擽ったさと嬉しさに、にやにやしながら印刀を動かしているのであった。こうした状態であったから他所の印判屋のようには打撃をこうむらず、仕事は一人では手に余った。しかし、父ははっきりした期限づきの注文は嫌った。気が散れば盆栽をいじり、気が向かなければ仕事机に坐らなかった。父のこうした名人気質は自然金には縁の薄いものにした。だが、別に気にかける風もなく、田螺のように本気で貧乏の殻を背負い続け、

その殻を背負った儘死んで行った。

　自分が惨《むご》く育っただけに、子供に対する愛情は濃く、父はいつも微笑しているような細い眼で善吉や寒吉を眺めていた。寒吉が産れると善吉は父に抱かれて寝た。或る夜、善吉が突然火のついたように泣くので、母が不審に思って頭を上げて見ると、父は床の中に潜ってしまったが、直ぐ頭を出し、

「泣ぐな、泣ぐな。」

「何に仕《みさ》あんした――お前《めえ》さん。」

　と、母に訊かれると、

「うん、あまり可愛《めげえ》ので、頭噛ったヲャ――ああよしよし泣ぐな、阿父さんが悪がったな。」

　と、苦笑しながら善吉をあやし、明日《あした》は何買って呉《け》だらえがんべな、善吉。などと機嫌をとっていたと云うし、毎晩寝小便をひっかけられながらも、寒吉も抱いて寝た程の子煩悩な父であった。

　だが、ときには烈しく叱責もした。

「樹を見ろ、樹でも呆んやり甘く育ったものは味もそっけもなく、ただべろんとしているぞ。なァ。人間だってその通りなんだ。碌な者にはならねえんだ。」

　と、云って、盆栽を見ろ、艱難や苦労でいためられないものは、このように美しくもならず、他人《ひと》にも愛されないんだぞ、と、云うのであった。

　善吉は父のことを追憶していると、愈々父への思慕が強く湧き立ってきて、

「やれやれ、あんなにいい親父め、何んだって五十やそこいらで死んで仕舞ったべなァ」

　と、呟いて、槙柏の前から腰をあげた。

　ああァ――と、いう声のようなものが身内をゆるく昇ってきて、善吉は印刀を置いた。どうも、此頃は盆栽好き達に毎夜押しかけられ、仕事にとりかかるのが遅くなる。それが祟って睡眠不足なのだ、と、出かかる欠伸を噛み殺し、善吉はどろんとした眼で、眼の前の松を瞶めていたが、赤松は往昔の街道風景を繰り拡げ、駅鈴の音さえ聴かせて呉れ、黒松は霊気と嵐雪の中に育ち、気品あるその姿から浄く峻しい深山の様《さま》を偲ばせるが、まだ足りない松があると思った。彼は海浜の松が欲しいと考えた。海面から絶えず吹きつける風に揉みしだかれ、円熟した人間のような柔軟さと寂びをもった磯馴松でもよし、頭上をきるように飛び交う岩燕の下、岩礁の間を匍っているような松でもいい。それらの松はたしかに潮の香や磯の香を、むうんと漂わして呉れるであろう、と、考えただけでも善吉の胸は躍るようであった。

「マンマ、トッタンマンマ」

その声に、善吉は空想を断ちきられて振りかえった。頸に絡わるような愛らしい声は、此の頃漸くあんよが出来るようになった洋子の「父さん御飯」を知らせる声である。

善吉は思わず笑顔になった。孫以外何ものもないと云う風な眼をした母に附添われた洋子は、顔で書くと云われた野田大塊の破調な蘭の扇面を貼った小衝立の上に、ちょこんと丸い顔を覗かせて、昼飯を知らせに来ていた。

「トッタン、マンマ。」

「飯《まんま》か、よしよし。」

「トッタン、マンマ。」

「そうか、よしよし今行くぞ。」

「トッタン、マンマ。」

この短い応答に無限の愛情を湧かしながら、善吉は彫屑を払って立上ると、水鳥のように柔かなおかっぱ髪を撫で、抱いて奥に這入りながら、本当に赤い着物の一枚も買ってやらねば、と、洋子の着物を眺めた。

メリンスではあるが、洋子の着物は信子の長襦袢の再生品で、模様の薬玉の絢爛さが褪色しているだけに、ひとしおうらぶれた感じで哀れであった。信子は遉が口には出さなかったが、一人娘だもの赤い着物の一枚位買って呉《け》でもよがべのに、と、母は物陰で小言ともまた信子への気兼ねともつかぬ愚痴を零した。信子は黙って自分が持って来た着物を潰《つぶ》して作っているだけに、善吉は信子の心情を可憐とも哀れとも感じ、あいつも貧乏に風化されたのだろうか、人間は馴れやすい動物だと云うが、不憫だが貧乏には馴れて貰わねば、と、善吉はたびたび思う。しかし今、母の愚痴がふと思い出され、底痛い寂しさで、ぴったり傍に並んで座っている洋子の着物を瞶めた。

「ほら、マンマ。」

自分まで口を開け、善吉は洋子の色紙の切れはじをくっつけたような小さな口に、飯を押込んでやっていると、

「御主人は御在宅ですか。」

と、訪う声がして、見知らぬ顔が覗き、

「ああ、御飯ですな。」

「はあ――」

口をもぐもぐさせながら、善吉は、はて誰であろうと考えているうちに、その男は、

「実はごく内密に御相談したいことがあるんですが――では御飯が済まれるまで烏渡煙草を喫わせて貰いますかな。」

どうぞ、とも云わないうちにその男は上り込み、長火鉢の前に陣どりきちんと坐ると、腰から煙草入れを引出すのだった。

母も信子も怪訝な顔に眉をひそめ、貧しい小皿物などつついている。善吉もこれはまるで事後承諾も甚だしいではないかと、土足で胸元に踏込まれたような不快な眼を向けるのであったが、その男はもう煙を吐きながら、部屋中をじろじろ眺め渡しているのである。

善吉は納まるところへも納まらぬ感じで、一膳だけで飯をきりあげると、

「どちら様でごあんす?」

と、向い合って訊ねた。しかし、その男は、

「いやあ、これは、もうお済みですか。」

そして、空々しい空咳《から》をしきりにして煙管に煙草を詰め直す不敵さであった。善吉も仕方がなく父譲りの羅宇なしの鉄の煙管を引き寄せて喫いだし、吐き出す紫煙の間から男の顔を覗いて見ると、その男も矢張り吐き出す煙の隙間から善吉の顔をチラリチラリと窺っている。これは飛んだ煙幕戦術だと思っていると、

「実は本田さんから依頼されて来た者ですが――」

額越しに寄越すその眼は黄に濁り、何か老獪と不敵の刃を匿している不気味さがあった。ははァ。此奴はブロオカァか三百代言だなと善吉は読みとった。男はしきりに部屋を眺め廻しながら、

「失礼ですが、こちらのお家賃はいくらでした。」

そんなことは既に飲み込んで来ている癖に、そしらぬ風に呆けて訊くその男は、もう五十を二つ三つ踏越えたであろう、鬢の辺り短かく刈込んではいるが、白いものが相当目立ち、摺れて処どころ消え流れているが、細い赤縞の入っている昔流行ったとか云う唐桟の着物を、女のようにぴっちり襟を合せて着ていた。しきりに喫いつける煙管は、鉄に銀の千羽鳥という手の込んだ物で、雁首の内側は金の皿といった凝った物である。ブロオカァや三百代言というこんな商売の、悪がかった垢と風化に崩れてはいるがその穢なく脂っこい奥から覗く人品は、ものの本で見たことのある左団次のような立派な眉と共に、昔を忍ばせるものがあった。

善吉は資産家で破産した者が自分が失墜する時、自然教えこまれてそうした商売になると聞いたが、この男もそうした一人であろうと見た。いま男が吐いた言葉は、傲岸と悪呆けで何か陥穽でも潜ませているか、此方を若いと侮っての言葉かともとれるのであるが、しかし、善吉は如何に落魄したとは云え本田あたりの用を便ずるようではと、肚が立つより先に憐憫を覚えるのであった。

「――さあ、いくらでごあんしたがなァ。本田さんが御存じでがんしょう――私もこの二三ケ月あげかねていだので忘

れあんしたをなァ。」

「ああ、本田さんでも云っておりましたよ。大して高くもない店賃を三月も滞られて困ると。十五円なそうじゃありませんか。」

「ああ、ほんにそうでごあんした。」

「第一にそれを納めて貰いたいと云ってますよ。まあ毎月五円ずつでも——それは私が先方へは旨く話して上げますが、それから、実は今迄の店賃は安過ぎたから今月から三円増しで戴きたいと云うお話です。」

「はァ——面白いお話でがんすナ。現在つまづいて上げ兼ねている者へ、又三円足せと云うのは。」

男は黄濁した大きな眼をギロッと動かして善吉を睨むと、

「あなたはそんなことを云われるが、しかし、十八円が二十円でもいいから此の家を借りたいと云うお人があるんですよ。」

「はァ。世の中にはもの好きや金の有り余っている人があるもんでがんすな。」

「そんなことを云われるが、家賃も納めないし、三円足すことも不承知だと云うんですか、それでは立退いて下さるおつもりですか。」

と、男は刃物のような鋭い声で訊いてきた。

「全体この家は親父の代からお借りしているんですが、四十年近い間に不義理はこの二三ケ月だけでがんすよ。誰より本田さんが御存じの筈でがんす。」

「だから、あなたも親父さんの名誉を傷つけないようにお納めになったらいいでしょう。それに訊けばあなたには立派な盆栽が沢山おありだというが、そのうち一つ売っても今迄の滞りが綺麗に払われるではありませんか。」

「親父が自分の子より大切にした位の盆栽を売ったりしては、親父の霊に対しても合わせる顔がありません。この上もない不名誉でごあんす。」

「じゃあ、どうして呉れるんです、一体。」

「私の借りは私が払いたいと思いあんすナ。しかし、あなたは家賃が安い安いと云いあんすが、この家は五重の塔と同じで柱が土サついていないんでがんすヨ。つまり腐っているんでがんす。それだから地震の時は揺れなくてよがんすが、風の時ァ夜もおちおち眠られながんす。私達はもう永年のことで馴れていあんすが、まあ始めての人はなッス——先ず本田さんに生命保険を掛けて貰わねば位のことは云いあんすナ。まあそんなお話は家をよぐよぐ見てからにして下んせ。」

「ふうん。」

そう云って、飴色に鏡のように光る柱や土台が傾いた為たてつけの曲った障子など見ていた男は、粘りも凄味も掻消えた興醒めた顔で、なおも四辺《あたり》を眺め廻していたが、やがて凝った煙管をしまうと、それではまず、と、挨拶して立上るのであった。

不快な昨日のことなど忘れて、善吉はせっせっと印刀を動かしていると、

「今日《こんにち》は、御精が出ますな。」

と、這入って来たのは昨日の男であった。

相変らず唐桟を着込んで、これも少し摺り切れかかった献上博多をきっしり締め、女のようにぴっちり襟を合せている。しかし、どこか少し寒ざむとしているのは落魄者のもつ陰翳《かげ》でもあろうか、せめてセルの黒い羽織でも着せてやりたい気持になりながら、善吉は、

「はァ。」

と、味の無い返事をしたのは、仕事の三昧境から引き出され、いきなり昨日の粘液的な気分が蘇ってき、今日はどんな難題を持込む気であろうと考えたからであった。

善吉は心の武装をしながら相手の顔を見た。だが、男は昨日とはうって変った柔かな顔で、黄色い眼まで細く、昨日の眼ではなかった。

「昨日はどうも――」

と、顔さえ崩し、成程立派な盆栽ですね、と、石を取り巻いて一二寸の竹がすいすいと涼しく生えている鉢に感心し、これは何んと云う竹ですか、などと訊ねるのである。

「これは根曲竹と云っていあんすが、本当は千島笹だそうでがんす。」

「これぁ、元来こう小さく可愛いい性質のものですか。」

「いえ。可愛《めご》ぐしたのでがんす。うんと虐められで可愛《めご》ぐなるんでごあんす。盆栽ばがりでなぐ、何んでも虐められで善《よ》ぐなったり強ぐなったりするようでがんすナ。」

「いや。これは手きびしい。実は今日あがったのは、昨日あなたとお話をしているうちに、どうも本田さんの方が無理だと思い、実は私今日手を引くことにしてお断りして来たところです。成程、外から見てもお部屋を見ても相当な家ですなあ。」

「はあ。」

善吉が呆気にとられていると、

「では、私は手を引きましたから、あなたはまあしっかりやって下さい。」

と、煙草も喫わずに出て行った。

その寒々とした後姿を瞶めながら、ブロオカァや三百代言

と云う商売にも似合わない善人だと思い、その善魂故にぼろい儲もできずいるのだ。元もとは確かに筋のいい資産家であったろうが、と、先刻笑った時に見た、冠せた金歯の先が磨滅して黄いろい生地の歯が覗いていたことを思い合せ、小心故かえってぼろい儲を狙ってあんな商売に入ったのか、それとも親譲りの財産を飛ばして裸一貫になってみれば、懐手徒食に育った者の、これという仕事も出来ず小さな事件や経済的ないざこざの塵を拾って世間を渡るようになったのであろうかと、その男の落魄の過程など、あれこれと善吉は想像するのであった。

そう考えてゆくと、善吉は貧乏に生れて篆刻を腕に叩き込まれた自分の幸いに思い到り、

「ああ、貧乏は有難し。」

と、思わず声になった。

実際、父は貧乏と盆栽の外何物も残してゆかなかった、しかし、父は自分が正しいと思うと、利害も打算もうち忘れ、ひたすら信念に生きた人間であった。

父は盆栽の外に菊を作っていた。十鉢ばかり作るその菊は、親しい人やいつも世話になっている人達に贈られ、それが父の想像外に喜ばれてから、毎年贈るならわしになっていて、貰う方でも秋が来れば菊を待つようになり、父もその時の相手の喜ぶ様《さま》を愉しみにしているものであった。

春早くから苗は芽を吹いた。雪が消えると父は腐葉土や田土を掻き集めだし、孫芽を欠いて素焼の鉢に移し植えた。油粕や果物にはいいと云う鶏糞も、燐酸もいいもんだよ加減に依ってはと、うんと水に薄めてやり、身欠鰊を根本に差込んでやったりして、下葉も落さないように注意して育てるのである。花さえ大きく見事に咲けば、下葉などどうでもいいという北の菊の王国八戸《のへ》のようなところもあるが、父は東京流に従った。花だけ見事でも下葉が無いのは恰度、高島田の花嫁が尻はしょりしたようなもので醜いと云うのが、父の持論であった。

そうして丹精された菊は、ぎんと厚い大きな葉を黝々とつけて光り輝いていた。太陽の慈光を追い血を駆除して世話をする様《さま》は、子供を育てるよりむずかしいではないかと思わせるものがあった。夏の夜など、突然豪雨が襲って来ると、父は夜中でもがばと撥起き褌《ふんどし》一本で飛び出して鉢を仕舞うのであった。

それから、秋がかかる前、頂天が焦げつくような晩夏の熱い陽に頭を灼きつかせ乍ら、父は真直ぐな勁い花芽を択んで立て、他は非情のように摘んだ。不用な蕾を摘まれた菊は、秋になると木のようになった茎に、紡錘形に綺麗についた葉を

誇りながら、父の愛情と丹精を映して見事な大輪の花をつけた。菊作り達はその花に感嘆すると共に、品評会に出品することを勧めるのであった。

しかし、父は皆断った。品評会に出品すると、会が終る頃には厚物咲は盛上がり、管物咲はだらしなく崩れてしまう。そんな物はとても他人《ひと》様に贈《あげ》られぬと云うのである。いや、そんなにならぬうちに——と、その人達が口を酸《す》にして掻き口説くのであったが、父は、私の菊は他人様に贈る為に作るので、品評会などに出品《だす》のではないから、と云うのであった。

見事に咲く菊は、慾も名誉も嗅いだこともないと云った風な潔白高貴な花で、何か神韻縹渺と云った趣があり、或る人が感に堪えず、嗚呼まるで仙人様でも作ったようだと云った。その花は白い管物であった。その花には宿命的な名があったがそれを廃し、その時から仙人境と命名し、薄紫色の厚物咲きは、あまりの清い美しさに誰かが、嗚呼この世の物とは思われない。紫雲棚引く極楽とはこんなもので、お釈迦様はこんな花雲に坐られていられるでしょうな、と、云ったので、浄土でも極楽でもふさわしくなく、面白味もないからと、父はその花には祇園精舎と命名したのであった。そして、その翌年から、父は仙人境と祇園精舎ばかりにした。

或る秋、この街一流の洋服店の主人が、飾窓に置きたいから譲って呉れないかと、云って来た。

「これァ、売物では御座んせんヲナ。」

と、父は素気もなく云った。

「では、お愉しみに作られてるんですか。」

「いいや。」

「それではどういう気で作られてるんですか。」

「それを訊いてどうなさる。」

「いやァ、これは失礼しました。」

埒を越えた自分の質問に気づくと、鼻下に髭を蓄えたその紳士は慌てて謝まり、

「噂以上に立派な菊ですね。なんとか一鉢ばかり売って戴けないでしょうかね。ひとつ高く戴きますがね。」

父はふふん、と、鼻の先で笑うと、眼鏡越しに紳士の顔を見て、

「これァ普段お世話戴いている人達に無料《ただ》であげるのでごあんす。恩義は金銭ではござんせんヲナ。」

そう云ったかと思うと、もう傍に人の居ることも忘れた顔で仕事にかかっているのであった。

「これを皆そのかたがたにやられるんですか。」

「はあ——まあ二ツ三ツは残りあんしょうが、それァ私の酒の肴でごあんすからなァ。」

法事菓子のように美しい菊も、盛りを過ぎると盛り上ったり崩れだしたりしてくるものである。その頃になると父は二三合の酒を買い、花は吸物の実や浸し物にし、葉は胡桃や味噌漬などと共に刻んで此の地方でほろほろとよぶものにしたり、天婦羅に揚げて楽しむのであった。

その時は一家中皆相伴するのである。

お椀の中に流れるような風情をつくる管物咲の花弁を見ていると、まるで天女の羽衣を見ているような気分になる。たわむれに箸を動かすと、汁の流動につれてゆっさり動く花弁の重おもしさは、ひょいと手を動かした折の王者の衣裳の袖のような荘重さで、口に入れると、一種の奥床しさをもった甘味が口中に忍びやかに拡がった。葉の天婦羅は歯応えがあって、齧《かじ》るとぷうんと菊の香が、衣の破れ目から高雅な薫りを流し出すのであった。

しかし、父が何より好きだったのは、胡桃と味噌漬大根を一緒に細く刻んだほろほろの小皿であった。純粋な菊の味覚と野趣を賞味するのである。

「では、駄目なんですね。」

「はァ。そう云う訳でがんすナ。」

軽蔑されたと思ったのであろう、紳士は口髭をぷりぷり震わせて帰って行った。

しかし、邪気はなくただ肚の中を率直に云った父は、けろんとして仕事にかかるのであった。父はそういう人間であった。

父はだから貧乏と盆栽と少しの借金と子供達を残しただけである。しかし、そう考えて善吉はさて自分を省みて苦笑が湧くのである。父が死んでから三年間に、ふやしたものといえば、母に買ってやったスフの袷と羽織と、少しばかりの盆栽と、長女洋子位のものであった。減らしたものは遺産の借金で、その僅かな借財は骨を折り二年以上もかかって返済した始末で、自分ながら冷汗ものの非力さに、振返って見て半分は呆れ半分は苦笑を禁じ得ないのだった。

「ふむう。よく咲いて呉れたなァ。」

善吉は呟いて、まだ陽の弱いうちにと、石楠花を持出して店の前に据えた、少女の頸筋にも似て薄蒼いまでの脂肪が、ちろちろ走っているような簇《むらが》っている白い花花の玉を眺め、少女なんて、これはとても人間など足元にも寄りつけない気品がある。気高い奴だと眺め、それにしてもこの石楠花という奴は肥料もやらず虐めないとこんないい花が咲かないのだ、と、不思議な気もするけれど、しかし、こいつは高山の静閑の音を聴きながら、塵埃などというものは探しても無い大気や、あの綿飴のように白く甘い山の霧だけを吸って生きているのだと思うと、この花の美しさ清さが本当に頷かれるのである。

それに何んだ、寒吉の野郎などは、と、善吉は今の寒吉からの手紙を思い出すのであった。僅か二十二やそこいらで、女房が欲しいとは呆れはてて言葉もないじゃないかと思うのである。成程、寒吉は×大の工科を卒《で》たし、ドイツ人のように少しいかついが男らしい好い男振りだ。細い金属椽の近眼鏡を掛けたところなど、まるでドイツ人式だ。あれでは女の子にも好かれようし、欲しがる人もあるだろう。しかし、何んだ俺の賛成さえ得ればと云う文面は、それよりたった一人の親である母に、先ず相談すべきではないか。事の順序も弁えぬ。

「不肖の子となるなよ。寒吉よ。」

と、善吉はジャンパーの胸を撫で、寒吉からの手紙にさわって見るのだった。

寒吉が×大の工科に入ってから、善吉は彼の学費を貢ぐ為、まだ街の眠っている朝早くから仕事机に向った。一息いれている頃になってカサリと戸の隙間から新聞が投込まれるのである。それでも春夏秋はいい、しかし、冬は辛かった。膝を毛布で包んでいてもしんしんと寒気が沁み込んだ。指先など火鉢に焙った時だけで仕事にかかると直ぐ指がきかなくなるのであった。

そんな努力を三年も続けてきた。

しかし、本人はもうすっかり貰う気持でいるのだ。同じ会社に勤めている女だと云う。就職以来賞与月にはきまって、母や信子や洋子、それに善吉へも総花的に金を送って寄越す寒吉だった。それが、もう今度も来るだろうと思い、予算にも入れていたのが、ぱったり音沙汰がなかったのはもうその時の覚悟で蓄わえているのだと、今にして善吉は思い当るのである。寒吉がその気でどうでも貰いたい気持なら、次男でもあるし仕方ない、ただ相手の女が口ざわりがいいだけの東京女では困る。まあ折があって母が上京でもした節《せつ》は、阿母さん阿母さんと絡まり、滞在中を気持よくさせ、心証をよく帰して寄越すような女ならあとは文句がない。まあよい女房を貰って立派な人間になることが、男として一番大事なことなのだから、と、善吉の考えは落着いたのであった。

だが、待てよ。そうか、では貰ったがよかろうで腕組み胡坐で済ましていられない兄貴としての立場を考えると、善吉は少し慌てるのであった。祝品を送るとしても、手いらずの祝金をやるにしても、これは二三十の金では済まされぬ、少なくても百や二百の金は、と、思うと凩のような吐息がひゅうと出た。

たとえ、今夜から夜の目も寝ずに幾ら彫りまくったところで、鳥渡の間にそんな纏った金がほり出せるものではなかった。どうやら寒吉を卒業させてはやったが、借金を払う一方学費の送金はなかなかの事で、それも漸く救われるかとほっと一息の思いでいると、一息する隙も与えず卒業から就職に渉る入費であった。洋服は作らせたが着物は父の遺品や自分の物を当てた。だが、更に細《こま》ごました身の廻りの品々が意想外の金高になったと、寒吉は明細書を送って寄越した。これには善吉もいささか予想外の感じで、やっと背伸びして送った金が漸く間に合ったような結果であった。

洗い攫い送ったので、まだその折の後腹が痛む現在の生活なのである。だから、

「はあて――」

と、善吉は思わず腕組みになって、思案にあまった眼で石楠花を睨みつけた。

しかし、石楠花の白い花々は、人間共の脂肪や慾に垢深く汚れはてた、金銭に就いての妄念など嫌って寄せつけぬものの風に、天女の褥でもあるかのようなほんのりとした弾力を見せ、高貴なまでに清潔な容姿で超然としているのである。

そうだ、何も無理をすることはない、と、善吉は思うのだった。自分一人の無理我慢ならできよう、しかし、この無理が母や信子や洋子にまで及ぶのだと思えば、今いま出来る程度にしよう、右顧左眄することはない。この花のように底に暖かな体や俗塵などには超然としよう、この花のように世間愛情を湛えてさえいるなら、と、思い到るのであった。

それにしても、寒吉の奴ももう大人になったか、幼い頃父や自分を毎夜のように小便浸しにした彼がと、何かふしぎな感じさえあった。小学校に七つであがった時から善吉と一緒に寝たが、寒吉はそれからも時々漏らした。善吉も只一度寝小便をしたことがあったが、その時善吉は寒吉がしたことにした。朝になって寒吉は冷たく濡れた床を歪んだ顔で眺めながら、又外したのかと哀しい眼であった。

やがて、いつものお仕置が始まった。寒吉はえんえん泣きながら、それでも叩かれるに委せていた。小さな蒼味のある丸い尻がピタピタと鳴った。母の掌が寒吉の裸の尻に飛ぶ毎に、傍で見ていた善吉は自分の良心を叩かれて、眼を瞑ったが堪らない辛さに思わず母の手に飛びつき、赦《おえしや》てくなんせェ、赦《おえしや》てくなんせェ、と、泣き声で獅噛みついたものであった。しかし善吉は夏以来軀が衰弱していた時とはいえ、いい歳をして私が垂れたとは遂に云い得なかった。善吉はその事を想い出すと、今まで良心が疼くのである。

だが、あの寝小便垂れも、結婚話をするようになったんだなど考えると、思わず微笑が湧いてきた。月下氷人は寒吉が勤めている会社の重役だと云うし、相手の娘も温和しそうだし、と、善吉は又写真を取り出して眺めた。意志の強そうな太い眉であるが、唇の辺りに愛嬌が漂っていて、丸い顔全体を和気が柔かく包んでいるような顔である。俺が承知なら寒吉の云う通り母の承知は解っている。

だが待てよ。委細承知、結婚許すもいいが、父がわりとしたら当然兄の自分が上京をしなければならないだろう。式にはどうでも母と自分が行くべきであろうと考えると、上京の予算も産まなければならないと、考えはまた元へ戻り、又しても口を衝いて出るのは、

「はあて――」

と、溜息であった。そして、いつもは簡単過ぎる程簡単な手紙を書く寒吉が、今度はべたべたと切手を貼りつけた程綿々と書き送ってきた手紙の、部厚な重量を善吉はとつとつと掌の上に弄びながら、計るともなく計ってみるのであった。

何にしても寒吉の奴もげんきんな奴だ、と、ふふふっとふくみ笑いが思わず忍び出た時、自分の傍に自転車の停る気配がした。

何気なく振返った善吉は、思わずハッと胸を衝かれた。

「こんにちは」と、挨拶するその男の女のような顔には厭な記憶があったのである。

そして今、真中からてらりと分けてポマードで固めた頭や、変に温和でその癖底にはいつも冷たい微笑を湛えている、能面の「姫」に似た顔を見ていると、その時の記憶が恰度すすっと陽が翳って行く時のように、脳裡に暗く拡がってくるのであった。

善吉と同年輩位なこの男がこの前来たのは一年程前であった。保証人の名儀変更のお願いに上りましたと、突然云ってから、自分は相互無尽の者ですと名乗り、喪くなられたこちらの御主人は小山さんの保証人になっておいででしたと云う。小山は同業者中では一番親しくつき合っていたが、保証人などになっていた事は善吉には初耳であった。会社の男は、もっと早く上る筈のところ仕事が非常に繁忙を極めていたのでと云い、今日書き換えに上りましたと云った。その頃、借金と貧乏に絶えず脅かされていた善吉は、

「それぁ困るナッス。親父は判コ捺いたかも知れねども、俺ァ捺く訳はない。」

「これぁどうしても捺く義務があるんですよ。お父さんが捺いたもんですからね。」

「親父はどうか知らねども、俺の判コはそう簡単に他人の借

金さ捺く判コなどねえヲナ。」

「そんなことを云ったって、親父さんの財産をあなたが譲られたんだから、当然あなたが捺く義務があります。若し捺かなければ、会社では法律に訴えても捺かせるようにさせます。」

法律と聞くと、その方面に何の知識もない善吉は、ふわりと足が地から浮いた感じで、自分ながら頼りない気持になった。

その時、会社の男は、

「まあ――そんな事はうちの会社ではしませんし、する気持もありませんが――」

と、笑って、

「唯これでは書類の整理上困るんですから、まあ書き換えて下さい。」

背伸びしながら押そう負けまいとしていた突っ張りの心が、ほの暖くさえ感じられたその言葉に急に崩折れて仕舞い、善吉は遂に署名捺印してしまったのであった。

しかし、その後味の悪さに、その日は終日仕事が手につかず、珍らしく雑な仕出《でき》し判を二つばかり彫ると、眼鏡も印刀も彫り屑の散乱した机の上に投げだしたまま、裏に出て盆栽をいじって暮らした。そして盆栽を眺めながら考えたことは、会社の男の言葉が湯気のように暖く善吉の心に沁み透って、頑張りの心が淡雪のように脆く溶けはてたのではなく、結局法律と云う言葉の重圧を早く遁れたかった怯懦な自分の心に負けたのだ、と云う考えに落ちるのであった。

翌日、善吉は本屋から六法全書を買って来た。しかし、ぺらぺら頁をめくって見ただけでやめた。会社には御抱えの法律家も居るのだ、六法全書などで到底太刀打ちなど出来るものではない。それに下手なことをやって脱法行為などをやるようになっては不忠の臣となる。それに自分の精神を穢すだけだと、考えたからであった。

しかし今、今日はと挨拶され、いい植木ですな、と、お世辞を云う男の後ろに、手摺れて四角は勿論その他処々白くなった黒革の鞄を持った、五十前後の赭顔魁偉な男を見た時、ああ遂に来るべきものが来たな、と、その折の場面は考えていたが、遉に俎板の上の鯉にはなりかねて、

「朝っぱらがら――何にァ出来あんした。」

思わず声には圭角が立ち、身構えた軀はもう鎧を纏った姿であった。

「いや――甚だお気の毒ですが――」

それだけでもう解った。この間、支払命令の書類が来た時、小山は自転車で駈けつけて来て、済みません、しかし、絶対

執行などかけらせて御宅に御迷惑などお掛けしません、と、何遍も繰返して謝って行ったのであったが、矢張り駄目だったのか、と、善吉は思い会社の男を瞶めた。相変らずポマードで頭を固めたこの男の姫に似た顔は、今は霊女のような凄惨さを帯びて見えてくるのだった。

「では――」

と、云うと霊女の面《めん》は先に立って家に這入ると、長火鉢の前に坐りこみ、家中を剃刀のような冷い眼ざしで眺め渡して、赭顔の真中に酒なら一升も飲みそうな赤い大きな鼻の執達吏と、何かひそひそ話していた。執達吏は頷きながら手摺れた大きな鞄を開くと、ミシンのかかった白い切手のような紙を取り出すのであった。それから二人は小声で話合いながら、いずれも飴色にくすんだ家財に、白い切手を次ぎ次ぎと貼っていった。

台所との間の障子から覗いている母は、絵にある磔上のキリストのような表情で此方の有様を見ていたが、腕を組んで坐っている善吉と顔が合うと、がっくり首を落した。阿母さん大丈夫だ、心配しないで下さい、と、善吉が眼で話しかけた時には、母の眼はなく、善吉の眼には暈《かさ》のない貧しい髪を見せた母の小さい頭が映っているだけだった。

「トッタン。」

洋子が叫んで走って来た。この足元もまだおぼつかない童女の眼には、一家の悲劇も悲劇とは映らぬだろう、と、ある安堵と共に羨しさを覚えその方を見ると、洋子の向うに信子が立っていた。繕い物でもしていたのであろう、襟に針が二本鋭く光っていて、涙に眼が大きく見える。

「洋子か、洋子か、よしよし。」

膝に抱いて善吉は洋子の柔かなおかっぱを撫でてやった。

店に出て行った二人は、やがて帰って来ると、こういう事になります。箪笥は拾円と五円、長火鉢が七円、時計が三円、小衝立がなどと霊女の面が読みあげた。善吉はしかし聞いていなかった。だが、こうなってみると善吉の心はかえって納まり、鎧も脱ぎ捨てて泰然となった。

善吉は咽喉が乾涸びているのに気付き、お茶を飲みながら、この男達も好きこのんで人を泣かせるこんな商売を択んだ訳でもないだろう、因果なことだ、と、思うと、この人達も気の毒な、この人達にしろあのいつかのブロオカァか三百代言の唐桟先生も、考えてみれば可哀想なと思うのであった。

すると、ふと唐桟先生の云った言葉が思い出された。「立派な盆栽が沢山おありだと云うから、一つ売っても――」と、云うのであった。善吉は夜道で月に逢ったような明るい気持になった。彼は洋子の頭を撫でながら、眼を瞑って微笑した。

善吉は静かに挽きながら時々後ろのリヤカーを振返って、リヤカーの上に並んでいる盆栽を眺めた。盆栽たちは御駕籠に乗ったお姫様のように慎ましやかに頭を揺すっている。それが、身売りを嫌っていやいやをし合っているようにも見える。そう思ったせいかリヤカーは変に重くなった気がしてきた。

「なあに、心配することはない。皆お前達の知っている人達で、俺にも負けず、あるいは俺以上にもお前達を愛して呉れる人達にお嫁に行くんだから。」

と、心中呟き、輿入れ車を挽く善吉は、別離の哀愁に沈みがちな己れへも云いきかせて、慰めながら歩いた。

最後の車ではあったが、開会までには未だ一時間以上もあると云うのに、もう顔が八つばかり待っていた。どの顔も店で見慣れた顔ばかりで、善吉の姿を見ると、「やあ、やあ」と、挨拶とも労を犒うともつかない言葉を投げて寄越し、皆寄って来て盆栽を下ろすのを手伝うのであった。

「お申訳ごあんせ。お申訳ごあんせ。」

善吉はひょこひょこ頭を下げながら、頸筋の汗を拭いた。

黄昏れはじめた庭に涼風が湧き立ち、庭の後ろのお城の石垣一面に匍っている蔦の葉が、いっせいに身振りをした。くすんだ黄昏の気配の向うのそれが、銀色帽子の数千の子供達が首を振っているように綺麗である。

「どうでがんす。こう並んだところは又見事でがんすな」と、誰かが云った。

善吉も振返って眺めた。いつも長屋の狭い裏の、風雨や雪に曝された穢い棚の上に並べているのであったが、成程、こうした未だ木も新らしい広い縁側に、ずらりと並べた光景を眺めると、善吉も我ながら見事な盆栽だと思うのであった。

「さあ、さあ、三昧堂さん。まずお入《へ》ってお茶コお上《あげ》んせ。」

飯が済んだらしく、草風園の主人は障子を開けると、爪《つま》楊枝を襟に差した。座敷の壁に、

三昧堂　盆栽競売会

×月×日　午後七時

と、半紙に書いて貼ってあった。

この草風園は、もとはお城であったが維新後、幕府方に味方した廉《かど》で城の建物を取り払われ、その後公園にした麓にあって、お城時代からの太い樹木と石垣にとりかこまれていて、いつも盆栽の交換会や競売会が開かれるところであった。草風園の主人はもともと盆栽や花卉が好きなところから、会場費も安くして貸していると云うことであった。

しかし、善吉は最初、いくらでも多く金の欲しい折、こん

な立派な会場を借りなくてもとも考えたのであったが、まさか店頭で競売りでもなかろうし、母にそんな光景を見せたくはなかった。また三昧堂の盆栽とも云われているこの盆栽たちにも、錦を着せて晴れの舞台で別れをさせたくて、この草風園を選んだのだった。だが、会がある毎に表に立てかける恒例の看板は、自分の家の落魄や窮状を晒すようなものなので止めて貰い、客も善吉の店に集まる愛好家だけに案内状を出して貰ったのである。客を限定したのは窮状の外聞を恥じる心より、気心知った人達の愛情に、手塩をかけた盆栽を委ねたかったのであった。

善吉がお茶を飲んでいると、

「やあやあ、遅くなりまして――」

と、這入って来た男があった。はて、どこかで聴いた声だと、ひょいと振向くと、草風園主人とお辞儀を交しているのは唐桟先生であった。

「三昧堂さん――此人《こちら》が今日書記をして下さる吉島さんでがんす。」

「は。これは御世話お掛けしあんす。」

善吉は頭を下げたが擽ったさが、臍の周りを駈け廻って苦笑が湧いたままの顔を上げた。

しかし、唐桟先生は平気な顔で、

「いやあ、これは御縁ですな。」

と、云った。唐桟先生は今日は洋服地のような手厚い感じのセルを著ていたが、帯は例の献上博多であった。

善吉は、吉島と云うこの男は、矢張り芯は善人なのだと思った。ブロオカァや三百代言には悪も灰汁も脂肪も足りなく、いかに脂肪ぎった顔に構えようとしても、悪がかった高圧的な口をきいても皮だけで、押しもきかず揉み合いの末には、本性の殿様のような気のよい地が出るのだ。この男にはこんな小遣い稼ぎをするのが精ぜいなのだと、思うと或る憐れさと共にふかふかとした親しさが湧いてくるのであった。

時計を見ていた唐桟先生は「さあっと」、と云うと立ちあがり、手垢に光った献上博多の結び目を此方に見せ、しきりに襟を掻き合せながら、机や硯箱や火鉢などを運びだした。

「早ぐお始めんせでや。」

と、誰かが云うと共に、縁先はざわざわと潮騒のような気配が湧き立って流れだした。

「さあ、それではっと――四季の順に行ぐがな。それ梅だ。さあこの梅、なんぼだ！」

「三両」「三両一分」「五両」と、声が乱れ飛んだ。

「おい、これぁ鉢共だぞ、もう少し上らねえが！」

と、草風園の主人は叫んだ。ががやがやした後「三拾両」その声の後は声が出なかった。「はい三拾両」と、云う声と一緒に手が鳴った。

　座敷に座っていた善吉は、あの梅は確かに三拾両あたいしかないとは思ったが、寂しい気持であった。彼は眼を瞑った。善吉はこの席に居るのが辛かった。鳥渡用事を思い出したからと、主人に断わって外に出た。しかし、用事は嘘なので、外に出て少時佇んでいたが、公園でも散歩しようと、暗い坂道を登って行った。

　帰って来た時は、もう黒松と赤松だけが残っているだけだと云うことであった。先刻、草風園の主人が云った四季の順にも従わず、二つの松を最後に残したのは、矢張りこの松二つは三昧堂の盆栽中でも王座を占めるものだからであろう。

　草風園の主人や吉島に促されたが、善吉は競り場を覗いて見ようとしなかった。父子《おやこ》二人の愛情の沁み透った盆栽たちは今は家族の一員のような気持がしていたのである。別離の感情が辛く、善吉はひとり十畳の座敷の一隅にしょんぼり落ちたように坐り、遂に手に負えなかった槙柏や、花はもう過ぎたが天女の褥のような、柔かで高貴な花を季節毎につける石楠花、名園の一隅でも見ているような石をあしらった竹、柘榴は春先が見事だった。軀に不釣合いな大きな実をつけ、割れた間から美して歯並を見せ、透明な実に紅を滲ませたような実のなる時も見事だが、それより矢張り寝坊なこの樹が、他の樹々に遅れて古木のような細《こま》い枝々に、ぽつりぽつりと一面赤い芽を吹き出す時を善吉は一番好きだった。誰であったかこの芽を蚤に見立てていたが、本当に蟲か蚤のようであった。小鳥が来て止ったら日本画そのままになる傾いた風なうめもどき、一日でも時刻に依り爽快と寂びをもつ欅の五本立てなど、自分の手元から離れて行った数々の盆栽の木振りや姿を、善吉は脳裡に追うのであった。

「ほう。どうだこの松は、鉢は支那鉢だ。鉢だけでも百両代はあるぞ！」

「百五拾両」「五拾五両」「百八拾」

　その声を聞いているうちに、善吉は別離の哀愁は辛いがしかし、その行く末を見とどけたい気持が起ってきた。

　競り場に顔を出すと、松をとりまいて電燈の下に蟲のように顔が集っていた。腕組みをして考えている者、小首をかしげている者、睨むように瞶めている者、そして競り声は次第に高くなって行き、「二百両」「二百五両」「七両」と黒松をめぐって二百円代の呼び声が渦巻いた。

「二百三拾両」「五拾両」「五拾五両」ひときわ飛んで、「八拾両！」

父の自慢の黒松は、二百八拾円で質屋の隠居の手に落ちた。ふうっ、と、云うような吐息が人々の口からいっせいに洩れた。終いは赤松であった。

八拾円から振り出した赤松は、黒松と同じ二百円代に上った。

「二百両」「八両」「拾両」「拾五両」「二拾五両」「五拾両」と、飛んだ。

しかし、後が続かなかった。

善吉は苦心して育てた赤松は、喘息持ちの旅館の主人に落ちた。勿論、鉢も支那鉢ではなかったが、それより赤松は松のうちでも難物とされているので、競る人達の警戒心が働いて、黒松を越せなかったのであろうと善吉は思った。

「さあ、これで決まった。しかし、皆いい値で売れあんしたよ遉に。」

草風園の主人が善吉にそう云った時、傍の古本屋の親父は悔しそうに、赤松の鉢を瞶めていた。

客達が帰った後、あと片づけをしながら、

「大したもんでがんすナ。千四十五円でがんすよ。」

草風園の主人は善吉の膝を叩くのであった。だが善吉は一鉢でも一万円もする物もあると聞いている。尤も盆栽は三代目から本物になり、価値も出ると云う。三代と云えばざっと百年なのだ。そうだ、三昧堂の盆栽はまだどれも四五十年を出ないだろう。樹がよくても枝振りがよくても未だ若いのだ。草風園の主人の云うようにこの市では相当以上高い売り上げになった。成功だと云う。善吉としても有難いことだった。だが、善吉は冷たい風がすうっと胸奥を吹きとおる気持であった。親子二代が籠めた愛情と丹精のはてが千円かと思うと寂しかった。勿論、父も自分も好きでやっていたもので、値をつけたり売ったりする為作っていたのではなかったが、善吉にすれば一万円の逸物にも匹敵する程のものなのだ。

しかし、そんな事を思ったとてどうなろう、と、善吉は諦めた。これで保証人の責任もはたせ、寒吉への義理の足しにもなると考えると、ほっと肩の重荷がおりる感じであった。それにしても親父も仲々親父らしい。保証人にはなったが、ちゃんと尻を拭う始末するだけの金目のものは遺していった、と、考えると微苦笑が肚底に漂ってくるのであった。

草風園の主人は、善吉の眼の前で金を算《かぞ》えた。百円紙幣が五枚、そのうち折り目もつかない三枚は、質屋の隠居が出したものだった。あとは拾円と五円で、その多くは脂肪と悲喜を沁み込ませて人々の手を渡り歩いた疲れた姿のものであった。

「はいっと、千四十五円。まず一応あらためて見てくなんせャ。」

「いいえ、よがんすよ。では戴きあんす。」

先刻は、二十鉢に近い丹精と愛情の結晶が千円か、と、寂寥を覚えたのであったが、今千円という金額を懐にしてみると、金銭には親父譲りの淡白である善吉も、悪い気持はしなかった。それと共に、

「もうこうなっては、あなたにどうにかして貰わなければ——何にせ家の家財《かの》はもう他の人に差押えられているんでがんすからなあ。」

と、話しに行った善吉に、小山は禿げ上って変に長い顔を無理に歪めて、胡坐のままの挨拶であったが、そのふてた姿が苦々《にがにが》しく思い泛んでくるのであった。

席料はと訊くと、拾円だと云う。吉島さんにはと訊くとそれも含んでいると云うのであった。

「それではあまり御申訳ごあんせ。御蔭さんで高く売って戴ぎあんしたから——」

これはほんの少しですが、と、拾五円差し出すと、草風園主人は半白の頭を何度も下げ、何もお構いもしないのにと、御礼半分申訳半分で善吉を送り出して来た。

外は夕刻からの風がまだ絶えず流れていて、樹木や草々の多いこの辺りは、植物の呼吸に満ち満ちているようで、緑草青葉の匂いが濃く、まるで緑の流れに洗われているようだった。月は無かったが星は空を梨地にしている。天を仰ぎながら善吉は本当にさっぱりした気持であった。何も彼も綺麗さっぱり洗い流した気持であった。盆栽も保証人に絡む塵芥も寒吉の件の心労の垢も。ただ盆栽という物への執着が未だほんのり心底に澱んでいた。

善吉は膨らんだ懐中を上から押えながら、暗い公園を抜け、橋を渡った。風は肌に寒い程だった。橋の傍にあるおでん屋の縄暖簾が風にさらんさらんと揺れて、障子を染める内部《なか》の灯りが人懐っこい気分の明るさで、ぼうっと眼に映った。

「そうだ、一杯やるかな。」

あまり飲める口ではなかったが、善吉もこの店には三四度来たことがある。小量の酒は疲労を流していいものだ、と、父も二三合は飲んだものであった。善吉も仕事に疲れた時、お前もやれと父にすすめられて、向かい合って飲んだ。父が赧くなるのに善吉は反対に顔色ひとつ変らなかった。

「お前はまるで松のような奴だ。酒を飲めば蒼々となって——」と、微醺の父に笑われたものである。そんなことも懐しく思い起され、今夜はひとつ松になるかな、と、縄暖簾を潜った。

四五杯飲んで暖くなっていると、

「やあ、やってますね。どうも御縁がありますね。重ね重ね。」

這入って来たのは吉島であった。

「いや――先刻《さき》ほどはどうも。」

「いや、こちらこそ。」

傍の腰掛けに掛けた吉島を見るともなく見ると、先刻、草風園で見た時は一見豪勢に見えたセルの着物は、大分毛ば立って疲れを見せていて、処々小さな蟲喰い穴さえあった。何処に居住しているとも知らない、このブロオカァの下廻りに成下った落魄の君子に、今日はひとつ奢ってやろう、と、なんとなく考え、

「吉島さん。今夜のところはひとつ私に勘定させてくなんせヤ。今日はお骨折りをおかけしたがらナッス。」

「いや、飛んでもない、私こそ――」

「いやいや、まあ今日はひどく私の懐が暖かがんすがら――まあ。」

「いやあ、そうですか――いやあ、どうもこれは。」

吉島は素直に云って頸を縮め、善吉がさした盃を戴くとチュッチュッとさも旨そうに飲んだ。

「ときに、あなたはああいう逸物を御処分なさって、もう盆栽はふっつりおやめになるんですかね。」

「――さあ――」

そう云った時善吉は、競売の決意をした時もう盆栽はやめようかとも考えたのであったが、今、新規蒔直しにやろうとはっきり心に決めた。今度作るものはこの土地のものこの土地に合うものと考えた。それが一番自然であり、一番佳いものが作れ佳い物になるのだと思った。もみじなども競りに出した獅子頭のようなものでなく、平凡なこの土地のもみじにしよう、何も東京の盆栽を追い真似ることはない。この土地のもみじの紅葉は素晴しい。寒さが急激に来る為であろう、そして落葉も早い。しかし、美しいものは短命なのだ。それだけ鮮烈な美しさを短い生命の中に燃え尽させるのである。それでいいのだ。松はどうしても――などと考えていると、

「私もねえ、昔は大きな家に住んで、立派な盆栽も飾っていたんですよ――これでも。」

酔ってきた吉島は、落魄以前の栄華の夢をななめに持った盃の酒と共に零した。

「はあ、そうでがんすか。」しかし、相槌は口先だけで、善吉の心は盆栽の世界に没入していた。

いつか、西洋の雑誌の口絵に日本の盆栽として載っていたのは山苺であった、と、誰からか聞いたことがあったが山苺も成程面白かろう。すると、山桑もいいではないだろうか、他《よ》処《そ》では何んと称《よ》ぶか知らないが、この土地ではとづらごと称

ぶ彼奴もいい、榛などもも面白いなどと、色々の樹々が脳裡に泛び上ってきては、空想の枝葉をつけて次ぎ次ぎに、泛んでは消え、消えては泛んでくるのであった。

日本の牙

池山　廣　著

一

山州名跡誌や都名所図絵にも記載がある京都の耳塚鼻塚というものを諸君は知られるであろうか。それは文字に示すごとく耳や鼻を埋めた跡であるが、決して犬猫の耳や鼻を葬ったものではない。豊臣秀吉という武将の配下がわが朝鮮国に侵入したとき、飯茶碗やどんぶりと一しょに記念品としてわが同胞の躰から削り取って行った処の数千の耳と鼻なのである。陶器は茶席に珍重されて千金の値を呼んだからよいが、血に黒ずんだ人体の部品は武勲の証明が終れば床の間の装飾品にはならぬので、かくのごとく遺棄されることになったわけである。当時の朝鮮の常備軍はその数五万であった。しかるに七年に亘る戦闘の間、日本軍が李将軍の亀船に敗退するまでに殺害した老幼の朝鮮人の数は三百万と註され、これは当時の朝鮮人口の二割に相当するものであるから、こゝに眠る耳と鼻はすべて戦闘員の顔面からばかり切り離されたものであると考えなくてもよい。往昔、異民族間の戦いに於てこの種のことは決して珍奇とするに足りなかったであろうから、今深くこれを怪しむには及ばぬであろう。たゞこの記念物は、朝鮮国と日本国との或る時期の交際の様相を明らかに、誤りなく我々に伝えてくれるという意味に於て、立派な記念物である。少くとも両国の関係を兄弟や親戚の如く云いくるめようとする日本政府の宣伝に対して、儼乎たる抗議と無言の憫笑を秘めて横たわっていることだけは確かである。

日本政府は朝鮮を屈従せしめたばかりでなく、その征服を合理化し道徳化せんとするために朝鮮の独立国としての歴史までをも抹殺しようとした。しかし日本人が朝鮮を独立国と認めていたことは甚しく旧に遡るを要しないのである。一八九五年（明治二十八年）日本と中国との間に定められた下関条約にも、米国の申し入れによって朝鮮の独立と領土保全を明白に認めるべき旨の規定が加えられているし、一八九八年（明治三十一年）の日露議定書にも、再びこのことが確認されているのである。そもそも朝鮮国がはじめて鎖国の眠りから覚めて起ち上った日本と交りを締するに至った一八七六年（明治九年）の条約にも、その第一条に「独立国朝鮮は日本と同等に主権を享有す」と謳われているのである。それはただに日本との関係に限られるものではなく、朝鮮国が交渉を有した凡ての外国との条約の中に、この独立と不可侵の条は、特別の注意と重要さをこめて、繰返し確認されて来たのである。一九〇五年（明治三十八年）日本は国際情勢の間隙に乗じてこの誓約に背反したのであり、列国はこれに対して容喙する遑をもたなかったのである。日本の説明によれば、朝鮮が自ら進んで保護を求めたごとく云うのであるが、どこの世界に自ら進んで隷従を求めるものがあるであろうか。或はまたロシヤ帝国主義の南下を防遏するためであったというが、摩擦を避けるためならば緩衝地帯を設けるなりまた他の手段があったのであり、自らが占領して保護国とすることがかゝる目的に役立とうとは正常なる頭脳に諒解することは出来ぬのである。事実は他国の帝国主義の南下に対する対策ではなく自らの帝国主義の北上であったので、これは既に明治革命の指導者たちの頭脳の中にあったプログラムにすぎなかったのである。西郷隆盛の征韓論以来、日本政府首脳部の大陸進出の野望が如何に執拗に精力的に継続されたかは想像に余るものがあった。日本が「朝鮮のエリザベス」と謂われた閔《びん》妃を、殺害したこともかくれなき事実である。閔妃は、贅沢、虚栄、追従を喜び、反対者を容れぬ狭量等、女性一般の短所を持ってはいたが、一方鞏固な意志と、熱烈な愛国心と犀利な判断力を備えた皇后であった。而して彼女の直感が、彼女に日本を極度に嫌わせた。甘言も買収も恐喝も、彼女の前には何の役にも立たぬことを知るや、日本は遂にこの女傑的な皇后を、殺害することを思立ったのである。当時の京城駐箚日本公使であった陸軍中将三浦梧楼は、東京政府の指示により、日本より壮士を招いた。壮士らは夜陰に乗じ、光化門より王宮内に侵入した。かねてこのことあるを期していた閔妃は、おのれと寸分違わぬ白衣を纒った十数名の女官と共に、奥殿に遁れた。皇后を求めくて奥殿に到った刺客らが扉を排して室内に踏み入ってみると、同じ白衣の女官らが、同じような姿態で、床にひれ伏して祈っている。その何人《なにびと》が目指す閔妃であるか分らない。日本人らは暫く呆然としてこの異様な光景を眺めた。しかしその内の一名が奸計を案じた。彼は白刃を閃しつゝ、閔妃、覚悟！と大声に叫んだ。閔妃ならざる女官らはこの呶声に愕然として、思わず主人の方に目をやった。敵はたやすくこの一点に殺到し、泣き叫び泣き惑う女たちの中に唯一人動かぬこの妃の白衣を血に染めたのである。宮内大臣も負傷して、血を滴らせつゝ国王の前に遁れ、その目前に於て刺殺された。殺害者は国王をも威嚇し、彼等の勝手に作成した文書に署名せしめた。

この事件は、ニューヨーク・ヘラルド紙の記者によって、直ちに本社に打電されようとしたが、通信は日本人によって抑えられた。しかし国際社会に於けるこのような事件が、いかなる武力によろうとも隠滅されてあるべき筈はなかった。やがて報道は欧米の主要日刊紙に発表されるようになった。

握潰しに失敗した日本は、三浦を被告として、外国の瞞著せんために、子供欺しの裁判を広島に於て開廷したが、勿論筋書通りに事件は却下され、三浦とその共犯者らは、却って国民的英雄となった。しかし流石の日本も、この事件後暫くの間は事態を緩和する方策を採らざるを得なかったのであった。国王は再び王位に復し、自由党の井上が事態収拾のため、特命全権大使として来鮮し、これによって辛うじて朝鮮人の蜂起を阻止し得たのである。

当時、滔々たる日本の朝鮮滲透に対して、反対を表明し得る国は、英露米の三国であった。しかし露は戦争の賠償として日本の朝鮮支配に同意し、米は日露両国間の調停国として口を出さず、英は之によって露国の勢力を局限し得るのを、寧ろ喜んだのであった。

一九〇五年(明治三十八年)十一月、日本天皇の特使として伊藤博文が京城に来ることになった。彼もまた事態改善のための特使と信ぜられ、大規模の歓迎の準備がなされた。しかるに同月十五日、国王に正式謁見を許された伊藤は、その場に於て、事実上朝鮮に保護国制を設定せんとする要求書を提出した。その規定するところは、今後日本外務省が朝鮮の外務及び内治に対して管理及び指揮をなすこと、京城に於ては駐剳長官が、開港場及び日本政府が重要と認める他の地域に於ては同地の駐剳官が日本を代表すべきこと、日本外交官及び領事館員が在外朝鮮事業を管理すべきこと、等であった。思いがけぬ要求に、国王は呆然として我を失われた。国王は伊藤に云われた。

——余は日本が朝鮮を保護国化せんとする風評を聞いた。しかし余はこれを信じなかった。何故ならば、日本は朝鮮の独立保証を公約している。そして余は日本の誠実を信じていた。貴官の来鮮もそれゆえ両国の友好関係を増進せんためとのみ考え、余は喜んでいたのである。余は間違っていたのであろうか。

之に対して伊藤は答えた。

——これは自分個人の要求ではなく、政府の訓令に基いたものである。而もこの要求に貴国が応ぜられるならば、両国の利益となるのみならず、東洋永遠の平和に寄与するところとなろう。それ故、願わくば速かに同意せられたい。

王曰く。

——往古より朝鮮王の慣習として、かゝる重大な問題は、位の高下を問わず、現任退任凡ての大臣に諮問し、また学者及び一般人民の意向をも微せねばならぬことになっている。余はこれを単独で決裁することはできない。

伊藤は追及した。

――人民の反対は容易に処置し得るものである。両国永遠の幸福のため、即刻決意せられたい。

王は床を蹴った。

――貴官は強制されるか。強制には同意不要である。

――いや是非同意を賜りたい。

――貴官の提案に同意することは、我国の破滅を意味する。余は賛意を表するよりも寧ろ、死を欲する。

激論は五時間に及んだ。之によって何等獲る処のなかった伊藤は、直ちに、要人の攻撃にかかった。脅迫、甘言、説得、買収、到らざるなき執拗さである。京城駐剳公使林、朝鮮駐屯軍司令官長谷川がこれに加わった。列国の侵蝕久しく、官紀頽廃が嘆ぜられていたとは云え、一国がその独立を放棄するか否かの重大時である。大臣等は動かなかった。十七日御前会議が開かれることになった。日本軍は街に機関銃を据え、戦略地点には野砲を配置し、兵は完全武装して王宮附近、官衛街、街路を示威行進した。今尚記憶に新しいかの閔妃殺害の夜がまざまざと想起された。閣議の夜、王宮は内庭まで着剣の兵が充満し、廊下を踏み鳴らす拍車の音は閣議室の内部にまで伝わっていた。王の臨御に先立って伊藤は長谷川と共に現れて、国王に拝謁を申出たが拒絶された。すると二人はそのまま閣議室に闖入し、参集の大臣に、

――王は余に諸君と協議してこの問題を決定するように命ぜられた。

と、述べた。閣議は動揺した。

招ぜられざる椅子に着いた伊藤は傲然と卓子に拳を置いて云った。

――我々は既に諸君の繁栄と富貴を約束した。諸君はただ署名をすれば足る。それとも他の道を択ばれることも御勝手であるが。……

長谷川の軍刀は鞘が払われていた。

――閣下。その庖丁を、どうぞ片づけて下さらんか。

宰相安駉《どう》壽の落着いた声がひびいた。誰も椅子から起ち上り、坐っているものはなかった。安駉壽だけが坐っていた。

――それともこの老耄を斬られるか。

云い終らせず、扉を押し開いて躍り込んで来た二人の日本将校が宰相の両腕を摑んだ。

――放せ、小輩！　捉えずとも話はわかる！

家畜のように引き立てられる老宰相の怒罵の声だけが後に残った。会議の続行は不可能となった。閣僚がなし得たことは僅かに翌朝まで回答をのばすことだけであった。誰の胸にも安宰相の無残な最期のさまが映っていた。会議は朝までつづけられた。お通夜のようなしめやかな会合にすぎなかっ

た。そして遂に三名の大臣が署名した。そして、その中に余の父の名もあったのである。——

余はこの時六歳、未だ時事を解するに至らなかったが、余の苦悩に満ちた生涯は実にこの時に定められたのであった。余はこの瞬間の父を永遠に憎悪する。父一人の力を以て狂瀾を既倒に返すことは不可能ではあったろうが、死を以って之に当ることは出来た筈である。公爵閔煥その他の要人が実際に死を以て日本に抗したように、この国辱の日に父が斃くとも一国の相としての名誉と責任を守ってくれたならば、それによって余並びに余の一家が貧苦のどん底に陥ちたとしても、余は満足であり、以後の心奥の苦痛は知らなかったであろう。また、余の日本に対する怨恨もこれほど執拗を極めなかったであろう。国民は日本に抗すべく各地に結束し、新聞紙の編集人は逮捕投獄され、学者は王に条約廃棄と反逆者処罰を歎願せる中にあって、日本軍の保護に悠然と日を送っていた父は（内心の苦痛はともあれ）憎みても余りある卑劣漢背徳漢と謂うべきであった。

一九〇七年の夏、幽囚の老王は秘かに使節をヘーグ会議に送り、独立回復を列強に訴えたのであるが、このことは却って日本の鉄鎖の口実を与える結果となった。王は退位を要求され、日本の自由に支配し得る精神不完全なる王子が帝位に上せられた。日本の支配権はかくて国家の中枢を犯した。今や朝鮮は日本の許可なくしては、法律、法令、一片の規則すら施行することはできなくなった。官吏の任免にも日本の同意が必要であり、更に朝鮮政府は「長官の推薦による日本臣民を朝鮮の官吏として採用」しなければならなかった。

一九〇九年、弟が生れた。余はや、明らかな記憶はこの前後より始まる。余の父の家庭の中に起りつ、あった重大な変化を記憶の中にさぐり当てることが出来る。父が乱酔して夜おそく帰ると下男や婢や乳母に至るまで一人残らず起きて迎えなければならなかった。飲酒した父は不機嫌で母や召使に酷く当った。勿論帰らぬ夜も多かった。弟が生れた時は一週間以上も父は帰らず、出迎えた乳母の手にある弟を、それは何だ、と訊いた、という。母の言によれば、余と余の妹は屢々父の手に抱かれたことがあるが、弟は遂に一度もその手に触れたこともなかったという事である。そういう父の変り方が何によるかはもとより余に知ることは出来なかったが、余はこういう父に対して、父の家族に与える暗鬱な影響に対して、激しい反感を抱いた。余は父の居室ではげしく父に打擲されている場面を憶えている。それは余が王室より下賜された父の愛蔵の盃を庭前に擲って毀したからであるということであるが、その時余は泣声一つ立てず、打たれながら父を睨み返していた、という。このことがあって以来父の深酒はややおさまったと母は云うがその記憶は余にはない。

一九一〇年がきた。さきに述べた最も屈辱的な一九〇五年の保護条約にさえ「朝鮮政府の安定を見るまでの暫定的措置である」と断り、「朝鮮王室の尊重を保証する」旨の明文を存したのに、遂に一切のこれらの誓約は反古にされ、茲に我が朝鮮国は日本に併合せられ、日本国土の中の一地方と化したのであった。「仙人王国」はかくて滅びた。そして日本陸軍大臣寺内正毅が、日本政府より朝鮮に於ける無制限の権力を与えられて、朝鮮総督として派遣されて来たのである。彼は朝鮮の行政に関する限り、内閣からも議会からも自由であった。重大政策の施行には日本天皇の勅許を得る必要があったとはいえ、それは唯の一度も天皇から拒否されたことはなかった。この剣を振うことと銃を執ることより知らぬ職業軍人が、この日より、朝鮮の独裁者、立法者、行政長官、最高裁判官となったのである。彼は早速、従来の微温的な同化教策を一擲して、朝鮮を統治するに武力と強壓政策を採用した。——服従か、破滅か。これが寺内とその後継者長谷川の一貫した大方針であった。彼は凡ゆるものを日本化させんとした。ソウルは京城に、ピョンギャンは平壌に、かかる古来の朝鮮地名までが日本風に変改された。そして彼の施政に反抗するものは「行方不明」となった。——再びこの世に姿を現すことのない「行方不明」に、である。

大臣の職を辞しても、父はこの時なお政府の高官であった。父の流れを汲む、世に卑劣漢と云われる日本政府に「忠誠」なる要人たちだけがその地位を保つことを許されたのであった。これは朝鮮統治に朝鮮人自らが参与しているという形跡を作る必要上行われたことは勿論であった。しかしその後、父は何を感じたか、(それは幼少の余には推測しがたい処であったが、)官を辞した。しかも更に余の揣摩し難いことに父は野に下ってもなお、政府の諮問機関たる地位に在ったのである。而して非常に奇妙なことに、父には「顧問」なる日本人がついていた。奇妙とは云ったが、この日本人「顧問」なるものは、当時朝鮮人の凡ゆる貴顕要人のたぐいには必ずつけられていて、不思議な威勢と絶対的とも云うべき権力を、主人たちの上に振っていたのである。主人である朝鮮人が万一この「顧問」の意志を無視して行動するようなことがあれば、時を移さず地位を逐われ、財産を没収されたのである。

余はこの「顧問」なる日本人をはじめて余の家庭に入れた日のことを記憶している。まず余の家の下婢下僕、出入の者までが総動員されて数日がかりの大清掃が行われた。その大規模で厳格な清掃の物々しさは幼少の余にも異様に強い印象を与えずにおかなかった。余は併合の騒動以来、うす〳〵ながら祖国と同胞の上に起りつゝある変動とその意味を感得しうるまでになっていた。余は父が稀に洩らす「日本が」とか「日本人が」という言葉が、その背後に何事か余等を脅威するごとき陰鬱なる影を引いていることを感知していたからであろう、日本は恐しい国であり、日本人は鬼のような人種であるとの先入観を得ていた。余が夢に見る恐しい化物は、必ず日本人だと名乗って現れた。余は或時、白熊の絵を何かの本で眺めた。それは巨大な大きな白熊が、獲物を挟んで互いに相食んでいる光景であった。余はそのような、どこもかしこも真白な異様な獣を未だ見たことがなかったが、それが白熊という動物だと教えられた。ある夜、夜中に厠に起きた。下婢は厠の外に灯を持って立っている。厠の中は真暗であった。余は居眠りながら用を足していたらしかったが、その時突然余の眼前に白熊が現れた。白熊の真っ白な巨軀は毒血のようなどす赤い色で縁取られ、その色は闇の中まで拡がっていた。その時余はそれを白熊だと思うより前に、これが「日本人だな」と感じた。夢中でとび出して行った余の顔を見て下婢は恐怖の叫びをあげた。

こんな有様であったから、「顧問」という日本人が来ると聞かされただけで、余は云い難い嫌悪と恐怖に悩まされたのであった。何故邸内が大掃除されねばならぬか、何故父までが下僕の先に立って指揮せねばならぬのか、日本人などを迎えるための一家中のこの大騒ぎは、父までが気が狂ったのではないか、という気がした。しかし、或る日、このような余の感情をあざ笑うごとく、日本人「顧問」は堂々と我が邸内に乗り込んで来た。それまで見たこともないような饗宴が開かれ、家族の者は幼い弟に到るまで、この席で「顧問」に紹介された。余は泣いてこの席に連ることを拒否したが、父のために無理に引出された。余はせめてこの日本人に頭をさげることだけは拒否しようと心に決し、それを実行した。父は苦笑しながら、――この子は気難しい子で、とその場を繕うことが出来た。この日本人顧問は、余が想像していたほど異形のものではなかったが、頭には毛がなく、代赭色の顔をし、小さい眼がとびはなれてついているところは何か無邪気な動物のような感じがした。背が低いのに声だけは無闇に大きな声を出し、突然笑い出すその声もびっくりするほど大きかった。全体の感じが粗野で下品で、以前家にいた轎《かご》かきの老爺にすこし似ていた。轎かきよりも立派な堂々たる髭をはね上げていたが、よく見ると片方が長く、片方が短く、それは猫の髭を片方鋏で切ったように滑稽であった。

それから数日間、父と顧問は一室に閉籠ったり、また何処かへ出かけて行ったりして過した。後に判ったことだが、この間に父の財産が悉く、家什器物の端に至るまで彼の台帳に記入されたのであった。余の家庭はその頃の朝鮮の家庭が凡てそうであったごとく極端に封建的な気風が支配し、父が一切の独裁者であったが、その地位は次第に顧問に奪われて行った。顧問は彼がいつも手から放したことのない弓の折れを音を立てて振りながら邸内を闊歩し、猛獣が咆立てるように庭から召使を呼び、誰彼の容赦なく打ち、罵った。父ですら時折彼と議論をし、敗れて沈黙した。Mという母つきの美しい下婢があり、余に一番親しくしていた。このMが狂ったように裳を乱して余の部屋へ飛び込んで来、椅子に顔を伏せていつまでも泣いていたことがあった。余が顧問に打たれたのかと訊いたが答えず、ただ母に云わないでくれと頼んだ。余は何故か深い羞恥と屈辱を感じ、誰にも告げなかった。

また或る夕方、余は父と庭にいた。父は余に根本から切り取られた三本の楓の若木の株を示し、

——お前はこの木を切らなかった方がいいと思うか。

と訊ねた。それは最近父が庭の景観のために切り除かせたものであった。余は父の問いの意味を解しかねたが、庭が暗いから切ったのでしょう、と答えた。

——お前もそう思うだろう、ところが……

と父は言葉を跡切らせ、深い嘆息をして、

——我々はもはや日本人の許しを得なければ庭の木一本切ることが出来なくなったんだよ。

と吐き棄てるように云った。余はそれほど自信のない、弱々しい父を見たことがなかったので、そのことは深く印象に残った。

二

その頃、余の通っていた学校も日本に接収されて公立小学校と呼ばれるようになった。そして校長に日本人が赴任して来、沢山の日本人教師が入り込んで来て、余の親しんでいた先生たちの顔がだん〳〵消えて行った。もともと余は勉学を好む性格であった。五六歳頃から下婢に教えられて文字を読みはじめ、学校に入ってからは父の書斎に忍び込んで秘かに父の蔵書を拾い読みする愉しみを覚えた。学校の成績も首席を通し、余に追随する一人の学友もなかった。余は校長にも名を知られた。教師たちが流石×閣下の息だ、などと囁き合うのに子供らしい優越と羞恥を感じていた。しかし学校の組織が変ってから、余の興味は学校を離れた。特に多くの時間を日本語の学習に割かれるのが訳もなく苦痛に感じられた

のだった。余は学業を怠りはじめた。クラス担任が日本人に代ってからはそれが一層甚しくなり、余は故意に試験の答案を白紙のまゝ提出したりした。日本人教師は前の担任から余のことを聞いたのであろう、余を呼んで再三注意を与えた。余はその度に、——日本語が分りません、と答えた。余が最高学年に進んだ時、教師は余らに日本語を強制するため、毎月六十枚ずつの紙片を渡した。もし誰かが朝鮮語で話したならば、それをきいた者はその者から紙片を一枚取りあげよ、というのである。月末に生徒の所持する紙片が算えられ、数の減っている者は罰せられ、増えている者は褒められるというわけである。日本語を熱心に学んだ者はこの奸策を喜び、仲間の会話に聞耳を立てては彼が不用意に母国語を洩らすと、わっとはやし立て紙片を奪うのであった。しかし日本語に自信のない者には、これは苛酷な刑罰であった。彼等は次第に無口に神経質になり、仲間との会話にも冷めたい警戒の眼を光らせ合うという陰惨な空気を作りあげて行った。余も流石にこれには恐怖を感じた。初めのうちは家人に知られぬようにひそかに自室に籠って日本語の勉強をしたこともあった。しかし学友との会話にそれを役立てることは、どうしても出来ないのであった。級友は余に喋らせれば必ず紙片を奪うことが出来たので、故意に余に口を開かせようとした。余は学校に於ては、諾否の応答すらできなくなった。わずかに二三の親友と語らって紙片を交換しない自由な会話を愉しんだが、これも次第に莫迦莫迦しくなったので、余は構わずに朝鮮語を使うことにしてしまった。やってみると、これは案外た易いことであった。六十枚の紙片は瞬く間になくなったが、なくなればそれ以上取られることはないのであった。余のこの叛逆は学友たちを聳動した。直ちに教師に告げられ、余は職員室に呼びつけられた。——日本語がわかりません。余はこの一語を繰返すばかりであった。余はひどい折檻を受けることを覚悟していたが、予期に反して教師は何もせずに帰してくれた。これは仲間に動揺を与えた。日本語を好まぬ輩は余に倣って六十枚の権利を放棄したので、それが日本語組にも影響して、紙片を奪い合うことから興味を失わせてしまった。教師は余の父の許へ苦情を申込んできた。父は余を傍に立たせ、終始沈黙して教師の言葉を聞いていた。余は教師が早口にまくし立てる日本語を全部理解することは出来なかったが、余を攻撃していることだけは判った。教師の弁舌が熄むと、父は顔をほころばせて、極めて下手くそに、極めてゆっくりと、日本語でこう云った。

——私、日本語よく判りませんてす。

教師の顔は赤らんだ。そして晩餐の招待をも断って匆々に引きあげて行った。父はロシア語と日本語に堪能な筈である。父の返答は余を是認してくれた証拠であった。余は嬉しかった。余は言葉は発しなかったが、黙然と部屋を出てゆく父の背に親愛の眼を注いだのであった。

母の語るところによれば、父は幼時には余を愛してくれたということであるが、余にはその記憶はない。たゞ前に述べたように一九〇五年前後を境として、父の性格が変ったということは余にも認めることが出来るから、それ以前に余が父の鍾愛を受けたということも信ぜられぬことはない。生れながらの人の性格を変えるというのは余程の心的経験を経ねば不可能である。まして齢五十にしてはもはや枯木の如く、矯めれば即ち折れるのである。謹厳なる父が五十にして酒に溺れ、家庭的なる父が吾が子を省みざるに至ったとすれば、其処に如何ほど深大なる苦悩があったか、今よりすればそれは余にも推察することは出来るのである。何れにせよ、父のか丶る時期に際会して余は父の教育を受けることが出来なかったことは事実である。尤も余の小学校時代に於ては、父の無関心をその多忙の故に帰することもできたのであるが、父は余の中学に入学して間もなく退官し、閑地についた。しかし閑暇を得てからも父は余の教育には心を用いず、専ら居室に籠って読書に日を送っていたから、余にとっては、それは何れでも同じことであった。たゞ父の退官が余に齎した一つの幸福があった。それは例の髭の顧問が以前の如く毎日通って来ることをやめたことである。このため余の家庭は幾分の明るさを増したのであった。

しかし余の中学校は、小学校にも増して不愉快な処であった。余の心に批判が生れてきたのだ。日本は朝鮮人児童を日本人に比して二カ年の知的の差があると称し、日本人児童の学齢より二カ年遅く就学せしめた。それならば学習期間を延長するかといえば、そうではなくて卒業の年度は同じである。即ち朝鮮人児童に対しては小学校四カ年の勉学を許すのみであった。しかもそれを必要によって三カ年に短縮することもできた。中学校も、朝鮮人のは四カ年であった。これを合計すれば、三カ年ないし四カ年の一般教養学習が、朝鮮人から奪われるのである。その上、朝鮮人を収容する学校は、全朝鮮人人口に比して、極めて少い。数字を以て云えば、朝鮮人人口の三百分の一しか学校は生徒を収容しておらぬ。これに対し日本人はその在留民の九分の一が就学しているのである。更に学校も両者を全然区別し、日本人には内地と同等の高等な教育を授けるのに、朝鮮人に対しては低劣な教課しか与えぬのである。これは明かに朝鮮人の知能を低下させ隷属に甘んじさせようとする陋劣なる策謀であった。余が之等の事実を知ったのはR先生のお蔭である。R先生というのは余の中学校に少い朝鮮人の先生の一人として我々の図書科を担当していた人で、余を非常に愛してくれた。R先生は後に余の父の名を知り、余を介して父に面会を求めたので、余は先生を父に紹介したことがあったが、父を知ってから先生は父を尊敬するようになった。後に彼は父のことを余にこう語った。

――実は君のお父さんを、殺してやりたいと思うくらい憎んでいた。面会を求めたのも会って面罵したいと思ったからだ。しかしあの方は偉い人だ。君のお父さんでさえ、あの時はどうすることもできなかったのかと思うと、朝鮮の不幸は運命的だったのだと思う、と。

先生は父を尊敬するあまり、余を成人のように取扱って、いろいろな事実を余に教えてくれた。

――総督寺内は我々の文化をどう取扱ったか知っているかね。秦《しん》の始皇帝のように、彼は朝鮮の歴史書や伝記書を、学校、図書館、個人の家から奪って、焼いたのだ。君のお父さんに伺って見給え。お父さんの蔵書もきっと焼かれている筈だ。これは始皇帝よりもっと悪辣な暴政だといえる。何故なら、あの時代の人は、今の我々よりもその傷手を感ずることが尠なかったろうからね。

――朝鮮は自分で自分の好むものを出版することさえできないのだよ。成程日本は朝鮮人に出版をしてはならないとは云わない。しかし出版するためには、罰金の際の保証として、先ず禁止的に莫大な金を預けなければならない。それから厳重な検閲だ。一冊の雑誌を印刷するのに、二部のゲラ刷を出して、検閲官の許可印を一頁毎に受けねばならない。もし検閲官に見落しがあれば、印刷中でも刊行後でも、自由に差押えられる。それがどんなことで差押えられるかというと、例えばこんなことがあった。キプリングのジャングル・ブックを朝鮮語に訳して出したときに、その中に象が二番目の主人に仕えるのを拒否する話があったのだ。それがいかんというのだね。これを読んだ朝鮮の子供が、この象のように第二の主人、即ち日本人に従うのを拒否するかもしれないからというのだそうだ。

――日本に併合されてから、キリスト教や天道教がこんなに盛んになったのは、朝鮮人がそれへ遁れるからだよ。キリスト教を信ずるというよりも、宣教師の欧米人たちは、尠くとも我々に悪いことはしないからね。日本から遁れる為には、我々はロシアでもアメリカでもイギリスでも構わないのだ。日本は愚かにも骨を折ってせっせと朝鮮人を欧米崇拝者に仕立てているようなものなのだ。……

しかしこのR先生は、その後間もなく「行方不明」になった。余の二年生の時である。以後永久に余は先生の姿を見ない。余が不愉快な中学校に我慢して通っていたのは、R先生が在ったからである。先生を喪ってから、余は益々学校を疎んじ、休むことが多く、試験にも出ず、そのため父まで学校に呼出されたことがあり、続けて二回落第した。余はそうなってからは殆ど学校に出なかった。それに対して父は一言も余を責めなかった。責めなかったばかりではない。それまで殆ど余を顧みることのなかった父が、余を家庭に於て自ら教育しはじめた。余は父に従ってよく勉学した。父は熱心な教師であり、余も真面目な学生であった。それは余の好学の性のみではない。父に対して抱いている余の反撥敬遠の心が、いやしくも父の前に修学を怠ることを許さなかったからでもある。余は今回想しても、この頃が最もよく学んだ期間であったと考える。

父は余を教えている間に、或る企図を持つようになった。それは私財を投じて、朝鮮人の子弟のために、私立学校を興そうという考である。父は余を眺めている間に、余のような不幸な学徒が、国内に多数を占めているのを感じたのであろう。それと共に勉学の志を持ちながら、日本の知的扼殺の手段にのって、徒らに知識を低下せしめてゆく子弟を救うことは自分の行為の贖罪ともなろうと考えたに違いない。父はこの計画に熱中し始めた。もはやR先生は余の中学にいなかったが、別の朝鮮人の教師が秘かに余の邸に呼ばれた。しかしこの男は父に従わなかった。R先生なら雙手をあげて賛成したに違いないが、この教師は逡巡した。父の意図には賛成しながらも、それによって身にふりかゝるかもしれない災厄を恐れたのであった。しかし父はこの反対に挫けなかった。別の人々が集められ、だん〲実現の可能性が昂められていった。余は父を校長にいたゞく学舎に自分が学ぶことができる日を、空想に描いて愉んだ。そしてこのことが余と余の一家を破滅させることとなろうとは思い及ばなかった。

或日、顧問が色をなして乗込んできた。余は父の部屋から聞えてくる顧問の怒声を聞いた。それに答える父の声は低かった。異常に重大な時間が一家の上をすぎていることが感じられた。顧問を送り出した父の顔は蒼白であった。余は何事が起ったかを知りたかったが、父は余の物問いたげな顔に一瞥もくれず書斎に籠ってしまった。旬日、父と顧問は往来した。余は勉学にも手がつかなかった。父の顔色は日に沈痛を加え、遂に或日、余は余一家の財産が家具調度を除いて悉く日本政府に没収されたことを知った。

夜、父は余を居室に招いた。父はウヰスキーを取出してきた。

――お前は酒を飲んだことがあるか。

――い、え。

と余は答えた。

――少し飲んでみなさい。

父はグラスを並べて酒をついだ。

余は唇をあてたが、強烈な刺激が舌を刺した。父は笑って、半分を自分のグラスに移し、それへ葡萄酒を割ってくれた。余はそれを舐めた。父に許されて、父と共にアルコールを味うのが、少年の胸を弾ませた。余は父に一人前に取扱われたのが得意であった。そして何のために父がわざ〳〵余を一人居室に招いたかを深く疑わなかった。父は終始無言で杯を含んでいた。その翌朝、父はベッドから起き上らなかった。


枕元には空になった小さな薬品の瓶と、デスクの上には二通の遺書があった。一通は母に宛てたもので、家族を逆境の中に遺す罪を詫び、細かく財産処理の方法が記してあった。あと一通は余に宛ててあった。上書には漢字で余の名を記してあったが、内容は長文のロシア語だった。父はこれが顧問などに読まれることを怖れたのだろうが、余にも解読することはできなかった。余は大切にそれを蔵した。

余は父を怨み呪った。我々をかゝる逆境に捨てゝ去った父の真意を解し得なかった。余は父を利己主義者と断じた。母は一日一晩父の枕辺に顔をうずめて上げなかった。春の嵐の晩であったが、雨風の音にまじって母が泣く不吉な鳥の啼き声のような声が夜じゅう聞えていた。顧問も来て、今回はいさゝか同情の色を見せ、没収を免れた僅の家財の売却に尽力した。多勢の下僕上婢には暇を与え、余の一家は京城郊外の小家を購って移り住んだ。余は通学を全く断った。こうなると親戚ほど頼りにならぬものはない。父の存命中は何かと庇護を仰ぎに来た彼等の足はばったり絶えた。母はその無情を怨み、生活の不自由さに悩み、日夜泪を落していた。そのうち母はあらい白壁に向って黙坐するようになった。余はこの異常な沈黙も、悲痛の別な表現だとばかり考えていた。そして余は、余自身の感情の鎮静のために、無意味に近郊を放浪した。

或夕、余が習慣となった放浪から疲れて戻ると、十歳になる弟が床に倒れて泣いていた。弟の号泣にも拘らず、母は黙然と白壁に向って坐していた。室内には燈火もなく、壁に向った母の後姿におちかゝる夕闇には鬼気があった。余は不吉な予感を覚え、母に声をかけた。母は返事もしないので、近づいて肩に手をおき、今一度母を呼んだ。母は物憂げに振返った。

――どうしたのですか、あれを泣かせたまゝ、灯りもつけないで。

余の言葉に、

――そうかえ。

と母は気のない妙な返事をしてから、独り言のように、

――何かないかえ。

というのだった。余が声を励して弟に、

――どうしたのだ。また何かおねだりかい。

と云うと、

――静かにして下さいよ。今お父様とお話しているのですから。

と母は咎めるように云った。余は慄然として母を眺めたが、母は身じろぎもせず壁に向って首をたれていた。そこへ買物に行っていたらしい妹が戻り、弟を宥め、馴れない食事の支度を始めたので、余も見かねて手伝ったが、母は立って来もしなかった。

――何だかお母様の様子が変じゃないか。

余は妹に云いかけた。

――そうですか。

――お前は何か気がつかなかったか。

――判らないわ。

十三や十四の少女では話にもならなかった。

余はこのことがあってから、母の様子に気をつけ、家を空けぬようにした。今になって考えると母は以前から頭がのぼせる持病があった。気が弱く、思いつめると極端なことをしかねない気違いじみたところがあった。余は母のこの特性を考慮に入れてもう少し深い注意を払うべきであった。しかし何分にも余はまだ十八歳であった。深窓に育ち、世俗の苦労を知らぬ母が、父の死に打つゞく境遇の変化、下婢も使わぬ荒れすさんだ生活の中に追いやられたことによって、どれほど深い打撃を受けていたか、本当に洞察することはできないのであった。こうして、再度の不幸が来襲した。母の作った夕餉の膳に向っていた一家は突然激しい苦痛に身悶えた。弟は自分の着物を噛み裂いてもがいた。妹はうつ伏して、手に血を吐いた。余は朦朧とした瞳の中に、母の吊上った光る目をやきつけて、気を失った。

隣人が余等の苦悶の声を聞きつけたのだと云う。そして時を移さず近くの××教会付属の病院に担ぎ込んだということであった。余が意識を恢復した時には、余は白い清潔なベッドの中にいた。看護婦にも、Hというアメリカ人のこゝの院長にも、余は家族の安否を訊ねた。余のベッドの左右は見知らぬ病人ばかりだったからだ。――大丈夫ですよ、と彼等

は云った。余はその言葉を信じたが、余が全快に近くなっても、母も弟妹も、姿は現さなかった。この間親族の者は誰も見舞ってくれなかったが、日本の警察官は度々やってきて、余に臨床訊問を試みた。余は不快であったから、余計なことは喋舌らぬことにした。すると或日顧問がやって来た。彼は余に同情するような見舞の言葉を述べてから云った。

――何でも困ることがあったら、僕のところへ来給え。本当に他人と思わず相談してくれ給え。君も一人ぼっちじゃ困るだろうから……

余は自分の耳を疑った。

――え？　じゃ、お母様は？　弟も妹も――？

顧問は不用意な失言に狼狽し、何とかごまかしながら、そこそと去った。余は一切を悟った。それを云ってくれなかった看護婦と院長を怨んだ。院長は余の悲歎に心を動かしたと見え、彼は余にこの病院にいつまでも留ってもよい、と云ってくれた。余は院長のやさしい心情を理解したが、その申出を拒絶した。言下に拒絶したのである。それでも院長は別に腹も立てず、打捨てたまゝになっている余の家のことなど心配してくれた。余は彼の言葉であの廃家がなおいくばくかの金円に代ることを知った。しかしH院長の言葉のごとく、家を金に代えて病院に永住すべきか、それともふたたびあの家に帰って孤独の生活を始めるべきか、実のところ余には判断がつかなかった。判断する気力がなかったのだ。母の記憶の生々しいあの家の白壁に、己一人が相対する勇気はなかったし、それかと云ってこのなじみのない病院であの毛色の変った院長に使われるのもいやであった。一切が厭わしかった。生きていることが堪えがたいことに思われた。余は比較的自分を恃むところ厚い人間であった。従って生涯の間数々の困難に遭遇しても、かつて自棄するようなことはなかったが、後段にのべる満州の草原に敗軍に敗軍を重ね片手に銃弾を受けてたゞ一人横たわっていた時とこの時だけは、むしろ死の恵みを想ったのであった。

或日、余はひそかに病院を脱出して我家に戻り、その釘付にされた戸口を見た。余は其処に佇って、泣いた。我家は、今は恐しい「死の家」であった。余は戸口をこじあけて入る勇気を持たなかった。しかし、余は既に脱走者であった。そのまゝ病院に引返すことができるだろうか。温顔で親切そうでも、あの目の玉の碧い院長は、自分に叛逆した者へは、日本人と同じ鞭を用意しているのではあるまいか。余は夢遊病者のごとく、曽ての余の邸宅の方へ歩いて行った。懐しい門は昔通りに立っていた。しかしそこに見出したものは、親しみのない日本人名の標札であった。余は日の暮れるまで、街々を放浪した。朝食をした〻めたばかりの胃は、空腹を訴えていた。しかし余は一銭も懐中していないのであった。怺えても怺えても泪が溢れた。余は市場に佇って、その店に並んでいるうまそうなパン類を眺めていた。ふと余を呼ぶ声に気が附いた。店主が笑顔で呼んでいるのであった。

——どうしたのだ、このパンが欲しいのだろう……

しかし、余は一散に逃出した。親切そうな店主は、余に一片のパンを投げ与えようとしたのかもしれない。しかし余がそんなに貧しげに、ひもじげに見えたのであろうか。余は矜りを傷けられた気がした。苦しく、悲しく、何とも知らず憤ろしかった。今や余は父の子ではなくなったのだ。一般の賤しい朝鮮人の子と変りがなくなったのだ。一族は凡て死に絶え、余は貧民の一人として街頭に投げ出されたのだ。余は屈辱感から遁れるように呼吸の切れるまで走った。それから少し歩いて呼吸を鎮めると又追われるように走った。知らぬ間に余は釘付された余の戸口に戻ってきていた。余はそこに倒れ、気を失った。

三

余はふたたびH氏の許へ戻されることになった。彼は余を見ても叱らなかった。家も家財も全部売払い、その金をH氏が保管してくれることになった。余に極めて楽な病院内の雑用が与えられて、こ〻で新しい生活を始めた。

元来余の家にキリスト教はなかった。従って余にはキリスト教に対する知識はなかった。しかし余は朋友に伴って屢々教会の門を潜ったことがあるので、その片隻を窺うことは出来た。されど我汝らに告ぐ、汝らの仇を愛し、汝らを責むる者のために祈れ……天の父はその陽を悪しき者のうえにも、善き者のうえにも昇らせ、雨を正しき者にも、正しからぬ者にも降らせ給うなり、という聖書の言葉を、余はその時分、牧師の言葉の中から記憶した。しかし余は多くのものを憎む。日本人を憎む。日本人に敗れた父を憎む。狂死した母さえも余を孤独に陥れたるが故に憎む。余の如く不幸のどん底に陥ちた者が、時にその血族をも憎まねばならぬことをキリストは何というであろうか。キリストは余の如き不幸を知らなかったのではないか、と余は思った。

また余は記憶している。なんじら人を審くな、審かれざらん為なり。己がさばく審判《さばき》にて己もさばかれ、己がはかる量《はかり》にて己も量らるべし、何ゆえ兄弟の目にある塵を見て、おのが目にある梁木《うつばり》を認めぬか。視よ、おのが目に梁木のあるに、いかで兄弟にむかいて、汝の目より塵をとり除かせよと云い得んや。偽善者よ、まず己が目より梁木をとり除け。さらば明らかに見えて兄弟の目より塵を取りのぞき得ん。――それでは日本人の目にあるものは塵で、余の目にあるのは梁木であろうか。日本人は我々に非道を強いるのに、我々は彼等を審くことを許されないのか。余は考えた、キリスト教は宣教師の説くように弱者の味方ではない。貧しき者、虐げられる者を幸なりと祝福しながら、その幸福をこの世に約束してはいないのである。その福音は弱き者の牙を抜き爪を殺ぎ、弱者をして強者に跪かしむるものではないか。余は、このような宗教に迷わされてはならぬ、と心に戒めたのであった。

余はH氏の好意に対しても、報うる術を持たなかった。彼の厚情も親切も、彼の碧眼の奥にあるものが判らないように、余には不可解で気味が悪かった。余は彼の温情によって生きていながら、それを意識しまいとした。そしてできるだけH氏を避けた。余の憎むものは日本人だけでなくなった。同胞でさえもが疎ましく、まして毛色の変った外国人には、片鱗の好意すら持てなかった。余は人を避けるために、便所へ入って半日も出て来なかったことがある。一日中口をきくまいと決心して、人に話しかけられても返事をしないこともあった。看護婦たちが蔭で余の名前を云わず「変人」という代名詞で呼んでいることも知っていた。

余の病院における仕事の一つは、各部屋に食事を配ることであった。余はリアカァに食罐を積んで、その食罐につけてある病室番号通りに配達して廻ればいゝのである。食事の配分はYという男の役だった。このYは左脚が義足で、めったに口をきかず、頭に白髪を多く交えていたが、飯をつける動作は不具ながら敏活で、老人なのか青年なのか判らぬ奇妙な男であった。余ははじめこの男を好かなかった。彼の余を無視するような態度が不快だったのだ。余は厚遇にも蔑視にも耐えられぬような衰弱した精神の状態に陥っていたらしい。ところが余は、看護婦からYの履歴を聞いた。彼は併合以来、時に朝鮮の奥地で執拗に繰返された反乱軍の一戦士であったという。朝鮮が日本の宣伝のように、一九一〇年の併合後、直ちにその圧迫に服したのでないことは、茲に特記しておかなくてはならない。日本の公表によっても「暴徒」が全く鎮圧されたのは、一九一五年である。それまで朝鮮の義勇軍は、装備も武器も持たずに、武装完全で数に於て数倍する日本軍と、勇敢に闘ったのである。彼等はその勇敢さに於て、その確個たる意志に於て、決して日本の宣伝のような「暴徒」ではなかったのである。成程、これら義勇隊の中には、老いたる兵士も狩猟家も、農夫も木樵も雑っていたのであろう。彼等には近代的な武器も、統一された組織もなかったであろう。

しかし、外観に於て烏合の衆に似た彼等に、一貫した闘魂を知るならば「暴徒」の名は断じて彼等に相応わしくないのである。例えば一九〇七年、朝鮮陸軍解体の際に、白少佐に率いられた大隊が、圧倒的優勢なる日本軍に抗して、文字通り最後の一兵まで奮戦して倒れたごとき歴史的事実は、これを如何に歪曲しようとも、抹殺することは出来ないであろう。Yがこのような義勇軍の一員であり、彼の左脚もこの戦闘に於ける尊い犠牲であると知った余は、急に彼に興味を感じ、尊敬さえ覚えたのであった。余は何とかして彼に近づき、その口から武勇譚を聞きたいと思った。キリストに敬愛を感じない余もいつまでも完全な孤独に堪えうる力はないのであった。少年の心はいつも崇拝者に対する夢と憧れを用意していた。或日余が何気なく炊事場へ行くと、昼食の後片付もすんだひと時で、洗い流された三和土に人気はなかった。炊事場に続くYの居室もドアが開放されたまゝ空虚であった。余は内部を窺った。男臭い貧しい小部屋の中に、窓に寄って一脚の小さな机があった。その上に何か紙片が拡げられてある。灼くような好奇心が余を紙片に近づけた。それは全面朝鮮文字で埋められた騰写版刷りで、「独立新聞」と題してあった。手に取ってみるとカイゼル・ドイツの敗北は世界正義の勝利であるが、正義の敵は未だ地球上に掃滅されたわけではない。次の破邪の剣が用意されなければならぬ。それは日本帝国主義である。日本は東洋のドイツである。日本は先に台湾を中国より奪い、次に朝鮮を併呑し、今や虎視眈々と満州を窺っている。しかし世界の強国は未だ日本の野望には気がついていない。このことは東洋平和のため、世界正義のため、真におそるべき憂患である、というようなことが書いてある。余は朝鮮文字で書かれたか丶る激越な文章に接したことはなかった。余は電流に打たれたるごとき衝撃をかんじた。余は余のいる場所も忘れて一字一字咀嚼して嚥下するように読み終った上、更に別種の「独立新聞」を求めて部屋中を見廻した。部屋の隅に塵にまみれた書籍の山があり、「独立新聞」はその中に号を追ってつみ重ねられてあった。余は胸をおどらせてそれを見てゆくうちに、思いがけぬものを見出した。大きな字で父の名が出ているのである。それは父の自殺を報じているのだが、そこにあるものは敵意と侮蔑の言葉だけで、奸悪な日本の甘言に乗ぜられた者の末路を憐み、嘲笑しているのであった。余は屈辱と羞恥に顔を赤らめ、茫然として現実を喪った。その時余はいきなり背後から殴り倒された。Yが余を睨んで立っていたのである。余は弁解の言葉を知らなかった。黙って第二の痛棒の下るのを待った。しかしYは不機嫌な無言のまま余を棄てて机の前にどっかり腰を下し、顔を顰めて義足を外すと、煙管をとって莨を燻らしはじめた。余は逃出すこともならず、上目使に彼を窺いながら、動かなかった。

——俺の部屋にゃお前の欲しい物ぁねえよ。

彼は天井を見ながら呟くように云った。余はむっとしたが返事ができなかった。

——何しに入って来たんだ。

余は小さな声で、

——これを読みたかったから。

と、「独立新聞」を示した。

——お前は知ってるのか。

彼の目が光った。余は黙った。

——お前は、×の身よりだっていうが、本当か。

Yは父の名をいい、余の手許の父のことを書いた新聞を頤でしゃくった。

——はい。

——叔父さんか。

——父です。

——父？

Yの目がまた光った。

——ふん、国賊の息子か。

暫くしてYは嘲るように云った。余は身顫いした。喘ぐように反発の言葉を探したが、Yは余の頭上に更に毒々しい罵言を浴びせかけた。

——そうか、国賊の息子が泥棒野郎か。

余は歯ぎしりして彼を睨んだ。父に対する愛情を、この時ほど深く身をしぼられるほどに感じたことはなかった。Yはそれ以上は語らず黙々と莨の煙をはき出していた。そして暫くして、

——帰れ。

と云った。余は去った。

それ以来、余の父への呪咀は一段の深刻を加えた。父は余を孤独と貧困の中に突落したばかりではなかった。国民の誹謗と怨嗟が、父の子であったというだけの理由によって余にまでつき纏っているのだ。余は深い絶望に陥った。

しかしそれから二三日たって、あれ以来余が怖れて近づかなかったYが、例の無言のまゝ、余に折畳んだ紙片を呉れた。見ると「独立新聞」であった。余はそれを貰ったうれしさよりも、Yが機嫌を直してくれた方が有難かった。その後彼は、屢々余にその新聞を呉れるようになった。余はYに自分の身の上を話した。しかし彼は自分のことは一切喋らなかった。それでも余はYから新聞を貰うだけで満足した。余はそれに

よって病院の外の広い世界を窺うことが出来た。

余が第一に知ったのはヴェルサイユ平和会議に、米国大統領ウィルソンが、被圧迫民族の擁護者として——我々が此処に集ったのは、世界各国民が、我々の意志によらず、其の国民の意志に従って、其の支配者を択び、自国の運命を拓くべきことを求めるためである、と叫んで、民族自決を主唱したことであった。そして彼のこの一言を歓呼して迎えた朝鮮民族のよろこびであった。しかしそれに引続いて報道されはじめた日本の画策こそ真におどろくべきものであった。その年の十二月（一九一八年）、総督府は朝鮮人間に「請願書」というものを回付した。朝鮮民族は日本の慈悲深き朝鮮支配を衷心より感謝していること、朝鮮人と日本人は最も仁慈厚き支配者である日本天皇の下に急速に同一国民化しつゝあること、他国民は自決の権利を要求することあるべきも、朝鮮人にあっては忠良なる日本国民となることこそ真実の希望なるがゆえに、民族自決の原則も朝鮮国民には無用なること——。それは平和会議に提出すべく、日本が朝鮮に強要した「請願書」であって、凡ゆる階層の指導的地位にある朝鮮人は、日本憲兵によって、この「請願書」に署名させられつゝあったのである。

この、日本字新聞には一字も報道されぬ恐るべき事実に余は眼を瞠った。そして絶大なる関心を以て事のなりゆきを監視した。日本の牙は、しかし遂に最後の犠牲を求めずにやまなかった。

さきに一度周囲の環境に押されて祖国と国民を日本に引渡した老国王は、その後の国民塗炭の苦しみに深い悔恨と責任感で懊悩されていた。老王は今度こそ血も枯れた痩軀に最後の勇気を振絞って、請願書の署名を拒絶されたのであった。そして一月二十日（一九一九年）王は日本人に盛られた毒を仰いで最期をとげられたのである。国王の死は二日経た二十二日、卒中によるものとして、国民の前に発表された。しかも王の死体は、朝鮮人、外国人の医師によって調べることは許されず、当局は王に対する請願書提示の事実、毒殺の事実を否定した。しかし国王の死に対しては自殺説もあった。それというのは王の亡くなられた二十日はその皇太子の婚姻の前夜に当っていたからである。日本は両民族同化促進のため、皇太子と日本皇族梨本宮王女との結婚を計画し、その準備は着々進んで、もはや如何ともする術がなくなっていたのである。王の死は之に対する抗議の自殺である、と一部には推量するものもあった。しかし何れにしろ王の死因が尋常でないことは、国民の間に忽ち伝えられていった。国民は国王の死を、朝鮮民族の死と観じた。云い難い哀愁の底に、絶望的な憤怒が燻り始めた。しかも日本当局はさきに明治天皇死去に際しては、全朝鮮人に各種の大袈裟な弔意を表すべきことを強制しておきながら、自国の国王の死に対しては、正式な発表をも行わず、弔意を表すための唯一日の休日すら与えず、葬儀は市内に於て、日本式に行われ、柩が市外に出て初めて、朝鮮人に引渡されたのであった。これに対して侮辱を感ぜぬ朝鮮人があったら、それは感情のない土偶であろう。

余は真実国王の死に泪を垂れた一人である。余にとって国王は単に尊崇すべき権威の具現者ではなかった。余自身は拝顔の栄に浴したことはなかったが、幼少より父の口から、国王の御言葉御行動は聞及んでいた。そして余の家にはその御日常を推測し得べき拝領の品々があった。しかも国王は余の父と同じく、一度は日本の手に屈する、拭うべからざる失敗を為し、そしてその失敗を償うには余りに小さな反抗をして死んだのである。余は国民と同じく、父の失敗を憎む心で、国王を怨む。しかし一般の国民とは違って、その憎怨の心の底に、たち切れぬ肉親の情を以て父を哀惜する如く、国王をも哀悼しまつるのである。

余はこの胸中をYに語った。Yは云った。――待て。機運は熟しつゝある。今や朝鮮全土は、隠密の裡に地方別に組織化され、各地は執行委員の下に着々活動を開始しているのだ――。余は判らぬながら血の躍動するを覚えた。余が直感したように、このYという不具の男は、その秘密組織の執行委員というのではあるまいか。余はそれを訊ねた。Yは笑って応えなかった。しかしこれ以来、Yは次第に余に胸襟を開くようになった。

朝鮮全土を掩う暗雲が、日本当局にも感じられてきた。流石の日本の恐怖政治も、この底暗い一種名状し難い気運に対して弾圧の常套手段をもって臨むことは不可能となった。併合以来、朝鮮人に唯一度も多数集合することを許さなかった日本が、茲に初めて朝鮮人が市内に集り、式典を行って国王の死を哀悼することを許可した。集会も団体旅行も許さず、同一道内に於てすら、旅行には一々警察の許可証を必要とした朝鮮人にも、このような機会に一度ぐらい不平の発散を許した方がいい、と日本人は考えたのであろうか。

大葬の式典は三月三日挙行と定められた。朝鮮人はこの日非公式に、或は式場を設けて集団的に、或は家内で個人的に、何れの方法によって哀悼するも自由とされた。三月三日、三月三日……、朝鮮人はこの日を待った。この日を待望する朝鮮人の目の底にたゞならぬ光があるのを、当座の間日本当局は迂闊にも見すごしていたようであった。

その日が近附いた時、Yは余に云った。

――三月一日になったそうだよ。総督府の方で、三日に何かあると感づいたらしい。それで日を早めてこっちの機先を制するのだそうだ。

――Yさんも出ますか。私はYさんの分まで、ちゃんと太極旗を拵えてあるのですよ。

余は待望のその日が短縮されたことを、寧ろ喜びながら、云った。

――いや俺は出ない。お前も出てはならぬ。

――どうしてですか。

余は驚いて、問うた。

――この仕事は皆が考えているように、そう一日で成功するものじゃない。後が大事なんだ。そのためにはどうしてもこゝで自重しなければいかぬ。

――それなら、私だけでも出ますよ。

――いや、ならぬ。お前には後で俺の仕事を手伝ってもらわねばならんので、お前は大切な体なんだ。

Yの眼は動かし難い光をおびていた。余は不本意ながら当日蟄居することを約した。

三月一日が来た。この日の朝を余一人満たされぬ思いで迎えた。陸続として市内に向う村人達の輝かしい行進を羨望の目で見送った。しかし彼等の戻ってきた姿はどうであったか。それはたゞ惨、の一字につきた。三々五々、蹌踉として、満足に歩むものはなかった。衣は引裂れ、泥に塗れ、血に汚れていた。

この事件を余はもっと詳しく記さねばならぬ。

四

一九一九年三月一日より始った事件、これを世に三・一事件、または万歳事件と称する。この日を期して、全朝鮮民族は、日本十年の暴政と圧迫に抗して立ったのだ。はじめ指導者たちが会議を開いた時、国王の大葬当日、朝鮮の自由と復活のために、且つ朝鮮の実状を外国に知らしめるため蹶起すべきことは満場異議なく決定したのであったが、その方法については二論あった。過激派は、全朝鮮人は起って国内のすべての日本人を殺害する。現在在留日本人は、朝鮮六十に対する僅か一であるから、彼等が如何に優れた武器を使用するとも、鏖殺は可能である、というのであったが、これに対する温健派の意見は、それは暴を以て暴に報うるものである。たとえ一時は成功しようとも、日本はこれによってその全陸海軍を挙げて我等を殺戮する口実を得、世界も亦これを是認し、その結果は、武力なき朝鮮民族の絶滅となるであろう。故に我々は唯太極旗を打振り「万歳」を叫び、独立宣言書を世界に向って発表し、以て平穏裡に我等の自由を獲得すべし、とするのであった。討論の結果遂に後者が大勢を占め、当日は厳にこの方式を守り、如何なる事態が勃発するも暴行せざる旨の取決めが行われた。かくてこれに関する指示が地方支部に送られ、指導者三十三名が国民の代表として択び出され独立宣言書に署名した。人々が驚いたことにはこの記名中に天道教主、孫秉熙《へいき》の名があったことである。天道教とは朝鮮民族の最高神ハナニムを仰ぐ宗教で、キリスト教の愛と、仏教の哲学と、儒教の威厳とを包摂するものと云われ、当時に於て既に百五十万の信徒を得ていたのである。この隆盛の由来は教主の巧妙な政策にあったので、教主は現時日本に迎合せざる限り何事も成し難きを悟って先ず日本に対してその教義の反日的ならざることを印象づけるに努め、日本側はこれを以て朝鮮人間のキリスト教の蔓延を防ぐに有効なるものと認定してこれに力を藉したのであった。然るにこの親日派と見られた孫教主が、今や立ってこの大運動の最高指導者となったのである。孫と比肩すべき他の二名の指導者は吉牧師と李商在であり、共にキリスト教徒として、国民の信頼と崇敬を集めている人物であった。これら有力な指導者三十三名の下に、計画は着々と準備された。然るに日本当局も何事か重大事の近づきつゝある空気を察知し、全国の警察に対し、三月三日に起ることあるべき突発事につき適当なる警戒を行うべき指令を発し、大葬の繰上げを通告した。よって指導者は急遽これに即応し、おどろくべき迅速と細心とをもって、一切の準備を了したのであった。

二月二十八日、大葬の前日となった。すべての手配を終り、三十三名の指導者中二名は、この事実を外国に報知すべく上海に派遣され、残り三十一名は京城の旗亭明月館に参集することになっていたが、平壌より来るべき吉牧師遅延のため、三十名が歴史的な「最後の晩餐」を開いた。彼等の多くは去る一九一一年よりの「陰謀事件」に連座した人々であった。「陰謀事件」とは朝鮮国内のキリスト教の拡大に悩んだ日本が遂に平和的方法を一擲して乱暴にも総督暗殺の「陰謀」を計画しつゝあったとの理由の下に国内の著名のキリスト教徒を一斉に検挙し、警察の手によって作製せられた自白書に、秘密拷問によって署名せしめた事件である。この拷問のために三名が死亡し、九名は裁判を待たず追放され、申訳の形式的裁判によって、百二十三名の被告中百六名が五年ないし十年の刑を宣告された。一九一二年九月のことである。これは当然外国の論議をまき起すところとなり、日本はやむなく被告の控訴を認め、控訴院は総督より、「調和的」手段を講ずるよう指示をうけた。しかし米国長老教会外国宣教局はその程度の緩和策を以て足れりとせず、ワシントンの日本大使館に対し強硬申入を行った。これに対して日本政府のなした回答は、もし長老教会が兇徒の「有罪」を認め「減刑」を求むるならば全囚人を赦免すべし、という前代未聞のもので、この苦肉の案をも拒否された日本は、遂に六名を残して他の悉くを釈放し、その六名も間もなく大赦の名目で囚を解くこととしたのであった。この「陰謀事件」に関する事実は後記するYとの長途の旅行の途次、Yから聞き知ったところで、これによって余がキリスト教に抱いた偏見の誤りであったことを知った。朝鮮国内に於けるキリスト教は当時日本の苛酷なる帝国主義の鋭鋒から我々の最低の生存を護る防塁であったのであり、H氏なども我らの味方として、日本の圧迫に抗する外国宣教師の一員であったのである。

さて、この「陰謀事件」は、吉牧師の子息を、拷問によって殺している。殺さぬまでも日本の拷問の如何なるものであるかを具さに体験しているその夜の人々にとって、この明月館の晩餐こそ、生涯忘れ得ぬものとなったであろう。しかし彼等は沈着冷静であった。朝鮮の自由と独立のために乾杯《かんぱい》し、独立宣言書が朗読せられ、万歳が叫ばれた。そして天明を待って宣言書一部が、署名人の挨拶状と共に総督に送りつけられた。彼等は中央警察署を呼出し、彼等の行った処を告げ、逮捕を待つものなりと揚言した。警察自動車が、明月館に急行し、彼等は署に連行された。途々、彼等は群集の歓呼を浴び、太極の懐しい朝鮮国旗の到る処に飜るを見た。一方平壌から遅参した吉牧師は、警察に出頭し、同志の身代りとして自己の逮捕を申し出た。これは示威運動が全国市町村に一斉に開始される寸前のことであった。日本人のみならず、宣教師その他の外国人にとっても、これはまさに青天の霹靂であった。指導者は先の「陰謀事件」に懲《こ》りて、この行為が外国人にでも累を及ぼすを慮り、我々に同情を持つ宣教師らにも、故意に報さなかったのであった。朝鮮人は日本の完全に組織された警察スパイ網をくゞって、よくもかく秘密を完うしえたものである。又かくまで秘密を保ちながら、よくもかくの如く大々的にかの運動を展開しえたものである。

三月一日は土曜日で、シベリヤの雪の上を吹いて来る北風が電線を鳴らしていた。午後二時が報ぜられると、予め定められた各外国公館広場には、三々五々何処からともなく集って来た人々が、次第に恐ろしい大群集となった。誰かが人の肩の上に立ち上って演説をはじめると、それにつゞいて独立宣言書が朗読された。――吾等は茲に朝鮮の独立国たること、並びに朝鮮人の自由国民たることを宣言す。之を以て子孫万代に告げ、民族自存の正権を永存せしめんとす！……鯨波のような歓呼が起ると、夫々隠し持った太極旗を取出し、狂気のように打振りながら、「万歳」「万歳」と叫びはじめた。京城ばかりではない。平壌をはじめ全国の主要都市に於て同時刻に示威に入ったのである。鐘路街の自由の鐘は永い沈黙を破って鳴りわたり、京城南山頂上と、平壌牝蘭峰の篝火は炎々と燃上った。この日朝鮮人の店舗は戸を閉じ日本人配下の朝鮮人警官は制服を脱ぎ、官立私立の学校生徒学生は登校せず、汽車電車は警笛を吹き鳴らして一斉に罷業に入った。刑務所の囚人までが国旗を作って示威を行って抑圧されたということであった。保守派の学者文人連中も亦之に参加した。彼等の一団は請願書を総督に送り、日本軍隊の撤退、朝鮮の独立回復を要求して、即座に逮捕された。日本の真の味方であると考えられ日本より爵位をうけていた人々までが、その爵位を抛って参加した。その最も著名なるは金、李、両子爵である。

京城パゴダ公園に参集した一群は、熱狂のあまり総督府前に押寄せた。こゝには武器を手にした日本軍隊が待機していた。しかし武器なき民衆は恐れなかった。或は騎乗し、或は銃に着剣した敵に向って、手に太極旗を振っているだけの民衆が、堂々と進んでいった。叫喚が起り、大量屠殺が展開された。しかしかゝる弾圧はもとより覚悟の前であった。銃剣の威嚇の前に無抵抗を誓い太極旗を打振り「万歳」を絶叫する民衆の示威は来る日も来る日も執拗に繰返された。日本側では、この示威運動を解散させるに、軍隊、警察、憲兵を動員しても足らず、一般日本人、消防夫までが鳶口を持って狩出された。到る処で朝鮮民衆は引倒され、馬蹄に蹂躙せられ、剣に突刺され、弾丸に斃れ、鳶口で殴り殺された。しかも倒れる者を踏越え踏越え、示威は継続された。

余はかゝる噂を聞くと、Yと共に無為に病院内に日を送るに耐えられなくなった。或日秘かに余は病院を出た。余は、たゞ噂に聞く市内の様子を眺めて来ようと思ったのである。余は着剣している兵士を見た。帽子の革紐をかけている警官を見た。しかし「万歳」の声は何処にも起らないのであった。余は失望した。噂ほどではないのかと思った。××街へ曲ろうとする処であった。余は前方から血相をかえて走って来る一人の青年を見た。そしてその後からは、消防夫や警官が追ってくるのであった。青年は余の脇をすれ〳〵に飛んで行った。余はそれを避けようとして、後からくる警官に突当ってよろめいた。しかしよろめきながら、余は慥に見た。つい数間先で、消防夫が鳶口を打下し、青年が奇妙な叫声をあげ、後《うしろ》から見て、追っている消防夫の肩より高く跳上ったのを――。

余が驚いて眺めていると、数回滅多打にされた青年が、又起上って逃出したらしく、再びばた〳〵と多勢が追って、そこで殴殺されたのだった。余は頭から血が引くような気持で逃げるように歩き出した。すると余は後からむずと肩を摑まれた。余に突き当った警官であった。

――貴様は邪魔をしたな！

別の警官が余の右腕をとった。

――お前も万歳を呶鳴った奴だろう、一緒に来い。

弁解の余裕もなかった、忽ち後ろ手に縄をかけられ、引摺られ、突飛ばされつゝ、警察へ連れて行かれた。

「ブタ箱」は二間四方程の狭い部屋なのに、二十人程の朝鮮人が投込まれていた。皆万歳を叫んだという嫌疑なのだが、本当に叫んだ者はいくらもいないらしかった。狭い所に多勢押込められているので、横になることもできなかった。三日間、人いきれと睡眠不足に苦しまされた揚句、余は刑事部屋に引出された。余は万歳を絶叫した上、警官の行動を妨害したということになっていた。余がそれを否定すると殴られた。更に――白状せぬか！　と云って、木片を指の間に挟み指をしっかり結んで捻《ねじ》った。余は気を失って、水をかけられ、気が付くと、又責められた。

――お前は朝鮮人にしちゃ可愛いゝ顔をしているが、女じゃねえのか。

刑事はニヤ〳〵して云った。

――女なら、女の取扱をしてやろう。

そして余を裸にして、

――何だやっぱり男か、まあいゝや。

と云いながら、そのまゝ水を入れたバケツを水平にした手の上にのせて立たせられた。余がそうしている間に、何人もが入代り引込まれては、殴られ拷問されていた。その間に余の手が下ってくると、刑事が飛んできて、余を殴るのであった。焼鏝をあてられている男があった。その苦悶の叫びと、肉の爛れる異様な臭気を嗅いだ時余は再び気を失った。今度目をあくと刑事が云った。

――お前は微罪だから、笞で勘弁してやらあ。お前も早く出てえだろうが、こっちも満員だからお前えみてえのは長く置いとけねえ。

そして有無を云わさず、刑罰は笞九十回と定められた。翌日余は裏庭の十字架のような棒杭へ、裸で後向に縛りつけられた。細竹を数本麻縄で結んだ笞が持出されてあった。それを摑んだ一人の警官が、手を大きく振上げ、片足をあげて反動をつけてから力一ぱい第一撃を打下した。体が半分に折れたかと思う激痛であった。余は思わず悲鳴をあげた。つゞいて第二撃、第三撃、十回まで殴ると警官は交代し、新しい力で又殴りつけた。余はその数を心の中で算える。十二、十三、……十七、十八、……一回がすむと次の一回が恐しかった。血が尻から脚へ伝って流れるのが感じられた。こうして三十回ずつ、三日間の笞が終ると、余はぼろきれのように警察の裏口から捨てられた。余の足はもはや立たなかった。どうすればH氏の病院まで帰れるか。道を行く朝鮮人は、余に同情の目を向けても、警察を恐れて声さえかけてくれぬ。余は辛うじて立上った。刑事から投与えられた棒片を杖《つえ》に、よろ〳〵と歩み出した。苦痛は甚しく幾度か気絶するのではないかと思った。年取った朝鮮人の車夫が通りかゝり、余を人力車に抱上げると、深く幌を下し、日本人から見咎められないようにしてから病院へ運んでくれた。余はYにすまぬとかH氏に恥しいとか考える余裕もなかった。初めて病院に入った時のように昏睡状態でベッドに運び込まれた。気が附いた時は余は全身繃帯に埋っていた。数日後余の隣のベッドに、余と同年配で、余と同じく九十回の笞をうけた少年が二人同時に入った。二人とも余と同様に、大きな壊疽《えそ》の剔出手術をうけたそうだが、一人は既に腹膜炎を併発しており、その日のうちに非常な苦しみ方で死んだ。もう一人はなお数日間の命があった。死ぬ数時間前には、その兄が呼ばれた。兄を見るなり、この少年は、

――兄さんよく来てくれたね。僕はもう大丈夫ですよ。お話しましょう。

と割合元気な声で云ったが、暫くすると、しきりに自分の手を咬みはじめた。

――どうしたの。

と、兄がそれをやめさせても、やはり彼は咬もうとした。兄はクリスチャンなのか、

――キリストを知っているね。

とやさしく弟に向って云いかけていた。少年は何と答えたか、余も自身の苦痛と戦うことに懸命だったので、聞くことは出来なかった。それからすぐに弟は死んだらしく兄のすゝり泣く声がいつまでもしていた。

こんな中で余は奇蹟的に命を取留めた。一と月ほどしてからは痛みもどうやら薄らぎ始めた。余はYに余の軽挙を謝罪したかった。しかしYは、余が警察に拘置されている間にいなくなっていた。病院内は静かであったけれど、外はまだ荒狂っている。余は彼の身の上を案じた。

四月二十三日、日本の迫害がその極に達した頃、十三地方の代表者が京城に会し、韓国共和国建設の憲法を作成し、最初の内閣を選出した。臨時政府の大統領には、李承晩博士が

選ばれた。彼は一八九四年より長期間投獄された後、米国に渡り、ハーヴァード大学を卒業、プリンストン大学に於て哲学博士の学位を得、一九一〇年、国際基督教青年会代表として来鮮せんとしたが日本の妨害により果さず、その後ハワイに於て朝鮮語の雑誌「太平洋」を創刊、朝鮮人学校を経営したという人物である。その他の閣僚も多くは外国に亡命中の人物であったので、日本は之を「架空の共和国」と冷笑した。しかし大戦中ベルギー政府はベルギー国内に存しなかったし、又米国政府がチェッコスロヴァキアの参戦を認めた当時チェッコ国会の一員と雖も、その国内にいなかった事実を考え合せるならば、「架空」――と雖も必ずしも、空虚なるものと断ずることは出来ぬ筈である。

北鮮撫山に於ては万歳を叫んだ五十六名の住民が、憲兵駐屯地より出頭命令をうけ、彼等がその内部に入るや、各出入口が閉され、憲兵は塀に登り、全員射倒し、なお生きている者は刺殺した。釜山に近い山間の谷間では、日本軍が馬蹄形の谷間の出入口を塞ぎ、村民を殺害、百人以上が死んだ。更に京城を隔る約三十哩、水原地方に於ては、在岩里、水村、華水里等十五カ村が、軍隊、憲兵隊によってその家を焼払われ、住民多数が虐殺された。

五

余の傷は全癒までに約半年を要した。全癒というが余の臀部の筋肉組織は再び元通りには恢復しなかった。それ以来余は一生の間、歩くには奇妙な恰好で上半身をゆすらねばならなかったし、長途の歩行は馬か車によらねば困難となった。余の肉体はかく不具となったが、余の精神は却て鞏固となった。もはや日本は余にとって倶に天を戴くことの出来ぬ仇敵となった。それはすでに嫌悪とか憎悪とか云いうるものではない。すべての意志、すべての感情、すべての神経が日夜、目にみえぬ日本というものと苦しい対決をつゞけていた。これと闘うことの外に、余の生くる道はないように思われた。余が父を憎まねばならぬのも日本あるがためである。父を憎む心の本質は、日本への憎悪にある。余が余と父の仇を日本に報いねばならぬのである。

余の精神がかく成長しつゝあった初秋の頃、余は突然大きな喜びを得た。半年の間行方を晦まし院内の誰もが絶望視していたYが、突然現れたのである。Yも余の無事を喜んだ。YはH氏に訣別に来たのであった。或る仕事のために中国に渡るというのである。彼はその目的について何も語らなかったし、この半年間何処で何をして来たかについても何も知らせなかった。彼は云った。

――我々の間では、我々は唯自分の行動についてしか知らない。我々は何をしろと云われてそれをするだけだ。仲間が何をしているかも知らぬ。自分のする事を話すことも許されぬのだ。

余は彼が、余の推察したように独立党員なることを知った。余の血は沸いた。余はまだ余の得た精神を実際に実現する手段を知らなかった。しかしそれをYが教えてくれるだろう。余はYに従い、Yと共に行動することが出来るだけである。余はYに同行を申出た。Yは暫く考え、自分に従うことは大きな苦痛を背負うことだと念を押してから、余の申出を許した。彼は現在日本官憲に見つかり次第捕縛される境遇にあった。そのため目的地まで歩いてゆくのであった。余は驚いた。彼の義足と余の萎えた両脚が、果して半島を縦断し、大陸を踏破し得るであろうか。彼は笑った。

――その準備はちゃんとしてあるのだよ。

僅かの期間に旅装が整えられねばならなかった。その間に余は同志の数人に紹介された。余の使命はYを無事に間島まで送りとゞけること、その後は彼地に於てYより新しい指示をうけることであった。H氏は保管を依頼した金に利子をつけ、別に餞別とこれまでの俸給として多額の金をくれたばかりでなく、病院の自動車で余等を荷物と共に数十哩離れた某地まで送ってくれた。余等は此の地で多数の農民から迎えられた。余は彼らまでが皆旅の支度をしているのに驚いた。Yはそれを説明した。

――そうだよ。この百姓たちはみんな満州へ移住するのだ。日本が朝鮮に与えたものは立派な軍用道路と種々な文化施設だ。日本はそれを世界に誇って、日本のお蔭で「仙人王国」も近代文明化したと云っている。しかしそれは皆日本人自身が利用するもので、そのために朝鮮人はかえって大きな犠牲を払わされている。強制労働と国土収用だ、農民はそのために農繁期だろうと何だろうと、無償で狩出される。それが国土収用で、没収された自分の土地を、軍用道路におし固める仕事なのだ。これで農民がどうして生きてゆけるか、飢えた農民たちは、生きんがために、満州の荒野、シベリヤの氷原に新天地を求めて、自分の生れた土地を捨てるのだ。

Yの口は、その夜の宴に出された酒の酔いに、常に似ず滑らかだった。

――けれど日本はどうして満州へ逃げてゆく農民を止めないんですか。奴等なら、農民を止めて、もっとその強制労働をやらせそうなもんじゃありませんか。

――日本人は我々の旅行を禁じている。朝鮮人が外国へ渡るなんざ絶対禁止さ。しかし満州やシベリヤへ農民が流れてゆくなぁ大目に見る。朝鮮人の人口が国内から減れば、それだけ日本人に侵入の余裕ができるんだからな。それから所謂「滲透戦術」だ。朝鮮人を満州へ分散させて、それから「朝鮮臣民保護」という口実を造って、軍隊を駐屯させたり、権利を獲得するのさ。

――そうですか。しかしそれじゃ農民の移住は、その手に乗ることじゃありませんか。

――どっこい、そうはいかねえ。まあ、向うへ行って移住した農民が何してるか見るこった。そう日本の思惑通りにいってたまるもんけえ。

翌朝早く、老人や女子供を含む三十数人の農民と、数台の牛車が、残る住民に訣別して、出発した。僅かな家財道具類にもたれかゝっている老人や女子供の間に、Yと余も加って牛車に乗り、元気な男たちは徒歩だった。余はこれ程愉快な旅行を生涯の間に経験したことはない。故国を捨てるというのに、農民らに感傷はなかった。前途に待ちうけている開拓の困苦も此の地にあって受けた誅求と屈辱とに較べれば、希望に輝いて見えるのであった。牛車は笑いを乗せて揺れていた。泣声は乳を求める嬰児の声で、その車には、まるで万国旗のようにボロボロの襁褓が十月の高い風に靡いているのだった。車の中で退屈した子供は、飛降りてきて駈出す。そして車に轢かれそうになったり牛に踏まれそうになって、牛の鼻綱をとっている父親から呶鳴られる。栗林の中へ入ったりすると大変だ。子供に女までが車を離れて夢中で栗拾いを始め、男たちは一服して牛に飼草をあてがったりする。食事時にはそうして集められた木の実や雑草や、時には道端の畑からこっそり失敬してきたらしい野菜などが煮炊され一同に配られる。子供が食物を争い、男は談笑し、女は支度やら後片附に忙しい。Iという余と同年配の娘がいた。勝気で目が涼しくて、余の身の廻りをよく世話してくれた。この父親がYとは何か関係があるらしく、我々が彼等と同行できたのも、その男の力によるのだったから、IがYや余の世話を引受けてくれるのはごく自然の成行だったが、余にとってはそれが愉しいのだった。Iも余に好意を持ってくれた。二人は少年期らしい、淡い親愛の情を感じ合った。

日数を重ねて、我らジプシーの一団は遂に鴨緑江河畔に到着した。対岸は満州である。いよ〳〵懐しい故国、倭奴の跳梁に荒廃せんとする不幸な故国を、我らは離れるのだ。これだけの人数では中国の警備兵に発見される虞れがあるので日中の渡河は避け、日のある内に浅瀬をはかって、夜を待った。夕餐には農民らの手造りの酸味の強い朝鮮濁酒が用意された。焚火を囲んで農夫らは俚謡を微吟した。その唄の一つに、遠く故国を離れ、柳の枝に若葉の芽ぐみを見て我が家の庭の柳を想う、という心がうたわれていた。その歌詞と哀調を帯びた節廻しが、余の心を打った。考えてみると、朝鮮民謡の中には何と離郷や別離をうたったものが多いことであろう。民族の血の中に流れるかゝる哀愁が、我ら朝鮮民族の歴史なのであろうか。諸王迭立し、常に外国の干渉と迫害をうけてきた我が祖国。余はかゝる国に生を享けた者が、運命的に背負う不幸を身にうけたのであろう。唄をくちずさむ人々も、明日よりは柳の芽にも望郷の情切なるを味う身の上である。余も亦、今日を限りにいつの日か、再びこの祖国の地に祖国の人々と濁酒を味うであろう。更に、こゝに焚火に照らし出されて酒を酌む人たちはみな、父子兄弟相携えて故国を去ろうとしているのであるが、余には京城の地に埋めて来た父母弟妹の思い出があった。余は人々と共に唄に合せて手拍子を打つに耐えなかったので、立って焚火を離れた。火影の屈かぬ牛車の蔭に人の佇む気配があった。折から江の彼方に上った暗い大きな月がIの姿を泛ばせた。余はIを駭かせぬように、そっと名を呼び、何をしているのかと訊ねた。

――歌を聞いていたら悲しくなったから。

Iは向うをむいて、裳で顔を拭ってから、許しを乞うようにそっと微笑を返した。余は余と同じ心をそこに見出した。余とIはそこに無言で立って、江の上に立罩めた秋の霧が、月の光に追われて煙のように動いて行くのを眺めていた。――

――

月が高くなってから牛車は月光を砕いて江に乗入れた。一つの困難が生じた。一台の車が深みに陥ちて、車輪を折ったのである。その車の荷と人間が河中に転落した。その結果は一人の婦人が足を捻挫し、衣類数点が流失した。だがこれは後になっては笑話となる程の些々たる損害であった。我々は誰に発見されることもなく、対岸に達し、折れた車輪は荒縄で応急修理され、人に見咎められぬために急速に河畔を去って、夜の明ける頃には、もう数哩を隔っていた。

あゝ、日本の魔手を離れて見る満州の、何と広く伸び〳〵と感ぜられたことか！　緩慢なる丘陵地帯を過ぎれば、そこは眩漠たる地平の円盤である。何処までも真直な道路、原野より出でて原野に沈む太陽、河川は悠揚として黄濁し、密生した野草に秋風は囁く。奥地に進むに従って、樹木は数を減じ、地は益々平に、見渡す限り鍬を入れぬ原野を過ぎれば、眼路の限り一直線に続く畦があった。余の心に初めて解放の喜びがあった。Yが朝鮮独立運動のために此地に来り、余がそれに従って来たというのは嘘のようであった。何と平和な旅であろう。このような旅が一生の間続くのであったら、人生も亦愉しい処と思われた。

しかしやがて目的地は近附いた。Yと余は移住民と別れねばならなかった。彼等の留る地より、間島は徒歩二日の行程だった。我らは牛車を一台借り、急に淋しくなった旅行を継続した。

間島に到着すれば、余の第一の使命は終る。そしてそれからはこの地に於て、Yの命に従えばいゝのであった。余は先ず牛車を返しにゆき、十日あまりをIの処で厄介になった。余が戻って来た時にはYはいなかった。そして数日すると、驚いたことに、彼は数名の騎馬の青年と共に、あの義足で実に巧みに馬を廻しながら帰って来た。当分の間余の仕事は、この馬の世話をすればよかった。他の馬丁に教えられつゝ、馬の扱方や騎馬の方法を学んだ。時にはYに許されて、騎馬ならば一日に往還できるIの処へ遠乗した。やがて晴れた満州の空が連日曇って、雪になった。Yの処へは常に青壮年が出入していた。Yも時に彼等と共に馬で何れへか馳せた。極く稀にはソヴィエトの将校らしい男もやって来た。かくして余にとって一生涯忘れえぬ一九一九年は暮れて、余も二十歳の青年となった。

本国のその後の情報は、ペチカに集る青年たちの昂然たる談論の中から手にとるように知ることが出来た。余が何の気もなくYから与えられて読んでいた「独立新聞」の話は愉快だった。それは、三・一事件勃発以後の三、四、五の三カ月は連日発行されて、国民に無抵抗、非暴力を説き、それが完全に国民に遵守されたのは驚くべきだが、その印刷発行に纏わる話は、更に小説的だった。発行所は或は教会の地下室、或は商店の奥部屋に、絶えず移動されて、日本当局の躍起の捜索にも拘らず、遂に発見されない。しかも総督府、警察等、重要な日本の機関には連日必ず之が二部ずつ届けられる。それも何物の仕業か知ることが出来ぬ。或は官庁の廊下で新聞を持っていて発見され、署長の机の上に新聞を置こうとして捕えられる者はあるが、翌日になるとちゃんと別の新聞が机の上に置いてあるというのだ。編集人の嫌疑で多勢がひったてられる。その中には本当の編集者もあったであろう。しかるに「独立新聞」は一日も休まない。後継者は事前に組織されていて、前の者が捉えられれば、次の編集者が後を続ける、というのだ。

三・一以来の日本の暴虐に対しては、外国から喧々たる非難の声が湧起った。日本は之に対して内政干渉であると応酬したが、その非は自らも蔽い得なかった。しかもこの時、ヴェルサイユの平和会議に出席中の西園寺公望以下の日本代表団は、民族の平等を唱えて、日本は弱少民族、被圧迫民族の権利を擁護するものなりと揚言しつゝあったのである。日本検閲の網の目を遁れて刻々外国に報ぜられる朝鮮弾圧の狂暴ぶりは、かゝる代表団を窮地に陥れずにおかなかった。少くとも平和会議が終了し、日本がその希望するものを獲得するまでは、この報道を阻止しなければならぬ。しかしもはや単なる否定だけでは、外国の非難を緩和することは不可能であった。茲に於て日本は外国に対する体裁を取繕うため、後ればせながら自分の非を認め、善政を約束せねばならなかった。八月十九日、東京に於て「我が領土朝鮮の安寧と福祉を増進し、我国赤子たる該地の原住民に公正無私なる待遇を与え、以て何人たるを問わず、平和にして満足せる生活を送らしむる」旨の詔勅は発布せられ、首相原敬もこの詔勅と前後して、声明を発し、朝鮮の地方自治と、自治国家を目途とする改善の約束を暗示した。これによって、軍政は民政、憲兵隊は文官の支配をうける民間警察に代り、人民投票による市町村自治制施行が予定され、朝鮮人も日本人と同等の特権並に法律上の権利を有することとなった。

これ等の改革は実際に施行せられたであろうか。外相内田康哉と首相原敬が米国に対して「朝鮮統治上に諸種の改革を施さんと深く期する処あり」とメッセージを送っているその時に、朝鮮に対して為したことは、恐怖政治遂行のため派遣された六千の軍隊と四百の憲兵に加うるに、百九十六名の警察官と三千五十五名の巡査とを釜山に上陸せしめることであった。また、改革施行直後の九月二十九日、及び十月三日に新任総督齋藤実が部下に発した命令は如何なるものであったか。

旧暦による本月十四、十五の両日、秋の祭日を期して騒擾再発の虞あり、此の種犯罪につきては何人も容赦せず、犯人は即座に射殺すること。之が対策として民衆に次の告示をなすこと。即ち五戸を一単位とする組を作り、各組に監督をおく。之に飲酒の禁止を監督せしめ、且従来の如き音曲をも禁止せしめること。以上各地方警察署長に一任。

（大正八年九月二十九日地方警察署長宛特別指示事項）

（前略）音曲、相撲、模擬戦を禁ずること。又秘密思想を懐ける徒輩が「万歳」と叫び、多数の者が酩酊の上精神錯乱して之に応ずるが如き、或は其他の不逞なる行動の惹起することなきよう、酒宴の催は山野を問わず、之を禁ずること。右の如き事態生じたる場合は、之を抑止する主要手段として最近改訂せる「公安条令」に基き、発砲するも差支なきものとす。

（大正八年十月三日擾乱防止に関する命令）

さきの軍隊憲兵の暴虐は、当局の口頭による指示によったのであるが、今やそれが成文化した。之が「改革」なのである。勿論、警察における殴打、「拷問」は些も改善されてはいない。地方自治制は実施されたが、それは朝鮮人に自治を与えるものではなくて、日本探偵制度の強化となった。反日的言辞を弄する者、秘密の会合等は、五戸一単位の組長によって報告されねばならぬ。もしそれを怠れば「適当な処置」（即ち普通には裁判なしの、殴打を伴う幽閉）が講ぜられる。首相原敬の暗示せる「自治国家」はどうなったか。それは「適当なる時期」に於て「究極に於て」は行われるだろう。而してその「適当なる時期」は日本政治下に於ては永久に来ることはないのである。国内の「善政」に愛想をつかし日本の暴政に耐えられなくなった指導者は、朝鮮の独立を海外より達成せんとして、続々亡命する。そして上海に於て、こゝに韓国仮政府が樹立された。

Yの使命についてもやゝ判ってきた。意外なことには、朝鮮にもまだ軍隊はあったのである。Yの許を訪れる青年は凡て「軍人」なのだ。勿論それは一般概念における「軍人」とは違う。彼等は近辺の朝鮮人部落在住者中の志願者より組織せられる。武器は有志の寄附金によって、シベリヤより購入せられる。軍事教練は、ソヴィエトの軍人により与えられる。彼は往古の野武士のように、或時は家に帰って農耕に従い、時には集団して放浪し、孤立した日本軍駐屯地に襲撃を行うのである。Yはこれ等朝鮮人「軍隊」と、本国独立党との連絡を保つべくこの地に派遣されたものらしかった。余も一度厳寒のさ中、昨年の創傷の寒気によって疼くのに耐えながら、馬を飛ばして国境に到り、本国よりの密使と、所定の鴨緑江河畔に於て「秘密書類」を交換する使者に立ったことがある。これはその頃の余の冒険心を満足させる仕事であった。かくて再び三月一日は巡り来た。朝鮮本土に於ては、日本警察の厳重なる警戒により、野外の集合は行われなかったが、一部の学生は之を行って、その学校は閉鎖された。東京に於ては祝賀大会が行われ、五十名の朝鮮人が投獄された。我々の地にあっても、青年らはこの日を期して企図するものがあったようである。しかし他日を期し、Yは之を自重せしめた。

余は「朝鮮人軍」に編入を希望するようになった。はじめ余の身分が明された時、余は父の故を以て、非常なる排斥をうけたのである。しかしYの取なしにより間もなく余の真意は皆に汲取られ、余も亦彼等との交際を愉しむようになった。余が軍に入ることを志願した理由はこれらの人々とより深く交りたかったことが一つと、またこれによって余の日本への憎悪を具体化したいと思ったためであったが、そこに今一つ誰にもあかさぬ理由があった。それは、余はそこに入ることによってソヴィエト将校に近づきたかったのである。父の遺書を余は大切に保存していたが、これについてはYにも何も打明けていなかった。父のことを云出すのが怕かったし、もし彼に見せて、内容に彼の軽蔑を買うものがあってはならなかったからだ。これをその将校に見て貰いたかったのだ。父は余に何を云い残そうとしたのか。それは常に余の心に懸って離れぬことであった。

余の入隊の願いは、Yには容れられたが、ソヴィエト将校は余の不具の故を以て、初め肯んじなかった。余は彼の片言のような朝鮮語をたよりに、直接交渉に行った。――その足で行軍できるか、と云うのに、余は言下に――馬には乗れます、と答えた。この答えが彼に気に入ったのか、余の願は許された。そして間もなくこのソヴィエト人によって父の遺書の一句々々を解読してもらうことが出来た。

父の遺書

××よ

汝がこの遺書を解読し得る日を、父は待っていた。もはや汝は逞ましい青年に成長したであろう。そして或は汝ら兄妹と汝の母とを、貧窮と困憊の中に残して死んだ父を怨んでいるであろう。まことに吾は汝にとって酷薄なる父であり、母にとって無慙なる夫であった。父は心より汝らに詫びる。しかし吾は今、これ以上生きる術を持たぬのである。今にして想えば、吾は今より十年早く死すべきであった。十年早く死すれば、或は死所を得るを得たであろうし、これこそ正に男子の本懐というべきであった。然るに吾はそれを成し得なかった。卑怯であった。破廉恥であった。そして吾がこのことに気づいた時には、時すでにおそくもはや死すべき時は過ぎ去っていた。その後の吾が命はただこれ日本の圧力に抗して、祖国を舊の地位に復する努力のために保たれたのであった。しかし吾のごとく官職を保ちつゝ、それを為さんとするは、日本支配下に於ては不可能のことであった。吾はそれを知りつゝも、種々なる条件のために、官位を抛って、憂国の一志士となることもできなかった。但しそれは単に官位に恋々たるがためでないことは、汝にも弁明しておきたい。そのためにかの日本人顧問に付纏われる官位に、何の執着があるであろう。吾はたゞ、孤独なる国王に扈従し奉る責務を身に痛感したからに過ぎぬ。されど、吾は遂にこれにも耐え得ずして職を辞した。而して蟄居の身になって、吾は汝のうちに成長しつつある苦悩を見たのであった。吾がこれまで汝の教育に不熱心であったのを、汝も感じていたであろう。しかしそれは汝を愛さぬが故ではなかった。いな、汝を愛するが故に、汝に思考の力を与え、祖国の苦悩をそのまま汝の苦悩とするに偲びなかったからであった。されど汝は学を好んだ。このことを知った吾は汝のために憂えつゝも、新しい喜びを得た。吾は汝をして吾の苦悩を継がしめ、吾が祖国のため汝を闘わしめんと決意した。よって汝を教育し始めた。而して吾は汝の苦悩は凡ての朝鮮人青少年学徒の苦悩なることを知った。吾はかくて吾が過去のせめてもの罪滅しに、学校の設立を思い立った。これは個人財産にも虎視眈々たる日本に対して危険なる計画であることは十分に予知されていた。しかし吾はその危険を冒さざるを得なかった。果して、日本当局は「日本の施政方針に反対し、故意に徒党を組まんとする」ものと断罪した。

吾はわが祖国とわが国民に対して拭うべからざる大罪を犯したる上に、今また吾が一家を破滅せしめたのである。然れば吾は此の度は、吾が一家に対してその罪を贖うべく存命すべきであろう。しかれども吾は今や吾の命を自ら断つ。吾の失敗を吾と贖わずして死するは卑怯である。而して国民は吾のこの死を評して徒死というであろう。一国を喪って、死なざりし吾が、己が財産を喪って死す。徒死といわんよりは、勝手気儘なる狂死である。汝もまた、この父を目し利己主義者というであろう。それこそまさに適言である。吾の死因は一に生くるに疲れたるが故である。二に汝らを痛苦の上におかんがためである。吾は汝ら母子が今後うくべき甚大なる苦悩を想う。汝らに遺すべき財なく、然も世間は吾の遺族として汝らを石もて打つであろう。かかる汝らを偲ぶ時、わが死の決意も鈍るのである。然も吾は死す。汝らをその不幸の中に突落すべく……。汝は吾は薄情の父として怨むべきである。吾の屍に幾十の鞭を加うべき資格を汝は有す。吾もまた汝の鞭を得て以て瞑すべし。然れども、茲に父は一の願望を有す。即ち吾に加うる鞭を以って、祖国を今日の逆境に陥れたる者どもを鞭打つべきことを。吾が汝を不幸の底に沈めて去るは、汝をこの大いなる試練の中に育て、以て汝を逞しき愛国の志士たらしめんがためである。父の見るところ、汝は幼少ながら、父のこの望を嘱するに足る者である。汝の器は父に勝るとも劣るものではない。父は己のなし能わぬところを汝に托す。××よ。勇敢なる戦士たれ。而して、無残にも地上に引きおろされ、吾の生前再び仰ぐことを得ざりし祖国の旗、太極旗を、汝が手を以て吾が墓に飾れ。

余は新しい涙を覚えた。父の真情に同情することができた。父が余を終始愛しつゞけてくれたことも知った。個人としての父と子の繋りに於て、余は父をよく理解した。むしろ亡き父にやるせないばかりの慕情と愛情と、尊敬さえ覚えたといってい丶。しかし公人としての父を、余はやはり許せなかった。遺書が明かにその非を認めている通りに、余も一個の朝鮮人として、父を責めなければならなかった。しかし、父を憎むことは日本を憎むことだ。日本を憎むことはやがて朝鮮の解放のために身を擲つことだ。そしてそのことが、根本的には父を愛する所以ともなってくるのだ。この遺書を目前にして、余がこ丶まで思考し、かく決心するまでには、相当の煩悶があった。だが、この結論に達した時、余の心は自ら明るかった。

七

荒々しい、困苦にみちた生活が始まった。馬には乗れます、と胸を張って云い切った余にも、不具の体に危険に曝された曠野の騎馬兵の生活は骨身にこたえた。夏でも夜になるとぐっと冷えこむ満州の野に、鞍を枕に眠ることもあり、それでも眠ればまだよい方で、二日食せず眠らず、馬の上で仮睡して落馬することもあった。隊を離れれば狼に襲われるのだ。満州の狼は大きく、小牛ほどもある狼がいつも後からつけてくる。宿営地を発って後を振りかえると、もう消した焚火の周りに彼等が群れて、吾々の食い残した兎の骨など貪っているのが見えるのだ。彼等を追うには火より外にない。火を燃して余らが夜営していると、焚火を反射して燐のように青く光る眼が草むらの間にチラ〳〵している。青い眼と眼の間に弾丸をぶち込めば一匹や二匹は忽ち殺せるのだ。

このような労苦の中にも、余がこの生活を愉しむことができたのは、全くIのお蔭であった。余の部隊は間島附近から遠く隔ることは稀であったから、時に閑暇を得ればYの所へでもIの許へでも馬を馳せることができた。そんな時余の足は、自然、YよりもIの許へ向いた。Iの所ではその父親までが余を快く迎えてくれた。故国を逐われた朝鮮人たちは、いつ遂げられるとも知れぬ果敢ない希望を、我ら「志願兵」たちに托するのである。その希望は、いつの日か我ら「志願兵」が強力になって、日本軍を撃破し、懐しい故国へ帰してくれるだろうという夢である。その夢の果敢なさは、彼等自身が一番よく知っていた。しかしそんな夢でも持っていなければ、彼らには生きる希望もなかったのであろう。農民たちは実によく我々を歓待してくれるのであった。Ｉの父親の歓迎は或はそれだけの意味だったかもしれないが、Ｉはもうすこし別の好意を余に対して持っていてくれるように余には思われた。そして母親のない長女の彼女は、母の代りに弟妹や父親の世話から家事一切を切廻していたので、父も自然彼女のいいなりになっていたから、そういう彼女の好意を受けている余には父も悪くはしなかった。いつの間にか余も、その丸太と泥で作られた粗末な小屋で、長々と寝そべり、たらふく食い、数年忘れていた肉親の中にある安らぎに近い気持を味うようになっていた。Ｉは余と同じ年なのに、まるで姉のように振舞った。まだ寝足りない昼寝の夢をたゝき破られて、用意のできた御馳走の前に引出されたり、まだ帰りたくないのに帽子を摑ませて、時間に遅れると余をせき立てたりした。余は時々自分が射とめた兎や狼を土産にした。父親がその皮を剥ぎ、それが彼女の襟巻や、父や弟や余のチョッキになった。余は弟のような不平を彼女にいいながら、彼女の云うがままになっているのが快かった。

しかし余の一生には幸福の期間は常に短かった。日本政府はこの頃になって、凡ゆる土地に於ける朝鮮独立運動を撲滅しようと考え、外国である満州の朝鮮人居留地も将来騒乱の策源地となるものとして、之を萌芽の内に摘取らんとした。中国政府の猛烈なる反対にも拘らず、一万五千の軍隊（日本の公表には五千とある）が、間島、龍江及びその周辺の朝鮮人居留地に派遣された。我らは急速に戦闘準備を整えた。しかし残念なことに日本のこの大軍を正面より激撃すべき人員も装備も我には不足であった。彼等の行動をできるだけ妨害することよりは、我に許されなかった。本隊を離れた分隊を攻撃したり、行李を狙ったり、我らは牛に飛附く虻のような攻撃を繰返したが、そのため巨牛はいよ〳〵狂った。十、十一月に於ける日本軍の間島破壊の跡は、住民の殺害三千百二十八名、焼却せられた民家二千四百四、学校三十一、教会十、而して八一八、六二〇ブッシェルの穀物が灰燼と化した。日本軍は朝鮮人の若者と見れば虐殺したから、我々はどの村落へも当分近寄ることはできなかった。これは我々にとって大きな苦痛であった。というのは、部落と連絡を断たれることは、そこから補給をうけている糧道を失うことになるからであった。戦友の困却を見て、余は自らその危険な連絡係を申出た。余はその任務を果すと共に、かねてから気懸りなＩの安否を見届けたかったのである。余は夜中潜行して彼女の家のある部落に入った。部落は灯を消して赤児の泣き声一つ聞えぬ。幸い彼女の家は闇の中に無事に立っていた。余は裏へ廻り、そっと扉を叩いた。返事がない。余は名をつげて開扉を乞うと、父親のしわぶきが聞こえ、灯をつけるらしい様子であった。余は不安と期待で胸を締めつけられ扉の開くのを待ったが、開けてくれたのは父親であった。余は余の任務を語ってからIの消息を訊ねた。Iは流れに洗濯中日本兵の銃弾に頸を射ち抜かれて即死した、と父親は面をそむけて語った。

一生の間東奔西走して人間らしい感情に浸る余裕を持たなかった余に、もし恋という感情を経験することがあったとするなら、それはIに対する親愛の情であった。Iとの交際は恋というには余りに淡かったが、それだけに余には忘れ難い甘美な青春の思い出に違いなかった。日本は余から父を奪い、母同胞を取り、慊らずして今またIを奪ったのである。──

Iの父親が糧秣を準備して呉れる数日の間、余は病んだ獣のように眼を閉じて納屋の奥に身を潜めていたが、日本兵が笑い戯れながら山鳩を狙うように銃口を向けたのであろうその銃口の前に、余もまた自分の体を立たせたいと思った。Iのやさしい、しなやかな頸に射ち籠められたという銃弾の質と量を、余はわが身にかんずることが出来た。赤い帯を流したようにおびただしい血が流れていたと父親は語ったが、日夜余の瞼の裏にその赤い帯が流れ、余は気も狂おしくなるのであった。父親が差入れてくれる味のない饅頭《マントウ》を、余は自分の涙でしめらせて食した。二日目の夕方、余は庭に日本兵の声をきいた。

──若い男はいないな。

その横柄な日本語を聞くと余は思わず起ち上った。胸は早鐘のように打った。飢えた戦友が余の帰りを待ち侘びている、という意識が、わずかに、戸を蹴破って跳び出して行くのを止めたのであった。

三日目の夜、余は父親に呼び出された。この三日の間に村の老人や女や子供が、ここから少し離れた場所に秘かに糧食を運び出しておいてくれたのだ。父親に案内されて、そこの糧食の堆積を確認してから、余は戦友の許へ馳せた。結果を案じていた戦友は歓声を以って余を迎え、早速Yやその他の人々が余を先立てて輸送に出発した。

我らが糧秣を鞍につけ終った頃であった。銃声が起って、耳許を弾丸がかすめると、それに呼応するように、忽ち四方から銃弾が雨と降りかゝった。

──しまった、日本軍だ。

とYが叫んだ。余は馬にとび乗った、Yが余の名を呼んだ。余は余を呼続けるその声を追いながら、夢中で馬腹を蹴った。

銃声は遠のいた。気がつくと、同行者は我らを加えて六名であった。馬に一息いれて、一行はもとの宿営地に急いだが、そこへ近附くと、我々は再び新しい銃声を聞いた。愕然と手綱を控えたYが叫んだ。

――やられた!

後で判ったことであるが、日本軍は余の部落潜入を探知していたのだった。ただ彼らの目的は余一人の捕捉にはなかったから、わざと余のなすがまゝに委せ、尾行して本隊の所在をつきとめ、その殲滅を図ったのだ。あの時Iの家の庭に日本兵が、現れたのも、考えてみれば、余を揶揄した上に、Iの一家を罪に陥れる策略だったのかもしれない。その証拠には、Iの父親も、Iの同胞まで、この罪によって、日本兵に銃殺されたのである。

Yは間もなく上海に去った。同行を勧められた余は、この時ばかりはYに逆った。余はIの一族を殺し、我が部隊を四散せしめた自己の重大な責任を痛感していたから、暫く現地に留ってその仇を報いたかったのだ。Yはその無暴なることと、この地に留まって日本兵の一人二人を相手とするより、上海の臨時政府に働き、日本の国家そのものを相手に闘うことの、より有意義なるを説いた。Yの言葉の道理なることは、余もよく解った。しかし、その道理を知りつゝも、それを許さぬものが余を圧倒しているのであった。余はやがて上海に赴くことと、その間常にYと連絡をとることを約して、Yを見送った。

我が部隊は再度編成された。日本は我々のかゝる部隊を、もはや「暴徒」とは呼ばずに「過激派《ボルシエヴイキ》」と称した。これは例の日本の外国向宣伝なることは自明であった。何故なら、我々に「過激派《ボルシエヴィキ》」と称すべき思想の片鱗だにあったことはない。我々の目的は朝鮮を赤化することにはないのである。ただ一途に朝鮮から日本の勢力を駆逐し、祖国を独立自由の国家たらしむるにあるのだ。成程我々はソヴィエト人より軍技を学び、シベリヤより武器を購入し、ソヴィエトは我々の力によって辺境に擾乱を絶やさず、以て日本の勢力の掣肘を企図したであろう。しかしソヴィエトの意向如何は無論我らの関することではないし、我らが彼らに援助をうけるのも、唯単に我らの目的に利用しうるソヴィエトを利用しているに過ぎない。この目的達成のために力となるものなら、ソヴィエトに限らず、アメリカでもイギリス、フランスでも、我らは意とする処ではないのである。しかるに日本は「過激派」なる名称が、欧米人に、その名を以て呼ばれる対象へ憎悪感を懐かせる効果を知っている。そしてその名を冠することによって、我らを破砕することが正常なりとの印象を、彼等外国人に与えようとするものであった。そして日本は我らを撃砕するために、続々と兵を満州の野に送った。琿春に於ては、彼らの所謂朝鮮人「過激派」部隊は、五千の日本軍を邀えて闘い、その他の地方でも小さな戦闘は日々繰返された。これら日本軍は背後に国家の力を以って迫るのである。これに対して我らには、上海仮政府の、又は在満同胞の、僅かな支援のみが、唯一の頼りなのであった。余がいかに切歯しても、Iの仇を報ずるどころか、我らは到るところで日本に敗れ、我が部隊は「ペチカ」の上の氷片のように、凡ゆる地区で忽ち潰滅していった。余は一の部隊に入っては敗れ、他の部隊に属しては潰え、闘うより遁れているというべき有様となった。余はますますYの遺していった言葉の正しさを悟った。もはや上海に走ろうかと幾度も考えたが、せめて一ケ所の戦にでも勝ち、功績の一つをも持ってから、と歯を食いしばるのだった。

或る日屯営を襲って来た日本兵のために左上膊を撃たれ、一緒に逃げた僚友ともはぐれて一人高粱畑の中に気を失って倒れていた。どれ位の時間が経ったか、傷の痛みに気がついてみると、あたりは夜になり、ざわ〳〵と風が鳴らす高粱の葉に劃られて七月の美しい空がかがやき、しずかに星たちが飛び交っていた。われ知らず余は少年の日に母から教えられた星がとぶときに口誦する呪文の一連を口に唱えていた。それは流星を見る凶殃から一身を免れるために唱える朝鮮古代から伝わった秘文で、それを口ずさんでいるうちに、余は夏の夕べ、幸福であった日、京城の家の露台で母からそれを教えられた時のことをありありと思い泛べた。その母は若く、美しく、華やいで、童女のように嘻々として余の手をとり童戯にわれを忘れていた。それは大地の間にただ一人、肉親もなく、友も恋人もなく、北半球の高粱畑の中に傷つき打ち棄てられて星と相対している余にとっては、実に残酷な回想であった。余は涙を垂れ、静かに自己の半生をかえりみた。狂気のごとく世の半生を駆り立てていたものがあったが、それは何ものであったろうか。それは憎悪であった。たしかに日本に対する憎悪、であった。しかしその憎悪も、いま回顧すれば不思議と影の如く力なく眺められた。そして憎悪を抜き去ったあとの余の半生は、たゞ惨憺たる苦悩と、荒凉たる破滅の連続にすぎないのであった。余は戦った。余ばかりではない。幾万、幾十万の同胞が鞭打たれ、獄に呻吟し、山野に骨をさらしている。しかしこの量るべからざる民族の忍苦によって何ものか贖われたであろうか。民族独立の悲願はその歩武を一歩でも進めることが出来たであろうか。否である。それは小石の怒りのごとくローラーに押しつぶされる運命を持っていたにすぎなかった。そればかりではない。我々が足掻けば足掻くほど、我々は罠にかゝった山犬のごとくますく〱身を締めつけられて行ったのであった。余は同胞の無能と怠惰と汚穢を想った。牛馬のごとき屈辱と搾取と貧窮に堪えている同胞の姿は哀れであったが、それこそ全く相応しき運命のようにも眺められるのであった。滅びるものをして滅ばしめよ！　日本の重圧の下に土牆のごとく崩れ去るものならば、崩れ去るのも致し方ないではないか。――余は二度母の名を呼んだ。そして左腕の激痛に堪えているうちに再び昏睡に陥った。

余はそのまゝ多くの同志のごとく満州の土と化すべきところであった。或る全くの偶然が余を再び生きつゞけさせることとなった。通りかゝった農民の車が収穫物の上に余を積んで里邑に帰り、余はそこで傷の手当を受け、間もなく友軍に帰投した。

傷は癒えたが余は希望を失った。そして僅かな慰藉を酒に求めた。戦闘に於ては勇敢な余も、宿営の日々の無為に於ては、酔って戦友と争い、日夜昏睡する無頼漢となった。Ｉの復讐も父の遺書も古写真のごとく色褪せて行った。そして余はいつか「義勇軍」を離れていた。「義勇軍」そのものも日本の急速なる追撃に四散して、或は中国に遁れてその国民軍と合体し、或は馴賊に堕して姿を没し、その成立当時のような確たる目的をもって集結し、満州の野を疾駆する厳たる存在ではなくなっていた。余も戦友に中国に去ることを勧められたことがあったが、応じなかった。それくらいなら、余は上海のＹの許へ走ったであろう。Ｙの許へも赴かず、満州に目的のない無意味な生を貪っているのは、この地に於てこそ、まだＩの幻を見ることができるからであった。何処へいっても我々の努力が意味を持たないものならば、せめてこの地に留って、Ｉと過した日々の想出に浸りたかった。こうして気が付いた時、余は日本人を首領とする馬賊の群に投じていた。馬の背に明け、狼の遠吠に暮れ、酒と博奕と争闘に日を送っていたそのころ、余の生活は事実馬賊といくらも相距るところはなかったのであるが、さすがに日本人の配下に群盗の群れに入ろうとは考えていなかった。それを今や平然として日本の賊の隷下についたのである。しかしながら余にはその心の奥底に、余がいかに堕落してもこのまゝ馬賊に満足して終ることはない、という確信のごときものがあった。それは山田という首領を一目見たとき瞬時にして余の全身を貫いた戦慄のごとき名状し難い感覚から余はそのことを悟ったのであった。余はこの首領を殺して逃亡するであろう日を、殆んど確実に予見することが出来た。倨傲で威嚇的な眼、眉、顱頂の猥雑で獰猛な禿げ上り方と残忍で挑戦的な唇、矮小な体躯を揺り肩をいからせて歩く歩き方、それは或る種の日本人によくある型とは云いながら、何と彼の髭の顧問に酷似していたことであろうか。余は激昂し、余の幼年の折顧問に叩頭することが出来なかったように、この頭目と相対し、睨み合ったまゝ、手にうけた盃を乾し、乾し終った盃を投げ出すと、一言も発せずさっさと引あげて来てしまった。頭目はしかし余を見て気に入った様子であった。

この新らしい仲間には、朝鮮人も中国人も日本人もいた。ソヴィエト人さえ加っていた。この剽盗の一団は、常に放浪していた。かの首領の妻なる女も、巧な手綱さばきで馬を駆った。余は此処に於ても酒に溺れていた。こんな所でも、日本人はその不当な優越感を忘れぬ人間であった。彼らはソヴィエト人を「ロ助」といい、中国人を「チャン〳〵」と呼び、余らには「おい、朝鮮」と呼びかけた。この場合、朝鮮人だけが「朝鮮」なのであった。しかも本来如何なる蔑意をも含むべきでないこの単なる祖国の呼称の中に「チャン〳〵」よりも「ロスケ」よりももっと甚しい侮辱を感じなければならぬのであった。これこそ被虐民族の哀しみでなくて何であろう。他の仲間は「朝鮮」と呼ばれても黙っていたが、余はその侮蔑に耐えなかった。或時、酔って床に倒れている余を、仲間の日本人の一人が、足の先で軽く蹴って、

——おい、朝鮮、そんな所で寝るねえ。

と云った。余は彼が何の気もなくその言葉を発したのは判っていたが、起上るといきなり彼を殴り倒した。そして相手がびっくりして起き上ろうとするのに、素早く第二撃の構えをした。

——もう一度、云ってみろ叩っ殺すぞ。

忽ちに余は日本人に取りかこまれた。

——生意気な朝鮮だ。

余は壁にぴったり背をつけて身構えた。さきにも記したように一九一九年以来不具となった余は、腰と脚の力が極めて弱いのであった。しかし屢次の腕力沙汰によって、余は独特の戦術をあみ出していた。一人と一人の場合には余は絶対立たぬ。而して相手が迫って来た時にその脚をすくい上げて倒してから、のしかゝっていって殴りつける。多勢の場合には壁か柱に背をもたせて躯を保ちつゝ、自信のある臂力を振って、寄ってくるものを順々に殴り倒すのである。余はこの得意の戦法を以て、忽ち数人の顔面に血を迸らしめた。この事あって以来、彼らも余だけにはこの蔑称を用いなくなった。そして余のいる処では、他の朝鮮人をも、その名で呼ぶことを遠慮した。首領は余の臂力を賞玩し、余の勇猛を愛するよ

うになった。彼は余の勇猛心の蔭にある自棄を見抜かなかった。余を単純な暴れ者だと信じていた。

噂によれば、この山田という首領は中国政府に捕えられて、その片眼と、男の局所を失ったということであった。その真偽はもとより確かめることは出来なかったが、そのような噂の出所は、彼の妻の不倫にあった。しかも彼は極めて嫉妬深かった。たえずいら〳〵して、彼女と部下の誰彼との間を疑い、時には疑われた部下は追われるか、或は殺されるかした。日本人たちは彼女を蔭で「吉田御殿」と呼び、彼女から云い寄られるのを恐れた。彼女も多くの日本人と同じく余らを軽蔑していたから、彼女の慾情が我々朝鮮人に向けられることはなかったのであるが、日本人の部下が彼女を恐れて近附かないようになると、彼女はまず余に目をつけ始めた。

——お前、本当に朝鮮人かい。嘘だろう。日本人なんだろう。あたいにだけ本当のことを教えておくれよ。

仕事の帰り、彼女は馬を近づけて来て、媚を作って云うのだった。

——朝鮮人だよ。

余が、侮辱感に負けまいとして昂然と答えてやると、

——それにしちゃ可愛い丶顔してるね。大蒜臭くもないし。

と、熱っぽい眼つきで、舐めまわすように余を見るのだった。彼女は余に特別な食物をくれ始めた。余の不具になった理由や余の素性を聞きたがって、

——お前は朝鮮人でもい丶処の生れなんだろう。何だか上品な顔してるものね。

などと云った。余は告白しなければならぬ。余はこの、首領の妻山田かねを最初見たときから胸中に不思議な波紋の起るのを禁ずることが出来ぬのであった。視野の片隅にあっても彼女の存在は余の神経を刺戟し、彼女の声を聞くだけで余の注意はその方に奪われた。そしてこれは日数を経ても軽減することがなかった。余はその理由に心づいていた。夜の夢に時として余はIの愛撫を受けることがあったが、そのIが時折この山田の妻に代っていることがあったのである。そして代っていることに気づかず余はIを抱くようにこの女を抱いているのであった。この邪悪にして淫蕩な中年女があの愛憐と清澄に輝いていた薄命な処女に面影を通わせているとは如何なる神のいたずらであろうか。しかし、それは顴骨が高く、大柄な目鼻立ちと、その目がや丶吊上っているという一般的な相似の外に特に似ているというようなことはないのであった。第一比較しようにも余はすでに不思議にもIの顔をはっきりと思い泛べることが出来ぬのであったが、山田かねを見た時、その顔がIの顔の上に二重写しのように

重ねられてしまったのであった。白目の多い眼でキラリと人に視線を投げて来る時の眸子の直線的な鋭さとそこに籠められた強い濃密な情感を、余はIの上に回想してみるという始末であった。これは如何なることかと云えば、余の胸奥にあるIの映像が次第にこの淫乱女のために崩され、歪められつゝあるのであった。余は苦悩した。愛情の一片すら感ずることの出来ぬ女に余は喰られ、喰られることによって貴重なるものを破壊されて行くのである。しかし余は間もなく救われた。彼女の日常の行動性格を非常な注意をもって観察するうち、余はこの女を剰すところなく嫌悪し侮蔑することに成功したのである。もはや彼女の挑戦も媚態も余を動揺させなかったばかりでなく、余の憎悪に自信を加えるだけであった。余は片眼の首領を殺害して逃亡する時この妻も次手に道づれに殺してやろうとさえ考えるようになった。

　夏の一日、余は彼女に誘い出されて丘の木立の下にいた。彼女は発情期の牝馬のように昂然として何か生き〳〵とした輝きを発していた。何故か彼女は赤く熟した胡頽子《ぐみ》を髪に挿し、手にも大きな頽胡子の枝を沢山かゝえていて器用な手つきでそれを一顆ずつ口へ運んでペッペッと種を遠くにとばしていた。彼女はその一粒を余の唇に押し込もうとした。余はその手に噛みつくと、いきなり女のズボンに手をかけた。

——およしよ。

彼女はそう云って、渇いたものが水を得たようにクッ〳〵と咽の奥で笑った。余はキラキラと目眩むようなものを感じ、折重って草の中に倒れた。

　奇異に思われるであろうが、余はそれまで女に接したことはなかった。酒と博奕は人にひけを取らなかったが阿片と女だけは余は顔をそむけて通った。別に貞潔に対する観念があったわけではないが、余の自尊心と女に対する軽蔑感が余にそのことをさせなかっただけである。余が山田かねを犯したのは、予て余の計画の中にあったことではあったが、その時は突如として、不用意のまゝに起ったのであった。侮辱をうけた者がいきなり相手に平手打ちを食わせるような、全く衝動的なものであった。余はこの女を征服し、蹂躙しようと思っただけであった。しかし事はいささか予期に反した。余は余の攻撃の下に苦悶する女を見て不思議な感情の動きはじめるのを経験した。そのことがあって以来、彼女は食を乞う捨猫のように余をつけ廻しはじめた。牝の本能的な嗅覚で余の行く先々を嗅ぎ当てるのか、余は夜も昼もいたるところで偶然のように彼女に遭った。そして機会は重ねられた。機会が失われると余は焦慮し、寂寥を感ずるに至った。

　余は余が最も軽蔑した人種に堕しつゝあった。余に残された道は彼女と脱走して彼女の肉のたゞれのなかに余の生涯を埋めるか、彼女を殺すか、何れかであった。或夜彼女は余の脱ぎすてた胴衣の中から父の遺書を見つけ出し、油燈の下で読もうとした。余は驚駭してとびかゝったが、女は信じられぬ敏捷さで逃げ廻り、余が恋人から貰った恋文とでも思ったのであろう、逃げ場を失うとあっと云う間に傍の燃えている爐の中に投げ込んでしまった。銷沈した余を引立てるべく、その夜も彼女はあらゆる媚態のかぎりをつくして余を官能の饗宴に誘った。その夜、余は傍に落ちていた革の鞭で、陶酔に気を失った彼女の頸を締めつけた。しかし女を殺すには強い愛情か憎悪かが必要であった。締めつけた手を今一息力を入れることによってその命を奪うことの出来る一人の女を余の膝の下に感じながら、その時余は、その無知で貪婪な命が、実は余とすこしも関りのないものであることに気づいた。余は力をゆるめた。

結末は間もなく別のことから来た。或日仲間のものが顔色を変えて、かしらが大変だ、と呼びに来たので山田の部屋に行ってみると、卓子や椅子が倒れ、器物は散乱し、山田の妻は猿のように窓枠によじ上っていた。余は遂に来るべき日が来たことを感じた。余等の情交は仲間では知らぬものもないほどになっていたが、密告者があった訳ではなかった。余はその前日、山田に報告をすることがあり、余等の秘密を守るために虚偽の報告をしなければならなかったのであったが、彼女の懇願にも拘らず余はその屈辱を拒否したのであった。彼女は問責され鞭打たれ、当然の結論として余の行跡まで手繰られて行ったのであろう。首領は余が入って行くと椅子に腰を下ろし、一本の匕首を投げて寄越した。

——お前も男なら今更云うこともあるめえ。謝って大人しく出て行くなら若い者のことだ、命だけは助けてやるが、どうだ、それとも一番くるか。

余は笑おうと思ったが、流石に笑いにはならなかった。

——冗談でしょう。

云い終らぬうちにピッと何かが飛んで来た。山田の先制戦法で、余は予期していたから巧みにそれを避けて、ポケットの中でナイフの刃を起した。

——逃げて！　早く逃げて！

女が叫んだ。同じような情景の下に何人かの情夫が殺されるのを彼女は見て来たに違いない、事実この老賊の気魄と戦闘力は余を圧倒するに足りた。例の如く腰を落して相手の隙を窺った余は忽ち蹴倒され、組敷かれ、たゞ彼の刃を避けることが出来るだけだったが、間もなく相手が自分の力で自分が疲れ出し、呼吸が乱れはじめるのを余は見逭さなかった。

敵の利腕をとってその得物を奪い、脇腹の一突がきまって山田は四つん這いになった。背中から止めを刺し、後も見ずに余はそこを去った。女がそれからどうしたか、余は知らぬ。

山海関を越える時、余は長い徒労と彷徨とが終ったことを感じた。それはＩを失った心の空隙に生じた悪夢の様なものであった。不倫の快楽に汚れた日本人の女の手で父の遺書が焼かれた時余は夢から醒める心地がした。父に誓い祖国に誓ったことを余はまだ仕遂げていなかった。きびしい使命と義務が余を呼んでいた。上海に着いた時、横なぐりの霰が降っていた。出迎えてくれたＹの面やつれした口髭にも白い粒がついていた。余は感情が激し、そのＹの顔を正視することが出来なかった。

八

上海仮政府は旺に活動していた。一九一九年十二月にはそのメンバーの一員である柳氏を日本に送って、日本当局者と、独立問題に関し、非公式会談を行っていた。柳氏は陸軍大臣田中義一、植民局長古賀、政務総監水野、逓信大臣野田、内務大臣床次等の要人と会談し、朝鮮臨時政府は朝鮮の完全独立を認めざる限り如何なる妥協、和解をもなさざる決意を披瀝した。日本政府は厚く彼を饗応し、朝鮮独立の要求を、日本統治下の自治に変更するならば、彼に有利な地位を提供する申入をなしたが、彼は断乎として之を退けた。柳氏の買収に失敗した政府は国民の弾劾を受けた。このことは、朝鮮施政の「改善」になんら寄与する処はなかったとはいえ、上海に帰った柳氏自身の言葉を借りれば「陸軍大臣田中氏が、過去十年間の日本の朝鮮に対する政策に誤れるもののあることを自認」したのであり、これは又、上海に在る韓国臨時政府の厳たる存在を、日本にも認めしめたことの証左でもあった。

仮政府は本国と共に、米英その他の諸国と緊密なる通信網を張り、朝鮮国内外の日本の圧制と非道を逐一世界に報道し、日本の逆宣伝を破砕すると共に、朝鮮問題に関する正当なる世界の与論を喚起した。また独立闘争に要する資金を募集し、配分し、「国民教会」を動かしていた。本国に於てはこの協会と関係ありとの容疑で幾百人が日毎検挙されているが、それにも拘らず、その活動は続行していたのである。しかしながら韓国仮政府は、仮政府とは云いながら、まだ何と云っても微力であった。退いて考えれば、これを以て強豪日本と対抗して何事かを為し得るとは、さすがに考えることは出来なかった。関東地方大震災を期しての同胞の大量虐殺の悲報に接しても、我々は切歯しながら現実にそれを阻止し、闘う如何なる有効なる手段を持たなかった、余は情報の蒐集、連絡、宣伝文書の作製弘布など多忙な事務に迫われながら、しばしば懐疑的ならざるを得なかった。しかしYは云った。

——俺はこの眼で朝鮮の独立を見ようなどとは思わないよ。そんな甘い考えじゃ駄目だ。俺の代に出来なきゃ次の代だ。それでもいけなきゃ又その次の代にやる。

上海の国際舞台はYの沈深な性格に一層の重厚さを加え、勁鋭にして寛闊な老志士に鍛え上げていた。その精神的感化と実践の訓練を、余はあますところなくYから受けた。しかしそのYも数年にして固疾の肺病を悪化させ、多すぎる仕事を残して世を早くしたが、その時余はすでにYの言葉によりYのバトンを受けつぐべき、一人前の闘士に成長していた。余は仮政府の枢機に参与した。中国全土に遊説し、しばしば日本の刺客に追求される身となった。

しかし我らの必死の努力にも拘らず、朝鮮の夜は明けなかった。のみならず、朝鮮を完全に己が手中のものとしたと信じた日本は、その毒牙を満州に向けた。彼等は満州事変を作造し、その騒擾に乗じて満州を中国より奪い、それを「独立」せしめた。日本は軌道に乗った急行列車の如く東洋制覇の道を直進し始め、世界正義もこれを阻止することが出来ぬように見えた。事態は急速に転換した。上海の韓国臨時政府も、日本軍占領下に、直接の危険に曝されはじめた。日本軍に買収された朝鮮人が、同胞であり、その自由と独立のために闘っている仮政府の同志を暗殺するという、悲惨な事態が起るまでになった。実に、上海は暗殺の都であった。何某は映画館の暗闇で、隣席の者さえ気付かぬ内に暗殺された。また行方不明になった何某は、翌日溝の中に裸の死体となって発見された。余は常に変装し、一個所へ行くにも数度乗物を換え、護身用のピストルも必ず二丁は忍ばせていた。余が最も注意したのは歩き振りであった。余が不断の通り上半身を揺って歩けば、如何なる変装も忽ち無用となった。余は杖や松葉杖を用いたり、時にはいざりになって地を匍行しなければならなかった。しかし如何にしても、自ら余の活動は制約せられた。遂にこの地に於て為すことが終った余らは択ばれた者数名と相携えて米国に渡った。そして兎も角、ワシントンの一室に韓国臨時政府の標示を掲げた。

…………………………

もはや余は筆を投じねばならぬ。余の生涯について語ることも語り畢った。その餘は功名談に類することであり、これは人が語ってくれるであろう。余は父のように遺書を遺すべき子孫を持たぬが、幾多の有能なる後進の同志を持っている。

余の歩んだ道は、これら諸子の艱難の日にいさゝかの慰めや励ましになるかもしれぬ。余はそう思って筆をとった。余は菲才にして事の真実を伝えることを得なかったかもしれぬが、誇張と扮飾だけは排し得たという満足を持っている。更に、明敏なる読者は既に看破されたであろうが、この書は今一つの目的を持っていた。それは父のことである。父はわが国の歴史の中に厳しい筆誅を蒙るであろう。余は父を弁護しようとはしなかった。ただ後世がこれを罰する前に、余自らの手によって、余と共にこれを罰したかったのである。また余は父の子として、父が余に与えた露文の遺書を父のために後に残すべきであった。余の迂愚は、前段に縷々として恥をも顧みず記述したごとき情事の間に於て、これを堙滅せしめた。その償いとしても余はこの文を書かねばならなかったのである。

しかし最早終らねばならぬ。余の生命はすでに旬日を保ち得ないであろう。余の呼吸、脈膊、体温、喀血度は明瞭にそれを告げている。病状や経過はYの時と全く同じで（Yばかりでなく、余は幾多の同志が貧窮と困苦のためにこの病菌に打負かされて行くのを見送った）余はその過程を知悉している。

たゞ余はYやその他の早く世を去った同志が持たなかった大きな幸福を有っている。それは彼の驕傲なる軍国日本の弔鐘が確かに鳴りはじめるのをこの耳に聞いたことである。中国政府を四川省の辺境に逐い、仏印、シャム、ビルマ、フィリッピンと、血に飢えた獣のごとく弱小民族という餌を求めて猪突して行った日本も、米英連合軍の優れて高度の文化の前に苦悶しはじめたということである。余はこの病床に、ガダルカナルの日本軍敗退をきゝ、タラワ、マキンの陥落をきいた。この戦争の終局を予言することは未だ早い。しかし、日本はその牙を折るであろう。それだけは確実のように思われる。そしてそれは日本が征服した弱小民族の上に遂に黎明をもたらすかもしれぬ。余はその希望をもつ。余はアメリカに来りアメリカのヒューマニティーを見、今アメリカの病院にあるが故に、そのことを確信しうる幸福をもつ。

余は病中の夢に、馥郁として無窮華咲き競う故国の山に遊ぶことがある。父母同胞、IやYまでが余の枕頭を訪れる。此処アメリカ、カンサス州は故国と同じき北温帯の気候であるためか、余は覚めてもなお故国にある思いをなすことがある。

あゝ故国よ。懐しき人々よ。さらば、である。

蟹の町

内海隆一郎 著

——はいらぬ、はいれぬ、はいらぬ、はいれぬ、
踊りの仲間にゃ、はいらない。
「ふしぎの国のアリス」

1日目

ズボンのポケットへ手をさし入れて、汗にふやけた紙片を抜きだした。ひろげると、けばだった紙面に、町の略図が浮いて見えた。

妻の母親が描いてくれたものだった。たどたどしい線がふるえていた。年老いた義母の気持ちの高ぶりを、そのまま伝えているようだった。

——鉛筆をなめながら、おれの顔をうかがっていたっけ。

私は、数時間前に会った義母のようすを思い浮かべた。

——まるで、責めるような目つきだったな。

天蓋のない、プラットホームとは名ばかりの盛りあげた土が、両側から角ばった石材で支えられていた。改札口を出ると、すぐ目の前に小さな広場があった。その先に、広々とした野原を二つに分けて、まぶしい光のなかを、白い道が長くまっすぐのびていた。それが遠いところで、いきなり空に向けてとぎれていた。

そこは、ちょうど道が丘陵を越えているところらしい。

——ずいぶん長い丘だな。

私は、目を細めた。野原全体が遠くで盛りあがり、丘に連なっていた。

丘の向こうから、波の音がかすかに聞こえてきた。丘の連なりの右はしに、緑におおわれた獣のうずくまっているような山が突起していて、その先への視界をさえぎっていた。山のほうから波の音とは別に、ときおり低く底ごもりする音が渡ってきた。

——なんの音だろう?

私は、いぶかりながら広場を通って道へ入っていった。

広場にも道にも人影のないのは、午後の日照りのはげしさのせいだろうか。広場のはずれに、赤地に〔氷〕と白く染め抜いた旗が、長い竿に吊してあった。風がないので微動もしない。そばのガラス戸は、内側から白布ではりめぐされていた。白布は、赤茶けた染みで汚れていた。

線路を背にしたこの店をはさんで、黒っぽい駅舎が並んでいるばかりで、人の住むけはいは感じられなかった。駅舎のほとんどは倉庫で、木造の朽ちかけた建物だった。

——いやに静かだ。

あたりをうかがっていると、いきなり跳びあがるような警笛が鳴り、それにつづいて重い車輪の響きが地面をふるわせた。乗ってきた列車が、思いだしたように動きはじめたのだ。二輛の客車の後ろに、六輛の空の無蓋車が従い、連結器をしゃくりあげながら発車した。しばらくのあいだ、重い鉄車の音がつづき、やがてまた波の音がよみがえりはじめた。

陽光のなかの建物は、かすかなコールタールの臭いを発散しながら、夏の午後の重い熱気にものうく揺られて睡っているようだった。

半袖シャツの布地をつっぱっている腹部に、汗が筋をつくって流れていた。年齢にしては少し早めな肥満が、ことに腹部に脂肪をためていた。日ごろ運動不足をかこっている身にとって、目の前の道は実際以上に長く見えた。

略図の右はしに、念を入れて二重丸を描いてあるところが、訪ねようとしている家だった。それは、海に面してかたまっている家並のなかにあった。義母の話によると、その家並が〔町〕なのだそうだ。町は、丘を越えて、駅からはるか距ったところにあった。

この町について、かつて妻は話したことがある。

「せまい入江に面していて、山裾にとりすがっているような、いびつな町なの」

歩きながら、たびたび窪みに足を踏み入れてよろめいた。地面に深く刻みこまれた轍《わだち》の跡だった。なかば崩れかけていて、ところどころ砂ぼこりをかぶった雑草がはびこっていた。白い道に、二本の轍の跡が平行してつづいていた。

熱く焼けた道を、なおしばらく歩きつづけなければならなかった。丘の向こうの二重丸のところに、妻がいるはずだった。

一昨日の晩――。

勤めからの帰りに、いつものように私鉄駅の跨線橋の上からアパートを見た。しかし、私の住んでいる部屋の窓は真っ暗だった。

なにかの用で妻は外出しているのかと思った。鍵を使ってドアをひらくと、2DKの内部にはほのかな月の光が入りこんでいた。窓を閉めきった蒸し暑い室内を覗いて、私は息をのんだ。

青っぽい暗がりのまんなかに、妻が一人で坐っていた。首を前のめりにし、背を老婆のようにまるめて、じっと壁の一角を見すえていたのだ。

ときどき妻のようすがおかしくなるのに、気づいていなかったわけではない。

食事中に、ふと気づくと、妻が茶碗と箸を持った手を宙にかかげて、うつろな目をしている。そんなことが、たびたびだった。もっとひどいときには、隣家の赤ん坊を抱いて散歩に出かけたまま、夜の更けるまで町をうろついていたことがある。アパートじゅうが大騒ぎになって、大勢の人が捜索に駆けまわった。それいらい、アパートの住人たちは、私たちから顔をそむけるようになってしまった。

壁に目をすえている妻を、あわてて寝かせつけた。妻は、幼女のように衣服を脱がされ、黙りこくったまま夜具に顔を埋めたのだった。――ところが、その夜、私が晩酌のあとのうたた寝をしている隙に、妻は姿を消してしまった。スーパーマーケットのちらしの裏面に、友だちの所へ泊まりに行くという意味のことが、意外にしっかりした字で書いてあった。

友だちというのは、妻のOL時代の先輩のことである。隣町に住んでいて、妻と姉妹のように付き合っている女性だった。以前にも何度か夫婦喧嘩をしたときなどに、そこへ駆けこんで泊ってきたことがあった。――電話をしてみた。確かに来ている、と相手は言った。

翌日、会社へ出勤した私は、夕方になって電話を受けた、九州の妻の実家からだった。

妻は、朝のうちに飛行機に乗って、一人で実家へ帰ってしまったのだ。

しばらく預かりますから、と義母は切り口上に言った。一方的に電話を切られて、しばらく受話器を耳にあてたまま茫然とした。

上司に事情を話して、ようやく二日間の休暇をもらった。預金したばかりの夏のボーナスが、さいわい手つかずであった。私は、妻のあとを追った。

佐世保に着いてみると、妻はすでに実家からも消えていた。それで、佐世保から二時間ほど支線の電車に乗って、妻の叔母の住む海岸町へやってきたのである。

砂ぼこりの道は、まだ前方につづいていた。砂まみれになった足もとを神経質に手で払った。しかし、いくらも歩かないうちに、またズボンの裾は白くなってしまった。

麦の穂に似た、それにしては寸づまりな草が野原一面をおおっていた。丘陵へさしかかり、道が勾配をもちはじめていた。そのあたりから、歩きにくい砂利道となった。靴底が小石の表面で滑り、さらに難儀した。汗がとめどもなく噴きでて、躰じゅうを伝い流れた。

ようやく丘の上にたどりつくと、眼下に入江の海面が鈍く光っていた。山裾にかたまった黒い屋根の、おしひしがれた家並があった。波の音が急に近くなって、かすかな空気の揺らぎが感じられた。汗みずくの私は、しんと立ちつくして、わずかな風を待った。

　山にとりすがっている百戸ほどのいびつな瓦屋根は、ひとつひとつが両腕で抱えられるぐらいの大きさに見えた。午後の日差しを受けて、丘からの道の右手に重なりあい、黒光りしていた。左手には、狭く細長い砂浜があって、申しわけていどの松林が散っていた。松林の蔭には、十艘ほどの小舟が乱雑に押しあげられていた。

　砂浜の先に、小さな岬が突きでていた。子供の握り拳のような可愛らしい岬は、入江へ遠慮がちに手をのばしていた。岬全体が厚い松林におおわれ、その向こうの海岸線を隠していた。

――空が低いな。

　私は、入江へ迫る外海へ目をやって呟いた。

――まるで海に粘りついているような空だ。

　丘の上から見える海辺の風景は、海からの明るい光を浴びていながら、かったるくよどんだ粘質の空にとり抑えられているようだった。

　丘を下る道へ目を転じたとき、思いがけなく光を背にした小さな人影を見つけた。

　この土地に来て、駅員以外に出会った初めての人物だった。近づいてくるにつれて、十歳ぐらいの女の子であることが分かった。女の子は小柄で、埃まみれな髪を無造作に両耳のわきで束ねていた。棒きれを手にして、道に沿った雑草を打ちすえながら、丘を登ってきた。

　そばに来るのを待って、私は片手をあげた。叔母の家がどれか、聞こうと思ったのだ。

　女の子は、初めて気づいたようすで、こちらのほうが狼狽するほどの怯えかたを示した。身をすくめながら、上目づかいに私の顔をみつめた。

「――さんの家を知らないかい？」

　当惑しながら声をかけると、女の子はようやく棒きれを目の高さにあげ、水平にのばして家並の一角を指した。唇を噛みしめたままだった。絶対に口をきくまいといった拒絶の姿勢をたもったまま横ずりに、そばを通り抜けていった。

　私は、人なつかしさを砕かれて、波の音に歩調をあわせるように歩きはじめた。途中で背後をふり返ると、女の子は雑草を叩きながら、ゆっくり坂の向こう側へ下ろうとしていた。

　歩きながら、自分に注がれている視線を意識していた。

　道に面した家々には、それぞれ同じような青いすだれが垂れていた。すだれ越しに、家々の奥から人びとの、私を見つめているけはいがあった。どの家の前を通っても、注がれる視線を感じた。

いやに静かだった。駅前で感じたのと同じ、にぶい静けさだった。聞こえるのは、波の音だけだった。歩いている道にも路地にも、人影はなかった。子供の声すら聞こえてこなかった。

——みんな昼寝でもしているんだろうか。

さっきから感じている視線をふり払おうとして、そう考えてみた。

家々は、踏み固められた狭い道をはさみ、入江に面して二列に並んでいた。海側の家と家のあいだに路地があって、そこから入江が見えかくれした。海沿いに、もう一本の道が見えた。そこでは、波止めの石垣が海と町とを仕切っていた。二本の道は、細い路地で結ばれ、山のほうへ向かっていた。

義母の描いた二重丸は、ここまで来ると、ひどく曖昧なものだった。家々が、みんな似ているせいでもあった。義母が教えてくれた二階のある家は、ほぼ三、四軒おきにあるのだ。

仕方なく、そのうちの一軒を選んで声をかけた。——しかし、何度呼んでも返事がなかった。すだれに顔を押しつけて、すかして見ると確かに人がいた。私は、すだれのなかへ入っていった。土間に立つと、戸外の日照りとは別世界の、湿った冷たい空気がみちていた。

薄暗い奥の部屋に、中年の女が横顔を見せて坐っていた。膝に分厚い本をひろげ、それに顔を押しつけるようにして、なにかしきりに呟いていた。声をかけても、低い抑揚のない呟きは止まらなかった。ただ、私を押しとどめるように、しきりに片手をふって見せた。ちょっと待て、と言っているようだった。

やがて女は深く息を吸いこみ、その息のつづくだけ声を高めて呟いて、黒い表紙を閉じた。本に向かって、うやうやしく一礼した。

女は、いきなり顔をあげた、黒ずんだ平たい顔だった。私の躰を上から下まで、ゆっくりと確かめるように眺めてから、歯ぐきをむきだして笑った。

すぐに叔母の家を教えてくれた。喋りかたに、鼻にかかった親しみがこもっていた。女は、笑いながら、私の立っている土間へにじり寄ってきた。着物の裾から、肉の厚い太腿が見えた。私は、急いで頭を下げ、すだれの外へとびだした。

戸外へ出ると、ふたたび家々の奥から大勢の視線が粘りついてきた。

心配に反して、妻はほとんど正常に戻っているようすだった。

　はにかんだ笑みを浮かべ、すだれの外へ迎えに出てきた。

ごめんなさい、と意外に明るく言った。私は責める気もなく、
なあにいいさ、と応えた。もう少しようすを見ようと思った。

　汗みずくの私は、なによりもまず水を浴びて着替えをし、人ごこちつきたかった。それに、口もきけないほど喉が渇ききっていて、冷たいビールが欲しかった。そのことでは、もう一秒の猶予もならない気持ちだった。

　私を迎えて、ひどく驚いたのは叔母のほうだった。叔母は、妻が里帰りのついでに遊びにきたものとばかり思っているらしく、突然の私の来訪をいぶかしがった。結婚式には来なかった初対面の叔母に、私は妻と調子を合わせて、さりげなく挨拶をかわすほかなかった。

　いかにも漁師の女房らしく陽灼けした叔母は、すぐさま人のいい笑い声をたてて、

「そうね、休みばもろうて、わざわざ東京から来たとね。そりゃ、きつかったろうね。ゆっくりしていけばよか」

と、素直な歓迎の言葉をつらねるのだった。

　叔母は、一人暮しだった。夫と息子は、佐世保港から船出する遠洋漁船に乗り組んでいた。

「このへんじゃ漁ばしても飯ゃ食えんとよ。戦争の終ったぐれえから、魚のとれんごとなってしもうたったぁよ。それけん、船ば出ても儲けやなかと」

　叔母は、潮風できたえた男のような太い声で言った。

「男衆は、よそへ行って働えてこんばならんとよ」

　この町では、男たちの半数が、なんらかの仕事で働きに出ているという。叔母の夫たちのように雇われて遠洋漁船に乗り組んでいる者が多かったが、なかには佐世保よりもさらに遠い都市へ行って、漁業とはまったく縁のない仕事をしている者もあるということだった。

「おれが家の息子は、いつも帰ってくっときゃ、佐世保でおれの欲しかもんば買ってきてくるっとよ。子供っちゃよかもんばよ。父さんより気のきいちょっと」

　叔母は、自慢そうに言って、私と妻を見くらべた。

「あんたどんも、早う子供ばつくったほうがよかっちゃなかとね、しっかりせんば」

　妻が、顔を赤らめていた。

　――あのことを、まだ話してはいないんだな。

　そう思った。

　一年半前、妻の妊娠を初めて打ちあけられたときのことを、はっきりおぼえている。

あのとき私は、妻の喜びと羞じらいに赤らんだ顔を眺めながら、ふと結婚前に観た外国映画の一場面を思い浮かべていた。

子供のできたことを知らされた夫が、一瞬、驚きと喜びの表情を見せて、妻の肩を優しく抱いて接吻する。それから石段の上にハンカチを敷き、ガラス細工の人形を置くように妻を坐らせようとする。妻のほうは、そんな夫へ幸福にみちた微笑みを向けている。生まれるのは、まだ七カ月も先のことよ。そう言って、妻は満足そうに笑うのだ。

私は、妻の肩を抱ぎ、映画を真似て頬に接吻した。ダイニングキッチンのテーブル越しに唇を寄せ、嬉しいよ、と囁いた。妻は、あの映画の妻のような満ち足りた微笑みを浮かべていた。

妊娠した妻に対する儀式のようなことをしながら、正直なところ、まだ私には自分の子供というものについての実感も、喜ばしいという感情も湧いてはいなかった。

叔母は、夕方になると、急にそわそわしはじめた。F教の集会があるのだそうだ。

F教という名は、私も聞き知っていた。近ごろ大きな組織をもって、いたるところに浸透している新興宗教のひとつだった。熱心な信者の一人である叔母の話によると、この町でもF教は人びとのあいだにひろまりはじめているようだった。

「いまに町の衆は、みんなF教に入るとじゃろう」

叔母は確信ありげに言った。集会は小学校の教室で開かれるという。叔母は、うきうきして黒表紙の分厚い本を見せた。F教の教典だった。昼間の女の膝にあったのと同じものだった。

「ためになるけん、あんたどんも来てみれば?」

叔母は、真面目な顔で誘った。私は、二人で海のほうへ散歩にいくつもりだから、と丁重に辞退した。叔母は、粘っこい笑いかたをして、妻に言った。

「このへんにゃ男ば欲しか女ごのいっぺえおるけんね。町の女ご衆に旦那さんば盗られんごとせんばたぁねえ」

波止めの石垣から夜の海へ目をこらすと、とがった月のかすかな光を受けた細かい波頭が、数知れず青白く迫ってきた。大きなうねりが周期的に石垣にうちあたり、しぶきをはねあげ、私と妻の顔のあたりで散った。肌を平手打ちするような波の音が、たえまなく聞こえていた。

胸の高さにある石垣に手をのばした妻が、いきなり悲鳴をあげて跳び退いた。

そこら一面に、小さな蟹が群をなして蠢《うごめ》いていた。蟹は、石垣を越えて、海から道へと移動してきていた。耳を澄ますと、波の音にまじって、ぴちぴちという蟹の呟きが聞こえた。

石垣に沿った道を歩いていくと、はずれは山へ入る石段になっていた。

「明日、一緒に帰ろうよ」

私は、石段の奥の暗がりをすかし見ながら、さりげなく言った。妻も並んで、見あげていた。上のほうに、小さな鳥居が見えた。いまにも倒れそうに傾いていた。

「わたしは帰りません」

妻は、ゆっくりした口調で答えた。その言葉を妻が口にしたのは、これで二度目だった。

早産の恐れがあると診断された。すぐに入院したほうがい い、と産科医が告げた。

入院した翌朝、診断どおり妻は分娩室へ送りこまれた。予定日より三十日も早かった。

分娩室からは、いつまでたっても赤ん坊の泣き声は聞こえてこなかった。ドアに耳を押しあてて待っていると、妻の呻き声と絶叫とだけが聞こえていた。暗い病院の廊下を、看護婦たちが駆けていき、また大急ぎで戻ってきた。何か聞きだそうとしても、看護婦たちは完全に私を無視した。異常な事態に陥っていることだけが察しられた。やがて遠いところからサイレンが聞こえ、また看護婦があたふたととびだしていった。輸血用血液を、白衣の男たちが運びこんだ。

病室へ戻された妻は、一晩じゅう眠りつづけた。看護婦は、まだ麻酔が効いていますから安静にしてください、とだけ言った。

翌日、妻は一日じゅううつらうつらしながらも、赤ん坊を待ちつづけた。しかし、授乳の時間になって、ほかの産婦には赤ん坊が届けられるのに、妻のもとにだけは来なかった。私たちの子供は、死んで産まれたのだった。

担当医は、胎盤早期剥離で母体も危なかったのだと語ったあと、酷《きび》しい宣告を下した。

「お気の毒ですが、もう奥さんは子供をお産みになることができなくなりました」

私は、黙ってうなずきながら、それを聞いた。しきりに口のなかで「タイバンソウキハクリ」とくり返しながら、いったいどんな字を書くのだろうと考えていた。

「ごめんなさい、ごめんなさい」

妻は、ベッドの上で呟いた。涙を流して、呆けたように、いつまでも呟きつづけた。

「いいんだよ。……子供なんて、おれはいらないから」

そう言ってやった。別に抵抗もなく言いきることができた。妻が助かっただけでも、ありがたいと思わなければならなかった。子供はいらないということも自然に言えた。実感として、それが寂しいことだとは思ってもいなかった。しかし、妻は慰めとしか受けとらなかったようだ。

妻が、だだっ子のようにベッドにしがみついたのは、退院の許可が出た日だった。

「わたしは帰りません」

妻は、泣き叫んだ。ひとしきり叫びつづけ、やがて泣きじゃくりながら、アパートへ帰ってきた。妻は、部屋に入るなり、飾り棚に置いてあった安産守護の神符を摑みとった。ものも言わずに引き裂いた。和紙を折りたたんだ小さな神符は、妻の手のなかで、ひとたまりもなく粉々になってしまった。それは、私が妻にせかされて買い求めてきたものだった。

そのことを思いだすたびに思うのだが、あのときからすでに妻はおかしくなっていたのだ。

波止めに沿って、来た道を戻りながら、私は考えていた。

――これは、少し時間をかけなければいかんな。なるべく、そっとしておかなければ。

妻が、帰らないと言いきったからには、どうにも仕方がない。強引に連れて帰れば、ますます事態は悪化するばかりだ。私は、ひそかに思いめぐらしていた。

――明日になったら、会社へ電話をして、なんとか休暇をのばしてもらおう。

上司に言いわけすることを思っただけで、私の気持ちは滅入ってきた。

妻が蟹に触って悲鳴をあげたところまで戻ったころには、月は高く昇っていた。しかし、足もとは一段と暗みが深くなっていた。蟹の群れは、さらに増えているようすだった。歩きながら、ともすれば踏みつけそうな気がした。

足もとをすかして見て、すばやく逃げ散るなかの一匹をつまみあげた。蟹は、指のあいだでいきりたち、四本対の足であがいた。跳ねあがるような勢いが、指先から手首にまで伝わってきた。私は、蟹に目を寄せて、月明かりを頼りに眺めた。

「見てごらん、まるで、だだっ子が暴れているようだよ」

「いやだわ、気味がわるい」

妻は、そっと顔を寄せて見てから言った。

蟹は、すべっこい甲羅を押さえられたまま、諦めもせずあがきつづけた。その執拗な動きを、しばらく眺めてから、海へ向かって放り投げた。耳をすまして待っていても、水音は聞こえなかった。指先に、冷たいぬるぬるした感触が残った。それをズボンの布地になすりつけた。

　そのとき、遠くで人声がした。三つの丸い光が、いま来た道を近づいてきた。懐中電灯の光は上下に揺れながら、ゆっくりと大きくなって、近づきざま私と妻の顔をまともに捉えた。

　まぶしい光の集まるなかで、私は電灯の主を探ろうとした。

「――さんがてえ来ちょる東京の人たちたぁね」

　いきなり、四、五人の声が、光の向こうから湧いた。男のような声だったが、腕をかざして見ると、人影は女のようだった。光は無遠慮にも、いつまでも私と妻の顔に当てられた。人影は、忍び笑いをしていた。その笑いかたは、まぎれもなく女だった。

「夜にゃ海ぁ危なかけんね。波に攫《さら》わるっとよ」

　そう言われて背後の海を見なおすと、光が追うように海面を照らした。不気味なうねりが幾重にも黒く盛りあがって、迫ってくるように見えた。私と妻は、あわてて石垣から退いた。

「今年の春にゃ、夜遊びしちょった子供が三人も攫われてね」

　私たちの怯えかたが面白いらしく、女たちはわざとつくった声で言った。

「とうとう死体もあがらんやったとよ」

「去年も二人攫われたとねえ」

　女たちは、次々に喋った。

「あんときも夜遊びしてやったねえ」

「若え夫婦もんじゃもん、二人で仲よう海のなかで遊ぶっともよかじゃなかか」

　別の声が、光の向こうから闇のなかから、笑いを含んで叫んだ。

「よかろうばって、塩っけのあって、ひりひりしゅうがだぁね」

　女たちは、一斉にかん高く笑った、光が二人の顔からはずされた。女たちは、あけすけに笑いながら歩きはじめた。女たちの濃い影は互いにぶつかりあい、くすぐったそうに揺れた。

「F教の集会が終ったのね」

　遠ざかっていくのを見送りながら、妻がぽつんと言った。

　寝床に入ってから、妻の手を夜具越しに握ってやった。一昨日からの神経の疲れと、長旅の疲れとが、一度に浮きあがってくるのを感じていた。

「ねえ、一緒に帰ろうよ」

私は、握った手に力をこめて言った。

「二人で映画を観たり旅行をしたり、いろんなことをして、いろんなところへ行って、二人だけで楽しく暮らそうよ、いままでどおりに」

「あたしは、子供を産むことができないのよ。あなたの子供を、もうつくれないのよ。子供好きなあなたに、それが我慢できるの?」

「おれは、子供なんて別に好きじゃないんだよ、ほんとなんだ」

妻が理解するかどうか分からなかったが、私は言いつづけ、瞼の重くなるのを感じていた。波の音が眠りに誘いこんでくれるのを、じっと待っていた。駅からの白い道が、重みの増した瞼の裏に浮かんできた。長い道が、眠りの向こうにつづいていた。

私は、広場で聞いた底ごもりのする音の正体を考えようとしていた。

2日目

長距離電話をかけるために、この土地ではそこにしかないという電話を借りに駅へ出かけた。

昨日と同じように、午後の日差しの照りつける白い道を通って、喉の渇きをおぼえながら駅前広場に来た。やはり昨日と少しも変わらず、人影のない広場の隅に〔氷〕と染め抜いた赤い旗が吊されていた。

午前中ずっと、妻は帰らないと言いつのった。そのあげく、また例のおかしな状態に入りかけた。私は、いよいよ休暇をのばしてもらうために、上司に交渉しようと決心した。

かなり長い待ち時間のあと、電話に出てきた上司に、私は口ごもりながら言いわけをした。

上司は、しばらく思わせぶりな沈黙をつづけた。そのあいだに、オフィスの騒音がかすかに聞こえてきた。聞きなれた音だった。私は、なつかしむように、受話器にあてた耳を澄ましていた。やがて上司は、仕方がないな、とだけ無愛想に応えた。

加えてもらった四日間の休暇は、うしろめたいというよりは、あの騒音からとり残されそうな心細い気持ちにさせた。

受話器を置いたとき、私は無意味な最敬礼をしていた。

駅前広場に出ると、強い日差しが待ちかまえていた。

思わず細めた目の前に、上司の無愛想な姿が浮かんだ。大型デスクの上に両手をそろえ、きれいに爪を切った細長い指を、まるでピアノでも弾くように神経質に動かしていた。

——ともかく、めったに手に入らない休暇が意外に容易に手に入ったのだ。

気をとりなおして歩きはじめたとき、広場の隅に巨大な蝶を見つけた。まぶしい光のなかで、揚羽蝶の百倍もある蝶は大きな影をつくり、位置をかえて舞っていた。信じがたい光景だった。気持ちを静めて怪物を見つめた。すると正体が分かった。小さな女の子だった。

昨日、道で出会った女の子にちがいなかった。

女の子は、ひとりで石蹴りに熱中していた。跳びはねている地面に、薄くなった黄色いチョークの輪がいくつも並んでいた。町の子供たちが集まって遊んだ跡なのかもしれない。しかし、ほかには誰もいなかった。私がすぐそばに近づいても、女の子は気づかずに石を蹴っていた。

「こんにちは」

と、声をかけた。女の子が輪のなかで反転したところだった。躰をこわばらせて、怯えた顔をこちらへねじ向けた。わるいことを見つけられたような身がまえかたをして、私を見つめた。

「一人で遊んでいるの？」

ばつのわるい、当惑した気持ちになって聞いてみた。返事はなかった。ふと〔氷〕の旗を思いだした。首をまわして見ると、あいかわらず風のない空に浮かんでいた。

「ね、おいで、一緒に。……かき氷をごちそうするよ」

私自身も、喉の渇きをおぼえていた。女の子を見ないようにして、そのまま歩きだした。

しばらくしてふり向くと、すぐ後ろにくっついてくるではないか。さっきの怯えた表情をくっつけたまま、口もとを呆けたようにゆるませて、そろそろ歩いてくるのだ。

顔を合わせると、女の子は急に立ちどまった。さっきの輪のところへ、短距離走者のスタートを思わせるようなダッシュで走っていた。地面に置きざりにした平たい石を大事そうに取りあげて、土を払ってポケットにねじこんだ。それから私の立っているところへ、もったいぶった身ぶりで、ひらひらと走ってきた。

広場のはずれの小さな店は、ガラス戸を半分とざして、白布が吊ってあった。私たちは、薄暗い店内へ入っていった。酒場のような設え《しつら》で、狭く薄汚れたカウンターがあるきりだった。

　その蔭から、老婆がのっそり立ちあがって、昼寝でもしていたらしく、目をしばたたきながら探るような表情をした。手には、読み古して角のとれた雑誌を持っていた。

　老婆が現われると、急に女の子は表情を硬くした。そして、いかにも私と親しいのだというそぶりを示しはじめた。私の肩に摑まり、甘えるように力をこめて木造りの高い丸椅子に上った。私は、その隣に腰かけて言った。

「きみ、なにがいいの？」

　女の子は、しばらく考えるふりをしてから、

「イチゴ」

と、小さく言った。私の聞いた初めての声だった。聞きとりにくい、かぼそい声だった。

　老婆は、カウンターの下から、おがくずのついた氷塊をとりだした。かるく水をかけてから、おもむろに棚から広口瓶を取り下ろした。赤い液がよどんでいた。

　私は、そのとき初めて棚の上に沢山の瓶が並んでいるのに気づいた。すべての瓶に焼酎のラベルが貼ってあった。その上の壁には、茶色に変色した細長い紙が貼ってあった。つまみ類の定価表だった。文字は平仮名で、数字のほうは書き改めたらしい紙片が上貼りされてあった。

　私は、いささか落ちつきを失い、もう少しのところで焼酎を注文しそうだった。そのとき、いきなり氷をかく音がはじまった。女の子は、楽しげに、その音に聞き入っていた。せっかくの楽しみを邪魔しないように、私も黙って聞くことにした。

　やがて、カウンターの上にカップが二つ並んだ。女の子は躰を縮めて、すぐには手を出さなかった。老婆が、立ったまま表情のない乾いた顔で二人を見つめていた。

「さあ、おたべよ」

　私は、スプーンを山盛りの氷から引き抜いた。削り氷が、カウンターの上にこぼれ落ちた。

　女の子は、土のついた両手を胸のあたりにこすりつけた。それから、両手で氷の山を押しつぶした。氷は、小さな掌の下で固まって、カップのなかにきれいにおさまった。イチゴ液の赤い色がしみとおってきた。そうしておいてから、そろそろとスプーンを引き抜き、固まった氷に小刻みに突き刺しはじめた。

　丹念に赤い液をひたしておいてから、第一番目のひとしゃくりを、そっと口へ運んでいった。女の子は、満足そうな顔を私に向けて、初めてにっと笑った。三個所ほど欠けた小粒の歯が、赤い液に染んでいた。

「いつも一人で遊んでいるのかい?」

私は聞いた。

「友だちは、いないの?」

女の子は、スプーンをカップと口へ往復させながら、くびをふった。

両側で束ねた髪が、砂埃を吸っていた、青いワンピースは、もう小さくなっていて、袖もだいぶ短かった。肩のあたりに、糸目の粗い不器用な継ぎがあたっていた。

柿の種のようなかたちの目を、きっちり見ひらいていた。瞼に赤い小さな腫瘍があって、かさぶたがこびりついていた。上目づかいに見つめる癖は、勝気な性格を表わしていた。顎のあたりが、男の子のようにひきしまって、かすかな垢が陽灼けした皮膚にこびりついていた。

女の子は、すばやい食べかたで、たちまちカップをからにしてしまった。

「もっと食べるかい?」

と聞くと、くびをふった。そして、まだ見つめている老婆のほうをうかがいながら、

「ごちそうさま」

と、小さな声で言った。

私たちは連れだって、砂埃の道へ出た。女の子の家は、町並とは反対の海辺にあるらしい。そういえば、丘からの道が町へ入る手前に、左側へ折れる細い道があった。

女の子は、轍の跡の溝を選んで、そのなかを歩いた。しばらく黙りこくっていたが、勾配のあるところまで来たとき、ふいに言った。

「おじさんは、どっから来たとなあ?」

東京と答えようとして、やめた。女の子には、あまりにも遠い異国のようなところだ。

とっさに佐世保と答えた。すると、女の子は深い溜め息をついた。

「……よかねえ」

いかにもうらやましそうな、思いつめた口調だった。

「佐世保には、行ったことがあるだろう?」

意外な反応に驚いて、聞いてみた。女の子は、うつむいて、そっとくびをふった。

それから、また黙りこくって丘を登った。丘の上まで来ると、女の子は立ちどまった。私を見あげて、戸惑いをおびた笑みを見せた。いきなり学校の先生にするようなお辞儀をして、いま来たばかりの駅のほうへ走りだした。

丘を駆けおりた小さな姿は、つんのめるような走りかたで、見るまに遠ざかっていった。

波の音が、とり残された私の耳に、思いだしたように押しよせてきた。丘を下り、家並への道を曲がろうとしたとき、底ごもりする音が、また山のほうから聞こえてきた。

私は、立ちどまり、しばらく耳をすました。

その夜、暗い天井を見つめながら、妊娠六カ月目のころの妻のことを思いだしていた。

真夜中に妻が叫びだして、初めての父親になりかけていた私を、まごつかせたものだった。

「あ、動いた、動いた。ほら、触ってみて。じっと待っているのよ。いまに動くからね」

妻は、はしゃいで私の手を自分のお腹へ引きよせる。柔らかい、それでいて妙に張りつめた肌の下に、えたいの知れない、ごろりとしたものが確かにあった。しばらく手をおいていると、その固いものが、瞬間的に蠢動した。

「ね、動いたでしょ」

妻は、息をひそめて、くっくっと笑いだすのだった。

「なんだか、赤ちゃんの心臓の音が聞こえるみたいよ」

そう言って、お腹に耳をあててみるように強要した。言われたとおりにしてみたが、妻の規則正しい大きな鼓動しか聞こえなかった。そのうちに私自身も楽しくなってきて、なんとか目指す小さな鼓動を聞きとらんものと、台所へとんでいった。

台所から漏斗《じょうご》やゴムホースまで持ちこみ、聴診器をよそおって妻のお腹にあてた。妻は、そんな私の姿が滑稽だと、大きな腹を抱え、身をよじって笑いこけたものだ。

隣の夜具を見ると、夏がけ布団を腹にかけた妻の寝姿が、暗がりにぼんやりと浮かんでいた。静かな息づかいをしているが、まだ眠ってはいないようだ。妻の躰の輪かくに目をこらしながら、お腹の感触が掌によみがえってくるのを感じていた。ためらいを覚えたが、その感触が躰じゅうにひろがってくるのを、どうしようもなかった。

階下から、叔母のひとりごとのような呟きが聞こえていた。それは、急に高まったり、また低くなったりしながら、いつ果てるとも知れなかった、F教の教典を読みあげているのだ。私は、そっと躰をずらして、妻のほうに寄っていった。階下のけはいを探りながら、妻の頬へ手をのばした。いつのまにかきまっていた、夫婦の合図だった。

妻は、眠っているふりをよそおい、寝返りをうって背を向けた。私は、しばらくためらっていたが、決心して妻の夜具へ移っていった。妻は、腕を組み、躰を硬くしていた。その背後から抱きすくめにかかった。妻は、無言のまま、私の腕をふり払った。長い時間をかけた争いの末に、私は首筋に汗を流し、諦めて自分の夜具へ戻ろうとした。

妻は、すすり泣いていた。すすり泣きのなかに、低い呪詛《じゅそ》のよう
ような声が聞こえた。その不明瞭な言葉は、「なんのために、なんのために」と聞こえた。それは、いつまでもつづけられた。

私は、沮喪《そそう》した気持ちになった。自分の布団へ戻って、しばらくのあいだ天井の一角に目をこらしていた。ふっきれない怒りが湧いてくるのを感じた。起きあがって、浴衣を着た。すすり泣いている妻を残して、階段をおりた。

叔母は、薄暗い電灯の下で、分厚い教典を抱えこんで唱えつづけていた。私は、足をしのばせて下駄をはき、戸外へ出た。

風が吹きつけてきた。生温かい風は思いがけなく強く、着なれない浴衣の裾をはためかせた。私は、渇いた喉へ何度も唾をのみ下してやった。波止めの石垣まで来ると、ちょうど昨夜と同じように、遠くから丸い光が揺れながら近づいてきた。光が大きくなるにつれて、女たちの陽気な笑い声が聞こえた。私は、海のほうを向き、女たちをやりすごそうとした。蟹が、また石垣を越えて這いまわっているようだった。暗くて、はっきりとは分からないのだが、ぴちぴちという呟きが明瞭に聞こえて、その数の多さが知れた。蟹の数が昨夜よりも増しているようだった。じっと立っている足もとへ、蟹たちが這いよってきた。

「あろうまぁ、今夜は一人たぁね」

私へ光を向けて、女が叫んだ。

「夜の波ぁ、人ば攫うけん、気ばつけんばよう」

私は、曖昧な笑顔をつくり、声のほうへ向きなおった。女たちは、大げさな笑い声をたてた。蟹が下駄を攀《よ》じて、這い上ってきた。じゃれつくように、次々と上ってきた。素足に、蟹の硬くとがった足が痛がゆくて、しきりに足首をふった。

「どげんしたとな、そげん足ばふってぇ、我慢できんとたい？」

女たちの一人が言った。

「あたしと海んなかで遊んでみゅうかい？」

別の女が、甘えかかるような声を出した。

「あたしゃひりひりしたってよかとよう」

「ぬしゃ慣れちょるもんね」

もう一人が言った。

「父うがおったぎんにゃ、いまごらぁ」

女たちは、声をあわせて笑った。すり寄ってくる女たちの躰から、汗と魚のすえた臭いがただよっていた。吐きけをも

よおした。女たちを押しのけ、かん高い笑い声を蹴りあげるようにして駆けだした。石垣に沿って走ると、いまにも黒い波に引きずりこまれそうに思えた。走りながら、何度も足をすべらせた。蟹の群れが、下駄の下で音をたててつぶれた。

——こんなに集まってくるのは、なぜだろう？

走りながら、私は思った。

——蟹の習性なのだろうか？

しかし、家並のはずれまで来たときは、蟹のことは忘れて、駅前の氷屋のことを考えていた。あの店には、焼酎があった。喉の渇きが、さらにひどくなっていた。私は、駅までの長い道をものともせず、ゆっくりと砂利道へ入っていった。

氷屋は、酒場に変っていた。鼻をつく焼酎の臭いが充満していた。薄暗い電灯の下で、かすれた声を出して顔をあげた女は、胡散《うさん》臭そうに私を眺めた。まぎれもなく氷屋の老婆だった。

昼間の乱れるにまかせた髪は、こざっぱりと櫛の目が入っていたし、クリームを塗りたくったらしい顔は、つややかに光っていた。唇も濃い口紅で、かたちを変えていた。

わかめの小鉢を出しながら、老婆は大きな唇をゆがめて愛想笑いをした。

狭いカウンターには、先客が二人並んでいた。だいぶ飲んでいるらしく、一人はカウンターに額をつけて、意味の分からないことを呟いていた。

「あんF教ちゅうたあ、なにか？」

もう一人の男が、大声でわめきちらしていた。

「おれん家まで押しかけてきたとどう。わざわざ女子が四人でさ。おれが嫁ば摑めえて、F教に入らんば、いつまでっちゃ救われんて言っちょっと。あん馬鹿女どまぁ、二時間もそげんことば言いおっとどう。おりゃ、うぬらに救われんっちゃよかって、とび出てきたったよ」

老婆は、男の相手にはならず、私の注文を聞いた。

二人の男は、砂にまみれた、元の色の定かでない作業着を着ていた。これ以上に陽灼けしようもないほどの肌の色をしていた。わめいている男は、ときおり、ちらちらと私を盗み見た。

かなり大柄な男だった。私は目をそらし、老婆の後ろの壁を眺めた。裸婦の写真が貼ってあった。昼間には見えなかったから、夜の営業用らしい。両手で長い髪の毛を支えた西洋女の立ち姿だった。乳房のあたりが、ブラジャーの跡を残して、そこだけ白々としていた。

老婆が、気に入ったか、という目つきをした。唇をゆがめて、含み笑いをしていた。私は、あわてて目をそらし、焼酎をせかした。

わかめの小鉢に箸をつけたとき、いきなりつんざくような警笛が鳴った。重い轍の響きが、店のガラス戸をふるわせて、通過していった。

「十時の最終たぁね」

老婆は、汗の浮いた額を光らせて、棚の上の小さな置時計に目をやった。

「佐世保へ行く最後の便ばよ」

それから、しばらく静かな時がつづいた。大柄な男は、黙りこくって酒を飲んでいたし、老婆は考えるような顔つきで私を眺めていた。古びた扇風機が一つ、カウンターの隅にあって、ぬるい空気をかきまわしていた。

「あんた、佐世保から来ちょっとじゃろう?」

老婆は、ようやく思いついたような声をかけてきた。町の噂は、ここまでは届いていないらしい。私は、黙ってうなずき、焼酎を飲みほした。なぜか、とても面倒くさくなっていた。コップをさしだして、口もきかずに二杯目を注文した。老婆は、二人の先客の相手に飽きていたらしく、勢いこんで喋りはじめた。

「佐世保にゃ、あたしの娘もおっとばよ。よかとこれぇ嫁に行っちょっと」

町筋の名前をあげ、暗誦するように娘の嫁ぎ先という商店の名と住所を口ずさんだ。

私には、その町も店も知るはずはなかった。老婆は、佐世保でも一番古い町筋だ、と自慢そうに言いつのった。戦時中の空襲にも焼け残った、老舗の多い町だということだった。

知らないと答えると、老婆は我慢ができないという面持ちで、カウンター越しに大柄な男の肩をゆすった。

「あんた、知っちょろうが?」

老婆は、商店の名をくりかえして、大柄な男の同意を求めた。

「ああ、知っちょる」

男は、大声でわめいた。

「誰ちゃ知っちょる女郎屋じゃっか。あすこの町は、アメリカさんが爆弾ば落とさんで、楽しみに残しちょった遊廓じゃったとよ。佐世保はまる焼けになったばって、あすこはどうもなかったじゃなかか」

男は、ひきつるような笑いかたをして、カウンターに額をつけているもう一人の男の肩を叩いた。何度も力まかせに叩きながら、同じことをわめいて笑いこけた。肩を叩かれた男は、いきなり椅子から立ちあがった。男は小柄で、老婆よりほんのわずか背が高い程度だった。男の右足は内側にねじくれていて、立っているのもやっとだった。

「爆弾ってや?」

小柄な男は、血走った目を見ひらき、あたりを見まわした。

「どけぇ落ちたとか、佐世保やぁまた爆弾のやぁ?」

老婆は、ふくれかえって、二人をねめつけた。それきり佐世保のことも娘のことも口にせず、むっつりと口をとざした。

しかし、大柄な男が放っておかなかった。

「戦争の終わったときにゃ、アメリカさんどもぁ真っ先に遊廓に駆けこんだと。そげんしよるうちにゃ、女郎どもぁ、アメリカさんがよかっていうごとなりだしたった」

それから、野卑な話を大声でわめきちらした。

小柄な男は、あたりを見まわしつづけていた。腰を曲げ、身がまえる姿勢で、敵の迫ってくるのを待ちかまえているようだった。低い声で呟いていることは、まるで脈絡のないことだった。

「沖んほうから、えろう豪儀に飛んできよるぞ。敵機の来たどう」

男は、咳こみながら呟いていた。

「B29は、ここん町の上ば通って佐世保に行きよったたったあ」

すると、大声をはりあげていた大柄な男が急に真顔になった。軽々と仲間を抱きあげて、椅子に坐らせた。

「もうよかじゃなかか、戦争はひどう昔に終わっちょっと。もうB29は来んとどう」

大柄な男は、顔を寄せて言ってから、老婆のほうへ目を向けた。

「これぇ水ば一杯飲ましてくれろ。こげん酔えくさっちょれば、どげんしようもなか」

小柄な男は、老婆からコップをひったくると、一気にあおり飲んだ。

「おれが、酔えくさっちょるってや?」

小柄な男は、大柄な男へ向きなおった。

「馬鹿にされんちゃよかだい。こんくれぇの酒で酔えくさってなるもんか」

語気が荒らくなっていた。男は、じれったそうに、不自由な足をはげしくふった。

「暴るんな、うぬがわるか癖どう」

大柄な男は、軽くいなすように横を向いた。

「そげんあるけん、嫁に逃げられたとじゃろうが」

私は、事態が妙な方向へ急転していくのを感じた。二人の男のあいだに白けた空気が生まれはじめていた。なるべく無関係でいようとして、ひとつ離れたほうの椅子に移った。

「うぬが、なんば言うか」

小柄な男のほうも負けてはいなかった。

「うぬっちゃ、そうじゃろうが。うぬが佐世保の女郎ば嫁にしたたぁ誰っちゃ知っちょっと」

大柄な男はじっとしていた。とりあわないほうがいい、といった目くばせを私や老婆のほうへ向けてよこした。おれは冷静だ、という顔を無理につくっていた。

「ゆう黙っちょるなあ。そんにゃ言うてやろうかい。うぬぁ、あんときのことば償おうと思って女郎ば嫁にしたとじゃろうが。そんくれぇのことば、おれが知らんぐれぇ思うちょっとか。女郎のごたって情ばかけて、よかぶっちょっとの、そげんわけにゃいかんとど」

「また、ハナのことな」

大柄な男が、ようやく沈黙を破った。

「なんば言うとか、ありゃうぬがやったことじゃろうが。うぬが真っ先になってやったことど。ひとのせぇにすんな」

「やめんな」

老婆が二人をさえぎった。

「あんたどもぁ、いつっちゃ同じことば言い争って、しめぇにゃ殴りあいばせんて済まんとじゃけんねえ。……見てみんね、今夜ぁほかのお客さんのおっとじゃけんねえ」

老婆は、私のほうを向いて、そう言った。

「おれが、わるかってか？」

小柄な男は、いきまいた。

「ハナにあるもんが、B29の目じるしになっちょるて言うたたぁ、うぬじゃったろうが。おればっかりがわるうはなかとど。ありゃあ、こん町ん衆みんなでやったんじゃけんね。おればっかりがわるうはなかとど」

小柄な男は、涙声になっていた。

「やめんな」

老婆の語調が荒くなった。笑いが消えていた。

「もう帰らんな、金を払うて帰らんな」

大柄な男は、老婆の剣幕に驚いて、小柄な男の肩を抱いた。

「ああ、済まんやった。あんたがわるかっちゃなか。誰もわるうはなかとよ。ひどか昔のことじゃかね。いまごろ騒がんちゃよかたいね」

悪化した事態は、ようやくおさまりかけたようだった。二人の男は、肩を寄せあった。大柄な男が、相手をなだめていた。

「ハナって、なんのことだい？」

私は、そっと老婆に聞いてみた。

「酔っぱろうて言うたこったよ」

老婆は首をふって答えた。大柄な男が聞きつけて、いきなり私のほうへ向きをかえた。

「つまらんことよ」

男は、探るような目をして言った。

「ところで、あんた、政府の人な?」

私は、とんでもない、と強く言った。男の声に、どすがきいていたせいでもあった。

「つまらんことじゃなかとど」

また小柄な男が、食いさがりはじめた。

「ぜったい、そうじゃなかとじゃけんね」

大柄な男は、私のほうを横目で見ながら、ひきつるような笑い声をあげた。それから、老婆に焼酎をもう一杯ずつ注文し、小柄な男の手にもコップを握らせた。

「ほら、よかけん、飲もうで」

二人は、コップをあわせ、あおり飲んだ。小柄な男も笑い声をたてたが、すぐにコップを置いて相手の肩を摑んだ。

「よかか、女郎ば嫁にしたっちゃ、なぁんもならんけんね。よう覚えちょけよ」

その肩を激しくゆさぶった。焦点の定まらない目で、大柄な男を睨みつけた。

「どげんしたっちゃ、うぬとおれは、あんときのハナのことから逃げられんごとなっちょっとじゃけんね」

大柄な男は、その手をふりほどき、なおも食いさがる相手を強く押した。小柄な男は、たあいもなく椅子から転げ落ちた。

「甘えやがって、ほんなこて、まだそげんに下らんことば言いよっとか。もう、うぬたぁこれから先にゃ酒は飲まんけんね」

大柄な男は、ガラス戸を開け、外へとびだしていった。開け放たれた戸口から、夜風が砂を吹きこんだ。暑いのにガラス戸を閉めきっているわけに、私は初めて気づいた。

小柄な男は、土間に転がったまま、ぶざまに眠っていた。いままで言い争っていたことなど忘れてしまったように、かすかな鼾《いびき》までかいていた。老婆がカウンターから身をのりだして、平然と男を見下ろした。

「血が出ちょる」

老婆は、ゆっくりと言った。男の首筋の皮膚が切れて、血が流れだしていた。

「いつっちゃ、こげんあっとじゃけんね。毎晩のごと二人で言いおうちゃ、こん人は転んで寝てしまうとよ。なんからなんまで、毎晩同じことばしちょるとさ」

私は、コップに残った焼酎を傷口にかけてやった。男は、ぴくりと肩を痙攣させた。私は、浴衣の袂から手拭いをとり出し、男の太い首にまきつけた。

「お客さん、町へ帰っとやろう?」

老婆が言った。

「こん人ば送っちゃもらえんじゃろうか。いつもは表へ放りだしとくとばって。こん人は、砂埃んなかで朝まで眠っちょっとさね」

私は、ためらったが、金を支払ってから男を引き起こした。目覚めかけて呻《うめ》き声をあげているのを横抱えにし、肩をかして店を出た。

「町と反対側の道ば入っていけば、浜の小屋があるけんね。すぐそこやけんね」

老婆の声が、追いかけてきた。

とんでもない災難がふりかかったのだと気づいたのは、広場から道へ出たときだった。

すぐそこやけんね、という老婆の声を思いだして、怒りがこみあげてきた。例の道の遠さを、うっかり忘れていたのだ。悪い夢をみているのではないか、と思った。あまりにも容易に、このばかげた事態に引っかかってしまった。むしろ、陥れられた感じだった。しかし、これは夢ではなかった。

重くのしかかっている筋肉質の固い躰を抱いて、長い道を歩きはじめた。私自身も、たてつづけに飲みほしたコップ六杯の焼酎が、すでに躰じゅうにまわりはじめていた。

男は、私の肩に半身をのせかけて眠りながら、それでも器用に両足を動かしていた。地面を刻んでいる轍の溝に足をとられては、よろめき倒れかけながら、汗みずくになって歩きつづけた。浴衣の裾が足にまとわりついて歩きにくかった。小休止し、裾をからげて帯にはさんだ。暗い夜道は、実際以上に遠く感じられた。酔いが躰のなかで渦まいた。

二人の男が話していた〔ハナ〕のことが妙にひっかかって、しきりに酔った頭で反芻を試みていた。しかし、それもやがて男を送り届けねばならないという使命感に負けてしまった。私は、肩にのしかかっている男を放り出してしまえない、自分の生真面目さを呪った。

町とは反対側の道へ入ると、地面にはびこっている雑草が足をすくい、さらに歩きにくくなった。初めて入りこんだ道は、まったく暗く、私の気持ちをさらに重くしていった。

男が、いきなり大きく躰を反らせたと思うと、はげしく咳きこんだ。それと同時に、浴衣を通して、肩から背中のあたりに、なまぬるい感覚がきた。

「おい、……お前、吐いたな」

私は、哀れな声をあげて、はげしく身ぶるいした。

道から一段と低くなったところに、かすかな明りが見えた。そこが男の家かどうかは分からなかった。しかし、とにかくそこまで連れていって、自分の使命をおしまいにしようと決心した。波の音は、耳を圧するほどだった。闇のなかに、黒い海が意外に高いところで、ときおり波頭を白く光らせた。

浜への下り道は、かなり急だった。そこで、男を背負ったまま足を滑らせて、横転した。したたかに地面へ叩きつけられ、そのまま一気に転がり落ちてしまった。はげしい痛みが膝のあたりを貫いた。闇の底へ目をこらし、男の行方を探した。私よりずっと先のほうで、男はまだ転がりつづけていた。

借りものの浴衣を、だいなしにしてしまった。袖が引き裂け、右腕が裸になっていた。酔いと痛みで意識の薄れかかるのを懸命にこらえた。まだ眠りこけている男を、もう一度肩にのせかけて、明かりのほうへ進んだ。

小さな掘っ建て小屋だった。漁具をしまう物置といった感じだった。はずれかけた板戸を押し開けると、砂の積もった土間があった。その奥に薄暗い裸電球のともった芝居小屋の舞台のような部屋があった。土間には、漁に使うらしい雑多な道具類が砂をかぶって乱雑に転がっていた。天井から、破れ目のできた大きな魚網がずり下がっていた。

薄明かりの奥に、人がうずくまっていた。すかし見ると、小さな影だった。やがて影はゆっくりと電球の下へ起きあがった。意外なことに、あの女の子だった。

女の子は、柿の種のような目を眠たそうにしばたたいた。板壁に小さな躰を寄せかけて、じっと私を見つめていた。私は、茶色い畳に男を下ろしながら言った。

「なあんだ、きみだったのか」

男は、大きな呻き声をあげて横たわった。女の子は、部屋の隅から布団を引きずりだしてきて敷いた。黙ったまま、男の足のほうを指さした。私たちは、重たい躰を布団の上へ運んだ。

女の子は、男のズボンを力いっぱい引っぱって、手ぎわよく脱がせた。男は、また呻《うめ》いて寝返りをうった。女の子は、手なれたしぐさで抜け殻のようなズボンを持ちあげ、ポケットを探りはじめた。しかし、探すものはなさそうだった。手なれた主婦のような動作に気おされて、私はただ眺めているばかりだった。

女の子は諦めて、はじめて私のほうへ顔を向けた。しばらく無表情に見つめていてから、ありがとう、と言った。その頬に、かすかな笑みが浮かんだ。

3日目

海からの強い陽光が、顔の上に差しこんでいた。しかし、目覚めたのは、そのせいではない。女たちの甲高い笑い声が、階下から突きあげてきて、頭の芯を揺さぶったからだ。

妻が枕もとにべったり坐って、私の額の汗を拭いながら、団扇《うちわ》で風を送ってくれていた。頭がひどく痛んだ。悪い夢を見たあとのような気分だった。起きあがると、背中を汗がしたたり流れた。右膝に黄色い布がまきつけてあった。茶色に変色した血がこびりついていた。それは、昨夜のすべてが夢でなかったことを証明していた。

「あなた、また飲みすぎたのね。ほんとに困った人ね」

妻は、いたわるような目をして言った。その目がいつになく柔和で、いかにも保護者めいた、ひろびろとした優しさをたたえていた。ためらいと当惑をおぼえながら、私は理由を聞きただしたい誘惑にかられた。

――ここで、余計なことをしてはいけないぞ。

痛む頭で考えていた。

――どうせ、気まぐれにきまってるんだから。

「よく帰ってこれたのね、あんなに酔っぱらって。いったい、どこで飲んで来たの？」

いかにも優しそうに妻は言った。

「かんべんしてくれ、酔っぱらうつもりじゃなかったんだ」

私は、恐縮した顔で許しを乞うた。

「早く起きて、叔母さんに謝ってちょうだいよ。昨夜は、たいへんだったんだから」

妻は、そう言いおいて、階段を下りていった。

「いいぐあいだ。女房のやつ、なんだかいいぐあいだぞ」

後ろ姿を見送り、首をすくめて少しばかり浮きうきして呟いた。頭の芯は、まだ痛みつづけていた。痛みに耐え、億劫な気分にさまたげられながら、昨夜の記憶をたどろうとした。

ところが、女の子の小屋を出たあとの経緯が、どうしても甦ってこない。のろのろと立ちあがり、壁を見つめて懸命に思いだそうとした。

ズボンを穿きながら、途中で何度も止めては、くびを傾げた。

――いったい、どうやって帰ってきたんだ。まずいぞ、これは。どうしたんだろう？

頭をかきながら、階下の茶の間に入っていった。すだれの青い影のなかで、女が四人、それに叔母と妻が座卓をかこんで、私を見ていた。それぞれの顔に、意味ありげな薄笑いが貼りついていた。視線を避けて土間に下り、洗面しようとした。土間に、昨夜の浴衣が放りだしてあった。雑巾のように汚れ、原形をとどめないまでに破れていた。

口のなかがはれぼったく、軽い吐きけがしていた。梅干しをしゃぶりたかった。奥の部屋に蠅帳をかぶせた食卓があった。その前に坐り、女たちの視線を背に向けて、蠅帳を除いた。

ふいに、背後が騒がしくなった。敵意にみちた囁きが湧きあがった。私は、自分に向けられたものだと思った。そっとふり向いて、おずおずとうかがった。

女たちの視線は、戸外に向けられていた。安堵して、みんなの見ているものを探した。すだれを通して、光にみちた戸外の道が見えた。そこに小さな女の子の姿をみとめた。

女の子は、道の向こう側で、こちらをまっすぐ見つめて立っていた。

「あん子が、なにしげえ来たとじゃろうか?」

叔母は、不審そうに言って、腰を浮かせた。

「家のなかば見ちょっとの、薄気味のわるか子だねえ」

「かまわんほうがよかじゃなかね。なんじゃいろう欲しゅうて来ちょっとじゃろうだ。癖になるけん食べもんのごたった、やらんごとせんばよう」

女たちの一人が叔母をひきとめた。

「どら、おれが追い払うてくる」

肩のたくましい女が立ちあがり、威嚇するような目をむいて、土間へ下りようとした。

私は、あわてて茶碗をおき、立ちあがった。女よりも先に下駄をつっかけた。

「あなた」

妻の声が迫ってくるのも構わず、すだれをはねのけて、戸外へ出ていった。陽光に目がくらんだ。頭の芯に痛みが走り抜けた。目をしばたたきながら、女の子のほうへ歩みよった。

女の子は、緊張した顔つきで、唇を固く結んでいた。私の近づくのを待ってから、両手をぴたりと腿につけて、頭を下げた。学校の先生へするような、お辞儀だった。

「どうしたんだい?」

私が聞くと、ようやく女の子は、にっと笑った。すだれのほうを気にしながら、右手を差しだした。手拭を握っていた。昨夜、小柄な男に巻きつけてやった光景が浮かんだ。女の子は、黙ったまま、三本欠けた小粒の歯を見せて笑った。

「お父さんは、大丈夫だったかい。今朝は、なんともなかった?」

女の子に話しかけているあいだ、背中に熱い視線を感じていた。家のなかから注がれている女たちの敵意にみちた視線に混って、妻の視線をひときわ意識した。

——子供好きな、あなた。

妻の湿った目が、まっすぐこちらへ向けられているのを感じていた。

女の子は、聞いたことに小さくうなずいただけで、もう一度最敬礼してから、身をひるがえした。例の短距離走者のような走りかたで、道をつっ走っていった。残された手拭いは、まだ湿っていた。女の子が自分で洗ったらしく、かすかに石鹸の匂いがした。

「あんた、あん子ば知っちょったたい?」

すだれのなかへ入ると、さっそく叔母が聞いてきた。女たちの疑惑にみちたまなざしが、また粘りついた。私は、曖昧にうなずいた。昨夜の一部始終を話せば、厄介な質問責めと薄笑いの的にされるにきまっていた。押し黙って食卓に戻った。

女たちは、私の拒絶の姿勢に腹を立てたようすで、しばらく口をきかなかった。やがて、叔母がその場をとりなすように、妻へ話しかけた。

「あろうまあ、いつのまに知り合うたとじゃろうかね」

その声色には、皮肉な揶揄がこもっていた。

「あん子の父親も、ひどか酒飲みでね」

「そうたぁよね」

女たちが一斉に、勢いこんで喋りはじめた。

「ひどかもんじゃけん、母親な、あん子を置いて若か男と逃げていったたっちゅうじゃなかか。佐世保の綿屋ちゅうところへさ」

「ありゃあ、いつじゃったろうかね」

「三年ぐれえ前たぁれ。あんな父親が狂ったごとなってしもうて、こん道ば走りまわって探しちょったじゃかね、おりゃまだ憶えちょる」

「おりゃあ見たとばよ」

女たちの一人が得意げに言った。

「あん母親が、綿屋と駅から佐世保行きの汽車に乗りよっとば」

「あん父親は、綿屋から手切金ばもろうたんじゃなかろうかい。いっときは、えろう羽振りのよかったもんねえ」

私が食事を終えるころには、みんな女の子のことなど忘れてしまったようだった。いつしか女たちの話題は、どこかの夫婦の別れ話のほうへ移っていた。出稼ぎに行ったまま、正月にも帰らなかった夫から、つい最近、別れたいという手紙が舞いこんだのだという。女たちは、ひとしきり不幸な女の批評をはじめた。

「あっちで、いい女のできてしもうちょっとたぁよ」

女たちの一人が、不用意にも口を滑らせると、それきり女たちは口をとざしてしまった。それぞれの、もっとも気にしていることに触れたようだった。白けきった空気を、私は感じた。

急に静かになった背後から聞こえるのは、茶受けのたくあんを嚙み砕く音だけだった。私の食卓にも出ている、茶色っぽい古漬けのたくあんだった。

静けさのなかで、昨夜のことを考えていた。女の子の父親だった小柄な男と、大柄な男について記憶をたどった。なにか一つ胸のなかに引っかかっているものを、もどかしくたぐりよせようとして、神経を集中させた。

――そうだ、あのことだ。

ようやく探りあてて、茶碗の白湯を口に含んだ。熱い湯が喉を通過するのを待った。

――あれは、どういうことなんだろう?

私は、たくあんを嚙んでいる女たちのほうを見た。

「あのう」

白けきった空気のなかへ、思いきって言葉を投げこんだ。

女たちは、救われたような目を向けてきた。私は、少しへどもどして言葉をついだ。

「ハナというのは、なんのことか知ってますか?」

女たちは、失望をあからさまにして、また薄笑いを浮かべた。

「ハナは、岬のことよ」

答えたのは、妻だった。

「岬は、人の鼻のように突きでてるでしょ。このあたりでは、それでハナと呼ぶのよ」

「そうか、岬のことか」

言いながら、もうひとつ思いだした。

「ここのハナには、なにかあるのかい? 見たところ、灯台はないようだが。じつは昨夜、妙なことを聞いたんだよ」

女たちは、いいときに道化者がとびこんできたとばかりに、わざとらしい高笑いをあげた。

「なんば聞いてきたとじゃろうかねえ。ハナっちゃあ、浜の向こうがにあるハナのことな?」

と叔母が、またとりなすように言った。

「あそかぁ昔、監視哨のあったところたぁよ。いまぁ、なんもなかばってねえ」

肩のたくましい女が、笑いを含んだ声で言うと、別の女も口を出した。

「ほらさ、あそかぁ若か男と女が楽しむところたぁよ」

女たちは、またそろって、かん高く笑った。眩しいほど健康な笑いだった。

「あん子の母親と綿屋が、いつっちゃ会いよるちゅう噂ばしよったじゃなかねえ」

肩のたくましい女が言った。

「そげん言いよっとの、ぬしちゃ若かころぁ、あすこで楽しみよったじゃなかかな」

女たちは、ひとしきり笑うと、さっきまでの不安がけしとんだかのように、また別の話題に移っていった。その喋りぶりは、葉っぱを食いつくす青虫を思わせた。

F教の教祖の、政界進出について議論をはじめていた。F教のことになると、女たちの喋りかたは、それまでと変って熱っぽくなった。咳こんで語り、いきなり沈思し、また激しく論戦をはじめた。叔母にいたっては、膝に教典をひろげ、その一節を引用して声高く読みあげた。

明日は、政界進出の所信報告をしに、佐世保支部から幹部たちが町に来るという。女たちは、その歓迎方法について相談しはじめた。いかに接待するかで、また議論がはじまった。

私は、そっと立ちあがり、土間へ下りて靴をはいた。言いあっている女たちに背を向けて、外へ出ようとした。すだれのところで、声をかけられた。ふり向くと、叔母も妻も女たちも明るい笑みを送ってよこした。

「ハナへ行くとね?」

叔母が、激論していたときとは違う、優しげな声で言った。

「暑かてぇご苦労なこったぁね。このあたりじゃ、いちばん景色のよかとこけん、行ってみっともよかろうだ」

女たちは、顔を見あわせ、いまにも吹きだしそうなようすだった。妻までが一緒になって嘲笑しているように見えた。腹が立って、私はものも言わず、すだれをはねのけた。

日差しの下を海辺へと歩いていくと、ようやく頭の芯の痛みが薄らいできた。いつのまにか私は、岬へ向かう道へ足を踏み入れていた。

海上からの強い光で、水際から砂浜へかけてが半透明になっていて、露出過多の風景写真のように見えた。歩きながら、道の下の小屋を横目でうかがった。小屋との角度から見て、昨夜、転げ落ちた個所とおぼしいところへ来ると、意外に小高い崖になっていた。膝の傷が、思いだしたように、うずきはじめた。

岬へは、そこからさらに奥へ入らなければならなかった。

一面に雑草がはびこっていて、道らしいものもなかった。ただ、少しずつ勾配を感じるようになってきて、道よりは高いところにあるはずの岬へ、すでに踏み入っていたようだった。

波の音に混って、蝉の鳴きしきるのが聞こえた。松の木が前方に、まばらに立っていた。

汗に濡れた肌に、海から吹いてくる微風が快かった。海のほうを見ると、浜辺が遠くなっていた。勾配が急にきつくなって立ちどまると、目の前に松の木にかこまれた空地があった。濃い緑の草が、丈高く密生していた。

長方形の空地は、松の木の影におおわれて薄暗かった。空地のなかに踏み入って、あたりを見まわした。波の音がほとんど聞こえず、そのかわり蝉の声がふりかかってきていた。松のあいだをすかすと、かなり遠いところに海が見えた。

叔母の言ったほど景色はよくなかった。とがった草の先が肌を刺した。草の蔭に潜む毒虫のけはいが感じられた。躰じゅうがむず痒くなってきて、いたたまれない気持ちになった。

「なんにもないな」

自分に言い聞かせるように呟いた。裏切られたような思いで、また少し声高に言った。

「やっぱり、なんにもないじゃ……」

空地の隅に人影を見つけたのは、そのときだった。まったく予期しないことに、躰をこわばらせた。あわてて自分の声を飲みこんだ。

人影は、松の根もとにうずくまっていた。そこは、岬の突端だった。木立が海と空とをいくつにも区切って、空間に細長い帯をつくっているところだ。その帯の一本のなかに、人の後姿が浮きあがって見えた。

私は、姿勢を低くし、丈高い草のあいだから確かめた。

人影は、男だった。そのうす汚れた作業着に見おぼえがあった。肩をすぼめてうつむいている太いくびは、まぎれもなく昨夜の小柄の男——女の子の父親だった。

男の背中は、微動もしなかった。それで、すぐに発見できなかったのだ。いつまで見ていても、男が動きだすけはいはなかった。私は、立ちあがった。

男は、なにかを見ているようすだった。しかし、その背後に近づくことはできなかった。後姿が、すべてを拒否しているかのように見えたからだ。

しばらく男の背中を眺めていると、えたいの知れない怖れが湧きあがってきた。私は、足音をたてないように後退《あとずさ》りし、ゆっくりと空地から出てきた。

岬からの道を戻りながら、海のほうを見た。まばらな松林のあいだに、波の高い海をひっそり支えている砂浜が見えた。波うち際に小さな影があった。――あの女の子だ、と私は思った。

海を背景に、こけしほどにしか見えなかったが、砂を盛りあげているのが分かった。一人きりだった。全身が、ものうい動きかたをしていた。歌をうたっているようだった。

崖を滑り下り、松林を抜けた。小屋の板戸が開け放たれ、海へ向けて黒い口を開けていた。浜の砂には、細かい貝の破片が混っていた。砂地は、日差しを照り返し、熱く焼けていた。

女の子のほうへ近づいていった。砂を踏む音は、波に消されているはずだった。だが、女の子は素早くふり向いて、探るような目つきをした。やがて立ちあがって、照れたように笑った。

海を背にしている小さな躰の輪郭が、白い縁どりのように発光していた。青いワンピースの下の脚が、頼りなく細かった。汗ばんだ額で、ほつれた前髪が微風に揺れた。

私は、しばらく立ちつくしたまま、その姿に見とれた。

「さっきは、わざわざありがとう」

大人に対するように丁寧に、優しく言った。女の子の身の上を聞いたせいか、いたわってやりたい、愛しい感情を抱きはじめていた。

女の子は、恥ずかしそうに微笑みながら、人なつこい目で私を見あげていた。

「なにをつくっているの？」

私は、足もとの砂の山を見下ろした。ひと抱えほどの砂山に小さな穴が幾つもあいていて、まわりに大きく壁をめぐらせてあった。

「ふね」

少女は、はにかみながら、ぽつんと答えた。

私は、およそ船とは似つかない砂の塊を見なおし、首をひねって見せた。女の子も、しばらく奇怪な船を自信なげに眺めていたが、やがて決心したようすで、

「あっちにも、あっと」

叫びながら走りだした。敏捷な身のこなしだった。

私も、あとを追った。靴が砂にめりこんで、走りにくかった。渚をしばらく走り、松林の終わるあたりの波うち際で、女の子は立ちどまった。追いついた私は、息をのんだ。

人が、足をまっすぐ海のほうへ向けて横たわっていた。私は、深い吐息をついた。

大きな砂の人形だった。大人の等身大はあった。泥砂で練りかためられた稚拙な人形は、胸のあたりに、ふくよかなふくらみを持っていた。察するところ、女性であった。

打ち寄せる波が、人形の足先を少しずつ削りとっていた。くるぶしにあたる部分まで、すでになくなっていた。女の子は、あわててしゃがみこんだ。砂をまるめて、人形の足首をつくりなおしはじめた。しかし、どんなに手早くつくっても、次々に押しよせる波が仮借なく削りとってしまうのだった。

女の子の作業から目をそらした。人形の右手に、しおれた白い花が挿してあった。花びらが海からの微風に揺れていた。私は、目に痛みを感じながら、花を見つめていた。根気よく足首をつくっていた女の子は、やがて諦めたらしく、砂まみれの手で額をこすりながら立ちあがった。

「おじさんに、よかもん見せてやるけん、人にゃ黙っちょってね」

秘密の宝ものを特別に見せてやる、と熱心に誘った。砂の船も人形も、二つとも失敗で、自尊心を傷つけられたらしい。私は、女の子と連れだって、砂の上を歩きはじめた。

小屋のそばまで来て、女の子は急に警戒する目つきであたりを見まわした。遠くの浜辺に、人影が二つあるだけだった。海草を干しているようすだったが、遠すぎて性別も定かでなかった。女の子は、慎重に遠くの人影を見つめてから、松の根もとへかがみこんだ。女の子の頭ぐらいの石が転がっていた。それを両手で抱きあげた。石の下に穴があいていた。

穴の底から布袋を引っぱりだした。胸に抱いて立ちあがり、歩きだした。砂地のきれいなところを選んで、両膝をついた。砂を丹念に均《なら》して、両手で固めた。氷いちごを食べたときのやりかたに、どことなく似ていた。私は、吹きだしかけた。

布袋の中身を一つ一つとりだして並べた。私も腰を下ろして眺めた。大きな松ぼっくり。浮子のかけら。このあたりでは珍しく欠けていない貝がら。竹の葉の形をした小さな匙。金属の部分だけの電球。それから、なんなのか見当もつかない木製のもの。際限もなく宝物が出てきた。

女の子は、それらを袋からとりだすたびに、両手でもて遊んでから砂の上に並べた。

——まるでピクニックに来たようだな。

私は、笑いだした。砂の上に並ぶがらくたを、弁当やジュースや果物と見たてれば、まさに父子連れのピクニックだった。とても楽しい気分になってきた。

袋のなかから、手が出てきたときも、初めは気にとめなかった。砂の上に置かれてから、ようやく私の目を捉えた。まぎれもなく人の手のかたちをしていた。私は、目を疑った。白い光沢をおびた手は、砂を軽く握って波のほうを指さしていた。小指が、とても短かった。その不均衡な点さえ除けば、細長い指とふくよかな曲げぐあいから、女性の手と考えられた。

どう見ても人の手だった。だが、生身の手が腐敗の色もなく、原形を保っているはずはない。おそるおそる触れてみた。冷たく硬かった。肌は、滑らかな石を思わせた。

それは、陶製の手だった。

女の子は、自分の宝ものに興味を示している私のようすを、満足そうに眺めていた。

陶製の手を、海のほうへかざして見た。日差しのなかで、手のまわりから、眩しい光が放たれているようだった。指のあいだに、遠い波の泡だちが見えた。じわじわとめまいが迫ってきた。喉の奥に激しい渇きが襲ってきた。きつい痛みをともなった渇きだった。そのため、めまいはますますひどくなった。

いきなり立ちあがり。波打ち際へ向かって走った。靴のまま、水しぶきをあげて泡だちのなかへ突っこんでいった。膝まで海水に漬かって、水をすくっては顔に浴びせた。開けた口へ海水を受け入れて、喉へ送った。

——どうして、おれは、こんなことをしているんだ?

私は、塩からい水を吐きだして、海のなかに立っていることに気づいた。

——おれは、どうかしているぞ。どうしたんだろう?

海から砂浜へ戻りながら、唾を吐きつづけた。細かい砂の粒が、舌にまとわりついていた。息を切らせ、胸を波うたせて、ようやく女の子のそばへたどり着いた。女の子は、怯えた目をして眺めていた。その背後に、さっき行ってきた岬が、崖肌を露わにして立ちはだかっていた。

重い疲れを感じながら、女の子と並んで、雑草のはびこる道を歩いていた。めまいは、まだ消えさってはいなかった。まともに太陽を浴びた顔や腕が、火傷をしたように痛みはじめていた。早く日差しの届かない場所へ行って、眠らなければいけない。早く、一刻も早く。しかし、足がひどく重く、全身がとてもかったるくて、女の子の歩調に追いつくのもやっとだった。

私たちは、いつのまにか手をつないで、まるで父子のように歩いた。女の子が先にたって、手を引っぱってくれた。ときおり私の顔を覗きこんで、大丈夫かな、という表情を見せた。

道が二つに分かれるところまで来たとき、例の底ごもりする音が山のほうから聞こえてきた。二度つづけて聞こえた。私は、足をとめ、もう一度聞こえてくるのを待った。

「あれは、なんの音だい?」

女の子は、一緒に耳を澄ますような顔つきをした。

「ほら、いま山のほうから聞こえただろう?」

「石切場たぁよ。山の向こうに石ば採っところのあっとさ」

女の子は、こともなげに言った。

「そうか、あれはハッパをかけている音なんだな」

初めて納得して言うと、女の子は得意そうな声をあげた。

「あそこで、お父さんも仕事ばしよっと」

私は、岬で見た小柄な男の背中を思いうかべた。

女の子が、ふいに手を放した。大またで先へ歩いていって、駅へ向かう道を曲がった。

「駅へ行くのかい?」

立ちどまったまま、声をかけた。女の子は、両側で束ねた髪を触りながら、うなずいた。少しだけ笑って見せてから、砂利道の小石を蹴りながら歩いていった。いつもの最敬礼はしなかったし、ふり返りもしなかった。

毎日、駅前広場へ遊びに行く女の子の内心を、私は分かったような気がした。

家並の道へ入って行きながら、まわりの様相がなんとなく変っているのに気づいた。

数時間前に出てきたときと、なにかが変わっていた。人通りのない、昼間から寝静まっているような町筋と違って、あちこちで人声が聞こえた。路地に人が歩いていた。家々の軒に、造花の飾りが挿してあって、まるで祭りがはじまろうとしているようだった。

絞りだすような女の声が、家々の奥から聞こえてきた。初めはラジオの歌声と思ったが、同じような声が競い合うように、どの家からも湧きあがってきた。私は、用心深く見まわした。こんなことは、この二日間に一度もなかった。

海水に漬かったためか、膝の傷が痛みはじめていた。顔と腕が、はれぼったかった。腕は、濃いピンクを刷毛で塗ったように陽灼けしていた。

町を賑やかにしているわけに気づいた。どの家の戸口にも、板壁にも、電柱にも、新聞紙大のポスターが貼ってあった。まわりに余白もないほど、大きな男の顔がカラー印刷してあった。血色のよい、だぶついた顎に、鬚《ひげ》が垂れ下がっていた。男は、目を細めて笑いかけていた。喉の部分に、太い文字で男の名前らしいものが印刷されてあった。

——F教の教祖だ。

私は、ポスターの名前を読んで確めた。このところ頻繁に新聞で見る名前と顔だった。

F教の偉大な指導者として、信者たちにあがめられている男だった。つぎの総選挙で政界に乗りだすというF教本部の声明を、新聞で読んだ覚えがある。

ポスターは、町じゅうの壁という壁を埋めつくしていた。私の歩いて行く前方にも、男の顔がどこまでも並んでいた。

男の顔の細めた目を避けて、海沿いの道を行くことにした。腕時計をしてこなかったので、時間は分からなかった。だが、海面はすでに高くなっていて、海のほうから夕暮れが迫っていた。波止めに沿った道へ出ると、そこにもポスターの顔が並んでいた。石垣に、ずらりと貼りめぐらされていた。

道の先の山に近いあたりで、男が二人しきりに動いていた。ポスターを貼っているのだった。一人がリヤカーに積んだポスターを一枚ずつ掲げもち、一人が石垣に糊を塗りたくって貼っていく。私は、ポスターの目を意識しながら、徐々に遠ざかっていく男たちの作業を眺めていた。

叔母の家から、すだれをあげて女たちが出てきた。家のなかへ嬌声と笑いを投げこみ、帰りかけているくせに、なかなか戸口から離れようとしなかった。

あれからずっと議論がつづいていたようだ。私は、呆れて、女たちの声を聞いていた。家のなかから叔母の応酬があって、また女たちは胸を反らせて笑いはじめた。

叔母の声と一緒に、妻の聞き慣れない笑い声も混っていた。たしかに妻の声なのだが、これまでに聞いたこともない高拍子な笑い声だった。

「晩に、また会おうでぇ。おどま先に行っちょるけんね」

女たちは、口々に叫び、また肩をぶつけ合いながら笑った。ところが、私の姿を見つけると、笑った形で口をあけたまま、いきなり真顔になった。いかにも気まずいという目つきをして、怯えた表情で私をうかがった。それから急に、いたわるような憐れみをこめた笑みを見せた。

その顔つきが、妙に変化するのを眺めながら、私はすだれをくぐって家へ入っていった。


夜具の上に横たわって、開け放った窓からの夜風を吸いながら、私は眠りの訪れるのを待っていた。ひどく疲れているのに、頭痛と陽灼けした顔や腕の痛みで目が冴えきっていた。

隣の夜具に、妻はいなかった。眠ろうとして、何度か寝返りをうった。しかし、効果はなかった。午後、とつぜん襲ってきたあの喉の渇きが、また徐々によみがえってきた。

「どうも、おかしいぞ」

私は、目を閉じたまま呟いた。

「この町に来てから、なぜか、いつも喉がかわいているようだ」

その原因を探ろうとして、苛立ちはじめた。暗い部屋で、私は一人で輾転《てんてん》としていた。

とうとう妻までがＦ教の集会へ行ってしまった。あの女たちに誘われて、今夜は叔母と一緒に出ていった。佐世保支部の幹部の歓迎準備をするのだそうだ。

夕方、私が家のなかへ入ってきたとき、叔母は道で会った女たちとそっくり同じ反応をした。そして、急に無視した顔つきになって、せわしなく夕御飯の支度をはじめた。妻は、いつになく明るく、それでいて妙によそよそしく私を迎えた。

「めまいがするんだ、日射病かもしれない」

居間に入りながら言うと、叔母までが急いで土間からあがってきて、顔を覗きこんだ。

「ぐあいがわるいなら、早く二階でお寝《やす》みなさいよ」

妻が、そっけなく言った。

「あとで、御飯を持ってってあげるから」

それがいい、と叔母も言って、そそくさと二階へ駆けあがった。頭の上で、あわただしく夜具を敷く音が聞こえた。そのとき、いきなり妻が言ったのだった。

「あたし、Ｆ教に入信することにしたのよ、みなさんに勧められてね」

厳然と言い放つという感じだった。私は、頭痛に耐えながら応えた。

「まあ、いいようにするさ。この国じゃ、信仰の自由が認められているのだから」

それによって妻が少しでも明るくなり、正常に戻ってくれれば大助かりだとも思った。

「すばらしいわ」

妻は、私の意見などどうでもいいというように、毅然と顔をあげて熱っぽい声で言った。

「救おうとするもののみが救われる。なんとすばらしい教えでしょう。……ねえ、そうでしょ。Ｆ教は、この教えのもとに国じゅうの人びとと手をつなぎ、大きく輪をひろげて団結するのよ」妻の目は、いつになくきらきら光っていた。

――おれと初めて出会ったとき、娘のころの女房は、いつもこんな目をしていたものだ。

ふとそう思った。重たい躰を引きずるようにして、階段へ向かいながら応えた。

「ああ、すばらしいね。……だが、いまおれは、ひどく頭が痛いんだよ」

「あたしは、今夜の集会で入信の誓いをするのよ。みなさんの前で、すべてを告白するの。そして、新しく生まれかわるのだわ」

妻は、さらに声を高めて言った。そして、最後にもう一言つけ加えた。

「あなたのためにも、ね」

暗い部屋のなかで、うつろな妻の夜具を見つめながら、私は考えていた。

――そろそろ、また女房を説得しなきゃいけない。明後日までに帰らないと、休暇が終ってしまう。また帰らないなんて言いだしたら大変だ。明日は、どんなことをしても帰ると言わせなければならないぞ。

喉の渇きは、しだいにひどくなってきた。起きあがって階段を下りていった。

土間に、黒い大きな人影が立っていた。私は、身がまえて、ようすをうかがった。流し台のそばで、昨夜の大柄な男が、柄《ひ》杓《しゃく》に口をつけて水を飲んでいた。男は、階段の下で息をころしている私のほうを、ゆっくりとふり向いた。

「あんた病気ちゅうじゃなかか」

大柄な男は、口を手の甲でぬぐいながら言った。

「ようすば見てきてくるるごと、あんたの奥さんに頼まれたったぁよ」

「ちょっとめまいがして、頭が痛いだけですよ。日射病になりかけたらしいんだ」

私は、警戒を解いて応えた。男は、せせら笑うように口もとをゆがめた。土間を横切り、上がり框《がまち》に腰を下ろして言った。

「なんちゅうたっちゃ、病人はおとなしゅう寝ちょったほうがよかっじゃなかとか。奥さんな心配しちょったどう」

「すると、あなたも集会に行っていたんですか？」

土間へ下り、男と同じように柄杓から直に水を飲みながら聞いた。

「あなたは、F教には入っていないはずだが」

「おれがF教に入っちょらんて、どうして分かっとか？」

「だって、昨夜は、F教なんかには入らないようなことを言っていたじゃないですか」

「ゆんべは、ゆんべたぁよ。おりゃ町ん衆に見こまれてさ」

男は、自慢そうに胸を張って言った。

「おれが統率力ばぜひとも必要かっちゅうて、朝早うから町の偉え衆が頭ば下げて頼みにきたったぁよ」

男は、ひと息入れた。声の調子を変えて、満足げにうなずきながらつづけた。

「おりゃ昔は、こん町で団長ばしちょったとどう。愛国青年団のたぁよ。戦時中に、おれが統率しちょったとば、町ん衆な忘れちゃおらんかったとばよ」

さらに男は、自分が団長時代の統率ぶりがいかに見事なものだったかを、いくぶん興奮気味に喋りだした。禿げあがった頭をふって止めどなく喋る男に、私は仕方なく感心したふりをして見せた。回顧談は、いつ果てるとも知れなかった。なかなか腰をあげようとしない男に、私は誘いをかけるつもりで、手を制してから言ってやった。

「駅前で待っているんじゃないかな、ほら、昨夜一緒に飲んでた人が?」

大柄な男は、気分を害したらしく、しばらく口を閉ざしてから、

「あげなもんと飲んじょらるるか。おりゃあアルコールばやめたとどう。もう飲まんごと決めたとじゃけんな」

厳然とした口調で言って、私のほうへ顔を寄せ、生臭い息を吐ききかけた。確かに焼酎の匂いはしなかった。男は、私の顔をじっと見つめてから、冥想でもするように瞼を閉ざした。

「じゅんけつをけがす、あらゆるがいどくは、これをまっさつしなければならない」

そんな言葉を、意外なほど淀みなく、すらすら暗誦した。純潔と焼酎と、どんな関係があるだろうと思い、私は笑いながら聞いてみた。

「なんですか、それは?」

「F教の教典にある言葉たぁよ」

男は、まじめな顔つきで言った。

「ひどう素晴らしかたぁね。あんたも入信してみちゃどげんな、救わるるぞ」

「わたしは、もう寝ることにしますよ」

私は、男に背を向けて、階段を登ろうとした。

「待たんな、ここのおかみさんから頼まれたことのあっとさね」

男は、草履を脱ぎ、さっさと居間へ入っていった。茶箪笥の引だしをかきまわし、小さな紙包みをつまんで戻ってきた。

「こん薬ば飲んでもらうごと言われてきちょっとさね。頭の痛かとに効くとってばよ」

男は、また土間に下りて、柄杓で水を汲んで私へ突きだした。私は、紙包みをひろげ、きらきらした粉末を眺めた。それを口へ流しこむのを確かめてから、男は柄杓を手渡した。

あらためて階段を上りかけてから、男へ声をかけた。

「あの人の右足は、どうしてああなったんですか。石切場の事故かなんかですか?」

「そうじゃあなかと」

大柄な男は、土間に唾を吐き、苦々しく言った。

「戦時中に佐世保で空襲のあって、そんとき石塀の下敷きになったったよ。それで戦地にゃ行かんで済んじょっとさ」

私はうなずき、ゆっくりと階段を上った。二階に来てから、窓を閉めようとして、なにげなく下の道路を見ると、電柱の蔭に男が立っているのをみとめた。大柄な男とは別の男だった。

夜具へ潜りこみながら、妙な考えにとりつかれた。

――なんだか、おかしいぞ。もしかしたら、おれは見張られているのではないだろうか？

どう考えても、見張られるような理由はなかった。苦笑しながら、手足をのばして、またすぐに真顔になった。

――そういえば、あの大男も、おれを見張りにきたのじゃないか？

息をこらして階下のけはいを探った。すると、波の音にまじって、しゃがれた歌声が聞こえてきた。私は、起きあがろうとした。だが、躰じゅうがいやに重たく、かったるく、すべてが面倒くさくなってしまっていた。急に眠けが襲ってきたのだ。

――もしかしたら、あの薬は……。

なおも起きあがろうと努めながら、私はゆっくりと枕に顔をうずめていった。


小さな生きものが畳の上を歩いているような音がした。一匹だけではない、と眠りに引きこまれながら考えた。あれは、蟹にちがいない。蟹の群れが、列をつくって歩いているのだ。どこかへ急ぐ大勢の足音が、かなり大きく、私の眠りのなかへ入りこんできた。

――こんな夜ふけに、どこへ行く気なんだろう？

すっかり眠ってしまう前に、そう思った。

４日目

海のほうで花火があがった。二階の窓から見ていると、よく晴れた明るい午後の空に、ちかちか光る閃光と黄色っぽい煙が、わずかのあいだ見えた。かすれた破裂音だけが、山にこだまして、くりかえし聞こえた。

花火を合図に、家並のなかから人びとが飛びだしてきた。手に手に、色とりどりの小さな三角旗を握っていた。

私は、満足した気分で見下ろしていた。充分に睡眠をとったあとの清々しさに包まれていた。そして、なにより妻の回復が嬉しかったのだ。

今朝、妻の目覚めるのを待って、おそるおそる夜具のなかから声をかけた。

「ねえ、そろそろ帰ろうじゃないか、一緒に」

するると、眠り足りないはれぼったい目をした妻は、意外にも素直にうなずいたのだった。

「ええ、いいわよ。帰りましょうね。一緒に」

その声は、とても若々しく、はればれとしていた。そればかりではなかった。素直さに驚いている私の寝床へにじり寄ってきて、優しく唇を押しつけてきた。

「帰るのは、明日の朝にしましょ。……今夜は、佐世保支部の幹部を招いて、報告集会が開かれるんですもの。それが終わってから、ね」

耳もとでささやいた。甘えて、ねだるような声音だった。

「いいとも」

私は、言った。ひさしぶりの妻の素直さからすれば、そんなことはお安いことだ。

「どうせ、休暇は今日一日あるんだ。明日は日曜日だし、ちょうど月曜日から出社することになるわけだ。……明日、佐世保のお母さんのところへ寄って帰ろう」

二人は、微笑みながら、お互いの胸を抱きしめあったのだった。

町の入口のほうから、かすかな音楽が聞こえてきた。女の声がとぎれがちに交じっていた。屈折した騒音は、しだいに近づいてきた。道に立っている人びとは、そちらへ首を差しだし、小旗をふって待っていた。やがて、屋根に角ばったスピーカーを付けたワゴンが、ゆっくりと徐行して現われた。赤く塗られた車体が、砂埃をかぶって、白くにごって見えた。

「みなさん、佐世保支部からご当地へご報告にまいりました。F教の輝かしい発展のため、わが国の明るく平和な未来のために……」

スピーカーの女の声は、かなりかん高く、耳ざわりな調子をつけていた。道ばたに並んだ三角の小旗は、一斉に波うった。人びとは熱狂した声をあげて、車をとりかこんだ。ワゴンの窓からは、三人の男が顔と手を突きだして、握手に応えたり、手をふったりした。

二階からは、男たちの顔を見ることはできなかった。三人とも、この暑いのに背広を着こんでいて、腕には紫色の腕章がまきつけてあった。どういう拍子にか、いきなり一人が顔をあげた。精悍そうな若い男だった。男は、窓のなかの私をみとめ、愛想よく笑って見せた。

ワゴンは、下の道を通りすぎて、山のほう（そこには、集会場にあてられている小学校の分教場があるのだそうだ）へ進んでいった。小旗の群れは、ワゴンに従い、ぞろぞろ歩きはじめた。人波のなかに、妻も叔母もいた。小旗を持って、踊るような足どりでワゴンを追っていった。

午後遅く、麦藁帽子をかぶって家を出た。

ワゴンに従っていった人波は、いつまでたっても帰ってこなかった。妻も叔母もいない家を空けてきたのは、駅へ行って時刻表を調べようと思ったからだ。明日の朝、なるべく早い列車で町を出るために、正確な時刻を知っておきたかった。数時間に一本の、あまり信用のおけそうもない発車時刻をメモしてこようと思った。

駅への長い道に、杭を立てた看板が並んでいて、それにもポスターが貼ってあった。F教の教祖は、あいかわらず目を細めて見送っていたが、私はなんの気障りも感じなかった。

足どりは、いつになく軽快だった。麦藁帽子の編み目から、強い日差しが漏れてきて、光の粒がときおり目を射た。私は、ポスターの男のように目を細めて、駅前広場へ入っていった。

広場の隅の一昨日と同じ場所で、女の子が石蹴りをしていた。こちらへ背を向けて、泳ぐように片足跳びをして、腰をこごめて慎重に地面を狙い、平べったい石を放った。立ちあがって、また片足跳びをくりかえした。

一人きりで遊んでいる女の子を眺めているうちに、いいことを思いついた。

――そうだ、あの子を喜ばしてやろう。

女の子は、片足跳びをしながら、身をひるがえした。こちらを向いて、初めて私に気づいた。片足で立ったまま、いつもの照れたような笑みを見せた。

「また会ったね」

微笑みながら、近づいていった。砂まみれの小さな手をとって、私は低い声で言った。

「あした、佐世保へ帰るから。……もし一緒に行ってみたかったら、朝、ここで待ってなさい。連れてってあげるよ」

女の子は、はじけるように目を見ひらき、とても信じられないという表情で私を見つめた。やがて、うわあ、と叫んだ。

私は、その反応に満足した。

どうせ二時間ほどのところだから、日帰りをさせれば大丈夫だろう。母親がいるといっても、広い佐世保のどこにいるか分からない。ちょっとした遠足と思えばいいのだ。こんなにも佐世保に憧れているのだから、そのぐらいのことはいいだろう。――そう私は考えた。

「そのかわり、午後の列車で、一人で帰ってくるんだよ。遅くなると、お父さんが心配するからね。……ちゃんと切符を買って、乗せてあげるから」

私は、学校の先生のような威厳をこめて言った。

「うん、そげにするやんか。……おじさん、ぜひともばよ」

女の子は、私の手を握りしめ、甘えるようにすり寄った。それから、私のまわりをぐるぐるまわりはじめたかと思うと、いきなり手を放した。例の最敬礼をくり返して、落ち着きなくあたりを見まわし、また私の顔をうかがい、三本欠けた歯を惜しげもなく見せて笑った。こみあげてくる嬉しさを抑えることができないらしく、少し苛立ったようすで地面を蹴りつけた。

いきなり背を向けて、女の子は走りだした。広場から先の長い道を一気に駆け、途中で跳びあがって、こちらへ大きく手をふった。短距離走者のような走りかたをして、信じがたいほどの速さで丘を越えていった。

忘れていった平べったい石を拾いあげ、私は駅舎へ歩きだした。瞼が熱くなっていた。

列車は、二時間おきに往復していた。朝の七時に乗れなかったら、次は十一時になってしまう。不便な辺地に来ていることを、あらためて知らされた。

石切場から積みだす石材を運搬するのが、この支線の主たる役割らしい。

二本だけの時刻を記憶して駅舎を出た。広場を見まわしたが、〔氷〕の旗はなくなっていた。店に近づいて見ると、ガラス戸が一枚だけになっていた。残った戸もガラスが破れて、店先に破片が散乱していた。汚れた白布が細く破れて、縄簾のようにぶら下がっていた。

店のなかは、惨憺たるありさまだった。棚は壊れ落ちて、瓶という瓶は土間に割れて転がっていた。カウンターは、原形をとどめないまでに、めちゃくちゃに壊れていた。酒の匂いが入口のところまで、たちこめていた。

残骸のなかに、老婆がうずくまっていた。かろうじて三本脚を残している丸椅子に腰かけて、うつろな目で戸外を眺めていた。

「氷ね？　今日は、氷はなかとばよ」

老婆は、ようやく私をみとめて、しゃがれた声で言った。ものうく顔をあげた唇に、厚く塗った口紅が残っていて、頬のあたりまで染めていた。

「溶けてしもうたとばよ。みいんな溶けてしもうたっさぁ」

いきなり老婆は、けたけたと笑いだした。酔っていた。焼酎らしい一升瓶を、がっしりと摑んでいたが、中身はほとんど残っていなかった。

「そうじゃない。店のようすがおかしいから来てみたんだ」

私は、老婆のようすを見ながら言った。

「ちいっと前に、あんガキの来ちょったよ。目ん玉ばまるうして、店んなかば覗えてちょった。もの乞いのごたる娘のくせえ、目ざわりなったけん、追っぱろうてやったと」

老婆は、私をも追いだしたそうに睨んで、わめいた。

「いったい、これはどうしたことなんだ?」

老婆は、ゆっくりと私の顔を眺めまわしてから答えた。

「なんも知らんと。ゆんべのこたぁ知らんとよう」

「昨夜、ここで、なにかあったのか?」

「知らんちゅうたろうね」

老婆は急に怯えた目をして身をすくめ、横を向いた。

「あれどんのこたあ、なぁんも知らんと」

「酔っぱらいが暴れたのかい?」

おだやかに、なだめるように言うと、老婆はためらいがちに口を開いた。

「あんた、誰な。なんしげ、こん町に来たとな。F教の手先じゃなかとな?」

「F教なんて関係ないよ。いったい、暴れたのは誰なんだ?」

「町の者どもさ。あんた、あれどんが仲間じゃなかったとね」

「町のやつらが、どうしたんだ。さあ、言ってごらん」

「ゆんべ遅うなってから、町の者どんが襲うて来たったぁよ。……アルコールがわるかちゅうとぎんにゃ、政府にかけあえばよかもんば」

老婆は、泣きだして、私のほうへ手をのばした。おそるおそる握ってやると、一升瓶を渡してよこした。わずかに残っている焼酎を、ラッパ飲みしろとすすめた。私が瓶に口をつけるのを見て、さらに大声でわめいた。

「あん町さ、アルコール中毒の精神異常者の出たとっちゅうた、ひどか重症げな。それがばよ、どうしてこん店の関係のあっとじゃろうかね。ねえ、お客さん」

私は、焼酎にむせて、咳きこんだ。瓶についていた口紅のべたついた油っこい味を、なんとか舌からとり除けようとして、しきりに唾を吐いた。老婆はかまわず喋りつづけた。

「町の者どまぁ、こんあたりからアルコールば追放するごと決めたっちゅたぁよ。そりゃF教の集会で決議されたとげなたぁよ」

私を真似て、あたりに唾を吐きちらして喋りまくった。

「アルコールは害毒って、みんなして叫びながら、店のなかばひっくり返していったとよ」

「どうして警察へ訴えないんだ、ここにも駐在所ぐらいはあるんだろう?」

「警察てや? あんた、なんにも知らんったぁね。駐在ちゃ役場の出張所ちゃ学校までも、あれどんが仲間に入っちょっとたぁよ」

老婆は、一升瓶をひったくった。口をつけ、瓶をさかさまにして、それが空なのを知って放り投げた。瓶の割れる音を聞いてから、ゆっくり立ちあがった。

「あれどまぁ、おれば前々から目の敵にしちょったったぁよ。F教に入らんじゃったけんさ」

折れ曲ったカウンターを動かそうとして、力をこめた声で言った。破損をまぬがれた瓶を探すつもりらしかった。

「おれが、あんときのことば知っちょって仲間に入らんじゃったけんにさ。あれどんがやった昔のことでよう」

「ハナのことだろう?」

私は、勢いこんで聞いた。

「いったい、あの男たちは、あそこで、なにをやったんだ」

「ハナへ行ってみたね?」

「行ってみたが、なんにもなかった。昔は監視哨があったそうだが、それもなくなっていた」

「監視哨のや?」

老婆は、またけたけた笑った。カウンターを動かすのを諦めて、のろのろと戻ってきた。

「監視哨のごたるもんじゃなかとどう。町の者だぁ、嘘ば言いよっとたぁよ」

そう言ったきり、しばらく黙りこんで、破れたガラス戸越しに遠くのほうを見つめた。長い沈黙だった。私は、苛立ちをおぼえながら、次の言葉を待った。

「ほんとうは、なにがあったんだい?」

とうとう耐えきれずに聞いた。すると老婆は、しゃがれ声でぽつんと言った。

「礼拝堂のあったとよ」

その目は、遠くを見つめたまま動かなかった。

「みんなで通いよった礼拝堂のあったとさ」

老婆は、また丸椅子に腰を下ろして、はだけた胸もとをひろげた。しなびて垂れ下がった乳房が現われた。黒ずんだ二つの塊を、うるさそうに押しのけて、胸の底から首飾り状のものをとりだした。木の実を数珠《じゅず》つなぎにした輪だった。小さな木の実は、粒がそろっていて、それぞれ油で磨いたような光沢をもっていた。輪のはしに、マッチの軸木を交叉させたような十字架がついていた。老婆は、私の目の前で催眠術でもかけるように、それを静かに揺らした。小さな十字架に、緑青《ろくしょう》が厚くこびりついていた。

「これば、みんなが持っちょったと。昔は、町ん衆のだれもが持っちょったとよ」

私は、さっき飲んだ焼酎に胸の奥を焼かれるのを感じていた。老婆の言葉も十字架も、私にはまったく意外なものだった。

「戦争の終わる三カ月ぐれえ前じゃったよ。町の者どんな、あん礼拝堂ばぶちこわしてしもうたったぁよ。佐世保ば爆撃しげぇ行くB29が、いつちゃここん土地の上ば通っていくもんで、礼拝堂の屋根にある十字架のせいじゃなかろうかって言い出ぇたったぁよ。沖んほうから入ってくるときの目印になっちょるってね」

老婆は、息もつかずに喋りつづけた。

「そげ言い出ぇたたぁ、あん女郎の亭主たぁよ。あんな大男な、町じゅうば、そげん言うてまわっちょったとよ。……ゆんべのことっちゃ、あん男の仕組んじょっとよ。こん店に、払いきらんごと飲み代ば溜めちょっとじゃもんね。間違えなかはずさ。あん男は、ハナのときのごと、町の衆ばそそのかしちょっとよ。ようがごと言いまわっちょっとさ」

「あの男はいったい、なに者なんだ?」

昨夜の大柄な男の言動を思いだしていた。

「戦争のはじまる少し前に、石切場の人夫頭として雇われてきた、よそ者たぁよ。……あんときちゃ、そげな男がなんば言うたっちゃ、町ん衆は相手にせんじゃった。どげに佐世保の警察の命令どうて、あん男が言うてまわっても、礼拝堂ば壊すことにゃ反対しちょったとよ」

「それなのに、どうして壊してしまったんだ?」

老婆の話に引きこまれながら、聞きただした。

「あん大男は、町の衆が言うことば聞かんじゃったもんせん、こんだ佐世保まで出かけていったった。佐世保の憲兵隊さへ直訴したとよ。そげんにしたもんじゃけん、憲兵と警察の調べげぇ来たったよ。……次の日にゃ、えらい騒動のまき起こったっさ。佐世保ば爆撃して帰りよったB29の、入江に爆弾ば落として行ったったよ。あとから考えれば、ありゃ佐世保に落とし忘れた一発ば、ついでに投げ捨てて行ったごたっとさぁね。ひどか音のして、入江中の海水の吹きあがったごたる水柱のあがったったぁよ。憲兵におどかされたうえに、そげんことのあったもんで、町の衆な震えあがってさ。……たったそれでけのことばよ」

老婆は、悲しげな目をして言いついだ。

「佐世保のつぎにゃ、こん町が爆撃さるっとどう、うっ壊すとぎんにゃ今せんばぁ。B29な十字架ごたったぁ目じるしにしちょるだけじゃけんさぁ。……あん男は、また町じゅうに触れてまわったったぁよ。憲兵と警察な力ば貸してくれるぐれえ思うて、あん男は号令したとばよ。町の衆は、おとなしゅうなって、それば信じこんだったぁよ」

老婆の目は、鈍い光を帯びていた。私は、完全に引きこまれて、黙って聞き入った。

「ほれから、あん石切場の会計係ばしちょる男も同類だったぁよ。あん足の悪か男が、石切場からハッパばかっぱろうてきちょっとどう。お国のためって言うて、まっさきに大男の手先になってしもうたった。礼拝堂な、あん男の仕かけた三発のハッパで、吹きとんでしもうた。町の衆な総出で、その残骸ばハナの崖から海んなかへ放りこんだったぁよ。あれどまぁ一緒になって、お国のためだって叫びながら、祭りのごたる騒ぎで、そればしよったとよ。それもねえ、前の日までクルスば握っちょった手でばよ」

「とめる人はもだれもいなかったのか。神父がいたんだろう?」

私は、ようやく口をはさんだ。この信じがたい話に、なにか納得のいくものが必要だった。

「ずうっと前から、神父のごたぁおらんじゃった。あん礼拝堂な、おれが生まるる前からあそこにあったとばって、神父はおらんじゃったと」

老婆の年齢は、見当もつかなかったが、しなびた乳房からみれば七十歳は越えていただろう。さらに老婆は、話しつづけた。

「ばってか、美しいマリア様のおったとよ。白うして輝ぇたごたる、優しかマリア様の像のさ」遠くを見ている目が、急に懐しむように細められた。しかし、それもわずかの間だった。老婆は、大きく目を見ひらき、憎々しげに叫んだ。

「あんマリア様ば吹きとばしてしもうて。見ちょれ、今に見ちょれよ。こんだぁ町の者どんが、ひどか目にあう番しえぇにな」

口紅の厚い唇を思いきりゆがめていた。

「そんうち津波の来っとたぁよ。あん町ばひと飲みにするごとある津波の来っとたぁよ」

老婆は、立ちあがり、胸をはって満足そうに笑いだした。狂ったような高笑いを、いつまでもつづけた。笑いながら、よだれを流して、また喋りだした。

「おりゃあ、そん日の来っとば、ここで我慢して待っちょってやっとやけん。あん町の消えてしまうとば、丘のこっちで見ちょっとよ」

老婆は、予言者のような威厳を見せていた。その喋りかたは、いかにも確信にみちていた。

私は、海沿いの道で見かけた、おびただしい蟹の群れを思いだした。波止めの石垣を越えて海から這いのぼってくる蟹の群れは、一夜ごとにその数を増していた。

えたいの知れない怖れが走った。――あれは、もしかしたら異変の起こる前兆なのではないだろうか。それが事実なら、大変なことだ。

「あんた、おれが言いよることば信じちょらんとじゃろう？　それぎんにゃ、もう一回、ハナへ行って見てくればよかとよ」

老婆は、立っているのが信じられないほど、躰を大きくふらつかせた。そのまま、ゆらゆらと破れたガラス戸のほうへ歩いた。

「あん丘は」

老婆は、ちょうど鴨居のところに隠れて見えない、遠くの丘を指さした。

「津波でできた丘たぁよ。ひどう昔、おれが生まるる、ずっと前にね。よう見てみない、あん下にゃ、人間の骨の埋まっちょっとどう」

西陽を避けるために、麦藁帽子のひさしを低く下げて、せかせかと歩いた。

下着が汗を含んで、ずっしり重たかった。息をはずませて、津波がつくったという丘を登りながら、胸の動悸が頭の芯を激しく叩いているのを感じた。老婆の店を出たときから、ずっとそうだった。丘の上で、いよいよ息苦しくなって、足をとめた。大きく深呼吸をした。

なぜ興奮しているのか、自分でも分からなかった。老婆の話も十字架も、私にとって、なんの意味があるのか。どんな関係があるというのだろう。

ふたたび歩きはじめ、丘の上にたどりついた。そこで、また足をとめて、私は呟いた。

「おれは、なぜこんなに夢中になってるんだ。……いったいなにをしようとしているんだ？」

遠くのほうから、かすかな音楽と女の声が聞こえてきた。F教のワゴンのスピーカーが鳴っていた。女の声は、きれぎれに叫んでいた。町のはずれの斜面で、山の木々を縫って、赤や黄色の細かいものが蠢いていた。小旗だった。

そこが、F教の特別集会が開かれるという、小学校の分教場らしかった。

黒い屋根瓦の家並の向こうに海が見えた。海面が油のように滑らかだった。入江に突きでている岬を眺めた。松におおわれた緑色の岬は、家並にすがりつこうと、入江越しに手をのばしているように見えた。――また、あそこまで行かなければならない、と思った。

「それにしても、こんなに動悸を高めて夢中になったことが、いままでにあっただろうか？」

丘を下りながら、また私は呟いていた。

岬の空地には、昨日と同じ蝉の声が、松の枝間から射しこむ西陽に乗って降りかかっていた。

丈の高い雑草を分けて、踏みこんでいった。ズボンの裾から、とがった草の先が入りこんで肌を刺した。夕凪《なぎ》の蒸し暑いなかで、松の群れがひっそり立ちつくしているばかりで、人影はどこにもなかった。安堵して、岬の突端へ行こうとした。

空地を横ぎっていると、途中で大きな固いものにつまずいた。あやうく転びそうになった。草を分けてみた。四角い石の塊が転がっていた。さらに草のなかをすかして見ると、同じような石があちこちに散乱していた。なにかの礎石のように、土に半分埋まっているものもあった。

「これが礼拝堂の残骸だというのか?」

私は、薄気味わるくなって、連れでもいるかのように声を出して言った。

「昨日、叔母さんたちは、監視哨があったと言ってたじゃないか」

石は、かなり多量に転がっているようだった。それを避けながら、突端へ歩いていった。

松のあいだから、遠く入江に沿った黒い家並が見え、二本の道が家々をはさんで山のほうへのびていた。石切場のあるという山が、なだらかな山容を見せていて、海に接するところが、いきなり切りたった崖になっていた。

入江の海には、細長い波が大きく彎曲して、幾重にも白く光りながら寄せていた。だが、海全体は、まるく高く盛りあがって見えるだけで、動いているようには見えなかった。左側の、初めて見る海岸線は、ごつごつした巨岩が層をなして、視界のかぎりまで連なっていた。そこには、人家らしいものは見あたらなかった。

「こんなところに、ほんとうに礼拝堂があったんだろうか?」

老婆の憑かれたような目と、錯乱しているような喋りかたを思い浮かべた。

「なんにもないじゃないか、なにを見ろというのだ」

私は、さらに足を踏みだし、崖の端に立ってみた。削りとられた地面にも草が密生していて、足もとのどこが限界なのか分からなかった。

老婆の妄想だったのではないか、と思いはじめていた。

「ひどく興奮してたし、酔っぱらってたからな。現に、ここにあるのは、草と松と石だけだ」

松の幹に腕をまわして、岬の真下を見下ろしてみた。十メートルほど下に、波が渦をまいていた。崖は、侵食されて内側にへこんでいた。私の立っている突端は、厚い地層がテラス状に出っぱっているのだ。足の真下は、海だった。松が斜めに海のほうへ生えていて、ともすれば松もろとも海へ崩れ落ちてしまうような錯覚に襲われた。長く伸びた三本の松が、西陽をさえぎって、水面に黒い影を映していた。

しばらく水面を見つめていた私は、水の中になにかがあるのをみとめた。崖の真下に、うっすらと白いものが見えた。私は、また呟いていた。

「なんだろう、ただの岩だろうか?」

水底に沈んでいる白い塊に目をこらした。塊は、波の下でゆらめき、なかなか正体を現わそうとしなかった。ただの岩にしては、だいぶ細長い形をしていた。なにかの先端のようだった。

隣の松の幹に腕をからませて、躰を少しずつずらした。徐々に位置を移し、視界を変えていった。すると、光の屈折に邪魔されていた塊の輪郭が、しだいに明確に現われはじめた。

とつぜん、その姿が水面をとおしてはっきりと見えた。長く伸びた松の一本が、水面に影を映しているところだった。波にゆらめく松の影の下に、細長い棒の交叉したかたちが現われたのだ。私は、しばらくは信じがたい気持ちで、目をこらした。

「十字架じゃないか」

私は、誰かの同意を求めるようにささやいた。もし、そこに誰かがいたら、私の耳に口を押しつけて同じようにささやいただろう。発見したものの正体が信じられずに、なおも確かめようとして目をこらしつづけた。—字形の白いものは、波の下で、ゆらゆら動くように見えた。

私は、顔をあげた。ハッパの音が聞こえたからだ。山のほうから、あの底ごもりのする音が、確かに聞こえたように思った。しかし、耳を澄ましてみたが、二度と聞こえなかった。

私は、平衡を失い、あやうく足を滑らせそうになって、松の幹にしがみついた。ゆっくり後退りし、空地の中央までたどりついた。

そのとき、私は気づいた。いままで立っていた場所は、まぎれもなく昨日、小柄な男のうずくまっていたところだった。思わず呻き声が出た。

「……あいつは、あれを見ていたんだ」

海は、暮れかかっていた。水平線のほうから、黒い雲がひろがりはじめ、見るまに入江の上空をおおってきた。雲脚は、かなり速かった。沈みかけていた太陽を、すぐにおおいかくしてしまった。暮れかけた海は、いつもより早く夜の様相を見せていた。

岬からの長く緩い勾配を下りながら、なんということだ、なんということだ、と呟いていた。それだけしか言葉が見あたらなかった。

勾配を下りきったところで、ふと立ちどまった。道の先に、人影が二つあった。雑草の上にしゃがみこんで、私のほうを見つめていた。

――あいつだ。

人影の一つは、あの大柄な男だった。私は、歩きだしながら考えた。

――こんなところで、なにをしてるんだ。また、なにかやらかそうというのか？

二人の男は、私の近づくのを待って、ゆっくり立ちあがった。大柄な男は、いつものせせら笑いを顔に貼りつけていた。

「待っちょったどう」

ふてぶてしく立ちはだかって、男が言った。

「もうよかじゃなかとか。帰る時間になっちょろうが」

作業服のズボンに、昔ながらのゲートルを巻きつけていた。緑色のゲートルは、だいぶ擦りきれて、時代がかっていた。腕には、紫色の腕章が巻いてあった。腕章の文字は金糸で縫い取ってあったが、大部分が脇の下へずれていて判読できなかった。それは、確かF教の幹部たちが付けていたのと同じものだった。

「ぼくに、なんの用があるんですか？」

私は、むっとして言った。

「あなたに待っていただく理由は、なにもないはずだが」

「おい見習《みならい》よ」

大柄な男は、横柄な態度で胸を張り、後ろに立っている男へ声をかけた。

「それぎんにゃ、本日の行動調査ば読みあげてやれさ」

見習と呼ばれた若い男は、真新しい六尺棒を手にして、一歩前へ進みでた。大柄な男とそれほど変わらない背丈だったが、かなりひょろ長く痩せていた。かぶっている黄色いヘルメットの正面に、緑十字が描かれ、その下に〈佐世保石材所〉と黒く書いてあった。石切場の作業員らしかった。産毛の生えた幼い顔で、渦をまいた分厚いレンズの眼鏡をかけていた。

見習は、六尺棒を脇の下に抱え、胸のポケットから黒表紙の手帳をとりだした。仔細げに頁をめくって、眼鏡を押しつけるようにして読みあげた。昨夜、窓の下の電柱の蔭に潜んでいたのは、この男かもしれない。

「では、報告いたします」

見習は、きんきんする声をはりあげた。

「午前十時、——さん宅の二階にて起床。午前十時三十分、階下の居間にて、朝食。ふたたび、二階にあがり、午後三時二十分、二階の窓より顔を出し、佐世保支部幹部の到着を眺める。午後四時十分、——さん宅を出て駅へ行き、約五分間、列車時刻表を調べる。その後、駅前の……」

大柄な男は、いちいちうなずいて聞いていた。私は、声を荒げてさえぎった。

「待てよ。……いったいなんの権利があって、つけまわすんだ。なんのために見張るんだ」

「必要けんかたぁれ」

大柄な男は、せせら笑いを浮かべて言った。

「こん町にゃ、精神異常者ば野放しにゃしちょかれんとよ」

「いま、なんて言った。……なにを野放しにしておけないと言ったんだ？」

「精神異常者ばたぁれ。気のふれちょる人間のこったぁよ」

男は、ひとつひとつ力をこめて答えた。

「それは、誰のことだ？」

「うぬがことじゃっか、知らんじゃったか」

男は、太いくびを傾けて、自信ありげに言った。私は、怒りがこみあげ、興奮して叫んだ。

「わるい冗談だぞ。そんな冗談をつづけていると後悔するぞ。さあ、その手帳をよこせ」

見習は、手帳を持った手を引っこめて、急いで六尺棒をかまえた。

「あろう、おとなしゅうせんか」

大柄な男も身がまえながら言った。

「おりゃあ、うぬが奥さんから頼まれちょっとよ。うぬが憎うはなかと。ばってか、うぬが病人ちゅうけん保護してやろうと思うておっとたぁよ」

「わたしの女房が、なんて言ったんだ？」

驚いて聞きただした。

「あいつが、ぼくを異常者と言ったのか？」

「可哀そうにねえ。自分じゃ気がついちょらんとばいねえ。無理もなかたぁねえ、おりゃあ、うぬに同情しちょっとてえ」

男は、見習のほうをふり向いて、しんみりと言った。

「こん人は、わが奥さんに子供のできんとば知って、おかしゅうなっちょっとよ。酒びたりになってから、発作ば起こすごとなったっさ」

見習は、追従するようにうなずき、眼鏡の奥で目をしばたたいて見せた。

「おかしくなったのは、女房のほうだ」

私は、苛立たしく叫んだ。

「おかしくなって家出したから、連れ戻しに来たんだ」

「うぬが発作ば起こして乱暴するけん、奥さんな、たまらんで逃げ出たとどう。それを、うぬはしつこう追いかけてきたとろうが」

「女房が、そう言ったのか?」

男の胸ぐらを摑んだ。

「そら、離せさぁ、抵抗すんなさぁ」

男は、私の手を難なくふりほどいた。

「ゆんべの集会で、ぬしの奥さんな、みんなの前で告白したとどう。入信の誓いばするにあたってさ。奥さんな、ぬしのことば憐れんで、泣きよったとどう。精神異常になったたぁ、自分のせいちゅうてね。集会に来ちょった町の人たちゃあ、みんな貰い泣きばしたちゅうわけたぁよ」

「そうか、そこでアルコール追放を決議したんだ。それで、あの婆さんの店を襲ったんだな」

頭へ血がのぼった。いきなり躰をまるめて、大柄な男の下腹部へ体当りをくらわせた。男は、不意討ちをまともに受けて、草むらへ尻をついた。見習は、あわてて六尺棒をふるってきた。しかし、棒のはしを握って遠くから打ちかかるので、いたずらに地面を叩くだけだった。

それにはかまわず、浜へ下りる崖を一気に跳びおりた。ひどい痛みが足首を貫いた。捻挫した右足を引きずって、やみくもに走った。松林のほうへ逃げこもうと思った。背後から、逃がすな、追え追え、という大柄な男のわめき声が聞こえた。松林のなかへ跳びこみ、地に伏せた。追ってくる声は、浜のほうへ走っていった。

――すっかり暗くなるまで、しばらくこうしていよう。

地に這いつくばって考えた。捻挫した足首が、動悸とともに激しい痛みを伝えてきた。あたりは、薄暗くなってきていた。顔をあげて、暗くなる前にまわりを見ておこうとした。

松林のはずれに小屋があった。女の子の小屋だった。私は、痛む脚を引きずって、そろそろと近寄っていった。

小屋の裏手にまわって、板壁に顔を押しつけた。板の隙間から、薄明るい電灯に照らされた内部が見えた。土間に、女の子がいた。パンツ一枚になって、裸の背中をこちらに見せていた。土間にしゃがみこんで、洗濯をしているのだった。

ときおり持ちあげられる洗い物は、いつも着ている青いワンピースだった。

――明日の準備をしているのだな。

女の子の動作が、いかにも浮き浮きと楽しそうなのをみとめて、そう思った。

波止めのある海沿いの道は、いつもよりさらに暗く闇にとざされていた。

家並の道を避けて、波しぶきのかかるこの道を選んだ。捻挫した足首をかばって歩きながら、シャツのふところに入れた固い物体を、ときおり手で押さえた。

女の子の宝物を持ってきた。松の根もとの石を押しのけ、穴のなかの布袋から陶製の手を借りてきた。マリアの手に違いない、と私は確信していた。老婆がマリア像のことを話したときから、ハッパで吹きとばされた残片ではないかと考えていたのだ。

——これが証拠だ、やつらのやったことの証明なのだ。

妻をF教に引きこんで、でたらめな告白をさせた連中の正体をあばいてやろうと思った。

——なにがF教で救われるだ、自分たちの昔やったことを忘れたのか？

ともあれ妻を取り戻さなければならなかった。精神の不安定な妻の症状が、F教のために悪化してしまう恐れがあった。

波止めの石垣が、妙なぐあいに動いていた。小刻みに揺れているのだ。近寄って見ると、蟹の群れが海から這い上ってきていた。数知れない小蟹たちが、闇のなかで、かすかに呟きながら道へと下りてくるのだった。

やはり蟹の数は増えていた。老婆の予言について考えた。この現象が、津波の前兆のように思えてならなかった。

前方に目をこらすと、蟹たちが道一面にびっしりと蠢いていた。身震いしながら、そのなかを進んでいった。蟹たちが横這いして、一斉に付いてきた。まるで私を慕って、大勢の子供がじゃれついてくるようだった。

——まるで、子供たちを引率しているみたいだ。

そう思ったとたんに、背筋が寒くなった。新たな怯えが全身を走った。

——そういえば、あの女の子のほかに、この町では一度も子供の姿を見ていない。

足が自然に速まった。駆けだしたかったが、捻挫の足がいうことをきかなかった。

山の斜面を攀じのぼり、樹木にかこまれた分教場の敷地内に入っていった。

硬く均《なら》された地面は、まったく闇にとざされていたが、グラウンドのようだった。暗い空間の向こうに、電灯のともった明るい教室が見えた。校舎に近づくにつれて、教室からの光で地面が明るみをおびた。窓から少し離れたところに鉄棒があった。腰の高さのものから、容易にくぐり抜けられる高さのものまで、順に並んでいた。

私は、鉄棒の下の砂場に立ちどまって、教室のほうをうかがった。

若い男の声が、叫ぶような調子で、ひっきりなしに聞こえてきた。その声のあいだに、赤ん坊の泣き声と、あやす女の声がした。ほかには誰の声も聞こえず、ただ大勢の人のけはいだけが、波の泡だちのように感じられた。窓からの光を受けて、鉄棒が砂場に薄い影を落としていた。そこからは、教室の内部を見ることはできなかった。やがて、かなり多数の入り乱れた拍手が起こり、つづいて歓声があがった。

私は、窓の下へしのび寄った。そこまで来ると、開け放たれた窓から、蒸し暑い人いきれと熱気が吹き出ているのが感じられた。それを顔面に受けながら、少しずつ顔をあげていった。

教室のなかには、男や女が入りまじって、ぎっしりと詰まっていた。この町のどこに、これほどの人間がいたのかと思うほどだった。廊下にはみだしている者もいた。

正面に設えられた演壇で、精悍そうな若い男が両手をあげ、呪文のような言葉を叫んでいた。生徒用の小さな椅子に腰かけた聴衆も、両手をあげて口々に叫んでいた。叫んでいることの意味は、まったくわからなかった。

林立する手のあいだに、妻を見つけた。演壇のすぐ下で両手をあげて、酔いしれたような顔つきで叫んでいた。若い男が、それまでとは違った言葉を叫ぶと、一斉に手の林が消えた。

私は、窓伝いに校舎をめぐり、石段のある入口へ向かった。そこには薄暗い電灯がともっていて、白く長い紙が貼ってあった。墨文字で〔F教特別報告集会会場〕と大書してあった。それに一瞥を加えて、廊下へ入っていった。板張りの廊下は、私が歩くにつれて、大きなきしみを響かせた。かまうことなく、廊下に面した窓へ進んでいった。

――とにかく妻を呼びだして、問いただそう。

激しい喉の渇きに襲われた。それは、いままでにない痛みをともなった渇きだった。からくも耐えて、窓越しに教室を覗いた。内部は、いやに静かになっていた。

静まりかえった教室で、男や女たちが、じっとこちらを見ていた。窓ガラスに顔を押しつけている私を、一斉に見つめているのだった。

みんな似たような硬い顔つきをしていた。褐色の顔、顔、顔が、まるで海からあがってきたばかりの、蟹の甲羅そっくりだった。電灯の光の下に、てらてら光る甲羅が集まっていた。演壇のそばの妻の顔までが、陰影のない褐色の蟹の一匹だった。どの顔も、まばたきもせず、無感情に、いつまでも私を凝視しつづけた。

私は、窓から跳び退いた。待ちかまえていたように、強い力で捉えられた。圧倒的な力を持った太い腕が、胴体を締めつけた。逃れようとあがきながら、ふり向くと、すぐそばに大柄な男の油ぎった顔があった。いつものせせら笑いを口もとに浮かべて、生臭い息を私の頬に吹きつけた。男は、そのまま私を引きずっていった。

教室の中に引きずりこまれて、ようやく太い腕から解放された。汗でしみる目をひらいて、喉の渇きに耐えながら見まわした。人びとは、首をこちらへねじ曲げ、一様に黙りこくったまま私を見すえていた。その向こうで、演壇の若い男が穏やかな笑みを浮かべていた。今日の午後、二階を見上げて笑って見せた男だった。演壇の横には、例の黄色いヘルメットをかぶった見習が、六尺棒を突いて立っていた。

「どうしたの、あなた？　だめじゃないの、こんなところに出てきちゃ」

いつのまにかそばに来ていた妻が、重病人を見るような目をして言った。そのうえ、まわりの男女に会釈しながら、私をかばうように抱いた。

「どうもすみません。なにしろ、いつもこんなふうに急に発作を起こすものですから」

まわりの人びとは、さも同情するようにうなずき、妻と私へ視線を往復させた。私は、激昂して妻に摑みかかった。

「なにを言うか。どうして、おれのことを異常者だと言いふらしたんだ。なぜだ。ひどいでっちあげだぞ。もともと、おかしいのは、お前のほうじゃないか」

妻は、平然として子供をあやすように、私の腕を軽く叩いた。

「さあ、おとなしくして、一緒に帰りましょ。叔母さんも来てくれるから、淋しくはないのよ」私は、また大柄な男の腕に抱きすくめられた。ものすごい力だった。私は、絶叫した。

「離せ、お前も女房とグルだ。それでおれを追いまわしたんだ。みんな、みんなグルなんだ」

「そりゃあ、ぬしが病人じゃけんさあ。子供が生まれん淋しさは、おれっちゃよう分かる。ばってか、耐えんばならんじゃろうもねえ」

男が言うと、教室じゅうから憐れみにみちた溜め息が湧いた。

「ちょっと待てよ」

私は、急におだやかに静かな声で言った。絶叫するから、異常者あつかいされるのだ。

「それなら、私にも言いたいことがある。とにかく離しなさい」

男が腕をゆるめた。私は、それをふりはらった。教室の中の大勢の男女は、別に動揺するようすもなく静まり返って、じっと私を見すえていた。

「あんたたちが、なにをやったか、ちゃんと知っているぞ。昔、あんたたちのやったすべてを」演壇のほうへ歩きながら言った。聴衆たちは、椅子ごと躰を動かし、私のために道を開けた。それを、さらに押し除けて、演壇にあがろうとした。若い男が、檀から下りて、キザな動作で会釈をした。それを睨みつけ、足を引きずって檀上に立った。

まわりを、あらためて見まわした。見習が立っているその窓ガラスに、私が映っていた。汗でどろどろになった顔、乱れきった髪、砂にまみれたワイシャツ、妙にぎらついた目、まるで酒に酔って狂態をさらしている男のように見えた。

聴衆は、いきなり拍手をはじめた。からかい半分のような、ゆっくりとした拍手だった。

私は、気をとりなおして喋りはじめた。

「ハナでやったことを忘れたはずはないだろう。あんたたちがあそこでやったことは……」

そこで咳払いをして、渇ききった喉がひりつくのを抑えようとした。

言葉の切れ目を狙って、女たちの声が飛んできた。叔母の家に集まっていた女たちだった。

「よかこったぁ、空き地の草んなかでした楽しかこったぁよ」

聴衆のあいだから、笑いが起こった。

「それなら見せてやろう、証拠をな」

私は、シャツのボタンをはずし、隠し持っていた陶製の手をとりだした。

「これなんだ、これは、いったいなんなのだ。言ってみろ、覚えがないとは言わせないぞ」

「なんば、でっちあぎゅうと思うておっとか。よかぶって、空ごとぉ言うなよ」

また、女たちの声が飛んできた。私は、マリアの手を高くさしあげて叫んだ。

「でっちあげかどうかは、あんたたち自身が知っているはずだ」

「そげんもな知らんどう、人間の手な。ぬしは、そん手の女ば殺して来たとじゃなかとな?」

妻が、壇へ駆け寄って、かなきり声をあげた。

「この人は、普通じゃないんです。病気なんです。この人は発作を起こしているんです」

そのとき、聴衆の最後部から、意味の聞きとれない声がした。教室の隅で、小柄な男が立ちあがった。意外にも、女の子の父親だった。聴衆の肩に摑まり、足を引きずって近づいてきた。

「わりゃ、おれが家の娘ばどげんする気でおっとな? 毎日、娘ん尻ば追いかけちょるそうじゃなかな。知らんぐれえ思うちょったら大間違えどう。娘は、まだ子供じゃけんな」

小柄な男のあとを女たちが追ってきた。男を突きとばし、演壇に跳びあがり、私に襲いかかってきた。女たちの肉の厚い、ぶよぶよした躰に押さえつけられ、ふところから立ちのぼる汗と魚の入り混じった臭いに胸苦しくなった。

やがて、大柄な男が一団の男たちを従えて演壇にあがってきた。私の手と足を、それぞれ分担して摑まえ、いきなり肩にかついだ。大の字に拡げられた躰を揺すり、捻挫した右足首の痛みに苛まれながら、妻の名を呼んだ。しかし、妻は応えなかった。

ざわめきと高笑いにみちた教室を出て、男たちは私をかついだままグラウンドへ出た。私は、なおも暴れながら、夜空が黒く一粒の星もないのをみとめた。マリアの手を容易に奪われてしまったのが、口惜しかった。

——あれは、大切な証拠品だったのに。

暴れる荷物を四方から力をこめてかつぎ、男たちは暗い道へ下りていった。

頑丈な肩の上で、私は抗うのを諦めた。どこへ行く気だろう、と他人ごとのように思った。やがて、男たちは、波止めのある道へ出た。波のうちあたる音と、潮の匂いを嗅いだとき、男たちのしようとしていることに、ようやく気づいた。

男たちは、私の手足を摑みなおし、肩から下ろした。二、三度振り子のように揺すった。勢いをつけてから、無造作に手を放した。私の躰は、空中に投げあげられ、それがどんな意味をもっているかを考える暇もなく、黒い夜の海面へ落下していった。

沈みこみ、ふたたび海面に浮かびあがったとき、急いで吸った空気と一緒に鼻と口から海水が流れこんだ。苦しくて、あわててあがくうちに、何度も沈みこんでしまった。とても助かりはしないと思った。なにか叫んだに違いないが、自分の悲鳴がまったく聞こえなかった。口を開くたびに、海水が勢いよく流れこんできた。黒い海面が、まわりをとりまいているばかりで、岸がどこにあるのかも分からない。奇妙なほど静かな気持ちが、私を包みはじめた。

金属性の固体がぶっつかりあう、小刻みな音が耳の奥に聞こえた。息苦しい感じもなくなりかけていた。——これで死ぬんだな、やつらに殺されるわけだ。

もう一度だけ海面へ出てやろうと、手足をばたつかせて浮かびあがろうとした。泳ぎを知らないわけでもないのに、まったく手足が自由にならなかった。ようやく海面へ顔を出し、深く息を吸ったとたんに波がうちかかって、また水を飲んだ。水と一緒に、なにか固形の生きものが口のなかに入った。そのまま、もぞもぞと喉の奥へ入りこんでしまった。仕方なく飲みこんで、いまのは蟹だったんだな、と思った。

遠くから、ものすごい轟きが聞こえはじめた。津波のようだった。そのときから、しだいに意識が薄れていった。遠くなっていく意識のなかで、断片的に、さまざまなことが浮かんできた。佐世保へ連れていくと言ったときの女の子の顔。ピアノを弾くように指を動かしている上司の疑いにみちた目つき。それらが、ひどく懐かしく、愛しいものに思われた。

最後に、金属のぶっつかりあう音を耳の奥に聞きながら、私は考えた。

——タイバンソウキハクリとは、どんな字を書くのだろう?

とつぜん胸のあたりに絞めつけられるような、きつい痛みを感じた。

闇にとざされた石垣のあたりから、男たちの笑いを含んだ声が湧き起こった。

「もう、よかころじゃなかろうか?」

「これが一番よう効くごたるなぁ。なぁんもせんごとなってしもうたどう」

「見てみろ、動かんどう。死んだとじゃなかとか?」

「どげんもなかさ。海の水ば飲んで、気絶しちょっとたぁよ」

男たちは、足をふんばり、地引き網の要領でロープをひっぱる作業に熱中しはじめた。

5日目

鉛色の入江が、雨もよいの空と溶けあって、高い波をうねらせていた。

町筋から駅への道へ出るところで、妻は叔母や女たちと立ち話をしていた。私は、ずっと離れたところで、朝の海を眺めていた。

「がんばらんばたぁね。病気の治っとば信じちょかんばたあ」

叔母の、男のような太い声が聞こえた。

「あの人っちゃ、時間のたてば、元気になっとじゃけんねぇ」

「毎日、欠かさんごと教典ば読むごとせんばよう。東京にっちゃあ、F教の集会のあるはずじゃけん、そこにゃ力になってくれる人たちのおるさ」

女たちが口々に言った。

「辛抱せんばたぁねえ。辛かろうばってねえ」

私は、話し声を聞きながら、海を見つづけた。ふり返れば、みんなの顔が蟹になっているに違いない、と思った。朝から、町じゅうのどの顔に会っても、蟹に見えてしかたがなかった。叔母も女たちも、妻でさえも、蟹の甲羅や襞のある白っぽい腹に見えた。

女たちの立ち話は、ながながとつづいた。私は、妻を残して、駅への道を歩きはじめた。

胸のあたりに、昨夜、海で飲みこんだ小さな蟹がひっかかっているような気がした。捻挫した右足を引きずって歩きながら、足を踏みだすたびに、胸の小さな蟹がもぞもぞ蠢くのが感じられた。いやなものを飲んでしまった。

――もしかして、おれの顔も蟹になってるんじゃないか？

追いついた妻が、私の肩を支えるつもりで、躰を寄せてきた。それを邪慳にふりはらい、一人で砂利道を踏みしめた。

「あの人たちが送ってくるわよ。……あの大きな人と、足のわるい人が」

妻が、そっと言った。私は、ふり返りもしなかった。町筋を歩いていたときから、男たちが一定の間隔をおいて、つけてくるのを知っていた。

――あいつらは、最後まで見張るつもりなんだ。おれが汽車に乗って、この町を出ていくのを見とどけるまで安心できないんだ。

勾配を登りきって、丘の上にたどりついたとき、妻が明るい声で喋りはじめた。

「あたしね、あなたの病気が治るまで、一生懸命に尽します。どんなことがあっても、もうあなたのそばから離れたりはしないわ。……これからは、あたし、強くなるの。なんだか、自信がついてきちゃった。あたしの力も、あなたがよくなることも、みんなみんな信じているわ」

断固として、妻は言った。決意を示そうとするように肩をいからせ、息をはずませていた。

私は、地面に唾を吐いた。靴底でなすりつけてから歩きはじめた。丘を下りにかかってから、そっと背後をふり返って見た。勾配に沿ってきた風が砂をまきあげ、吹きつけてきた。二人の男の姿は、そこからは見えなかった。

鉛色の入江に、霧のような雨の幕が、沖のほうからゆらめきながら迫ってくるところだった。岬は、すでに黒ずんで、霧に包まれていた。

「信じればいいさ、その気があるならな」

早口で、そう言った。聞きとれなかったらしく、妻はくびを傾げて、私をみつめた。

「雨が来ると言ったんだ」

今度は、ゆっくりと言った。右足を引きずり、歩みを速めた。

——あの子に、なんと言って断ればいいんだろう。佐世保へ連れていけなくなったことを、どう説明すればいいんだろう？

女の子は、洗いたてのワンピースを着こみ、朝早くから駅前で待ちわびているはずだった。

私は、胸に痛みを覚えながら、女の子との約束を取消す口実を思いめぐらしていた。

踊ろう、マヤ

有爲エンジェル著

1

Ｆの指はますます深く私の頸に喰いこんできた。息もつけず、それでも無抵抗のまま、自分におおいかぶさるＦの貌を、私は下から見上げるばかりだった。

髪の毛を逆立たせ、両眼を憎悪で血走らせながら、Ｆは路地の向こうにまで聞こえるほどの大声で私をののしってくる。

まだ朝の六時を廻ったばかりだ。聞き慣れない英語とはいえ、明らかに怒気を漲らせた罵声に、好奇心あふれる近所の住人たちは、いまどれだけ刺激的な朝を迎えたことだろう。それを想うと、頸を締められる苦しみや恐怖におののきながらも、私はやりきれない気持だった。

「おまえはマヤの死を、なんだと思ってるんだ。おまえも、おまえの狂った友人《クレイジー・フレンズ》も、みな地獄へ墜ちろーっ、酒呑んで酔っ払って、騒ぎたいだけ騒ぎやがって、あんなめちゃくちゃな法事をやって、マヤの魂が安らぐとでもいうのか。テメエら、日本の畜生ども、死をいったい何だと考えてるんだ、世の中なめるのもいいかげんにしろ、このクソッタレ！」

感覚という感覚が、いまにも闇の底に押しつぶされてしまいそうなほどだった。……が、もうだめだ、と覚悟したその直後、私の頸は再び自由を得、両手をはずしたＦはそのまま自分の頭を抱えこみながら、「ウォーッ！」と、天井へ向けて凄じい声をあげた。そのすきを狙い、跨るＦを押しのけると、私は素早くベッドから床にころげ落ちた。

Ｆは髪を掻きむしりながら、再びあらんかぎりの声で叫ぶ。

「おれを……おれを禅寺《ゼン・テムプル》へ連れていけーっ、テメエらの狂乱ぶりを見るために、おれはわざわざ、こんなところへ来たんじゃなーい！」

これがＦの気持なのか、これが娘の死に対するＦの偽らざる気持だというのか。悲しみ、怒り、呵責、恐怖、その何もかもを、とりあえずは妻である私にぶつけ、責め立てる以外、Ｆはそこから逃れる術はなかったのだろうか。

妻が四歳の娘を伴って自分と別れるために英国を去り、三年後にその娘が、妻の母国の日本で交通事故に会い死んだ。憧れの日本をいつか必ず訪れてみたいとは願っていたものの、まさかこんなことのために来るなどとは、Ｆは予想だにしなかっただろう。そのうえ昨晩のあの、あまりにも騒がしい法事――たしかに事情を知らないものが途中から参加していたならば、何かの宴会と勘違いしかねないくらい、それは賑わしいものだった。

娘の死を知らされ、日本へやってくるまでの間、こらえにこらえていたさまざまな感情を、Fはいまようやく、このような形で吐き出すことができた。しかし私は私で心身ともに疲労困憊の極に達していたところへ、頸を締められたことへの恐怖や怒りが重なり、Fの混乱しきった感情を理解しながらも、それを受れ容れてやれる寛大な気持など、とうてい持てなかった。

それにしても悲しい誤解だった。他の人はともかく、この私までが昨晩、娘の四十九日を忘れるくらいに本気で、彼らとのやりとりに戯れていたなんて……。忙しいなか、わざわざ来てくれた人たちに対し、自分の悲しみだけを優先させないためにも、あのようにふるまわざるをえなかった私の演技が、七年も夫婦をやってきたFには、なぜ理解できなかったのだろう……と、そのことがなによりも恨めしかった。

英国のミュージシャンであるFは、コンサートなどを控えていたため、葬儀と初七日にはどうしても出席することができなかった。それならいっそ四十九日に間に合うように来てほしいという私の要請で、その前日になんとか来日可能となったわけだ。

私の友人とFが対面するのは、今回が初めてだった。マヤの父であり、私の夫であり、英国のミュージシャンであるFは、その日のメイン・ゲストとでもいった面持で、しばらくはにこやかに彼らと談笑していた。顔の下半分を黄金色の髭でおおい、ますます薄くなった後頭部を補うかのように、むりやり伸ばされた肩の下まで届く髪の毛――年齢的に、六〇年代のあのヒッピー・ムーヴメントに間に合わなかったFからは、いままさに、時代に逆らうかのような、それまでの抑圧や欝憤を、なにがなんでも吐き出そうとする気負いが感じられた。そんなFが長い手足を上手に折り曲げながら、狭い部屋の中であぐらをかいている姿は、案外似合っていた。もうずいぶん前から、彼はこのようなところで生活しているかのようだった。

日本へ帰ってきてからさっそく購入した中古の木造家屋、その二階屋を、当初私は予算のゆるすかぎり好きなように改造した。とくに一階はかなりの範囲に手を入れた。

まず二間続きの小さな畳部屋と、それにつながる台所との各しきりを全部取り払い、ワンルームとした。部屋のほうにはカーペットを一面に敷き、部屋と台所との間にはカウンターを築いた。

台所には金色の壁紙を貼り、ワインカラーの木製ユニットを上から下まではめこみ、当世風なキッチンとした。薄暗いトイレは壁も便器もすべてピンクに統一した。風呂場はタイルを貼りかえ、浴槽をおもいきり大きくし、脱衣室のほうはローマ字のプリントされた派手はでしい壁紙が、天井と四方の壁全部をおおいつくした。

ところがここまで変身させられながらもなお、日本の古臭い家屋という印象は免れない。低い木の天井や、鴨居、押入れ、障子戸などが、そのままに残されていたからである。しかしそんなちぐはぐさがかえって、十年ぶりに日本へ戻ってきた私には心地良かった。そしてそれをさらに強調するかのように、長椅子とこたつ、ポップな飾り物とアンティーク家具などが、気の向くまま配置された。

この家に足を踏み入れるなり、Fはしばし眺めまわしながら「いいねえ!」と呟いた。ところがこれまでに訪れた日本の友人たちといえば、ことばの与えようがないといった当惑した表情を見せるばかりで、こんな改造家屋に共感を示したものなど一人もいない。それだけにFのさり気ないことばは嬉しく、空港で再会して以来ようやく、自分たちがマヤという娘を共有した夫婦であることを、多少なりとも実感した。

この、やや強引にワンルームとされた狭い空間に、マヤが亡くなって以来何度か、大勢の人間が詰めこまれ、四十九日のその日も、ぎゅう詰めになった彼らはかろうじてみつけた床やソファーの空いているスペースに、膝を寄せあって坐りこんでいた。

法事の厳粛さから彼らが次第に解放されていったのは、酒とFの存在だった。また私とFへの慰めようのないことばを胸の奥でつかえさせているだけに、その反動としてふだんは思いもつかないようなジョークが、ここぞとばかりに出てくる。そしてそのつど彼らは腹を抱えて笑う。やがて相手への無節操な批判やからみが始まったり、一方ではこれを機に知り合った男と女が、やや場違いな雰囲気で戯れ合ったり……。

たしかに度を越える喧しさは、葬儀の後や初七日のときにもみられた。私自身それまでにそのような儀式には、外国でも日本でも出席した経験がないので、いったい何が標準なのかということは判らなかった。それでも私の親しい友人たちが、娘を六歳で喪った、私の突然の不幸に対して、どう対処したらよいか見当もつかないでいるという、彼らのそんな気遣いだけはよく理解できた。そしてその混乱がときには、はめをはずした言動へと彼らを駆り立てた。場合によっては一緒になって笑い声を立てたり、あるいは好い加減にしてほしいという煩しさを抱いたり……。ところが、おかげでその間ばかりは、悲しみや苦しみから、僅かながら気持を紛らわせている自分に気がつくこともあった。

今朝ベッドの上で眼を醒ましたときには、必要な儀式をひととおり終えたということで、私はとりあえず安堵していた。ふと、下の布団で寝ているFに視線を注いだ。私より遅く床についたのにもかかわらず、Fはすでに眼を開けていた。昨晩私は最後まで彼らにはつきあわず、途中で独り二階へ上がって寝てしまった。疲労が限界に達し、酔った友人や、次第に機嫌の悪くなっていったFの相手ができなくなったのだ。

両腕を頭の後ろで組み、仰向けになっていたFは、充血した両眼を大きく見開きながら、吐く息も荒く、何やら異様な気配を伝えていた。厭な予感に駈られながらも、私は「どうしたの?」と訊かずにはいられなかった。

そのことばを待ちかねていたかのように、Fは勢いよく布団をはねのけ、ベッドの上に跳び乗ってきたかとおもうと、叫び声をあげながら、いきなり私の頸を締めたというわけだ。「だれがいったいマヤの話をしていたというのだ。日本語が理解できなくたって、そのぐらいの見当はつく。おまえら最初から最後まで、ワルのりしていただけじゃないか」

禅寺《ゼン・テムプル》へ連れていけ!　と怒鳴り散らした後、Fは再び喰いつかんばかりの勢いで私を攻撃してきた。

たしかに今回、マヤについてことさら触れられることはなかった。しかしそれまでに、私と彼らの一人ひとりが対面したときには、すでに充分に語りつくされていたのだ。むしろ大勢の人間が一堂に会した際など、私自身マヤのことを話題にされればされるほど、かえって彼女の死が穢されるような気がしていた。

一方マヤの死の直後から、親身になってあらゆる雑事をとりしきってくれたもっとも親しい友人たち――忙しく動き廻る彼らの姿から、私はときに祭りのときの、昂揚した気分にも似たエネルギーを感じとっていた。あるいは深い憐憫や同情が行き場を喪って野放図に発散される、とでも言ったらよいか……私やマヤとの関係が深いものたちにとくにその傾向が見られ、ときに彼らは昂まりの延長から、私の最後のプライヴァシーにまで足を踏み入れることさえあった。

それでも私は赦さないわけにはいかなかった。なぜなら彼らの中に悲しみがあるのも事実だったし、何はともあれ自分の仕事を犠牲にしてまでも、彼らはマヤと私のために、力のかぎり尽くしてくれたのだから。

最初友人たちはFへ心から歓待の意を表し、彼らの話題も大方Fを中心に展開されていた。そしてまた周囲の関心が自分ひとりに集中されることに馴れきっているミュージシャンも、この状況には少なからず満足しているようにみえた。

つまりこの間娘の死が終始胸に去来し、彼がその悲しみにのみ打ちひしがれていたとは、到底考えられないのだ。

酒が廻るにつれ、彼らの意識は次第に分散し、Ｆの存在もそれに並行して稀薄になった。マヤのことよりもＦのことよりも、自分自身が解放されることのほうへ、彼らの関心が移ったのである。

日本語を解さないＦだけが、次第に取り残されていった。彼の顔が明らかに焦燥の色を浮かべ、救いを求めるかのように、その視線が何度か私のほうに向けられた。それに気がつきながらも、私は途中から通訳の役割をほとんど放棄してしまった。友人たちと日本語でやりあうことのほうに、すでに心が奪われていたのである。

彼らに対しても、私はＦと同様にやはり気遣いを示さなければならなかった。また昨晩に関しては、そうしているほうが楽だったからという思いがあったのも否めない。

マヤが亡くなってから四十九日のこのときまで、毎日人の出入りが絶えず、その間——ときには私にもマヤにも関係のないトラブルにまで巻きこまれ、睡眠不足が重なるなかで、私はほとほと疲れきっていた。それでもＦを迎え、送りかえすまでは、なんとか持ちこたえねばと、気の張りづめの日々を過してきた。

最初から最後までＦに付きっきりで通訳をすることなど、まず不可能だった。しかし途中で明らかに放棄したことについては、他にも理由がある。とくに酔いが廻ってきてからは、それがはっきりしてきた。

みながだれかの冗談に腹を抱えて笑っている最中でも、Ｆひとりが笑うに笑えず、顔を強張らせているのを見たとき、気の毒に思いながらも、どこかで私は小気味のよさを感じていた。マヤが死んでからというもの、Ｆに対する否定的な感情はいっさい抱くまいと決めていたにもかかわらず、酔いと疲労がそれを覆していた。

英国でＦと共に社交の場に出ていたとき、私はいったいどれだけこのような孤立した状況を味わってきたことだろう。それは必ずしも彼らの言語が理解できなかったからということではなく——私の英語は次第に上達していったわけだから——むしろ彼らが幼い頃から分かちあってきた文化に、私ひとりが馴染むことができないという、そんな淋しさからきていたのではないかという気もする。

Ｆと喧嘩したところで、近くに帰れる家があるわけではないし、それにまた周辺の大方は、Ｆと幼児体験などを共有できる人たちであったり、音楽家として成功した彼を誇りに思う親類や友人やファンであったりしたわけだ。

Ｆはおそらく最後まで、私のそんな孤独を理解しなかっただろう。それどころか彼は、私の見せかけの強さばかりに惑わされ、それに頼りきるか、あるいは気圧されるか、腹を立てるかしかなかったのだ。

英国に住めば住むほど、またＦと結婚してからというもの、私は周囲――とくに男性に対して、ますます攻撃的《アグレッシヴ》になっていったところがある。たとえばタクシーに乗っても、運転手と喧嘩をしなかったことがないというくらいで、そのたびに怒りを漲らせながら家に帰ってくる。Ｆはあきれ、しまいには友人たちへの笑い話のタネにしていたほどだ。不思議なもので、自分がアグレッシヴである時期には、必ず無礼でヤクザな運転手に当たったり、非常識な友人にばかり巡りあったりするという傾向がある。

いま思えば、当時の私の攻撃性は、明らかに孤立感や淋しさの裏返しであったということが解る。私が英国を去ったのは、Ｆと別れることだけが目的ではなかったようだ。自分が外国人として特別あつかいされる――これも差別のもうひとつの表われなのだろうが――毎日に、ほとほと厭気がさしてしまったからということもある。

考えてみればこのような孤立感に陥ったのは、結婚してからのようで、それ以前の私は日本人の女性として菜食レストランを経営することなどに嬉々としていたし、男に対してだって、ことさら憎しみを抱いていたわけでもなかった。

それにしても昨晩は、これまでにも増して、みなが浮かれていたことは事実だ。しかしそれは何よりもＦが来たからということにあるのだ。彼らはマヤの父親であり、私の夫であり、演奏家・作曲家である英国人のＦに、ようやく逢えるということを、心から愉しみにしていた。そもそも彼らの服装自体が、法事に出席するようなものではなかった。女も男も、パーティにでも参加するかのようにめかしこんでいたのである。

それでも最初、私が読経したときには全員が神妙にかしこまっていた。「あれだけがよかった」ともＦは付け加えていた。通夜や初七日のときには上人に来ていただき、経をあげてもらった。だが四十九日に関してはＦも参加できたことだし、私自身ができるかぎりのことをしてやりたい、という気持があったのだ。数年前から何か感じることがあり、毎日般若心経やいくつかの経を唱えていたのだが、それがこんなときに役立つとは思わなかった。

その後マヤについてはたしかに、ことさら触れられることはなかった。それでもＦが加わったことで、遠方からわざわざ訪れてくれた人たちが、とりあえず愉快になれたわけだから、賑やかなことが好きだったマヤにとっては、それこそが何よりの供養になったと、私は考えたかった。

彼らを責める前に、Fがいま一度、自分の本当の心を見つめる勇気があったなら、私の頸を締めるような行為には到らなかっただろう。つまり自分がもてはやされている間、彼はハッピーであったということだけは、否定しようのない事実なのだから。しかもそれはマヤの死とはなんら関係のないことで、あくまでもF自身の事柄であった。

成田空港で逢って以来Fは、難解な哲学や今日の英国のすさんだ状況をまくしたてることばかりに夢中で、マヤのことは私のほうから切り出さないかぎり、話題にもしようとしなかった。

生々しい真実にいきなり触れることが、どうにも耐えがたかったからかと、私は初め判断していた。しかしだからといって観念論としか言いようのない話を、空港からの車中でも、途中立ち寄った料理屋でも、あれだけ熱をこめ休む間もなく語る、そんなFという人間が、私には次第に不思議な生き物のように見えてきた。

それでもわずかに察せられたことといえば、現在のFがいかに孤独な状況にあるかということだった。およそ三年ぶりに再会した妻は、彼にすれば久しぶりに巡りあえた同胞のようだったのかもしれない。それほどFの口から吐き出されることばには、周囲への欝憤がこもっていた。

そして法事の翌朝、妻の頸を締め、罵倒し、さんざん当り散らしたわけだが、午を過ぎたころには、Fの機嫌はすっかり直っていた。溜まりにたまっていた感情の膿を、とりあえず一気に放出したという爽快感もたしかにあっただろう。またそれにも増して、私の数人の友人が、Fが日本に滞在している間、あらゆる面で世話をさせてほしいと、積極的に申し出てきたことが、Fをさらに満足させた。

彼らの自宅に招かれることも含め、帰国までの数日間のスケデュールは、またたく間に埋まってしまった。皮肉なことに、その中でもっとも熱心だった人たちが、昨晩の法事においては、その騒ぎかたが目立ってひどく、Fにしたらいちばん赦せない人たちだったのである。

私はつい厭味を口にしないではいられなかった。

「禅寺《ゼン・テムプル》のほうには、行かなくていいの?」

Fはさすがに少々照れくさそうに答えてきた。「いや、それはもういいんじゃない、時間もないようだし」

共に暮すようになってから間もなく、Fと私の気持は次第にすれ違うようになり、そしてそのつど私たちは原因を相手のほうに押しつけることで、ズレをさらに拡大していった。

関係を続けるうえでこれほど危険なゲームはないはずなのに、私たちは最後までそこから抜け出ようとはしなかった。しかも娘の死を経たいまになってもなお、二人は再びその関係を復活させている。

私を責めることで、なんとか悲しさから逃れようとするF、――そうせざるをえないほど苦しんでいるFをどこかで理解しながらも、そんな彼が絶対に赦せないと意地を張る私。

マヤの死を知らされたとき、真っ先に私を打ちのめした罪の意識といえば、Fとの間で繰り返してきたこのゲームについてだった。他のだれが指摘しなくても、このことがまさに、マヤを死に到らしめた根本的な原因につながるという確信から、私はどうしても逃れることができなかった。

物理的にはもちろん、マヤを轢いた運転手にこそ、すべての罪と責任があると言えた。そして私自身、その観点からだけ対応しているほうが周囲にも理解されやすく、またそれこそが世間的には通りのよい被害者↔加害者の典型的な構図であることも充分解っていた。

しかしだからといって、私やFの親としてのマヤに対するいたらなさや、身勝手さという問題が、解決されるということにはならない。

またFがマヤに与えた影響ということを考えてみれば、私たちが別れたからといって、簡単に消えるものではなかったのだろう。まして六年十一カ月という生涯のなかで、マヤがだれよりも長く、深く接してきたこの私にこそ、最大の責任があるというのは、目をそむけることのできない事実だった。私の中の何かが変わっていれば、マヤをあんな目に遭わせずにすんだ……この思いはいまもなお、決して離れることなく私を捉え続けている。

2

まだロンドンにいた当時、マヤが二歳半ぐらいのときから、私と彼女はよく、ロックやディスコに合わせて居間で踊っていた。私の踊りかたはアクションがかなり派手で、首、肩、腕、腰、脚と、ほとんど全身を同時に動かすため、それだけでも大変な運動量で、三十分も踊り続ければ汗だくになる。そこで着ているものを次々と脱がずにはいられなくなり、だれも見ていないのを幸いに、最後は下着一枚になって踊りまくっていた。

マヤの踊りはだいたい私を真似たもので、回数を重ねるごとにますます似てきた。汗も一緒になってかくものだから、私が一枚脱げば、自分もすかさずそうする。そのしぐさがなんともこましゃくれていて、私はそのたびに声をあげて笑っていた。しかし笑いながらも、私はマヤの踊りの上手さには、内心舌を巻いていた。

それは子供にしては洗練されているとか、巧みに動くとかいうことばかりではなく、まず表現そのものが独自で、豊かであるということだった。また愉しんで踊っているというよりも、むしろ一心不乱になっているといったほうがよく、ときに鋭い視線を投げてきては、こちらの動きを一瞬のうちによみとり、次にはたちまち自分のものにしてしまう。

日本に移り住んでからは、家が狭くなったこともあり、マヤと二人で踊る習慣はいつのまにかなくなっていた。なにしろ私たちの踊りはかなりスペースを必要とする。

それでもマヤにはなんとか踊りを続けさせたいと願い、バレエを習わせた。ところが衣装や靴などは気にいりながら、言われたとおりに踊るのがどうにもいやだったのか、三カ月に満たないうちにやめてしまった。

あのとき強制しないでおいてよかったと、私はいまつくづく思う。考えてみれば、私はことさらマヤに踊りを教えたということはない。そもそもディスコ・ダンスは、それぞれが自分の肉体の癖や、そのときどきの流行などを取り入れながら好き勝手に踊るものだから、本来教える、という性質のものではない。マヤのほうも時々こちらの動きを盗み取り、あとは自分の感じるまま勝手に踊っているだけだった。

とはいえ無意識ながらも、相手の踊りのなかに自分を組み入れるような動きを、二人は常にとっていた。だからこそ息が合っていた。

あるとき友人夫婦の家で、子供たちも混じえたパーティが開かれ、私とマヤも招かれて行った。

彼らとは二十年来のつきあいになるが、夫婦ともよく飲み、酔うと女房の聖ちゃんなどは、上半身裸になって踊り出すのが癖だった。この日は子供たちも含め、人数が多かったせいもあり、さすがにそこまでには到らなかったが、それでも聖ちゃんは初っぱなからよく踊っていた。

ロンドンでミュージシャンの夫と暮し、長い間音楽漬けの生活をしていたためか、あるいはしばらく踊っていなかったせいか、当時私は音楽にも踊りにも興味を持てないでいた。そこで聖ちゃんや子供たちなど、みなが踊り出したときにもその気になれず、旨い料理を一人占めしながら、もっぱら観客席のほうにまわっていた。

久しぶりにマヤの踊りを見たのだが、しばらく踊っていなかったにもかかわらず、ロンドンにいたときよりも一段と上手くなっていた。周囲も感心したように、踊りながら時々そんなマヤに視線を投げていた。そのうち他の子供たちやおとなは疲れた様子で抜けてゆき、最後にはマヤと聖ちゃんだけが残された。

聖ちゃんの踊りの原型は六〇年代後半からきていて、当時の何をやっても赦される、あの自由でエネルギッシュな風潮が懐しく憶い出された。

そのうち聖ちゃんがマヤの手を取り出した。するとマヤの踊りはとたんに、それに合わせるような動きに変わった。まるでタンゴとジルバとディスコをぜんぶ組み合わせたかのような変化に富んだ踊りである。背中をおもいきり反らせてみたり、くるりと廻転したり、いきなり片脚を蹴り上げてみたり、表情もまるで長年踊りこなしてきたダンサーのようで、動きに合わせて変化する。

そのうち聖ちゃんがマヤの手を放し、今度はそれぞれが好きなように踊り出した。マヤの両眼に微妙な変化が表われた。眸を大きく開いたり窄めたりさせながら、そのつど宙の一点に焦点を定める。全体の動きも大きく変わっていた。先程まではは存在をひたすら主張し、天に向かって羽ばたくような鮮やかなアクションを見せていたのに、いまはしっかり、地に足腰を据えている。そして自我を押し広げるかわりに、むしろそこに流れる様々な気を汲み取りながら、それらと交わろうとしているかのようだった。そのアンテナとしての役割をはたしているのが、手である。指が空中と交信をしながら、メッセージを躰のすみずみにまで伝えている。どこかで見たような踊りだと思ったら、それはあの、バリ舞踊やインド舞踊に近いものだった。

このときマヤの着ていた服が、一種の民族衣装だった。スカートが胸の下から豊かに膨らみ膝下まで届くワンピースで、藍色の綿地に様々な色の刺繍がほどこされている。長い袖にもたっぷりと生地が取られ、手首のあたりにも華やかな刺繍がちりばめられてあった。ロンドンのしゃれた子供服専門店で見つけたものだが、原産地はいったいどこなのだろう？　東洋と西洋の間にひっそりと存在するかもしれない、小さな山国を私は想像した。

その衣装をときには着地する大鳥のように拡げてみたり、あるいは窄めてみたり、それらの動きの軸となっているのが、いまは腰だった。膝を適度に曲げることで腰を充分に落とし、上半身をあらゆる状態にくねらせる。

彼女のそんな踊りを目のあたりにして、おとなたちはアルコールが抜けてしまったように呆然となり、子供たちは羨望と驚きの入り混じった眼差しで見つめていた。

聖ちゃんの踊りからは、いつのまにか自己主張が消えていた。彼女は途中からマヤの引き立て役に徹し、マヤが動きやすいように合わせるだけになった。

そのとき不意に私は、自分がマヤから取り残されたとでもいった、言いようのない淋しさをおぼえた。

私はなんとかそこに、自分の娘を見出そうとしていたのだろう。ところがマヤという、私とは別個の生命体は、すでに〝踊り〟そのものになりきっていて、母がそこにいることすら念頭にない様子だった。

そんな彼女を観ているうちに、私のなかにも潜む踊りへの情熱のようなものが、ようやく掻き立てられてきた。

私は踊りたくなった。マヤと一緒に思うぞんぶん踊ってみたくなった。

浮き立った気持を抑えるようにゆっくり腰を上げると、私はマヤのまえに立った。

「マヤ、今度はあたしと踊ろう」

ところが私が聖ちゃんに代わってマヤの手を取ろうとしたとたんに、私の手は二人の手で、同時に払いのけられてしまった。

なぜ？　……と私が問いかけたとき、マヤは踊りながら私の顔も見ずに、はっきり「ＮＯ」とこたえてきた。

私は著しく傷つけられながら、元の席へもどった。いったいマヤばかりではなく、聖ちゃんまでもが拒絶してきたことの理由は何なのだろうと考えながら。そういえばこれと似たような状況を、それまでにも何遍か味わってきたような気がする。

「マヤはあんただけのものではない」

周囲のマヤに対する奇妙な執着は、ロンドンにいたころからも度々見せつけられ、しかもマヤはそのつど彼らの側につき、私を傷つけるのだった。

夜十時になっても、高校生の娘たちと夢中になって遊んでいるマヤに、私はそろそろ寝るよう注意を与えにいった。

その晩は友人森陽介・千恵夫妻の家で、他に二、三の仲間も混じえ、存分に飲み喰いしながら、私たちは好き勝手なことを言いあい、愉快なときを過していた。

そんな中で、しかも陽介の子供たちも起きているというのに、マヤひとりが素直に寝るわけもなかった。

二度ほど親としての権威を見せにはいったものの、完全に無視され、私もそれ以上繰り返すのがめんどうになり、あきらめた。

十二時を廻ると、ようやく他のものたちは退散し、遠方から来ている私たちのほうはそのまま泊ることになった。眠気が一気に押し寄せ、私は今度こそマヤを連れて、与えられた部屋へ向かおうとした。

森夫妻のほうはいつもの習慣で、寝る前に近所の深夜喫茶へ、コーヒーを飲みに出かけることになった。小さな頃から、親の行くところはどこにでもよく従いていった彼らの子供たちは、翌日学校が休みだということもあり、そのとき当然のことのように、一緒に出かける支度をはじめた。

「あたしも行く」

遊びの昂奮が醒めやらぬ眼で、マヤはすかさず後を追おうとした。

「冗談じゃないよ、何時だと思ってんの、六歳の子供が出かける時間かァ？」

私は親として極くあたりまえのことを言った。

ともかく早く歯を磨いて寝なさい！　怒鳴り声をあげながら私は一人先に洗面所へ向かった。

その後寝室へ入って待っていたのだが、マヤはいっこうにやって来る気配がない。

「マヤ！」

もういちど声を張りあげた。

“I want to go!”

私を上まわる大きな声が間髪を容れず跳ねかえってきた。

この“want”が出ると、まず最後まで自分の要求を押しとおすという、彼女の徹底したわがままぶりが始まるのだ。

私はそこで一段と語気を強め、「NO!」とこたえた。

ところがそのとき、「まあええ、うるせえマミーは放っとけ。さあ行くぞ、マヤ」と、酔いの廻った陽介の声が聞こえ、次には全員が出てしまったらしい、玄関の閉まる音が伝わった。

陽介や子供たちが帰ってきたのは、それから一時間以上も経った深夜である。時刻は一時半になろうとしていた。マヤは他の部屋で陽介の娘たちと一緒に寝たらしく、その晩は咎めるチャンスはなかった。翌朝彼らが眼を醒ます前にマヤを起こしにいくと、それからすぐに私たちは森家を辞した。

歯ぎれの悪い音で、エレヴェーターが朝一番の作業を開始した。外へ出ると湿った濃厚な空気が私たちの躰を包みこむ。太陽に見放された淋しい朝だった。人の気配はまるでなく、すぐ前の大通りから、トラックが音を霧に掻き消されたかのように不意に浮かびあがり、また消えた。昨晩まで騒然としていた界隈も、いまはひっそりと半透明の幕を降ろしている。アスファルトの上に突き出たビルディングの大群、その上を強引に横切る高架道……しかしそのどれにも、人の営みが感じられない。なんだか夢の続きに引き戻されたようで、道路に足を着けている実感すらなかった。

私とマヤは並びながら、五百メートルほど先にある地下鉄の駅へ向かって黙々と歩を進めていた。

やがて私は怒りをつとめて抑えた口調でマヤに告げた。

「マヤ、あなたの昨晩のあの態度、……あたしはほんとに傷つけられた」

森家を出た時点で手をつなごうとしなかった私の様子から、マヤはすでに叱られることを覚悟していた様子で、たちまちシュンとなった。霧のかかった薄ら寒い朝だったこともあり、マヤの顔は蒼白く、頬から首筋にかけて鳥肌が立っていた。ふだん私に怒られているときに較べると、はるかに神妙な、痛々しいまでの表情を浮かべている彼女は、別人のようでさえあった。

そんなマヤから顔をそむけるように前方へ向き直ると、私は冷たく言い放った。

「いくら陽介おじちゃんがいいと言ったからって、あんな時間に出ていくなんて、子供がやるべきことかな、……え？」

やや間を置いた後、マヤも前方に視線を据えたまま答えてきた。

「マミーの言うとおりだと思う」

私は呆っ気にとられて、マヤを振り返った。これほど素直に自分の非を認めてくるなんて嘘のようだった。

とまどいを押し返すように私は続けた。

「でもそんなことよりも何よりも、あたしがもっとショックだったのは、マヤがこっちの注意を無視して、あたしの母親としての立場さえまるで考えずに、陽介おじちゃんのほうに従いていったということ」

「ごめんなさい、マミー」眉間に皺を寄せ、うなだれながらマヤは小さく答える。すでに私の気持を的確に汲みとっている様子でさえあった。

私のこのときの英語は、決して子供用にやさしく言いかえたものではなかった。マヤという一人の人間に向かって、私はあくまでも対等な立場から語っているつもりだった。

「あたしのお友達が、マヤとあたしのこと、何て言ってるか知ってる？　あの母娘は対抗意識をもって張り合っているんだって。だから二人が仲違いしたり、マヤがあたしをコケにしたりするのを見るのが、あの人たちにはとても愉しいんだということ……。陽介おじちゃんもさぞかし気分が良かったでしょうね。だってあのときマヤは、あたしじゃなくて、はっきり彼のほうを選んだわけだから」

「ほんとにごめんなさい、マミー」マヤはもはや消え入りそうな声で答えてきた。

ますます血の気を失くし、罪悪感に打ちひしがれた、そんな表情を目の当たりにしたとき、不意に抑えようのない悲しみが私を襲った、そしてその瞬間、私とマヤの立場が、一気に逆転してしまったような思いに捉われた。

まだ六歳の子供であるマヤは、二十数歳も齢上であるはずの私よりも、実はずっとずっとオトナであった。そのオトナであるマヤが、みずからの軽率さから、私との関係を傷つけたことについて、いま心から申し訳なく思い、詫びている……。

マヤの死後も、このときのことが頻繁に想い起こされ、そのたびに私は、自分と彼女とのことが、どうにも切なく、悲しくなるのだった。

マヤよりひと足先にこの世に送り出され、しかも彼女を生んでいる私は、たしかに彼女よりもオトナだということになっている。しかしそれはあくまでも、時間・空間の中で生命を維持している人間が、自分たちの立場から勝手に定めてきたことで、仮に知識や経験、世間的知慧といったものをぜんぶ取り払い、それぞれをタマシイといったものに還元した場合、私のほうがマヤよりもオトナであると、決めつけられるだろうか。

またこれまでに私は、自分のほうの立場や都合をいっさい排除したところで、純粋にマヤを愛していたと、はたして言いきれるだろうか？

それどころか、マヤという娘との関係において、母親である自分のほうが常に「正しい」とか『わきまえている』とということを、なんとか相手に解らせよう、認めさせようなどと、そんな優越感にばかり私は浸ってきたという気がする。

それに較べれば、森家を辞した後にマヤが示した私への心からの謝罪や、こちらの屈辱感を理解し、ひたすら自責の念に駈られていた、そのことのほうが、はるかにオトナの態度であったとは言えないだろうか。しかもマヤはそのとき、私の〝心〟そのものになって、共に苦しんでいたのである。

愛というものが、相手そのものになりきった状態のことを言うのなら、私がマヤを初めて、ほんとうに愛したと言えるのは、彼女が車に轢かれて死んでしまったことを知った、まさにその瞬間からだろう。私は自分のことよりも、自分と彼女との関係のことよりも、そのとき以来、彼女が轢かれたときに受けた恐怖と、激痛のことだけを一途に想ってきた。彼女のその苦しみをただただ共に分かち合いたい、そしてなんとか一刻も早くそこから立ち直らせたいと、それのみを願っていたのである。

ここまでの体験を経なければ、私には解らなかった、愛というものが何かということが……。言い換えれば、これほどのことをしてまでも、私に解らせようとしたそれは、いったい何なのだろう？　もちろん、生前のマヤにそんな意識があったということではない。ただマヤという、そして私という、肉体を伴った存在をこの世に送り出したところの、ある意志……その意志とでも言うべき何かについて、私は彼女の死後、たびたび考えないではいられなかった。

　マヤが亡くなる前日、私はその日ようやく完成させた原稿を編集者に渡すため、近所の喫茶店まで出向こうとしていた。そこへマヤが遊びから帰ってきた。私の出かける姿をみると、彼女は自分も連れていってくれとせがんだ。仕事でだれかに会うときは、なるべくマヤを同伴したくなかったのだが、このときばかりはなぜか簡単に承諾した。

　それがよほど嬉しかったのか、マヤは私と手をつなぎながら、しきりに跳ねるようにして歩いていた。

　どうしたの、マヤ？　私もなんとなく愉しい気分になりながら尋ねた。

「だってあたし、とてもハッピーなんだもん」

　マヤは満面に笑みを浮かべて、私の手をさらに強く握りしめながら、元気いっぱいスキップしている。

　久しぶりに綺麗な夕焼けを見た思いだった。毎日見慣れているせせこましいだけの家並が、いまは積木の配列のようにどこか愛らしく眼に映る。手をつないだ二つの影が、おもいきり長く伸びながら、私とマヤの後を弾むように従いてきた。

　マヤは私の手を大きく振りながら、何度も何度も私を仰ぎ見る。ときにはバランスを崩してころびかねないほどだった。

「マミー……」何かとびきりのことばを伝えたいのに見つからず、しかたなくマヤはただ呼びかけてみるだけだった。

「なによっ！」わざとぞんざいに応じながらも、私はマヤの求愛を充分に感じ取り、またこんな些細なことでも歓びあえる自分と彼女とのことを、とても幸福に思った。他の人たちの間に入れば、互いに素知らぬふりをしながら、それぞれが彼らとのパフォーマンス(?)ばかりに興じていただけに、この幸福感は二人きりにならないかぎり、決して味わえないものだった。

　歓びが次第に私を能弁にし、何やかやと、しきりにマヤへ語りかけていた。

　前方からマヤと同年代くらいの子供五、六人が、押しあいへしあいするようなかっこうで近づいてきた。マヤは急に私の手をきつく握りしめ、もう一方の手の指を口に当てながら、「シーッ」といった。

「どうしたのよ」

「シーッ！」マヤはもういちど指を当てた。

子供たちは躰を寄せ合いながら、どこかいたずらっぽい目つきでマヤを見ている。すると今度は恥ずかしそうにしながら、マヤは私にすがりついてきた。

そのうちの一人がすれ違いざま、仲間に耳打ちした。

「あの子、アメリカ人なんだよ」

それをきっかけに残る全員が、好奇の眼を一段と輝かせながら、微笑み交わした。

子供たちが通り過ぎたとき、マヤは首をすくめながら日本語で言った。

「バッカみたい、あの子たち！　アメリカ人だってさ。イギリス人なのにねえ、あたし」

その後マヤは、さらに日本語で続けた。

「マミー、歩いているとき、英語でしゃべんないでよ。みんなが見るから恥ずかしいじゃない」

それに対して私は「オゥライ」と、またうっかり英語で応えてしまった。もうすっかり習慣になっているのだ。

ロンドンにいるとき、私はマヤにいつも日本語で語りかけていた。ところが彼女の返事のほうは、何度注意しても英語だった。しかし日本に帰ってからは私のほうも英語に替え、それに対してマヤも英語で答え、初めのうちはうまくいっていた。ところが保育園に入ってからマヤの日本語はどんどん上達し、半年もすると彼女の返事はほとんど日本語になってしまった。それが英語で教育する学校へ通うようになってからは、また英語を取り戻したというわけだ。

そろそろマヤとは日本語で語り合うときがきたのかもしれない。

二人とも元来がおしゃべりであるにもかかわらず、会話がさほど多くなかったのは、常にことばのもどかしさがあったからだろうか？

英国にいたころマヤはよく、自分は純粋な英国人に生まれてきたかったと言い、日本に来てからは、日本人に生まれてきたかったと言う。どちらの国にいても結局は際立ち、あるいは浮きあがり、そのことを本人も自覚し、場合によっては有頂天になることもありながら、彼女の根底にあるのは案外、周囲のものと対等に交わりたい、同じでありたいという願いだったのかもしれない。異質であるため、いやでも他から孤立するというのは、他のだれでもない、当のマヤが一番よく知っていたと思われる。それだけに、日本人と外国人との混血が大方を占める学校に入学させたのは正解だった。

喫茶店に着き、私と編集者が話している間、マヤは私の隣に坐って、大好きなフルーツパフェを御馳走になっていた。

しかしそれが何やら変な味がしたらしく、途中で私に小さな声で文句を言ってきた。

その後私と編集者がまたしばらく話を続けているとき、マヤは突然私の膝の上に乗ってきた。それから両腕を私の首に廻し頬をこちらの顔に押しつけてきながら、まるで私との仲の良さを見せつけるかのように、編集者の顔を見つめだした。マヤが人前でこんなことをするなんて、まずないことなので、私は大いに照れ、すぐに彼女を膝から降ろした。

帰り途、再び手を取り合いながら家に向かっているとき、マヤは急にこんなことを言ってきた。

「マミー、あたしが世界でいちばん好きなのはマリア様、……でもその次に好きなのはマミーだよ」

サンキュー、とおどけて答えながら、私は彼女の愛の対象として、自分がマリア様の次に選ばれたということを、とても有難いこととして受けとめた。往くときの途でマヤは、私に呼びかけながら、しきりに何かことばを捜しているふうだったが、それは多分このことだったのだろう。

このときから十二時間ほどしか経過しない翌日の早朝、マヤは近所の横断歩道で、あまりにも不公平な短い生涯を終えた。

これがマヤと二人で、ささやかながらも愉しく過せた最後の日となっただけに、彼女の死後もこの日のことが、もっとも悲しい場面として憶い起こされる。

ところが記憶があまり鮮明ではない赤ん坊の頃や、二、三歳ぐらいまでのマヤのこととなると、そこには懐しさこそあれ、さほどの悲哀感はない。赤ん坊のときだって、死ぬ直前だって、同じマヤであることには変わりはないのに、なぜ悲しみにおいてこれほどの差があるのだろう?

マヤが生まれたばかりの頃、いまは他界している私の母が、日本からの手紙でこんなことを書いてきた。

「ウイだって赤ん坊のときがあったのに、そのウイが自分の娘のおむつを替えているなんて、そんなことを想ったら、なんだか涙が出て止まりませんでした」

私は当初、それを母の単なる感傷としてしか受け止めなかった。しかしいまになって、母のあのときの気持が、とてもよく理解できる。

母は言ってみれば、二度と接することのできない、赤ん坊の頃の私を憶い返して涙していたのだろう。それからも私は生きつづけ成人となったにもかかわらず、喪われた〝私〟を悲しむ気持は抑えられなかった。私のおむつを替えていたときの記憶が、母の中で生々しく蘇ったにちがいなかった。

人間にしろ他の生物にしろ、一刻ごとに年をとり変化しているというのは、紛れもない事実である。一秒前の自分と、まったく同じ肉体的・環境的条件、精神状態を保った自分を取り戻すなんて、もはや二度とできない。つまり一秒前の肉体と自我と、それをとりまく環境を持った私は、すでに死んでしまったというふうにもいえる。

零歳のマヤも三歳のマヤも、車に轢かれる直前のマヤも、すでにいない――死んでしまったという意味では、そこになんら違いはないはずだ。それはいま現在彼女が生存し続けていたとしても同じことだ。言いかえれば喪われたものへの悲しみ、ということでは、そこに元来差はないということになる。

だがそれにもかかわらず私は、記憶が鮮明な頃のマヤのことが、ことさら悲しい。あのときのマヤに再び逢えたら！……そんな虚しい願望を、なかなか断ち切ることができなかった。

〝死〟を私は知らない。かつてどこかで体験しているのかもしれないが、記憶にないので解らない。生まれてくる以前のことなど、何ひとつ憶えてもいない。

つまりその知らない世界に対しては、意識の持ちようがないのだから、悲しいという感情を当てはめることさえできない。

マヤの死そのものが悲しいのではない。今後私がどれだけ生きようが、二度と彼女の成長を確認することができない、また歓びや苦しみを分かちあうことができないという、そんなことが何よりも悲しいのだ。しかしそれはもう、私の側のまったく勝手な都合であると言ってもよい。マヤのほうはもしかしたら、生きていた頃の執着などとっくに断ち切り、まったく別の何かとなって、私には想像すらできない世界にいまは旅立ってしまったかもしれないのだ。

マヤの死後、知人の一人からいただいた手紙の結びに、こんなことばがあった。

――天のものは天へ、地のものは地へ。

タマシイに還ったマヤが、死に到ったときのあの衝撃から、一刻も早く立ち直り、次なる世界へと導かれることを、私はただひたすら祈るしかなかった。

3

マヤの葬儀は、彼女が通っていたカソリックの学校で行われた。私自身キリスト教とはなんの縁もないのだが、英語で教育をする、家からもっとも近い学校ということで、たまたま選んだのである。混血であることに本人や周囲が囚われすぎる環境は、できるかぎり避けたいという気持があった一方、西洋人の血も受け継いでいるマヤには、やはり英語による生活感覚も身につけておいてほしいという思いがあった。

お経をあげていたくらいだから、私自身はどちらかといえば仏教のほうに馴染みがある。だからといってそれに固執していたわけではなく、またそれぞれの宗教の形式等の違いにこだわるほど関心があったわけでもない。ただマヤにすればジーザスやマリアのほうに親しんでいたわけだから、葬儀のほうは彼女の通っていた学校がキリスト教で執り行なうことに、なんら違和感はなかった。またその後、今度は私がやりやすい仏教のほうで供養することにも、ことさら矛盾は感じなかった。いずれにしろ学校内で葬儀をしていただいたおかげで、マヤは全校生徒から見送ってもらうことができた。

〝形式〟というものに対して、私は長い間安直に軽んじていたところがある。だが今回ほど〝形式〟がいかに重要であるかを思い知らされたことはない。

たとえば経をあげるという形式を多少なりとも心得ていたおかげで、なんとか自分の祈りをマヤに伝えようと試みることができたわけだし、また葬儀をはじめ各種の儀式――形式に振り廻され、疲労させられたおかげで、破滅的になる余裕さえも与えられずにすんだ、とも言えるのだから。

昔から伝えられてきた〝形式〟というものには、それなりに計算された必然的な要素が多分にあったということだけは、よく理解できた。

棺に横たえられたマヤの遺体には、白い布が注意ぶかく一面に掛けられてあった。その上から子供用とはいえ、まるで花嫁衣装のように手のこんだ、見るからに高価な、純白のロングドレスが、あたかも本人が装っているかのように載せられていた。さらにはピンクのトウ・シューズがスカートの下からのぞき、頭の辺りには銀の冠までが添えられている。そのどれもが溜め息の出るほど美しいだけに、冠の下に、本物のマヤを隠すように置かれた彼女の実物大の顔写真が、悲しみを倍増させた。

このドレスや靴はすべて、マヤの熱烈なファン（?）だった女子大生の英子ちゃんがそろえてくれたものだ。マヤはよく英子ちゃんの家に泊りに行っては溺愛され、プレゼントまでいただいて、いつも御機嫌で帰ってきた。

昨日マヤの突然の死を知らされるや、英子ちゃんは死への旅立ちとして、マヤにもっともふさわしい衣装をなんとか手に入れたいと、それだけを願い、貯金をすべておろして街へ飛び出した。

しかし店という店を次々に当たってみたものの、なかなか気に入ったドレスが見つからない。ここが最後だと思って小さな店に入ったときには、ほとんどあきらめかけていた。

ところがそこでついに、これまでに見たどのドレスよりも美しい、頭に描いていたイメージそのままのドレスを目にしたのである。値段も相当に張ったようだが、それでも英子ちゃんは迷わず、「これしかない！」と、即座に買うことを決めた。

いまだ少女っ気の抜けない英子ちゃんにとって、マヤは自分がいっとう大切にしていたお人形さんのようであったのかもしれない。ある意味では私なんかより、はるかにマヤの好みを心得ていたといえる。

後日、棺の中に納めたマヤの写真と等サイズの複製を、英子ちゃんにも差しあげたところ、英子ちゃんはそれを見ながら不思議そうに首をひねっていた。

「これほんとにあのときの写真と同じもの？」

私がそのとおりだと答えると、英子ちゃんは、「そんなことないでしょ。だってあの写真のほうのマヤちゃんは、はっきり笑っていたじゃない。こんな淋しそうな顔ではなかった。ねえ、ママ」と、側に立っていた母親に同意を求めた。

いっしょに写真を覗きこんでいた母親は、わずかに眉を曇らせながらこたえた。

「英子の言うとおりよ。あのとき一緒に献花したんだけど、マヤちゃんの顔はまちがいなく笑っていたわ」

そこで私は、何回見たかわからないマヤの、その上半身の写真に、改めて視線を落とした。

五歳のときの写真だが、亡くなる直前の顔とさほど変わらない。マヤは赤紫色のヴェルヴェット地の上衣を着て、幼さの残った口もとを心もち開きながら、カメラのほうへ穏やかな表情を向けていた。何かを言いたげに、左手が胸の辺りにまで引き寄せられている。決して笑っているとは言えず、また全体の色彩が乏しいせいか、その顔は英子ちゃんが指摘したとおり、たしかにどこか淋しげでさえあった。できることならもっと明るい子供らしい表情をしたものを選べばよかったのかもしれない。しかしそれまでに見過してきたマヤの何かをそこに発見した思いで、私は敢えてその写真を選ばないではいられなかった。

この写真のマヤが、英子ちゃんと母親が献花をした際に笑っていたと、二人は語っている。

私は不思議な感慨に浸りながら言った。

「マヤはきっと、綺麗なドレスを買ってくれてありがとうって、英子ちゃんにお礼が言いたかったんだと思う。だから笑ってみせたのよ」

すると英子ちゃんも母親も、きっとそうにちがいないと、何度か肯きながら納得していた。

そういえば礼拝堂の中央に飾られていたマヤの遺影についても、友人の森陽介の女房、千恵さんが、葬儀の終わった後でこんなことを言ってきた。

「ウイちゃんが挨拶をしていたとき、あたしずっとマヤちゃんの遺影を見ていたの。そうしたらね、マヤちゃんが突然、なんともいえず嬉しそうな、輝くような笑顔を私に向けてくれたのよ。あたしはその瞬間、ああ、マヤちゃんは天国へ行ったなって、確信したわ」

こちらの写真のほうも棺に入れたものと同様、決して笑っている表情とは言えず、自転車に跨ったマヤが、やはりどことなく悲し気に、こちらを透視するような眼差しを向けていた。

千恵さんにはもともと、人には視えないものが視えたりするという傾向が多分にあって、たとえば霊魂、予知などという超常現象と呼ばれるものでさえも、彼女にとっては決して特別なことではないようだった。

葬儀の際、マヤが親しかった生徒の一人で、同じクラスのキャロという少女が、生徒代表として挨拶を述べることになった。このときのキャロはかわいそうに、生まれてはじめて与えられたのであろう大役に、すっかり怯えた様子で、担任のシスターにむりやり促された後、消え入るような声で書かれたものを読みはじめた。

“I saw Maya's dream. And she was happy in heaven. She liked heaven. And she was playing with Jesus. She lived happily in heaven. I like Maya in heaven.”

カソリックの学校に通う彼らが、マヤも含め、天国とか神とかジーザスというイメージを、常日頃から植えつけられていたのは事実である。昨日マヤが死んだことを知らされたキャロが、その晩さっそく天国にいるマヤの夢を見たのも、たしかにそのような教育の影響が考えられる。

だが一方、こんなふうにも想ってみた。

同じクラスの中でも、キャロはマヤにとってもっとも仲良しだった一人である。そのキャロに、マヤはきっと自分が天国にいったのだということを教えてやりたかっただろうし、キャロのほうもまた、天国で遊ぶマヤの姿を見たかったはずだ。

このように判断するかぎり、マヤが天国にいったということは、案外夢ではないかもしれないのだ。

いずれにしろ、キャロがみなの前で伝えてくれた彼女の夢は、どれだけ私を救ってくれたかしれない。そのとき私は、マヤがキャロを通じて、私にメッセージを送ってくれたにちがいないと、解釈した。

マヤが死ぬ三日ほど前、家のすぐ近所の路上で、猫が車に轢かれて死んでいた。ちょうど車道の真ん中辺りで、猫は血を流し倒れていた。買い物からの帰り途、私はそれを見ながら、間もなく学校から戻ってくるだろうマヤが、ここを通ると思うと、なんとも厭な気持になった。マヤには見せたくないと考えた。だからといって私がその猫を片づける気にはなれなかった。

それから一時間後、家に帰ってきたマヤは、案の定「ただいま」を言うなり、それについて触れた。

「マミー、道路の真ん中で猫が死んでいたよ」

洗い物の手を休めて私は振り返った。気のせいかマヤの顔が、多少蒼褪めてみえる。

さりげなく私は言った。

「知ってる、あたしも見た。かわいそうだったね」

マヤは眉をしかめながら私の側までやってきた。

「うん、かわいそうだった。とてもかわいそうだったから、頭をなでてやったの」

私は驚いて、マヤを振り返った。

「頭をなでたって……車道の真ん中までわざわざ行って、血を流して死んでいる猫の頭に触ってきたっていうの？」

ところがマヤはこちらのショックがまるで解せないといった様子で答えてくる。

「そうだよ、だってとてもかわいそうだったんだもの」

そう言ってまとわりついてきたマヤを、私は思わず乱暴に払いのけた。

「手を洗ってきなさい、いますぐに！」

マヤは一瞬当惑したような眼を私に向け、だがすぐに悲しそうな表情になり、すごすごと洗面所へ消えた。

他に言いようがあっただろうにと、私はマヤの後ろ姿を見ながら反省しないではなかった。それにしても小さな蜘蛛一匹目にしても悲鳴をあげるほどのマヤが、いったい何を思って、死んでいる猫の頭をなでたりなどしたのだろう？

それと前後して死ぬ前日までの数日間、マヤはまるで何かに取り憑かれたかのように、何度も私にたずね、確認しようとしていたことがあった。

「マミー、あたし言うことききかないし、喧嘩ばかりして悪い子だから、死んでもきっと地獄へ行っちゃうよね」

「ずっと悪い子でいたらそうかもしれないけど、でもマヤはこのところ、だんだんいい子になってきてるから、そんなことはないと思うよ」

「でもマミー、もしも地獄へ行ったら、その後はもう二度と天国へは行けないのかな?」

天国と地獄という、昔から語り伝えられている死後の世界の解釈のしかたには改めて困惑しながらも、そのことを六歳の子供に解りやすく説明してやる自信もなく、私は適当に答えるしかなかった。

「そりゃあ、地獄でいい子になったら、いずれは天国からお呼びがかかるんじゃないの」

マヤはそれからも毎日のように、繰り返し同じ質問を浴びせてきた。そこでついに音をあげた私は、「うるさーい!」と、最後には思わず日本語で怒鳴り返してしまった。

……死ぬ前日の朝、マヤが学校へ行く支度をしていた際の出来事である。

猫のことにしろ、このときのことにしろ、私は憶い出すたびに自分を責めないではいられない。あれだけ必死だったマヤの、もしかしたらそれが、差し迫った死をどこかで予見した、ぎりぎりの気持だったかもしれないのに、母である自分はどうして察知してやることができなかったのだろうと。

日本に一カ月ほど帰ってきたとき、世話になっていた友人Aの計らいで、A家の近くにある幼稚園にマヤを一時的に通わせていたことがあった。当時マヤは、日本語がほとんど理解できなかった。そのせいもあるのだろう、マヤは幼稚園では毎日のように周りのものたちを手こずらせていたようだ。

前の子の肩に手を乗せながら、輪になってお遊戯をしていたときのこと——。

「マヤちゃんにしたら、ふつうに摑んでいるつもりなんですよね、でも相手の子が痛がって泣いちゃうんです」

あるとき先生がそれとなく言ったことばだったが、相手との触れあいをどんなときでも一途に求めるマヤの様子が、私には手に取るように解った。

私は両親とはもともと折り合いが悪く、そのこともあり、帰国するたびにいつも、姉妹のように付きあっていたAさんのほうの世話になり、マヤを伴うようになってからも、母娘共々A家で寝泊りさせてもらっていた。

だが当初マヤは、私が用事で出かけるたびに、涙をこらえながら懇願していた。

〝Mammy, don't go. Please, don't go!〟

それでも私は行かなければならなかった。じきに慣れることとはいえ、そのときのマヤにしたら、自分のことばが周囲にいっさい通じない状況であるだけに、ずいぶん辛かったに違いない。ところが帰ってみると、A家の齢上の子供たち相手に、負けずに喧嘩をしていたという話を聞かされ、私は安心するやら嘆くやらだった。

ロンドンで保育園に通っていたときも、迎えにいくたびに、他の子供の髪を引っ張っていたり、顔を叩いていたりするマヤを見るにつけ、私はそのつど頭を悩ませた。それでも別れる際には、やっつけていた相手も含め、残る全員にキスをして出てゆくマヤだった。

葬儀には父親が出席していなかったこともあり、唯一の親である私が参列者の前で挨拶を述べるというのは当然のことだったかもしれない。しかしマヤの担任のシスターに要請されるまで、私はそんなことは、まるで思いつきもしなかった。

それだけにシスターから言われたときには狼狽するばかりだった。前日マヤの突然の死を知らされて以来、私の意識はすでに地上から浮き上がった状態になっていて、現実に進行する諸々のことも、自分とはおよそ別次元の、まるでスクリーンの中の出来事を観ているような白々しさで映っていた。私にとってのリアリティとは、マヤが死んでしまったという一点にしかなく、それ以外の――たとえば葬儀のために立ち働く友人たちの姿でさえ、実在の人間というよりも、むしろロボットか何かのように見えていた。そして私自身はといえば、意識をどこか宙の彼方に残したまま、とりあえずはそれまでの常識や通念に従いながら、このように語り、このようにふるまうことが、もっとも適切だろうと思いながら彼らと接していた。

それだけに多勢の弔問客のまえで挨拶を述べるなどという事態までは、とても思い到らなかった。

だがやがて、こんなふうに心を決めてみた。

この際私自身の意識がどこにあろうと、そんなことはどうでもよいことではないかと。肝心な点は、いまこの場にいる全員が、とりあえずは、マヤと私のために一生懸命動いてくれているのだという事実、そしてそのように、一人ひとりができるかぎりのことをしてやりたいと願っている気持が、マヤには通じないはずがないと、最後には判断したのである。

それだったら母の私がやるべきことはただひとつ、いまはともかくマヤのこと、彼女のためになることだけを考え、実行すればよいのだった。

それから間もなく名前を呼ばれたときには、決意をこめて、みなの前に立った。

泣かずに、最後まできちんと述べよう。

ひと呼吸入れた後、私はみずからにそう言いきかせた。そして胸の奥から湧いてくる何かに任せたまま、私は最初に生徒へ向かって、まず英語で切り出した。

ところが初っぱなからいきなり激しい嗚咽がこみあげた。とたんに場内のあちこちから啜り泣きが洩れた。

「マヤはあなたがたと、喧嘩ばかりしていました。このなかにも、マヤに叩かれたり、砂をかけられたりした生徒たちは多勢いることでしょう。でもみなさん、それは決して、マヤがあなたがたを嫌いだったからではないのです。ほんとは好きでたまらないのに、そのことを理解してもらえず、それにどうやって表したらよいのかも判らずに、あんな乱暴ばかりしていたのです。

マヤはあなたがたを愛していました。それは彼女が私にいつも語っていたことです。みなさん、どうかそれだけはいつまでも憶えておいてやってください」

涙とことばが、まさに錯乱して混じり合ったかのように、私は途中からほとんど絶叫する感じで語っていた。それでも一言一句は明確に伝えたつもりでいた。

次に学校関係者や、私の友人たちに向かって、今度は日本語で述べた。

「マヤの運命を変えてやることのできなかった、私自身の愚かさ……生涯の課題として残ると思います。短い命でしたが、マヤは全速力で疾走し、騒がしく、明るく、激しく、一生懸命に……、そしてほんとうに美しく生きてきたと思います。私はそんなマヤが大好きでした！」

母である私が、実の娘を「大好きだった」などと告白するのは、なんだかとても奇異だと感じた人たちが、けっこういたらしいことは、後日参列した知人から聞かされた。

しかし私にしてみれば、あれはただひたすらマヤに伝えたいがために、敢えてみなの前で口にしたことであって、そんな私の気持を、他のだれよりもいちばん解ってくれたのは、当のマヤに違いないと信じている。それだけに遺影のマヤが、私の挨拶の最中に笑みをこぼしていたという千恵さんのことばが、後々までも心に残った。

マヤが私に望んでいたことは、このように――なりふりかまわずに、私がだれの前であろうと、いつでも堂々と、彼女への愛を表現することだったのではないか？

ところが私は、人前ではいつも徹底して彼女への無関心を装っていた。マヤへの愛を他人から見透かされることを必要以上に畏れ、照れていたのだ。彼女をお腹に宿している頃でも、その事実が知られるのを恥じてみたり、また気がつかない相手に対しては、何カ月でも妊娠している事実に触れないということすらあった。

私ばかりではなくマヤのほうも、他人がいればいつも、私には知らんぷりをし、彼らとの交流ばかりに興じているところがあった。そのくせ二人きりになると、私たちは思うぞんぶん抱きあい、愛情を交し合っていた。

マヤは私がドレス・アップをしているときや、あるいは食事の最中でも、ちょっとした合間を縫っては、「マミー、アイラヴユー」と言ってくれた。そんなとき私は、マヤに西洋人の血が流れていることを、つくづく感謝したものだ。

彼らはもともと、愛をことばで表すことには何のてらいもない。ときにはキャッチボールをするような気楽さでそれを投げ合っている。たとえ真実味に欠けていたとしても、とりあえずは言ってしまえば、なんとなく愛が深まったような気にもなる。人によるのだろうが、私の場合、そんな西洋風の愛情交換が決して嫌いではなかった。

マヤを喪ったいま、私は彼女の顔、その変化に富んだあらゆる表情を、どうしても正確に憶い出すことができない。とくに亡くなる一年以前の顔となると、頭に浮かんでくるものはほとんど写真で憶えている顔ばかりである。

写真を通じて私はようやくマヤの顔を想い浮かべることができる。しかしそこには、肉が、血が、息が伴わない！

それでも彼女のそのときどきの印象をなんとかたぐり寄せ、そこに想いを馳せるかぎり、マヤは再び私の中で蘇える。

4

マヤが亡くなった現場でのお参りは、四十九日まで毎日続けることができた。供物で路が狭くなるのにもかかわらず、すぐ後ろの事務所に勤務する信心深い男性が、熱心に勧めてくれたおかげだった。

Fが日本へ着いた翌日が四十九日目にあたり、最後のお参りの日として、法要が始まる前に、私は新しい花と、いつもより多めの菓子や果物、そして線香をもって、Fを伴い出かけることになった。

道行く途中、すれちがう人のだれもが、Fとその後は私へ、さまざまな感情をこめたぶしつけな視線を向けてきた。マヤと一緒に外出するときにも同じ目にあったが、その場合彼らの視線はひとえにマヤのほうへ注がれ、そのついでにたまま私にも向けられる、といった程度にすぎなかった。

ところがいまは違う。通行人は最初にFを見やった後、想像を逞しくさせながら、必ず私のほうにも視線を注いでくる。長髪に長髭を生やし、いかにもヒッピー然としたFの姿は、この小さな町では違和感がありすぎた。私はたまらなく恥ずかしく、途中からはほとんど顔を伏せたまま歩いていた。

しかしFは、見られることが決して嫌いではない人種の一人である。私とことばを交している最中でも、熱心に見つめてくる人たちには、いちいち微笑み返したりなどしている。そんなFの、どこか優越感に満ちた表情を見ていると、自分たち日本人が、まるで未開人か何かのようにさえ思えてきた。

事故現場は自宅と駅のちょうど中間あたりに位置する。道幅が一メートルにも満たない狭い歩道を通り、交差点を渡ったところで、マヤは左折してきた大型トラックに撥ねられたのである。信号は青に変わっていたので、マヤに落度はなかった。運転手には小さなマヤが見えなかったのか、あるいは見なかったのか、それは判然としない。

小さな街中を疾走するにはおよそふさわしくない、車輪のいくつも付いた、運送用の巨大なトラックだったということで、私はしばらくの間その種のトラックを目にすると、たちまち全身が硬直するほどに怖気づいていた。

このあたりは都内とはいっても、十年前ぐらいまでは、畑地があちこちで目についた。しかしその当時からの人々も、いまはビルディングを建てたり、レストランを経営したりと、往時の名残りをとどめる街並も消え去りつつある。猥雑な風景も都会そのもので、草花や木も肩身の狭い思いをしながら、年々奪われていく自分たちの領分を、怨めしげに眺めているしかない。

小さな敷地にどんどん割りこんでくる家屋、災害が起きたときなどどうするのだろうと危惧されるような狭い道路など、どこを見渡してもゆとりというものがなかった。

マヤのあの日のことは、この強引な街作りから、起こるべくして起きた事故だというふうにも言えなくはない。歩道が極端に狭く、左折してくる車も、人も、互いが見えにくい。この同じ場所で、過去十年間に二人の人間が死亡しているということだった。

供物の置かれている歩道のガードレール脇は、いつ来てもきちんと片づけられていた。すぐ後ろの事務所に通う男性が、風雨で供物が飛び散りそうなときなど、針金や石でそれらを固定してくれていたからである。見知らぬ人たちが、いつのまにか菓子や果物を置いていってくれることもあった。

花を入れ替え、水を取り替え、新しい菓子類を置き、Fが何本かの線香を手向けた後、Fの立つ傍らに膝を突いて、私は般若心経を唱えはじめた。現場でのお参りも今日が最後になると思うと、自然に心がこもった。

マヤより以前に、ここで撥ねられたという二人の方々のことも想いながら、三つの霊魂のために、全部で私は三回般若心経をあげた。

　四十九日目の最後のお参りに、Ｆが立ち会えたということは、やはり意味深いことだった。見えない何かに感謝する思いで、経を唱えた後、私はそっとＦのほうを仰ぎ見た。

　Ｆは両手を握りしめ、背筋を伸ばすようにして立ちながら、神妙な面持で、マヤの倒れた辺りの路上を見つめていた。成田空港で顔を合わせて以来、私は初めて、彼の表情に深い悲しみを汲み取ったように思った。

　お参りを終えた後、法事に足りないものを買いそろえるため、私とＦはさらに駅のほうへ向かって歩いていた。

　そのときＦが頬を紅潮させながら、突然感極まったかのような大声をあげた。

「これなんだよ、つまり、解るだろ！」

「どうしたの」私のほうは周囲の視線を意識しながら、一段と声を落として応じた。

「あの蒼い屋根や松で飾った門、雑然とした家の建ち並び、それにあちこちに突き出ている小さな路地！　……英国にはぜったいにない感覚なんだ。……いいんだよなあ、ここにいるというだけで」そこでつかのま眼を閉じ、顔を横に振りながらＦは息を吸いこむように付け加えた。

「ホノボノとしてくる」

　しかし私のほうはおよそ的はずれなことばを聞いた思いで、白々しい気分になるだけだった。

　一年余りのニューヨーク生活に厭きたらず、帰国後二年もすると再び、ロンドンに渡った西洋かぶれの私だったが、皮肉なことに日本——東洋の心・精神を再認識させてくれた西洋人の一人がＦだった。Ｆや周辺の西洋人たちは当時、太極拳や剣道、ヨガ、合気道などを熱心に嗜み、Ｆなどは日本刀や浮世絵を蒐集し、私と一緒になる前から、味噌汁や天ぷらをみずから作って毎日食べていたというくらいだ。

　ところが結婚後しばらくすると、Ｆのどちらかといえば思考ばかりが先行して、日常生活がそれに追いついていかないような杜撰さや矛盾を、私は激しく責め立てるようになった。それと平行してＦは日本への興味を徐々に喪っていく。日本人との関係という現実に幻滅するや、理想化された彼の中の日本が、どんどん崩れていったのだ。

　そして私がＦを否定する拠り所として、積極的に東洋——自分の原点へと還っていくと、彼のほうは逆に西洋へと戻ってしまった。別れる一年ぐらい前になると、私とマヤが玄米と味噌汁の朝食をとれば、彼のほうは意地でもトーストにベイコン＆エッグを食べていた。

音楽への際立った才能、また過剰なコマーシャリズムを断固として拒絶する潔癖性、膨大な読書量からくる豊かな知識……Fのなかのそんな一連の資質は、これまでにもかなりの人たちを納得させ、感銘を与えてきたと言ってもよい。ところが妻や友人たちとのふだんの付き合いの中では、それがうまくいかされず、ただエゴイスティックな言動ばかりが目についてしまう。

男とは所詮そういうものだと、世間が口をそろえて言ったとしても、私はFのそんな未熟さ——それが知性や才能や潔癖性とは掛け離れているだけに赦せなかった。しかも皮肉なことに、エゴが増長すればするほど、彼の知名度はあがり、作曲・演奏も質を高め、ますます評価されていったという具合だ。

ところが私のほうは彼の妻であり、マヤの母である以外、肩書きがいっさいなくなっていた時期だった。そのうえ外国に暮し、自国語が使えないという、Fと較べれば決して有利とは言えない条件のなかで、孤独感や焦燥感は年々増大し、ついには自分の不幸の原因のすべてをFに押しつけてしまっていた。

私が批判するたびに、彼がむきになって返してきたことばが、いまになってようやく納得できる。

「それは同時に、きみ自身の業《カルマ》でもあるんだよ！」

つまり彼は自分の中の身勝手さや矛盾が、ある意味では私という女が抱えもつカルマによって引き出されたものなのだということを主張するのだ。

当時はそれを聞くたびに、「自分から喧嘩の原因を作っておきながら、よくもそんなことが言えたものだ」と、私はますます怒りを募らせていた。

私とFは一年違いだが、まったく同じ月日に生まれている。このことが彼との結婚を最終的に決意させた動機にもなっているのだが、それは当時私が、物事をことさら運命的に考えたがる傾向にあったからということもある。

誕生日が一緒だからかどうか、周囲に与える印象などは異なりながらも、二人には少なからぬ共通点が認められた。その最たるものといえば、それぞれの並々ならぬ自我、強烈な自意識にあったといえる。幼児期から青春期に受けた数々の痛手を、人一倍深刻に捉え、それを癒すためにも強引に自信を築きあげ、それが少しでも否定されると一気に膨れあがる他人への批判……。それでもFのほうは幸運にも音楽への才能が開花した。そして私はといえば、その妻でしかなかった。

私やFにとって、妥協とか忍耐といったものほど苦手なものはなく、相手を理解しようとすることより、自分が関心を持たれることのほうにエネルギーが費されていた。それでも自分と周囲との関係がある快い調和の中で動いている場合には、相手への思いやりや愛を示す余裕は充分にあったと言える。

しかし二人の関係が始まってから、いつの頃からだろう。それまで保たれていたはずの調和が次第に乱れ、やがては相手を支配することばかりを考えるようになった。気がついたときにはこの悪循環にすっかりはまり込み、のっぴきならない状態に陥っていた。

私たちはまさにプラスとプラスの組み合わせであったと言ってもよく、つまりそんな結合によって生まれ育ったマヤがさらに強烈なプラスを備えた、自我の強い子供に育ったとしても、少しも不思議ではなかった。

顔を醜くひきつらせた私たちが、声を限りにののしりあっていたとき、マヤが恐怖に駈られて叫んでいた声は、いまでも私の耳を貫く。

「マミーもダディもやめてーっ、お願いだからやめてーっ！」

——駅前までくるとFはなおいっそう生きいきとなって、周辺に忙しなく視線を走らせていた。

「英国のいったいどこに、これほど活気に満ちた街があるというんだ」

私のほうはさらに興醒めた思いで、それでも好い加減見馴れてしまっているその辺りの光景に、改めて視線を巡らせてみた。

狭い路にひしめきあうさまざまな商店、八百屋や魚屋からあふれ出る威勢のよい掛け声、ブティックやレコード店から流れ出る音楽、どんなすき間も放っておかずに侵入してくる広告や看板の色、色、色。路を大幅にふさいでしまっているすさまじい量の自転車、バイク、それぞれが個性を主張して譲らないバラバラな建築物の寄り集まり、そして途切れることなく押し寄せる人波、車……。

しかしFは一段と顔を上気させると、こみあがる思いを、もはや抑えきれないという様子で、

「なんてカラフルで、なんて賑やかで、それになんて……」そこで彼はしばしことばを詰らせ、その後感無量の面持で付け加えた。

「何もかもが日本だ、何もかもが生きている！」

伝統とロックを同時に愛するFの感性を、私は私なりに理解していたつもりである。しかしそれにしてもまともな日本人だったらだれもがうんざりしている、日本の都会の典型的

な、バランスなど初めから考えていない、この何もかもを鮨詰めにした風景に、どうやら本気で感動しているらしいＦに、私は呆っ気にとられた眼差しを向けるしかなかった。しかもＦはこのとき、こんなことまで言った。

「きみはぼくとまだ結婚したての頃、自然なんてものにはまったく興味がなくて、やたら都会的なことばかり求めていた時期があったよね。ぼくは都会病だと言ってあきれていたけど、でもやっと解ったよ。つまりきみはこういうところで生まれ育ったわけで、きみにとってはこれこそが、まさに自然だったんだよね。なるほどなあ、これぞきみの原点ということか」

私は私でそのときようやく、Ｆが私と一緒になったことで何を補おうとしていたか、そして私と別れ、マヤを喪ったいま、次に何を求めようとしているのかということが、漠然と納得できたような気がした。

Ｆの原点といえば、すぐさま彼の母のことが想い浮かぶ。特権階級意識に支えられ、誇り高く生きてきた彼女は、感性や理性の源をすべてそこにおき、それに逆らうものや侵害するものに対しては、常々厳しい拒絶を示してきた。

サッチャーが首相になったとき、Ｆは彼女のお尻の形が自分の母親のそれにそっくりだから、好きではない、などと何度か語り、私を笑わせた。あの横にデンと張り出した大きなお尻は、モラルや貞操などといったものを拠り所に、周囲への絶対的支配性を貫いてきた中年女性独得のものであるというのが、Ｆの持論だった。

そういえばサッチャーと、Ｆの母イングリッドは、出身の違いこそ多少あれ、かなり似通ったイメージをもつ、ある種の英国女性の典型だと言ってもよかった。

イングリッドには結婚前と結婚後の二回しか逢っていない。まだ同棲中の頃から、彼女はＦと私の結婚には猛烈に反対し、結婚した後には子供を作ることに反対した。そのどちらもがＦを不幸にすると考えたらしい。理由は一人息子Ｆへの独占愛と、私への人種差別以外の何ものでもないのだが、Ｆが不幸になるという意味では、彼女の母としての予感は見事に適中したと言える。

二度めにスコットランドの新しい家に彼女を訪れたとき、私たちは一歳半になったマヤも同伴した。Ｆの父と母は、Ｆが十四歳のときに離婚している。父に愛人ができたからだ。Ｆが成人してからは母のほうも再婚した。相手はロンドンでも有数の、王室の御用達で知られる花屋の社長だった。しかし夫が引退してからは、夫婦そろってスコットランドのほうへ移り住んだ。

私たちが到着してからしばらくしても、イングリッドはまるで、マヤなんかそこに存在もしないというように、視線が彼女のほうに届くことさえも拒んでいるふうだった。私に対しても最初に「オウ、ハロウ」と言ったきり、あとはことばひとつ掛けてこない。それよりも何よりも、イングリッドは久しぶりに逢った一人息子に夢中で、お茶の用意をしながらも際限なく、Fだけを相手にしゃべりまくっていた。

「それにしてもF、あなた、なんてみすぼらしく穢らしく、醜くなったの！　昔はもっとハンサムで、颯爽としていたというのに」

と、これは明らかに私への当てつけである。顔を合わせるなり、こちらの攻撃性をこのうえもなく刺激され、そろそろ受けて立つべきかと、私は判断した。

「ねえ、イングリッド、あたしはどうかしら。このまえ会ったときと較べてどう変わりました？」

とりあえずは相手の視線と意識を、強引に自分へ向けるべく試みる。

しかしひとの顔もろくに見ないでイングリッドは答えてきた。

「あなたはけっこうです。以前よりもはるかにすっきりとして可愛らしくなりました」

最初に会ったときは、私がまだレストランを経営していた頃で、ロングドレスに濃いめの化粧といった、店からそのまま飛び出したような恰好で訪れ、イングリッドにとってはそれだけでも好ましからざる印象だったようだ。そこで今回はメイクを控え目にし、服装のほうも極力原色を抑えたのだが、それが功を奏したようだ。

だが、褒められたとはいえ、そこに皮肉がこめられていなかったわけではない。つまりイングリッドは、私がFからどんどん生気を吸いとり、自分だけが好き勝手な生きかたをしながら、若返っているとでも言いたかったのだろう。

「髪もそんなに薄くなってしまって。このまえ会ったときよりもずっとハゲあがっているじゃないの」眉をひそめながらその後イングリッドは、私のほうへ責めるような一瞥をあたえた。

私たち夫婦の間でも「ハゲ」ということばは禁句になっているのに、それを母の口からまともに聞かされ、さすがにFはムッとなった。

しかしこんなことまで私のせいにしないでほしいと言いたい。そもそも髪の質が悪いのは母親ゆずりだと、Fは日頃から語っていたし、よく見ればたしかに、彼女の一応は品よくまとめられた白髪混じりの頭髪は、いまにも全部抜けてしまいそうなほどの脆さを感じさせた。

「ともかくF、同い齢のチャールズ皇太子を見てごらんなさい。彼のほうがはるかに若々しくて美しいではないですか」

私は唖然としてイングリッドのほうを振り返った。よりによってチャールズ皇太子と自分の息子を比較するとは！

特権階級意識もここまでくれば見上げたものである。そういえばFとチャールズ皇太子は小学校が同じで、クラスまでも一緒だったという話は、以前にFから聞かされていた。

マヤはイングリッドに無視されながらも、持前の無邪気さで彼女に纏わりついていた。このときのマヤは首から爪先まで続いた、赤と白の横縞模様のカヴァ・オールを身につけ、鳶色のおかっぱ頭の下からは栗鼠のような眼がのぞき、ころころと動き廻るその姿はなんとも愛らしかった。

そのうちイングリッドは、いたずらの始まったマヤを無視し続けるわけにもいかなくなり、あれは触るな、これを踏むな、などと、最低そのぐらいは声を掛けるようになった。部屋の中には数世紀にも亘って大切に扱われてきた重々しい家具が、所狭しと並べられ、マヤがそれらをおもちゃ代わりに触れていくものだから、イングリッドは気が気ではなかったのだ。Fはそういえば十歳ぐらいになるまでは、家の中の、とくに応接間などには、出入りをすることさえも許されなかったということだ。

「ねえイングリッド、マヤはFにそっくりでしょう？」

私はことさら明るい声でイングリッドに尋ねた。すると即座に、彼女の撥ねつけるような答えが返ってきた。

「いいえ、ちっとも」

こんな私たちのやりとりを、いかにも人の好さそうなイングリッドの夫ははらはらと見守りながら、もっぱらマヤの相手を務めることで、なんとか逃げ場を捜しているふうでもあった。しかしFのほうは、どことなく愉し気でさえあった。今回妻と母との間で何かが起きることを、彼は明らかに期待しているようなところがあった。日頃から、私ひとりが悪者になって、相手をズタズタにやっつけたりしている光景を目のあたりにすると、胸躍らせながら眺めているといった傾向が、Fには少なからず見てとれた。

マヤの顔立ちはだれの目から見ても明らかにFのほうに似ているわけで、それをそうではない、つまりこれは自分の孫なんかではないと決めてかかっているツッパったイングリッドが、私にはたまらなくおかしかった。

「そうかぁ、似てないんだ、どうりでマヤは美しいはずだよ。

だってFときたら……」

私はとぼけた口調でひとりごちた。

イングリッドはさすがに一本やられたことを認めないわけにはいかず、それでも悔しいには違いなく、挑戦的な薄笑いを浮かべていた。

翌朝マヤがイングリッドの夫に連れられ散歩に行っている間に、私とFは先に朝食をすませることになった。

食堂に朝食を運んできたとき、イングリッドはマヤのおもちゃが床の上に散乱しているのを目にして、たちまち眉を寄せた。そのときふと彼女の視線が、ゴムで作られた小さな人形の上に止まった。とたんに悲鳴が洩れ、イングリッドは危うく盆を落としそうになった。その後、盆はテーブルに放り出すようにすると、両手で顔をおおいながら、イングリッドは声をあげて泣き出し、そのまま傍らの椅子へ頽れるように坐りこんだ。

私もFも不意の出来事にただ驚き、いったいどうしたのだと、繰り返し彼女に尋ねないではいられなかった。

やがてイングリッドは慄える指先を床に落ちたゴリラ人形に向け、もうひとつの手で流れる涙を拭いながら、いかにも芝居がかった声で叫んだ。

「なんと嘆かわしいことでしょ、よくも……よくもそんなひどいおもちゃを、自分の娘に与えられるものだわ」

私もFもイングリッドがなぜそんなことを言ってくるのか訳がわからず、私は床からそのゴム人形を拾いあげると、これのどこが悪いのだと訊いた。

「やめて、やめてちょうだい。それをわたしに向けないで！」

イングリッドは左手で両眼をおおい、右手で私の差し出したゴム人形を払いのけるようにしながら、滑稽なまでに怖がってみせる。

体長がおよそ十センチほどの、両手両脚をウォッとばかりにひろげた鼠色のゴリラ人形は、自動車の運転席に吊すマスコット人形か何かだろう、頭の上には紐の輪が付いている。私たちが買った憶えもなく、どうしてこんなものがマヤのおもちゃに紛れているのか、まるで見当もつかなかった。

「これがいったい、どうしたというんだよ」

Fはうんざりしたように言った。

「まあ、あなたにはそれが判らないというの？　見てごらんなさい、口の横を。血が滴り落ちているじゃないの。なんて恐ろしい」

言われてみればたしかに、一条の血のようなものが、ゴリラの唇の脇から垂れている。とはいってもそれは、たかが絵の具で描かれたものだ。

「子供のおもちゃというものは、もっと夢を与えるようなものでなければいけません。それをこんな……」

要するにきっかけは何でもよいのだ。私たち――とくにこの私を咎める材料が見つかりさえすれば、めざとくピック・アップし、たとえ朝食前とはいえ、ここぞとばかりに責め立てる。私はそのとき、このゴリラ人形はもともとイングリッドが持っていたもので、それを彼女は初めから計画的にここへ置いていたのではないかと、そんな疑惑にさえ駈られていた。

腹を立てた私は、ここだけははっきり言っておかねばと思った。

「あなたはマヤを少しも愛してなんかいないのに、それはまったく余計なお世話というものよ。だいたいあなたは、あの娘《こ》を孫としてさえ認めてはいないじゃない」

「そういうあなたはFを愛しているの」イングリッドも負けてはいない。

「愛そうという努力ぐらいは、多少なりともしていますよ」

見え透いたことを言っても通用しない相手には、とりあえずこんなところを答えておくのが無難だった。

ふと、Fに視線が止まった。不謹慎とも言えるような笑みが、私とイングリッドの間を往ったり来たりしている。自分を巡る二人の女の葛藤を、Fはまったく単純に愉しんでいる様子だった。

「イングリッド、あなたがわたしを嫌いで、Fとあたしをなんとか別れさせたいと願う気持ちは解らないではないけど、でもそれは無理というものよ」

「あら、そうかしら?」

「そりゃそうでしょ、だってあなたより、あたしのほうがはるかに利口なのよ、負けるわけがないじゃない」

この手の闘いにおいて、私はほとんどエキスパートと言ってもよかった。とくにイングリッドのように、いちいち反応してくれるタイプはもっとも扱いやすく、私もしまいにはFと一緒になって、どこか愉しんでいる自分に気がついていた。

しかしイングリッドのほうもなかなかのもので、私にこんなことまで言われながら、何がおかしいのか、にやりと口許を弛めた。私のほうもつられて笑い返した。その瞬間、私は二人の間に同類者意識とでもいったものが成立したとさえ確信した。しかもそこに私は、奇妙な相互理解すら感じ取らないではいられなかった。

私とイングリッドは必ずしも相手のすべてを否定していたわけではないようだ。少なくとも互いの正直さ、という点についてだけは、納得していたように思われた。

戦争体験者によく見られる傾向で、私の父も外人、とくに米国人に対しては並々ならぬ憎悪をいだいていた時期があり、私が最初アメリカへ渡ったときなど、こんなことを言っていた。

「おまえがもしも毛唐と結婚するようなことがあったら、父娘の縁を切る」

そのことをたまたまイングリッドに伝えたところ、彼女はすかさず、こう答えた。

「あなたのお父様はとても立派なかたです！」

5

生まれたときからマヤはひときわ甲高い声で泣く赤ん坊だった。お腹の中にいる頃から、なんとなく荒々しい波動が伝わってきたので、私もFも、てっきり男の子だとばかり思っていた。

英国で次第に一般化しつつあった風潮にしたがい、出産には夫も立ち会った。分娩室の蒸し暑さや私の陣痛が長引いたということもあり、彼は最後のほうでは、ほとんど失神寸前の状態にあったようだ。ようやく赤子が出てきたときには、“It's a girl！”と、Fは呆然とした顔で私に告げた。

それからすぐに真っ白な産衣を着せられたマヤと対面したのだが、灯りを反射して輝く真ん丸の眸が――実際には見えていなかったにしろ――あたりを物珍しそうに眺めまわしている表情にはどことなく威厳があり、しばらくは粛然とした気分にさせられた。また生まれたばかりの赤ん坊にしては眼鼻だちがくっきりしすぎていることもあり、全体がいかにも柔和な仏像を想わせた。

だが神秘的な雰囲気を漂わせていたのはこのときばかりで、それ以後のマヤは、同じ時期に生まれた病院内のどの赤ん坊よりもよく泣き、またその声の大きさときたら、周囲からの文句が絶えないというくらい凄じいものだった。こちらのシステムで、マヤは夜中も私の隣に寝かされていたため、私はすっかり睡眠不足におちいり、十日目にやっと退院を許されたときには、捕われの身から解放されたかのように、まさに疲労困憊の体だった。実際やかましい看護婦や規律ずくめの毎日に耐えられなくなって、自分の赤ん坊と一緒に夜中にこっそり脱出する母親も何人かいた。

それから三歳半ぐらいまでの間、マヤは実によく泣いた。その大きな声といったら、とても知らん顔をして放っておけるようなものではなかった。マヤは言ってみれば気性のすこぶる激しい、どうにも聞き分けの悪い子供で、その原因の一端が両親の不和にあると言えないでもないのに、私もFも当初はヒステリックな怒りを彼女へぶつける以外、他に為す術もなかった。

妊娠中から私は少しも幸福ではなく、Fと結婚したことを後悔するばかりの毎日が続いていた。人はいったんネガティヴな波に巻き込まれると、そこから抜け出すことすら思いつかなくなるようだ。それどころか危険を承知のうえで、ますます大波に乗り、みずからを泳がせてしまうようなところがある。

私がFと結婚して以来繰り返してきたことと言えば、すべてこのことに尽きた。それでも七年間持ちこたえたのは、Fの楽天主義がなんとか引き止めていたからだと言える。

たとえば私が「もうダメだ」と弱音を吐けば、彼のほうはそのつど、「ダイジョーブ、これからはすべてがうまくいくようになる」という具合に応えてくる。しかしそこにはなんら責任ある行動が伴わないわけだから、結局は根のない、ことばの上だけの楽天主義に終わってしまう。

苛立ちや怒り、憎しみ、それに離別への恐れ……、尽きることのない不安のなかで生まれてきたマヤが、情操の安定した穏やかな子供になど育つわけがなかった。誕生して以来、周囲が音をあげるほどに泣き叫び、だれかれかまわず繰り返し愛情を要求したことの根にあるものは、両親の闘いのなかでないがしろにされた心細さからくる、マヤの必死なまでの自己主張だったということを、彼女を喪ったいま、私は身につまされる思いで受けとめる。

私はもちろんマヤを愛していた。しかしそれ以上に、Fを憎むことのほうに心が奪われていた。

私とFの闘いは言ってみれば、どちらが相手のエゴを上廻り勝ち残るかといったことの、連続だったという気がする。しかし表面的には、社会的地位や才能、国籍、それに男である、という条件などで、はるかに有利な立場にあったFのエゴのほうが、勝る場合が多かった。

日本へ本格的に移り住む二カ月ほど前に、――結局は実現しなかったのだが――出版などの打ち合わせのため、マヤをFのもとにおいて、私独り、一カ月だけ日本に滞在していた時期がある。

ロンドンを発つとき、マヤもFといっしょに空港まで見送りにきてくれた。私はそのときマヤに対して明らかに「置いていく」という罪悪感を抱いていたようだ。

その思いから一刻も早く逃れたいばかりに、私は二人へついおざなりなキスをしてしまった。

マヤはFに抱かれたまま、たちまち眉をしかめた。

「もうマミーったら、ちゃんとキスしてよ」

突如抑えがたい悲しみが私を襲った。それをごまかすために私は「ＯＫ」とふざけた口調で、こんどは彼女の唇にキスをした。同時にマヤの両手が私の首に巻きついた。私は束の間、彼女をＦから奪うような形で、自分の胸に抱いた。

しかしすぐにＦのほうへ返すと、私は努めて明るい笑顔で「バイバイ」といった。

最初から最後まで、Ｆのほうはなるべく見ないようにしていた。それでもたまに視線が重なったときなど、彼はなんとも暗い眸を返してよこした。いま思えばそこにはすでに、近い未来の妻と娘との別れを予感した絶望的な翳が宿っていた、というふうにも考えられないではない。

二度と振り向かないつもりで歩き出した背後から、マヤが繰り返し私を呼び止めた。

「マミー、バイバイ、バイバイ、ねえ、マミーったらあ、バイバイ、バイバイ。マミーっ、お願い、こっちを向いてよ！」

いまにも泣き出さんばかりの大声に、私は思わず立ち止まると振り返った。

マヤは相変わらず眉根を寄せたまま、その顔はあたかもこう言っているかのようだった。

マミーったら、ほんとにしようのない人だ。こっちの淋しさも知らないで、いつも好きなことばかりやってる。もういい、あきらめるしかないんだ、あたしは。

不意に涙がこみあげた。私はもう一度手を上げると慌てて踵を返し、あとは二度と振り返ることなく歩いていった。その刹那どうにも耐えがたい、それにしては懐しい、なんとも不思議な感覚が私を襲った。……遠い昔、マヤとの間に何度もこういうことがあった、だが彼女はそのつど傷つけられながらも、寛大に私を赦してくれていた。私は自分とマヤとをつなぐ、もはや取り返しのつかない根源的な悲しみとでもいったものを、浴びるような思いで感じ取っていた。

英国へ再び帰ったものの、それから一カ月も経たないうちに、私は最終的な結論を下し、マヤを伴って、こんどは完全にＦのもとを去ったわけだ。突然そんなことになろうとは、二カ月前独りで日本へ発ったときには、予測だにしなかった。

しかしＦは今回日本を訪れたときに、ふと洩らしていた。マヤと二人だけで一月を過しながら、その間なぜか、彼女と自分とのことが哀れでならなかったと。あれがマヤとじっくり過す、ほんとうの最後になってしまった。しかし自分は当時そのこと、つまり最後であるということを、どこかで予感していたような気がする……。

日本で暮すようになってからとくに、マヤは私を越えるくらい、生来の社交性にますます磨きをかけていった。私の友人宅へいっしょに遊びに行くことも大好きだったし、またそこに子供たちがいる場合は、独りで泊りがけの招待を受けることも多かった。訪ねてくる人間はだれであれ、うるさいくらいに歓迎していた。

日本語がまだ不自由なところでも、近所づきあいには熱心で、友人も子供には限らなかったようだ。マヤが死んで二日後に、独り暮しをしているらしい近所の老女から、一通の手紙が届いた。

大好きなマヤちゃんえ

マヤちゃんが車にひかれて亡くなったこと、テレビをみて知りました。こんなにこんなに哀しいことはありません。

おばあちゃんは毎日ひとりで淋しかったから、マヤちゃんが遊びに来てくれることだけがたのしみだったの。亡くなる前の日にも来てくれてありがとう。

マヤちゃん、おばあちゃんにさよならを言いにきてくれたのね。マヤちゃんの大好きな大福を買っておいたのに、もう食べてもらえません。おばあちゃん、さっきひとりでいただきました。哀しくて、とても哀しくて涙が止まりませんでした。

今度は天国でいっしょに遊びましょうね。

さようなら、マヤちゃん。

——大福のおばあちゃんより

私の知らないところでもマヤは本当に生きていたのだということは、この手紙を読んだときにもつくづく感じさせられた。他にもマヤを知るたくさんの子供、大人たちから手紙や電話をもらい、その中には私が会ったこともない人たちまで相当数いた。

やはり私と一面識もない、同じ学校の五年生になる日本人の父親からは、葬儀の翌日に電話があった。彼は学校側の不手際により葬儀の日取りを知らされず、参加できなかったということで、学校側に対して相当に憤慨していた父兄のひとりでもあった。そしてその怒りのすべてを私のほうにぶつけてきたのである。

彼は私がマヤを殺したようなものだ、あなたは生涯十字架を背負いながら生きてゆくべきだと、気もふれんばかりの悲しみと苦しみのなかで、やっと息をついている状態の私に対して、さんざん呪いの言葉を吐いたあげく、最後に声を震わせながら、こう叫んだ。

「ぼくだって……ぼくだって、マヤを愛していたんです！」

私を責める彼のことばには甚しく傷つけられながらも、電話を切った後、なんとも言えない感動が私の胸を衝いた。

葬儀が終わって三日目に、ガール・スカウトの指導などをしている、ミセス・フジムラという先生が、シスターを伴って学校からわざわざお見えになった。ミセス・フジムラは極めて厳格な先生らしく、マヤなどは他のどの子よりも頻繁に叱られていたという。一度、マヤを迎えにいったベイビー・シッターのY子を通じて、マヤを家では甘やかしすぎているのではないかと、ミセス・フジムラから注意を受けたことがある。それを聞いても、私は憂鬱な気持のまま放っておくしかなかった。ロンドンにいるころから保育園の保母に同じことを言われつづけ、もうどうしたらよいのか判らなくなっていたのだ。

家では決して甘やかしていたわけではなく、ただ他の子供たちが幼くしてすでに、内と外での品行をある程度使い分けていたのに較べ、マヤにはその区別がまったくなかったということが、ひとつには言える。マヤは私やFに甘えたりするのと同様に、外でもそれをしていたようなのだ。

よその親が自分の子供に対するのと変わりなく、ときにはそれ以上に厳しく、むきになってマヤを叱りつけたりするのを目のあたりにすると、私はなんとも厭な気持になった。愛情などあろうはずもない他人の子供に対して、自分の子供と平等にという意識を強調したいがためか、私の前で平然と怒鳴り散らす彼らに、なにかとても不自然で見苦しいものを感じたりもした。しかもその大方は、マヤが自分の子から強引に何かを奪い取ったなどという理由なのだから、なおさらだ。

亡くなる一、二カ月ほど前からマヤは急に成長しだしたところがあり、周囲からの小言も減り、ミセス・フジムラともうまくやっているらしいということは、私も気がついていた。

わざわざ訪ねてきたミセス・フジムラが、声を詰まらせ、涙ながらに語り出したときには、厳しさとはまた違う、彼女の別の一面を見せられた思いだった。

「どうしてマヤがこんなめに遇わなければいけないんでしょう。あんなに存在感のある、生きいきとした子供らしい子供はいなかったというのに……。無邪気で活潑で天真爛漫で……養老院を訪問したときにだって、他の子たちが照れたりめんどくさがったりして、何も表現しようとはしなかったのに、マヤひとりが率先してお年寄たちのために唄ったり、ふざけたり、……みな大笑いだったんです。あの方々がマヤによってどれだけ救われたかしれません。帰るころには、またぜひ来てくれといって、みな心からマヤとの別れを惜しんでいたんですよ」

エゲツない冗談をいったり、大きなアクションで暴れまわったり、へたくそな唄を得意になってうたっているマヤの姿が目に浮かぶようだった。マヤのなかにそっと潜む優しさが、ときにはこんな形で表れていたことを、私は少なからず理解していたつもりだ。

マヤに天性とも言える社交性が備わっていることに気がついたのは、ロンドンにいた当時からである。

彼女がまだ四歳になるかならないかのある晩、夫のロック・バンドのメンバーを全員招待したときのことだ。みなと同じ、背のやたら高いイタリアン・チェアに腰かけながら、ナイフとフォークを使い分け、マヤはなかなか堂にいったマナーで食事をしていた。その間マヤは、両隣に坐っていたギターリストのJやKへ、その双方に気を配りながら、一生懸命話題を提供していた。保育園の友だちのこと、マミーやダディのこと、家で飼っている猫のこと等々……。

大の男二人が相好を崩し、真剣に相槌を打ちながら聴いている顔といったら、まるで愛しいガールフレンドに向けるものと、なんら変わりがなかった。それ以来客を招いたときには、ベッドへ行く時間がくるまで、私はマヤをホステス役として、けっこう上手に使っていたところがある。

ミセス・フジムラが続けて言ってくれたことばは、私をますます歓ばせた。

「マヤはなんといっても、マミーのことがいちばん好きだったんですね」

思わず顔を赤らめながら、「でもそういう年齢でしたから。六歳といったら、まだまだ母親に依存しているときでしょう」と、私は答えた。

「いえ、そういう意味ではないんです。なんていうか……」ミセス・フジムラは窓ガラスの向こうを両眼を細めるようにして見つめながら、不意にくだけた調子で言った。「マヤはマミーのことをどこかおもしろがっていたというか……ともかくよく話していたわ。だからわたしたち、けっこうあなたについて知っているんですよ」

それから再び顔を伏せながらミセス・フジムラは続けた。

「旅行から帰ってきたときも、マヤはマミーに逢えることを何よりの愉しみにしていて、……あのときベイビー・シッターのかたが迎えに見えたでしょ？　がっかりしていたみたい」

あのときはちょっと……と言い訳をしながらも、幸福感が春の陽差しのように私を包みこんだ。それはまるで、期待もしていなかったプレゼントが、いきなり空から舞い込んできたかのような幸福感だった。

「ウイとマヤはライバル意識をもっている」

一部の友人たちは、私たち母娘の関係を好んでこのように見たがる傾向があった。当時はそれを聞いても苦笑するぐらいで、私はまともにとりあわなかった。マヤとの関係にどこかで根源的な悲しみのようなものを感じていたとしても、二人の間の愛情については、やはり揺るぎない自信を持っていたからだろう。どこのだれが割りこんでこようが、まるで動じなかった。むしろ積極的に招き入れさえした。マヤにはあらゆる愛を、可能なかぎり獲得してほしかった。マヤが慈しまれ、マヤもまた彼らに夢中になっている姿を見るのは、何よりも歓ばしいことだった。

だがマヤは別の面で、私に対して意外な対抗意識を抱いていたふしがある。

私の親しい友人たちがやってきたときなど、マヤはよく、相手の腕を摑み、大きな眸で睨みつけるようにしながら詰め寄って言った。

「あたしとマミーと、どっちが好き?」

大方は返答に窮し、赤面しながら黙っているのだが、マヤは相手が答えてくるまで、何度でも同じ問いを繰り返す。最後には根負けして、彼らは「マヤのほうが好きだ」と言わずにいられなくなる。ところがなかには「マミーのほうが好きだ」などと答えてしまう意地悪なものもいた。そんなときのマヤの怒りようといったらなく、相手を本気で叩いたりしていた。

可愛らしい混血で、明るく華やかで、人なつっこくて、おもしろくて……と、まさにマヤの美点だけを評価し、彼女に夢中になっていたおとなはけっこういたようで、ただ困るのは、彼らが私のいる前でも、親の私を無視し、マヤを溺愛《スポイル》してしまうということだった。たとえば私が止めるにもかかわらず、マヤが要求するままケーキを三個も四個もたて続けにやったり、他の子供たちに較べ、マヤがいかに可愛らしいかということを、マヤの前で強調したり、私がわざと質素な服を着せていることの意味を解さないまま、当てつけがましく高価な服を買ってくれたりとか……。

マヤには友人の子供のおさがりや、洗いざらしたものなどを積極的に着せていたところがある。それは他の子たちよりどうしても目立ってしまう彼女の存在を、少しでも控え目にさせたいということや、また容貌に関する過剰な意識を、いまからあまり植えつけさせたくないという思い、それに質素な生活観をもつ英国人から受けた影響なども多分にあった。

もっとも母親の私のほうは、いつでも念入りに装っていたのだから、周囲が好き勝手に誤解するのも無理からぬはなしだったかもしれない。

私にしろFにしろ、元来自分に対する思い入れを過剰に持ち合わせ、それだけに周囲の反対に対してはことさら敏感なわけだが、そんなこともまた当然のように、マヤに引き継がれたようだ。たかだか四、五歳の娘がいったい、いつこのような直感を身につけたのか、とても信じられないくらい、マヤはときにおとなたち――とくに男心を知り抜いているかのような振る舞いをみせて、私を唖然とさせることがあった。

マヤを連れて友人の個展を銀座まで見にいったときのこと、帰りにみなで近くの中華料理店へ立ち寄った。

食事をしながら談笑している際、途中でふと、マヤの視線が三メートルほど横のテーブルに、落ち着きなく何度も注がれていることに気がついた。

十数人ほどの若いサラリーマン風の男たちが、賑やかに飲み喰いをしている。その全員が酔った様子で相好を崩し、なにやらしきりにマヤへ向かって合図を送っていた。マヤを連れているかぎり、これと似たことはよく起こるので、私はたいして気にもとめず、再び友人たちとの雑談に加わった。

やがて不意にマヤは立ち上がると、大股で彼らのほうへ歩いていった。側までいってマヤが立ち停まったとき、男たちは喝采しながら、口々に「カワイイ！」を連発していた。私や友人たちは話をいったん中断して、それとなくこの様子を見守った。

マヤはどこか人を喰ったような笑みを浮かべながら、しばらくの間順番に彼らを見つめ返していた。

そしてひととおり視線を巡らせた直後、マヤは穿いているスカートをいきなり、顔の上までたくしあげた。

一瞬の沈黙を経た後、拍手と、同時に身をのけぞらして発する大歓声が男たちの間から湧き起った。

私も友人も呆っ気にとられてしまい、すぐにはことばも出なかった。そこへマヤが澄ました顔で戻ってきた。そして席へ着くなり、何事もなかったかのように、私の横で悠然と残りの餃子を平らげた。

ややあって友人の一人が、どこか遠慮がちな声でたずねた。

「マヤちゃんて、いくつになったんだっけ」

「五歳」

私のほうもなんとなく頬を赤らめるような思いで答えた。

ふーん。あきれたような、感心したような彼の声に、全員が急に忙しなく、食べ物を口に頬張り出した。

フジイという私の古くからの友人が、初めて私の家を訪れ、近所に煙草を買いにいくときに、たまたまマヤを肩車し、連れて出た。

帰ってきたとき、フジイはかなりショックを受けた様子で私に伝えた。

「歩いてたらさあ、すれ違うひと全員がマヤちゃんを見るんだよ。まあ、それはわかるんだけどさ……、まいったよ、ウイ。マヤちゃんがその後なんて言ったと思う？　『ねえ、フジイちゃん、なんでみんな、あたしのことジロジロ見るか、知ってるぅ？』

そう言って訊いてくるんだよ。で、おれは、さあそれはたぶん、マヤちゃんが混血だからじゃないの、って答えようとしたわけ。ところが、こうなんだぜ、『それはね、あたしがカワイイからなんだよ』って」

その後フジイが呆れたように、頭上のマヤを見上げると、彼女は小鼻を膨らませながら、満悦の笑みを浮かべていたという。

一方このこととは対照的に、マヤは遊びから帰ってくるなり、私にこんな不平を洩らしたこともあった。

「マミー、どうしてみんな、あたしのことカワイイ、カワイイって、そんなことばかり言うの？　もういやだ、あたし。カワイイのなんか、厭きた！」

そういってマヤは床にひっくり返ると、足を蹴り上げながら苛立ちを表わしていた。

ところが、たとえばテレビの子供向け番組などを一緒に観ているときに、私がマヤと同年代ぐらいの子を見て、「あの子カワイイね」などと口にしようものなら、マヤはたちまち眼を吊り上げ、

「あたしと、どっちがカワイイ？」などと、むきになって迫ってくる。

このどれもが、彼女のそのときどきの正直な気持であったということだろうが、それにしても容貌に関する並々ならぬこだわり、その自意識過剰ぶりは、すでにマヤの中では歯止めのきかぬほどに膨れあがっていたと言える。

ときにはそれが笑ってすまされないところまで発展し、彼女の将来を想うにつけ、私はその点をどうしても危惧せずにはいられなかった。

日本に住みついて間もなく、まだマヤが保育園に通っていたころのことである。マヤを自宅にしばしば泊らせるくらい可愛がってくれていた園長は、日本語のあまり通じないマヤ

に対して、知っているかぎりの英語を駆使しながら、精いっぱいの気遣いと愛情表現を見せてくれていた。

やがて学芸会が近づいたときに、園長は、〝白雪姫と七人の小人〟のお芝居のなかで、マヤにぜひ、主役の白雪姫をやらせたいという希望を出した。ところが他の保母たちは、マヤが英国から来たばかりで、この保育園に入園してからも日が浅いのに、主役をやらせたりなどしたら他の園児に対して不公平であると、いっせいに反対の意を示してきた。そこで園長も折れるしかなく、マヤには準主役の、魔法つかいのおばあさんの役をやらせることになった。そのことを伝えるためにわざわざ電話をしてきた園長は、私にこんなことを忠告した。

「マヤにはね、魔法つかいがいちばんビューティフルで、だれからも愛される、とても重要な役なんだと嘘をついているから、ぜったいに本当のことは言わないでおいてくださいよ」

つまり〝魔法つかい〟のキャラクターの、真に意味するところを、説明しないでほしいということなのだ。

いずれにしろマヤは、自分がだれよりも美しく目立っていれば満足するわけで、あたしがいっとう可愛らしくてラヴリーな役をやるのだと、稽古が続いていた連日、御機嫌で帰宅していた。私はおかしくてたまらず、つい本当のことをしゃべってしまいたい誘惑に何度か駈られ、それを抑えるのに少なからず苦労した。

いよいよ学芸会の当日、私も他の父兄に混じって〝白雪姫と七人の小人〟を見物していた。

白雪姫と他の出演者が出てしばらくすると、マヤの出番となり、彼女は真っ赤なりんごを手に抱ながら、きどって登場した。

するとそれまで場内に流れていた、無邪気で微笑ましい雰囲気が、一瞬にして別のものに変わってしまった。観客席がなんとなくざわめいた様子でもそれが伝わった。

「なんだ、魔法つかいのほうが、白雪姫よりもきれいな服を着ているじゃないか」

私の側にいただれかの父親が、そう呟いた。

それはマヤの姿を見るなり、だれもがただちに感じ取ったことに違いない。主役の白雪姫の白いドレスよりも、はるかに手のこんだ、スパンコールなどたっぷりとちりばめられた銀色のロングドレスは、まさにマヤのために作られたとでもいうように、彼女の躰に完璧にフィットしていた。

他の出演者からやや離れたところに一人立っているマヤは、彼らの存在などまったく眼中にない様子で、観客の全員が自分のほうに注目したことを充分に感じとりながら。その視線を余裕をもって見つめ返していた。マヤと他の出演者との間には、いまや明確な壁が築かれていた。そして観る側はまるでそぐわない、そんな二つの世界に、次第に当惑をおぼえていった。

厚化粧でおおわれた顔は仮面のように、表情がまるで動かない。そんな顔で舞台の中央に立っているマヤは、まさに飾り人形のようだった。人形の役割は、人の視線をひたすら引き寄せることにしかない。

ところが残念ながら、それは決して出来栄えのよい人形とはいえなかった。

私にはマヤがかつて見たことがないくらい醜いと感じられ、やがて視線を当てていることさえも耐えがたくなった。たとえ子供とはいえ、自意識でがんじがらめになってしまった姿は美しいはずもなく、さらには彼女のその後の演技も――本人が問題にしていないだけに――お粗末さばかりを強調する結果となった。

マヤの事故死を知らされたときに、私の胸をすぐさま衝いたのは、「やはり」という、すでに否定することのできない感情だったと言える。子をなくした親がよく口にする、「信じられない」「あの子にかぎって」ということばは、私に関しては決して出てこなかった。

いつか何か、取り返しのつかないことが起こるのではないか――そんな不安が時と共に、次第に膨らみつつあったことに、私は改めて気づかされたほどだった。

たしかに親が特殊な稼業に従事していたからということもある。しかしそのことばかりではなく、マヤ本人の元来の気性やそこに備わったさまざまな資質から考えてみても、彼女がこの先ごく平凡な娘に育っていくなんて、およそ考えられないことだった。

可愛いということで言えば、マヤ以上に可愛い子供は世界中にいくらでもいる。混血だから得をしているという思いも、彼女を見ればだれしもが抱く。たしかに、くっきりとした凹凸が形づくる顔立ちは日本人のものではないし、またすらりと伸びた長い手足や、突き上がったお尻などは、将来のグラマラスな肉体を、すでに充分に予告していた。それでもやはり〝東洋〟が混じっているということで、肌の感触や顔全体の雰囲気に心地良い柔かさというか、親しみやすさのようなものが加わっていた。

しかしロンドンにいた当時から、マヤが人々の視線や関心を強烈に魅きつけてきたのは、容貌や、混血だから、という理由だけだったのだろうか？

いや、むしろそれは、彼女の存在そのものから発する何か、言ってみれば生を全身で謳歌する、その逞しい生命力にあったのではないかという気がする。

しかし過剰なまでに直截的《ストレイト》な生命力には、なにかしら危険な兆しが潜んでいた。容貌そのものにも危うい翳りがあった。言いかえればそれらのすべてが、この不確かさや不純さ曖昧さの赦される世界においては too much であったというか……、このまま何事もなく進むわけがないという怯えが、私の中で始終くすぶっていたのは確かだ。

ところが愚かな私は、それに対して結局のところ為す術をもたなかった。マヤの運命を変えてやることのできる賢明さが、自分には決定的に欠けていたという事実を、いま私は改めて噛みしめないわけにはいかない。

マヤが死ぬ三カ月前、彼女との最後の旅行になった北海道でお世話になった作家の原ミヤさんから、マヤの死後、すぐに手紙をいただいた。

四人の子供を持つミヤさんの家へ、マヤは旅行中独りで、一週間ほど泊りにいったことがあるのだ。

今、何を云えばよいか。私は何をすべきか。あなたに、してあげられることは何か、私に何を望むか。

この週末まで、私は考え続け、これからも考えて行きます。ようやく涙はかわきそうになりましたが、逆に悲しみや想いは深く大きく育って来ています。

思えば、マヤちゃんは、この日を神から暗黙のうちに受けとらされていたのだと……。それ故に、マヤちゃんは、他の子供の何十倍ものスピードで、短い生命を全力疾走したのだった……と……

出来ること、やりたいこと、体験しておかねばならなかったこと、

善も悪も、……

限られた生命の中で全力疾走せねばならなかった、小さな命にとって、どうして善も悪もあるだろう……

哀しいかな、大人の私には、もう魂で、ものがすべて見える時期をはるかに過ぎてしまって、現象だけでものを観、断を下し、言う、ただの大人になってしまっていて……

マヤの生命の燃え急ぐ様が、何であるのか、まるで見えなかった。気付きもしなかった。今、ひたすら伏してマヤちゃんに詫びたいと思っています。

なんとみごとに疾駆した命であったことか。マヤこそまさに、天使でありました。

ひとりっ子のマヤは、他のきょうだいの群れに入ると、自分をどう溶けこませたらよいのかまるで判らない。そこでやみくもに侵入しては、自分の存在を認めさせようと、ただ秩序を掻き乱すだけの言動を始めてしまう。

最終的にはつまはじきにされたマヤが、彼らとの喧嘩から帰ってきたとき、家には彼らの母親であるミヤさんがいた。マヤはミヤさんにさんざん泣きつきながらきょうだいたちの悪態をつく。もちろん自分ひとりを始めから終わりまで正当化しながら。

ミヤさんは黙って耳を傾けながらも最後には、それはマヤがこれこれこうだったから、そうされたのではないか、という具合に確認していった。それでもマヤは間違っているのは彼らのほうだということを、繰り返し訴えた。

しかしとうとうマヤはミヤさんに説得され、最終的には自分の非を認めざるをえなくなった。

「わかった、あたしが悪かった。今から行って、みんなに謝ってこよう。それで、もう一回あたしと遊んでくれるように頼んでみる！」

そういってマヤは大きな笑みを浮かべながら、再び元気いっぱい家を出て行った。

「いまどきあんな子供はいないよ。あたしはマヤが最後に、みんなに謝ってくると言ったときには、感動して涙が出そうになった」

それを聞いたとき、私はマヤをそのように評価してくれたミヤさんのほうにこそ、むしろ感動したものだ。

マヤを知る大方の人が、彼女の容貌や混血などといった、外見にばかり囚われていたなかで、ミヤさんは少なくとも、マヤに対してはかなり正当な評価を、生前も、そして死後も下してくれたと思った。

6

マヤがまだ生まれる以前に、私とFは黒の雄猫を飼っていた。当時の日本の総理大臣に因んで、私は彼を「タナカサン」と命名した。呼ぶときには、英語のアクセントふうに「タ」のところを強めるのである。

やがて私たちはタナカサンのためにも、ぜひもう一匹猫を飼おうということになった。タナカサンがスリムで黒いので、こんどは豪華な白い毛でおおわれた、ペルシャンの雄猫を手にいれた。

　彼はタナカサンよりも一段と気高く、雅びやかに見えた。そこで私は、彼を「ヘイカ」と名付けた。

　雄同士ということで多少の危惧はあったのだが、タナカサンは予想どおり、ヘイカの出現には初めかなり憤慨していた。それでもヘイカが生まれながらにして無邪気で寛大であったおかげで、タナカサンの心もいつか和らぎ、やがて二匹は深い兄弟愛で結ばれたかのように、仲睦じくなっていった。

　ここでやめておけばよかったのに、調子づいた私たちはもう一匹――こんどは二匹の中間色ともいえる灰色――正式にはブルーグレイと呼ばれるペルシャンの雌猫を手にいれた。平たい板に顔をぶつけてクシャッとさせたようなファニーフェイスだったが、これがどうやら血筋の良さを証明するようだった。今回はFが彼女に「アリス」という名前をつけた。

　結果は最悪だった。手の施しようのない三角関係にまで発展してしまったのである。

　ヘイカの反応は、雄猫としてきわめて健康的であったといってよい。日が経つにつれ圧倒的に、タナカサンよりも、雌のアリスと過す時間のほうが長くなった。

　タナカサンのアリスに対するやきもちの妬きようといったらなかった。彼女が少しでも寄っていこうものなら噛み殺さんばかりの勢いなのだ。ヘイカを自分から奪った彼女を、何がなんでも赦さないというふうだった。やがて私たちはタナカサンが、男色猫に違いないと判断せざるをえなくなった。考えてみれば彼はそれまでにも他の雌猫に興味を示したことが一度もないのだから。

　そのうちタナカサンの憎悪は、私とFにまで向けられるようになった。いくら抱いてやろうと手を伸ばしても、そのたびに爪を立ててくる始末だ。あるとき、アリスにいまにも噛みつこうとしているタナカサンを見つけた私は、怒鳴り声をあげながらその頭を叩いてやった。すると彼はいきなり飛びかかってきて、私の顔を思いきり引っ掻いたのだ。床にしたたる血をみて、ついに逆上した私は、力まかせにタナカサンの腹を蹴りあげてやった。

　壁に叩きつけられ、一瞬死んだようになったものの、タナカサンはすぐに起き上がり、最後に恐ろしい形相で私を睨みつけるや、一気に（猫専用の）扉から出て行ってしまった。

　以来タナカサンは二度と戻ってこなかった。

　しかしまるでいなくなったわけではない。どうせ家出をしたのなら、私たちの前から完全に姿を消してくれればよいものを、タナカサンは厭味たっぷりに、近所に住みつきだしたのだ。とはいえ、だれかに飼われたということでもない。もはやプライドさえもなくなったのだろう、タナカサンはついには、野良の道を選んだのである。

やがて彼に同情した近所の住人が、ドアの外に餌を置きだした。するとタナカサンは、私たちが通るころを見計らっては食べるなど、わざとこちらの評判をおとしめる行為を始めた。

そのうち彼は呼び名まで変えられた。顔を合わせたときなど私たちは一応「タナカサン」と呼ぶのだが、振り向きもしなくなった。

あるときいつも餌をやっている数軒先の中年女性が、玄関口から「サム!」と呼んだ。するとタナカサンは一目散に彼女のほうへ走っていった。

「ふん、『サム』だってさ!」

私とFは不愉快極まりない、といった思いで、タナカサンと中年女性のほうへ苦々しげな視線を送った。

当時私たちはロンドン市内の南東に位置するグリニッジに住んでいた。Fの母と義父がスコットランドへ移った後、私たちが同じ家を引き継いで住んだのである。家のすぐ前には、広大なテムズ川が流れていた。

数軒先の川沿いに、有名なパブがあった。土、日や休日の午後には、店の外に設置されたバルコニーのほうへ、客は好んで集まった。太陽と川と、絶え間なく往来するさまざまな船をツマミに、彼らはビアやワインを飲む。そんな環境だから家族連れも多く、子供たちがいつも賑やかに周辺を飛び廻っていた。

やがてタナカサンはとんでもない芸を披露するようになり、グリニッジの名物猫として、彼らの間で次第に評判を高めていった。

なんとカモメが地上近くを翔んでいるのを、タナカサンはジャンプして捕まえてみせては、それを人々の前で食べているというのだ!

そのすばしっこさといったら見事で、そんなタナカサンの芸をぜひとも見るために、わざわざ川向こうからやってくる客が、徐々に増えてきたというくらいだった。

しかし私たちが最後にタナカサンを見たとき、彼は哀れにもびっこをひいていた。思わず「タナカサン!」と声をかけたのだが、彼は憎々しげにこちらを睨みつけるや、そのまま去っていった。

後で確認したところ、どうやら悪童に蹴飛ばされ、川に落ちたときに怪我をしたものらしい。それでもタナカサンは高い石垣を自力で這い上がったというのだから、見上げたものだ。

やがて私たちはグリニッジを引っ越すことになった。しかしタナカサンの最後の姿が頭に焼きつき、どうにも後ろめたい思いが残った。

それからしばらくすると、アリスも私たちのもとを去っていった。Ｆの父の再婚先の、Ｆの腹違いの弟がアリスを気に入り、彼のもとで育てられることになったのだ。血筋は良くても、頭脳がお粗末で、餌を与えられるときしか寄りつこうとしないアリスに、私たちの興味はほとんど失せていたので、手放すことにも未練がなかった。マヤが生まれたばかりのころで、Ｆも私も猫どころではなくなっていたということもある。

無邪気で天真爛漫だったヘイカが、次第に憂愁の帳に閉ざされていったのも、この頃からだったという気がする。

私がＦと結婚してからというもの、私の母は日本から小包みを送ってくるたびに、かならずＦのものも入れてよこした。たとえば浴衣や帯や下駄、それに彼の好きな鰹節のまぶしてある梅干、などといった具合に……。

ところがＦの母ときたら、クリスマスがこようが、同じ日に生まれたＦと私の誕生日がこようが――そのことを彼女は知っていた――マヤの誕生日がこようが、私とマヤには一度として何かを送ってきたためしがない。

ある年のクリスマスに、イングリッドはスウェードの混じった、なかなか立派なジャケットをＦに送ってきた。ところがその古臭いセンスはＦの趣味ではなく、放ったまま彼は一度も手を通そうとさえしなかった。

その年のクリスマスは、Ｆの父の再婚先で、向こうの家族と共に過すことになっていた。

猫にかぎらず、Ｆの父の再婚先には、その後も何かにつけて、いろいろと贈りものをしてきた。そのとき、ふとしたいたずら心が湧いた。私はＦの母がＦのために送ってきたジャケットを、Ｆの父のほうへ、プレゼントとして廻してしまうことを思いついたのだ。

イングリッドは自分を捨てたＦの父を、いまだに赦そうとはせず、その怨恨たるや並々ならぬものだということは、Ｆから聞かされ知っていた。

ジャケットを受けとったときの義父の歓びようといったらなかった。それは皮肉にも、彼の好みにぴったり合っていたのだ。私はあまりの痛快さとおかしさで、笑いをこらえるのが大変だった。しかしＦのほうはさすがに居心地が悪くなったのか、私が彼の父にジャケットを渡すなり、そそくさとその場から立ち去った。

精神的にも物質的にも、私とマヤに対しては一片たりとも愛情を示さず、どこまでも無視してくるイングリッドが、次第に赦しがたくなった。あるとき私は腹いせに、私の母がFに送ってきた、彼のお気にいりの帯を、鋏でズダズダに切り裂いてしまった。

それを見たときのFの憤りといったら、まさに予想以上だった。眼を血走らせ青筋を立てながら、ついには「離婚だ、離婚だ！」と、決定的なことまで口にした。

私のほうではそれまでに何十回となく繰り返していたことばだが、彼から聞かされたのは初めてである。それだけにFの怒りがいかに大きいものか納得させられ、私は少なからずショックだった。実際後にも先にも、Fがそのことばを口にしたのはそれきりだった。

そういえばFは、自分の気にいったものに対しては、過剰なまでのこだわりを見せるところがあった。

以前に日本人のお手伝いさんを雇っていたことがある。彼女は私の母が送ってきた鰹節をまぶした梅干を、あるときひとりで全部平らげてしまった。それを知ったときのFの怒りようも大変なもので、このときもやはり「賊だ、賊だ！」と狂ったようにわめきたてていた。

7

亡くなる一カ月前から、マヤはなぜか筆函に対して、異常なまでの執着を見せていた。本人は当時、蓋に漫画の描かれた筆函を、すでに二つも持っていた。

あるとき見慣れない赤い筆函が、マヤの机の上に置いてあった。当然のこととして、それはどうしたのと、私はたずねた。するとマヤは、クラスの友達からもらったと答えてきた。

それから数日して、また見たことのない筆函がマヤの鞄から出てきた。再び問いつめたところ、もらったのだという、やはり同じ答えが返ってきた。日頃からクラスの友達同士、ちょっとした小物を交換しあっていることは知っていて、私も大目にみていたのだが、筆函ともなると、これは恐らく親が買ってやったものだろうし、それを短期間のうちに続けて二回ももらうのは、どうもおかしいと、ようやく疑い始めた。マヤがだれかから強引に取りあげてしまった可能性だって、大いにあると思ったのだ。

そこで巧みに誘導しながら問いつめていったところ、マヤはついにひっかかり、それらを実は盗んだのだと、告白したのである。

　このところマヤは急速な成長を見せ、聞き分けがよくなっていた時期だけに、私の受けた衝撃は大きかった。だが叱りつければすむような問題でないことは明らかで、とりあえずは感情を抑えながら、それらをもとの持主に返してやらねばいけないと、私はマヤを説得した。

　マヤは始め、そんなことをしたら自分が盗んだことがばれてしまうから、絶対にいやだと言い続けた。彼女が一応は罪の意識をもっているらしいことで安心はしたものの、だからといって放っておくわけにもいかない。そこで休み時間にみなが外へ出て、だれもいなくなったときに、それぞれの机の中に筆函を返しておいたらどうかと提案してみた。

　マヤは納得したものの、どこか不満気である。

「ねえマヤ、二つも筆函を持っているのに、なんでもっと欲しいの？」

「わかんない」

「どうしても欲しい？」

「うん」

「だったら、あたしがもうひとつ買ってあげる。それだったらいい？」

「うん」

　はたしてこれが最上の答えであるのかどうか疑問だった。しかしそれよりも良い案がさしあたって思い浮かばず、明日にでもこのことは担任のシスターと相談すべきだろうと考えながら、その日はそれで終わりとした。

　翌日マヤには、よく言いふくめて送り出し、その後さっそくシスターに電話を入れてみた。

　するとシスターは、筆函を盗まれた生徒の母親から連絡を受けていて、すでにそのことについては知っていたのである。休憩時間になると、ひとり教室内をうろうろしていたマヤに、シスターは不審を抱いていたし、また盗られたほうの生徒も、盗ったのがマヤだということは判っていたらしいのだ。これからは指導のうえで、お互いに充分気をつけていきましょうということで、そのときは電話を切った。

　だがどうにも納得のいかない気味のわるい思いが後に残った。なぜよりによって筆函なのだろうと、それが私には理解できなかったのである。

　その日帰ってきたマヤを玄関口で迎えたところ、やや膨らみかげんの鞄を両手で大事そうに抱えていた。その眼はどことなく私を避けているふうだった。

「マヤ、筆函は返してきたの？」

「当たりまえじゃない。ちゃんと返してきたよ」

そう言ってマヤは、さっさと二階の自分の部屋へ上がろうとした。私は階段の下からマヤのスカートを引っ張り、声をかけた。

「それだったら鞄の中を見せてよ。ほんとに返したのかどうか、たしかめてみたいんだ」

「返したって言ってるじゃない、しつこいな」

マヤは私の手を振り払うと、勢いよく階段を駈け昇った。

「待ちなさい！」私はすかさず後を追いかけた。

そして上がり口でなんとか相手を摑まえると、ただちに鞄を奪い取ろうとした。

マヤは両眼を剝き出し、金切り声をあげながら、何がなんでも渡すまいと、渾身の力をこめて抵抗した。

こうなったら私もやめるわけにはいかず、鞄を握りしめていたマヤの指を、一本一本必死ではがしていった。

マヤにこれほどの力があるとは思わなかった。しかしそんなことよりも何よりも、私はそのときこれほどまでに抵抗しなければならないマヤが、なんとも情けなく、哀れでならなかった。

ようやく鞄を奪い取ったときには、私の顔は汗と涙でくちゃくちゃになっていた。

そして私が鞄の蓋を開けると、マヤは泣きながら最後の声を振りしぼって叫んだ。

「やめてマミー、お願い、開けないでーっ！」

しかしこれまで見たこともない、まだ真新しいオレンジ色の筆函が取り出されたときには、マヤはすっかり観念し、咽をヒクヒクさせながら、いまにも殺されかねない小動物の目つきで怯えていた。

「どうしたの、これ？」

そう尋ねながらも、私はマヤの答えを耳にするのが恐ろしかった。マヤはマヤで、すみのほうに縮こまりながら躰を慄わせている。

それから二分経っても三分経っても、マヤからは何も返ってこなかった。顔をひきつらせ、目ばたきひとつせずに、マヤは私を見つめ返していた。

こんなふうになってしまった彼女を、もはや怒鳴ったり叩いたりして告白させることなど、できようはずがなかった。

それからややあって、私は突然こんなことを語ってきかせた。

「あたしがマヤぐらいのときには、もっと悪いことをしてたんだよ。あのねえ、お母さん、つまりあなたのおばあちゃんの財布から、いつもこっそりお金を盗んでいたの。それが見つかったときには、どれだけおばあちゃんに叱られたか」

マヤはそれをきくと、途端に眼を輝かせながら、なんとも嬉しげな声で言った。

「へえ、マミーはおばあちゃんから、お金なんか盗んでたの⁉」

「そうだよ。悪い子だったでしょ」

「そりゃそうだよ。あたしよりずっと悪い子だよ。だってあたし、お金だけは一回も盗んだことなんかないもん。ねえ、筆函盗むよりも、お金を盗むほうが、ずっとずっと悪いことだよね、ねえマミー?」

「うん、そうだね、そう思うよ。だからマヤもほんとのことを言いなさい。ぜったいに怒らないから」

「ほんとに怒らない?」

「うん、約束する。それにもしマヤがほんとのことを言うなら、十二月の誕生パーティ、マヤの好きなお友達をいっぱい呼んで、盛大にやってあげるから」

「ほんと! ほんとにやってくれるの。だってマミー、去年はしてくれなかったじゃない」

「今年こそ必ずしてあげる。だからさっさとしゃべっちゃいなさい」

そこでマヤはようやく真実を打ち明けた。それはこういうことだった。

マヤは盗んだ二つの筆函を、たしかにそれぞれの持主に返した。ところがそのうちの一人は、すでに新しい筆函を代わりとして買ってもらっていたのである。古いほうは返したものの、前のものより一段と可愛らしい、そのオレンジ色の筆函を目にするなり、マヤは今度はどうしてもそれが欲しくなった。そこで古いほうを返しながら、新しいほうの筆函を自分の鞄にしまいこみ、そのまま持ちかえってきたというわけだ。

話を聞き終わったときには愕然としてしまい、これは新たに筆函を買ってやったり、あるいは誕生パーティを開いてやったりすることなどで解決する問題ではないと、私は判断した。とりあえずはオレンジ色の筆函を持主に返すためにも、それを持って近日中に学校を訪れ、シスターともう一度話し合ってみるしかない。

すでに怒る気力は失せ、そんなことよりも私はそのとき、得体の知れない何かに怯えつつ、同時にマヤがたまらなく不憫になった。私は思わずマヤを抱き締めながら、それでも誕生パーティだけは必ずやってあげることを、重ねて約束せずにはいられなかった。

よほど嬉しかったのだろう、つい先刻まであれほど泣き叫んでいたにもかかわらず、マヤは私の顔を両手でしっかりはさむと、「ありがとう、マミー！」と、顔中をほころばせながら、繰り返しキスをしてきた。

それからは毎日のようにパーティの計画を練りながら、マヤはその日が来るのを何よりの愉しみにしていた。ところがそれから二週間後の十一月二十一日、マヤは誕生日をちょうど一月後にひかえ、急逝した。


マヤはいなくても誕生パーティはやってやるべきだと、周囲も私自身も考え、辛い思いのなかで、それは行なわれた。その日、女子大生の英子ちゃんなどは、大きなデコレイションケーキを、二つも作って持ってきてくれた。ひとつはマヤに、もうひとつは他の子供たちにと……。

マヤは十二月二十日に誕生しているのだが、私もFも、彼女の生まれた日が二十日だったか二十一日だったか、つい判らなくなるということが度々あった。あまり頻繁に混同するものだから、しまいには相手がわざとずぼらに間違えたふりをして、愉しんでいるのではないかと疑いだし、互いにうんざりしたこともある。

マヤが死んだいまでも、毎月私は彼女の命日が近づくたびに、それがはたして二十日だったのか二十一日だったのか、一瞬判らなくなるということがよくある。

マヤの命日は、十一月の二十一日である。

8

マヤが亡くなってからも、近所に住む友人の子供たちが、よくやってきては泊っていった。マヤの生前にも人が泊りにくることは多かった。当時は客間がなかったので、彼らはマヤの部屋の二段ベッドの上で寝ていた。しかし彼女の死後、それは暗黙のうちに避けられていた。

ところが中学生になる友人の息子、光一だけは、まるで意に介さないといった様子で、妹の美緒とやってきては、自分から進んでマヤの部屋に泊っていた。美緒のほうは、マヤのベイビー・シッターをしていたY子と一緒に彼女の部屋で寝ていた。

夜も更け、全員がそれぞれの部屋へ入り、ベッドにもぐると間もなく、不意に家が揺れだした。

地震だ！

たちまち全身がすくみあがった。地震は私がこの世でもっとも畏れることのひとつで、それだけはただひたすら怖い。震度三から四ぐらいだろうか？　窓ガラスが音をたて、電灯もかなり揺れている。

ところが揺れそのものはさほど大きくないのに、二分経っても三分経っても、いっこうにおさまらない。

「地震だよ、ウイさん」

子供たちが怯えた表情で私の部屋に集まった。

「これは大きなものになるかもしれない。みんな机の下にもぐっていなさい」

心臓の鼓動が声までも震わせている。三人をそれぞれの部屋へ戻した後、私は急いで机の下に身をくぐらせた。

揺れはおよそ七、八分後におさまった。私は恐るおそる机の下から這い出ると、念のため押入れの中から、非常用品の入ったリュックサックを取り出し、ドアのすぐ側に置いた。それからベッドへ戻ると、とりあえず安堵し、再び身を横たえた。

だがしばらくするとまた揺れ出した。息を殺して、じっと様子を窺っていると、そのうち震動の質とでもいったものが、これまでに体験してきた地震とは基本的に異なっていることに気づき、なにか尋常でないものを感じ始めた。

はじめベッドはたしか縦に揺れていた。それに従い躰のほうも、上下に引っ張られるような感じになった。ところがいまベッドは明らかに左右へと揺れている。

しかしそれからすぐに、再び縦へと戻った。背中の辺りから汗が滲み出し、私は言うにいわれぬ気味のわるさを味わった。

「こわいよォ、ウイさん。また揺れだした」

Y子を先頭に、再び子供たちが入ってきた。

「みんな、いつでも出られるように服に着替えておきなさい。Y子、自分の非常バッグも用意しておいて」

一応年長者らしい落ち着きを装い、彼らを追いたてた後、私も揺れる部屋の中でなんとか服を着替え、胸の辺りを押えるようにしながらベッドの上に腰かけた。次に何を為すべきかと考えている間に、揺れはいつのまにか止まっていた。

まだ油断はならないと思いながら、とりあえずは身を横たえるしかなかった。案の定それから十五分ほどもするとまた揺れだし、それが十分ほど後に再び止まるという具合に、その繰り返しが結局ひと晩中続いた。

一睡もしないまま朝を迎え、六時になると、私はふらふらの躰を階下へと運んだ。子供たちも眠そうな顔で後から降りてきた。その頃にはようやく地震はおさまっていた。

ともかくニュースを聴かねばと思い、私はさっそくテレビのスイッチを入れた。

ところが待てどもまてども、いっこうに地震の報告はなく、私は首を傾げながら、その後も他局のワイド番組のほうにスイッチを切り替えたりしてみた。

だが七時半を過ぎてもついに、地震についての報道はどこからも流れず、私たちはどうにも納得のいかない思いで朝食の時間を迎えた。

朝食を終えると、私は我慢ができずに、さっそく近所に住む光一たちの母親や、都内に住んでいる他の数人の友達に電話を入れてみた。

ところが彼らのだれもが口を揃えて、揺れなどはただの一度も感じなかったと、私の問いをきっぱりと否定したのである。

最近、近所で夜になると道路工事をやっていたから、もしかしたらそのせいで揺れたのかもしれないとも考え、そこでこんどは隣近所の人たちに、それとなく訊いてまわるよう、Y子にたのんでみた。ところが……

「ウイさん、隣のおじさんが夜明けの二時まで起きてたけど、地震なんかなかったって、言ってるよ。念のため向かいの夫婦にも訊いてみたけど、べつに何も感じなかったって……。なんでそんなことわざわざ訊きにくるのだろうって、あの人たち変な顔してたから、あたし適当にごまかしておいたけど」

ということは……と言いかけたものの後が続かなかった。

そしてどうにも割り切れない思いを残しつつも、私たちはその話題を曖昧に打ち切るしかなかった。

以前の私だったら、理屈に合わないことが起きようものなら、何がなんでも事の真相を追求しないではいられなかったはずだ。しかしマヤの死後、自分の軽はずみな好奇心に対して、私はやや慎重にかまえる姿勢ができていた。

それからおよそ十日後、光一と美緒が再び泊りにやってきた。その頃にはあの奇妙な地震のことは、いつのまにか私たちの念頭を去っていた。そしてこの前と同様に光一はマヤの部屋へ、美緒はY子といっしょに彼女の部屋で寝ることになった。

ところがそれからすぐに、先日とまったく同じ現象が起こりだした。そしてやはり、怯えきった私たちが朝になって階下へ降りていくまでの間、家は数十回という揺れをひと晩中繰り返していたのである。

それからニュースを観たり、友人に電話をしてみたり、近所にそれとなく尋ねてみたりなどと、一応は前回と同様の確認をとってみたわけだ。

しかし結果は一緒だった。

この頃になると、私はさすがにこれを、マヤの死と関連させて考えないではいられなかった。しかしその時点でもまだ、深く追求することは避けていた。

一週間後光一と美緒は、また泊りにやってきた。近所なので、彼らの母親と私も常に行き来していたし、家にいて退屈した彼らが、私のところへ頻繁に泊りにくるということは、なんら不思議なことではなかった。

しかし夜になって光一が、懲りもせず、またマヤの部屋で寝ようとしたときに、再び家が揺れだし、私はこのときになって、さすがにこう言わずにはいられなかった。

「光一、これはきっとマヤだ。あなたがマヤの部屋で寝るもんだから、マヤはきっと嬉しくて昂奮してしまい、暴れだすんだと思う。でも、これ以上マヤの魂を弄んじゃいけないと思うんだ。マヤを天国に帰してあげよう、それがきっといちばん正しいという気がする」

「じゃあ、どうすりゃいいの?」

「もうマヤの部屋で寝るのはやめなさい。下の居間に布団を敷いてあげるから、そこで寝るといい」

「かまわないよ。おれは別に、どっちだっていいんだ」

実際光一は、いま現在家が揺れ続けているにもかかわらず、慣れてしまったのか、けろりとしている。それから彼はパジャマの入った自分のバッグを持つと、階下へ降りていった。とたんに震動がおさまった。

その晩はそれ以上揺れることもなく、おかげで私たちは充分な睡眠をとることができた。

地震といえば、マヤが亡くなる数カ月前、富士山が爆発して大地震が発生するという予知情報が流れ、さかんに世間を騒がせていたことがある。それより少し以前から、私は得体の知れない何かにやたら怯える傾向があって、この噂が発生してからというもの、輪をかけたように恐怖が増していった。

大地震が予測されていたのは九月で、私はその間なんとしてでも、マヤを学校へ通わせたくないと考えた。家から歩いていける距離ではないだけに、なおさら心配だったのだ。たしかに半信半疑ではあったものの「SUPPOSE」という仮定になると、私は逃げるほうを選ばないではいられなかった。

そして周囲が嗤い、馬鹿にするなか、私はマヤと同居のY子を連れ、後に数人の友人も参加して、七月の末から二カ月間北海道へ避難していたのである。

大地震はこなかったが、それから二カ月後の十一月に、マヤはトラックに轢かれて死んでしまった。

愉しかるべき北海道旅行は、なぜか哀しいことばかりが想い起こされる。

友人のひとりがマヤより二つ齢下の娘を連れてきていて、道中二人の子供は共に遊びながらも、絶えることなく喧嘩を繰り返していた。

私たちおとなのだれにとっても、弥重というその四歳になった娘のほうが扱いやすく、乱暴なマヤが、聞き分けのよいおとなしい彼女をいじめてばかりいるということで、私たちおとな全員が、マヤを怒りどおしだった。

なかでも最も感情的になっていたのは弥重の母親で、娘のおもちゃを強引に取り上げたりするマヤに、私がいようといまいとおかまいなしに、声を荒らげ叱りつけていた。

こんな状況のなかで立場上、私がマヤの味方になるわけにもいかず、マヤはすっかり孤立してしまい、ますます我を剝き出しにするようになった。

しかしマヤはあるとき、涙ながらに私に訴えた。

「ヤエはずるいよ。おとなたちのいるまえだけで、いい子をしてるんだから。でもあたしと二人でいるときのヤエは、ちっともいい子なんかじゃない。ほんとだよ、マミー」

言われるまでもなく、私はどこかでそのことに気がついていた。しかしマヤが他の子供たちといるときに必ず陥るこのパターンに、母としてどう対処すればよいのか、為す術もなく立往生するばかりだった。それでも私が仕方なく自分の娘を叱っている間、相手のほうの親が、せめて演技でもよいからマヤを慰めてくれたらと、願わずにはいられなかった。

友人たちがやってくる以前の一カ月ばかり、マヤとY子と私の三人は、夕張郡の長沼町にある、アトリエ村という芸術家コミュニティを主催する人たちの好意により、茅葺屋根の、内部は瀟洒な洋風二階屋に、無料で住まわせてもらっていた。

私は仕事に夢中で、Y子も自分のことに忙しく、相手のいないマヤは、いつも家の前の砂利道で、小石と戯れながら独り遊んでいた。

道路にしゃがんで砂利をほじくり、その中から適当な小石をひとつひとつ手に取り出しては、それを眺めたり、ころがしてみたり、そんな状態を二時間でも三時間でも厭きることなく続けているのだ。

二階の部屋の窓ガラスを通して、そんなマヤの姿を目にしていると、なんだかたまらなく哀れだった。しかしそれにも増して、何か摑みどころのない不安を私は感じていた。

仲間はずれにされ、独り淋しそうに遊んでいるときのマヤもたしかに気の毒ではあった。しかしこのときのマヤには、それとはおよそ異質の、他のだれも――母の私でさえもが入っていけないような、痛ましいくらいの寂寥感が漂っていた。

いずれにしろいつまでもそんな状態で放っておくわけにもいかず、それ以来私は、近所の農家の子供たちなどとできるだけ接触を重ねながら、マヤと遊んでくれるよう、頼んでみたりもした。

いま思えば、小石と戯れていたときのマヤと、盗んだ筆函の前に坐り、鉛筆や消しゴムの位置をしきりに並べ替えたり、他の筆函の中味と入れ替えたりしていたときのマヤの様子には、どこかしら共通点があった。それでも後者には前者ほどの寂寥感はなかった。ただ作業に完全に没頭していた、一心不乱の様子だけは一緒である。

そしてその両方の場面から、私はたしかにこんなことを感じ取っていた。

悲しんだり苦しんだり歓んだりしながらも、とりあえず私たちだれもが、生まれてきてからいちばんなじんでいるはずのこの世界から、なぜかマヤだけがいつのまにか出て行ってしまった。目の前に彼女がいるというのに、手を伸ばしたところで、どうしても捕まえることができない……これは私にとって、はたして何を意味しているのだろう?

悲しいということではない、辛いということではない、不快ということでもない。

ただ途方もない空しさ——言ってみればマヤと同じ世界で呼吸をしていたということさえもが、もしかしたらつかのまの夢だったのではないかとでもいった、それはどうにも払いのけることのできない空虚感だった。

友人たちが来てしばらくすると、長沼町の人たちの再三の好意により、無料で借りることができたヴァンで、私たちは北海道を一周することになった。

途中テントで野宿をしたり、民宿に泊ったり、また新鮮な魚を食欲にまかせて大量に買いこみ、海辺でバーベキューをしたりなど、私たちはワイルドながらも贅沢な旅を味わっていたと言える。しかしその間、マヤと友人の娘の絶えまないいがみあいに、私のエネルギーの大半が奪われていたのも事実だった。

私たちは一路北の果てを目指し、車を走らせていた。

宗谷岬へ近づくにつれ、辺り一帯が寂寞としてきた。夏はまだ過ぎ去っていないにもかかわらず、すでに肌寒さが分刻みで迫ってくる。路の両側には見たこともない異様な形の灌木が立ち並んでいた。丈がそろって低く、これまでに馴染んできた木の葉の緑とはどこか違う、気が滅入るほどに深い緑色が、さらに私たちの不安を駆りたてた。

陽はいっこうにその気配を見せず、灰色の厚い幕が、わがもの顔に空一面を占領していた。冷たいしんとした空気が、エンジン音からこちらの声まで、何もかもを一瞬のうちに呑みこむかのような威圧感と、同時にそのすべてを撥ねつけるような拒絶感を示していた。

行き交う車など一台もなかった。

「ここはほんとに地球なの？」

マヤの的を射た問いに、車内のおとなはだれ一人として、ことばを返すこともできなかった。

いま、もしも車が故障などしたら、恐らく二度とここから出られなくなるのではないか？　そんな不安に取り憑かれてでもいるかのように、運転している友人は蒼褪めた横顔を見せながら、無言のままハンドルを握っていた。後部座席の子供たちも、喧嘩どころではなくなっていた。

実際こんなところに独りで、もしも三十分以上放り出されるようなことがあったら、精神に異常をきたしかねないとさえ思われた。

それでもなんとか無事に宗谷岬にたどり着くことができた。

海が見える、車が見える、家が見える！

私たちは思わず歓声をあげた。あとは人間という同じ仲間を捜し当てればよいだけだった。泊る予定はなかったのだが、ものをたずねる素振りで、私たちはとりあえず民宿らしき家の玄関をたたいた。

無愛相な亭主が出てきて、こちらに泊る気がないと判ると、相手をするのもめんどうだという態度に変った。「うちはいちばん北の端でやっている宿なんだ」こんな寂しいところに暮しながらも、彼は北の果てであるということに、どうやら大変な誇りを抱いているようだった。

しかしそんなことにかえって、久しぶりに人間らしい匂いを嗅いだ思いで、私たちはとりあえず安堵した。

石碑の前で、ありったけの明るい笑みを作りながら、私たちは記念写真を撮りあった。とはいえ太陽がすっかり遠出をしているため、みなの笑顔もなんとなくとってつけたようなものになった。

石碑の背後から、すぐに海が拡がる。見ているだけで気が滅入りそうなほど暗澹とした海が……。視線をどれだけ伸ばしたところで、空と水との境界さえ摑めない。天候が芳しくないにもかかわらず、最果ての海はほとんど荒れている様子もなかった。

私とマヤは手と手をからませながら、陸が海につながる、ぎりぎりの地点に並んで立った。

「マヤ、ここが日本でもいちばーん、北の端なんだよ」そう言って私はかがみこむと、波打ち際を指差してみせた。「これこれ、ここが日本のおしまい」

「へえ！」マヤはいかにも感心したように、一緒になって坐りこみ、私が指差す辺りへ、喰い入るような眼差しを向けた。

マヤの手を引いて立ち上がると、私はもうひとつの腕を伸ばしながら、ひとさし指を水平線に向って、まっすぐ突き出した。

「マヤ、この指の先の、ずっとずーっと向こうに行けば、イングランドに着くんだから」

それをきくとマヤはにわかに生きいきとなり、一段と声を弾ませながらいった。

「ほんと、ほんとにこのずっと、ずーっと先にはイングランドがあるの⁉」

「そう、マヤの生まれたところ、そしていまダディが住んでいるところ」

だが実際には私の指差した方向になど、イングランドがあろうはずはなかった。

これまで私はいつだって、マヤの前ではできるだけ父親の話題を避けてきたはずだ。それなのにうっかり口にしたのは、私自身そのとき、マヤとFとの、もしかしたら二度と逢うことはないかもしれない関係に、言いようのない悲しさを覚えたからかもしれない。

再び膝を折り曲げたとき、私はそっとマヤの横顔へ視線を移した。

陽はさらに遠のき、人間を拒絶する冷たい空気が、私たちの横を無言で通りすぎていく。それでもなおマヤは、毅然として立ちつくしていた。鼻孔を膨らませ、口もとを引き締め、潮風に髪を靡かせながら、彼女はかつて見せたことのないような哀愁をこめた眼差しを、大海のかなたへ向けていた。

それはまるで、あらゆる苦渋、悲哀を背負って生きてきた一人のオトナが、この先も続くであろう辛酸を、全身で受けとめながら立っているとでもいった風情だった。

何かを言いかけたものの、ことばはたちまち追い返された。それまでに築いてきた私とマヤとの、ありきたりな母娘関係など、撥ねつけられるかのようでさえあった。

耐えがたい重苦しさに包まれ、やがてそれを押しのけるような勢いで、私はつい口にしてしまった。

「マヤ、ダディに逢いたい？」

それはこれまで私たちの胸奥に注意ぶかくしまわれ、決して取り出されることのないことばだった。手を伸ばせば簡単に引き出せるにもかかわらず、私もマヤも敢えてそれをしなかった。

マヤは一瞬躰をぴくりとさせた後、それでも視線を海のかなたに据えたまま、きっぱりと答えてきた。

「逢いたくない！」

彼女は彼女なりに傷ついているのだし、本心など吐露するわけはないのに、馬鹿なことを訊いてしまったと、私はすぐに後悔した。

それからややあって、マヤは消え入りそうな声でつけ加えた。

「でも、ヘイカには逢いたい」

マヤは自分が生まれる前に出ていったタナカサンのことは当然知らないし、アリスのことも、祖父の家でしか見ていない。マヤにとってはあくまでもヘイカだけが、強く印象に残っている猫なのだ。

「あたしもヘイカには逢いたい。ヘイカは優しくて、とってもいい猫だったもんね。マヤがどんなに乱暴しても、決して怒らないで、いつもじっと我慢してたじゃない」

マヤはそこでようやく、子供らしい無邪気な顔にもどった。それから急に私の胸に飛びついてくるとキスをねだり、そうしながら、いかにも心配そうに尋ねた。

「ヘイカ、あたしのこと怒ってるかな？　もしかしたら、もう二度と逢いたくないと思っているかもしれないね」

私はマヤを抱きすくめながらキスを返した後、優しく言い含めるようにこたえた。

「そんなことはないと思う。憶えてるでしょ？　ヘイカって、飼主がやることはなんだって赦しちゃう猫だったじゃない。……でもマヤが生まれてからは、なんとなく淋しそうだった」

「どうして？」

「だってあなたのマミーやダディが、ヘイカよりも、マヤのほうを大事にしちゃったから」

それを聞くとマヤは口を尖らせながら抗議してきた。

「あたしだって淋しかったよ！　だってあたしのほうはヘイカが大好きなのに、ヘイカはいつだって、マミーやダディのことばかりが好きだったんだもの」

「でもヘイカはいまになって、マヤがいなくなったことを、とても淋しがっていると思うよ」

そうだね、きっと。マヤはそこで意気揚々となり、元気いっぱいに応えた。

「ヘイカはオリコウサンだったから、ぜったいに解ってるよ。だれよりもだれよりも、あたしがいちばーんヘイカのことを愛していたんだって！」

9

仕事を控えていたので、Ｆの日本滞在は、ぜんぶで一週間足らずという短期間だった。それでも彼は彼なりに、日本に対して何か強く感じるものがあったのだろうか。帰国直前に、春になったらぜひもう一度訪れ、しばらくの間日本に住みたい、などと言い出してきた。

あれだけの歓待を受ければ無理からぬことだと思う一方、彼の本心がいったいどこにあるのか見当もつかず、私はとまどうばかりだった。

法要の日に中途から一人はずれてしまったときはともかく、それ以外では、今回日本を初めて訪れ、Ｆはあちこちで充分すぎるくらいの歓迎を受けた。しかしそれはあくまでも彼が私の夫で、マヤの父親で、一応は名の通った音楽家で、そして何よりもマヤの突然の事故死という、そんな諸々の刺激的な条件を含んだうえでの歓待――つまり彼らの昂奮状態が最高潮に達したなかでの、あれが客人に対するとても日本的なもてなしかただったということに、Ｆは気がついていない。

ということは、次に来日したときに、また同じ待遇を受けられるかというと、そんな保証はまったくないということにもなる。

今回私たちの間で禁句になっていたのは、「離婚」ということばだった。Ｆが来日した理由が理由だけに、それに関しては恐らくどちらも、最後まで口にしないでいるだろうとは考えていたが、結果は予想どおりだった。

Ｆがロンドンへ帰って一月ほど経ったある晩、彼のほうから国際電話がはいった。

――そっちにいるときにも話したことだけど、ぼくは四月になったら、改めて日本を訪れたいと考えているんだ。今度はスケデュールをうまく調整して、なんとか一カ月ぐらいは休みをとりたい。

すでに決意したことらしく、Ｆの声はいかにも弾んでいる。

――つまりその間はずっと、あたしのところに滞在する、ということでしょ?

何よりも問題になることについて、私はさっそく確認しないではいられなかった。先方がたちまち不安気に身構えたのが感じられる。

――いけないかな。

すぐには返答しない私に、Ｆは慌てて言い添える。

――きみがいやだと言うんなら、別にホテルに泊ったってかまわない。

——でもあたしの友人にはまた逢いたいんだろうし、あたしもそのつど付き合うことになるんでしょ。だって彼らの大方は英語がしゃべれないわけだし。

——それも都合がわるいというわけ？

——というより、あたしがそれを断ってしまったら、あなたが日本へわざわざやってくる意味は、なくなるんじゃないの？

それはまあそうだ、とFは認めないわけにはいかなかった。マヤがはらった犠牲の大きさを痛感するあまり、彼女のためにもこれを機に、Fとやり直すことを、もう一度考えてみてもよいのではないか。……そんな思いがFを迎えるまでは、何度か胸の中に去来しなかったわけではない。実際彼が来てからも傍目には、私たちはとても仲の良い夫婦に見えたらしい。私の親しい友人の中には、「ウイがなんでFから去ったのか理解できない。こんなにお似合いのカップルはないと思うけどなあ。いっそもう一回子供を作ったらどうなの」などと、言ってくるものまでいた。

——今回あなたが日本へ来たこと、あたしは何よりもマヤのためによかったと思っている。でもあなたの滞在ぶりを見ていて、あたしよく解らなくなったの、あなたにとってマヤとは、いったい何だったのだろうって。

娘があれほどの目にあって死んでいったというのに、Fを観察しているかぎり、彼女のことよりも何よりも、日本にいる間、自分が妻や他の人たちからどう扱われるべきかと、そんなことばかりに気を取られていたという気がしてならなかった。とくに頸を締められてからというもの、その思いが強まり、私はFに対してかたくなになっていくばかりだった。それでも他人からは仲睦じい夫婦に映ったというのは、よほど私の演技がうまかったからだろう。なにしろ彼を送り返すまでは、マヤのためにも、二度と争いはするまいと決意していたのだから。

いっとき間をおいて、Fからの返事があった。

——ぼくが今回日本へ行ったというのは、マヤのためというより、むしろきみのためだったと言える。

——あたしの？

——だってマヤはもう死んでしまったのだから、日本へ行ったって逢えるわけじゃないし……、でもきみがいる。そのきみがどれだけ大変な思いをしているかと考えると、それが何よりも気にかかった。だからこそ仕事を何とかやりくりしてまで行ったんだ。

それだったらなぜ、私たちは悲しみを共有することができなかったのだろう。めまぐるしいスケデュールにばかり振り廻され、マヤのことを二人でじっくりと回想するという余裕さえもなかったではないか。

私はここで再び、自分とFとの間にいまだに蟠る、大きな溝を感じ取らないではいられなかった。

法事の席で妻やその友人たちが、マヤのことなどそっちのけで、浮かれ騒いでいたと解釈するF。しかしそれは自分が相手にされなかったことからくる不満で、そんな自分のエゴをすり替えたところで人を責めていると判断する私。

その後、私の友人たちの好意を通じて日本人の美点を満喫し、またそのことで妻を改めて理解できたと、御機嫌で帰国したF。しかも彼は最後にこんなことまで語った。

「マヤが最後に暮せたところが、英国ではなくて、日本であったということ、……ぼくはほんとに良かったと思っている。多勢の人に愛され、あれほどまでに惜しまれながら死んでいったんだもの。それにこの国全体を包むある暖かさのようなものは、英国にはもうないものだし、マヤはマヤなりに、ここへ来て充分に幸せだったと、ぼくは信じているよ」

しかしFが今回、日本の良さを存分に知ることができたのは、あくまでも彼自身が鄭重に扱われたからだろう。……私は冷めきった思いでそのようにしか捉えることができない。

さらにFのほうは、頸を締め、さんざん罵ったりしたものの、そのことでかえって妻との理解を深めた、だからこそまた訪れることで、新しい何かが彼女との間に生まれることを期待したい、とまで思っている。

一方私にしてみれば、Fを迎えたのはあくまでもマヤのためだった。たとえ彼との関係が復活することを望む気持をどこかで抱いていたとしても、それさえをもマヤへの罪の償いに、と考えていた。そして結果的には、離婚の決意を固めるほうに気持が動いてしまった。

マヤの死を受け止めた時点で、私はそのFとのズレを、いまほど冷静かつ客観的に理解できたことはない、と思ったはずだ。つまりズレを引き起こしていた原因はFばかりではなく、自分のほうにもあったのだということを、ようやく認めることができる気持になっていたのだ。

ところが現実は逆効果をもたらした。Fと再会したことで、この新たな認識を確認できたどころか、私は再び一方的な恨みつらみをFに抱いてしまったのである。

これではマヤが――彼女を存在せしめたところのある意志が――その死を通じて私に解らせようとしたことが、まるで伝わらなかったことになってしまう。

――ともかく、いましばらくのあいだ時間をくれないかな。

苦しまぎれに私はなんとか、まずそれだけをFに伝えてみた。「悟っては戻り、また悟っては戻り……」そんなことばが、ふと頭に浮かんだ。

——四月に来てもらっても、あたし自信がないんだ。あなたにいい思いをさせてあげられるだろうか、とか、うまくやっていけるんだろうか、とか……だいたいそんなことを考えるだけでも、いまのあたしには耐えがたい。まだ完全にはマヤの死から立ち直っていないということもあるし……。

——わかった。きみがそういう気持でいるのなら、こっちもわざわざ日本へ行く意味はなくなる。

しばしの沈黙がつづいた後、やや声を落としながらもFは再び語った。

——今日電話したのは、実はこの前会ったときに、言い忘れていたことがあって、それをぜひ伝えておきたいから、ということもあったんだ。

今度は私のほうが身構える立場になった。Fはいったい何を言いだそうというのだ。

——ふたつある。最初はヘイカのことなんだけど。

ヘイカときいて私はすぐに、マヤが生前、彼に会いたいといって、しきりに気にかけていたことを憶い出した。

——ヘイカは元気なの？

そういえば猫のヘイカのことは、Fの滞在中に、私たちの間で話題になったことが、一度もなかった。

——それが、もういないんだ。

——どういうこと？

——突然いなくなったんだ。クリスマスの日にね。知ってるかな、こういうはなし……、利口な猫は、死ぬときには必ず飼主のもとから去るっていうこと。彼らは死ぬ姿をだれにも見られたくないんだよ。

なんということだろう、よりによってクリスマスの日にヘイカがいなくなるなんて。私はそのとき、ヘイカはたしかにFの指摘するとおり、もう生きてはいないのだということを実感した。

——マヤはヘイカにとても会いたがっていたの。

——そうか。

Fはしばしことばを呑みこむと、その後やや声を詰まらせるようにして語った。

——それはきっとマヤが、ヘイカを呼び寄せたんだな。あるいはヘイカのほうが、独りで淋しがっているマヤのもとへ行くことで、彼女へのクリスマス・プレゼントにしたのかもしれないし……。

胸の奥から不意に熱いものがこみあげてきた。ところがF

の次のことばで、それは一気に冷めてしまった。

――あともうひとつ言い忘れたというのは、イングリッドのことなんだ。

二度と憶い出したくもない人物のことを、こんなときに持ち出され、私はたちまち不快感でいっぱいになった。

今回のマヤの死は、恐らくFと私を最終的に切り離す、またとないよい機会になるだろう。マヤの死を知ったイングリッドが、何ひとつ反省もしなければ、ひとかけらの悲しみに浸ることもなく、ただ安堵しているに違いないだろうことは、手に取るようにわかった。こみあげる激しい怒りに、受話器を握る私の手が震えた。

――マヤが亡くなったことは、彼女を知る何人かの人たちにも、すぐに報告したんだけど……。

Fの父やその妻、彼らの子供たち、私やFの友人、マヤの友人など、英国をはじめ、フランスやスペインなどで出逢ったマヤを知るさまざまな人たちのことが、次々に頭をかすめる。

――みなマヤのことはよく憶えてくれていて、ずいぶん慰めてもらった。

それについては素直に私は頷いた。次にFはやや声の調子を変えて続けた。

――それはそれで有難かったんだけど……でも彼らのなかで、だれよりもいちばん大きな反応を示したのが、実はイングリッドだったんだ。

――どういうこと？

私は用心深くたずねた。

――彼女はそれを聞いたとたんに、何も言えなくなり、あとは電話の向こうでいきなり声をあげて泣きだしてしまった。あれは……あれはとても意外だった。

足もとからいっぺんに力が抜けてしまい、私はそのまま頽れるように、床に坐りこんだ。

Fはその後私に聞かせるというよりも、むしろ独り言のように、声を一段と落としながら、イングリッドについてあれこれ語り続けていた。しかし私の耳にはもはや何も入ってこない。しばし放心状態になりながら、こみあげてくる何かを、私は咽もとで懸命にこらえていた。

イングリッドが私やマヤに示し続けてきた、あの数々の無礼な仕打ちや、限りない冷たさ……。

そんな厭な思い出がいまにも記憶の扉をこじ開け、それにしがみついていた私の腕からも、完全に抜け出てしまいそうな気配すらあった。それなのに私は追いかけようともしない。

その後Fは、遠慮がちに尋ねてきた。

――きみから受けとったマヤの最近の写真で、いちばん良くうつっているのを、イングリッドのほうにも一枚送りたいんだけど……、いいかな?

やや間をおいて私はこたえた。

――イングリッドが気にいってくれるといいね。

Fは安堵の溜め息を洩らしたものの、次には吃りながら、さらにおどおどした口調で、最後のことばを伝えてきた。

――じゃあ、これで切るけど……、残念だよ、日本に行かれなくて。

それから少しの間、どこか期待をこめたような沈黙が受話器の向こうから流れてきた。

私の気持は大きく揺れ動いた。

「来たいなら来ればいい」

そのことばが頭の中を何度となく去来した。

しかし……。

「しかし」と私はみずからに言いきかせた。

いまはただ、あるがままに心を委ねたい。何ひとつ自分に強要なんかしたくない。

罪の意識を振り払って、私は最後にFに伝えた。

――いい仕事をしていこうね、お互いに。それからマヤのために、ぜひ毎日祈ってあげて。イングリッドには……彼女には私から「LOVE」と、それだけ伝えておいて。あなたも元気で……。

電話を切った後、私はヘイカのこと、イングリッドのことをさっそく報告するために、仏壇のある階下へ降りていった。


〔お願い〕有爲エンジェル氏が東京都日野市から転居されましたが現住所が確認できません。ご存知の方は小社までお知らせ下さい。 株式会社 東洋書院編集部

葡萄

佐藤 豊有子 著

あたし、早くそれがほしかった。椅子に座って、目をつぶって、待つ姿勢になると、もう手のひらがほてってくる。あの人、今度はなにをくれるんだろう。ひょっとしたら、指のつけ根のふくらみのところに、うぶ毛の生えた果物のお尻をこすりつけてくれるかもしれない。あんなにやわらかそうに光るうぶ毛は意外と固くって、腕の内側なんかをくすぐられると、肌がざわついて、赤くなって、いつまでもちくちくする感じが残る。指でこすっても、舌で舐めても消えないあの感触が、あたしは好き。それとも、いつかみたいに、うんと熱くした蜜かなにかを、手のひらのくぼみにゆっくり注いでくれるといい。あれはいつされてもすてき。熱くって、皮膚のぎゅっと縮まる感じがして、体じゅうがぞくぞく震えてくる。いくら痛くっても、やけどの跡が残っても、きっとあたしはなにも言わない。本当はもっと、勝手なことをされても、ひどいことをされてもかまわない。あの人がもう、してくれなくなるより、ずっといい。

あの人とあたしが一緒にいるようになってから、いつからかはわからないけれど、この遊びは始まった。最初のころは、あの人とあたしのほかにはなにもいらなかった。話し合うだけのこともないかわり、お互いの体温や、息づかいや、ちょっとした体の動きがあれば、それでよかった。それでもあの人とあたしは、べつべつの時間を生きている。そう気づいたとたん、それまではすごくあったかくて、しみるようだったあの人の感触が、スッと引いていった。あの人も、同じことを感じたみたいだった。触れようとしてもひどくぎこちなくて、あの人とあたしのあいだが、どんどん広がっていくのがわかった。寒気がするほど白々しい空白が、近づいてくる。でもあの人は、なにかすてきな言葉でそれを埋めるかわり、モノを差し出した。あたしはそれを受け取って、手のひらにのせて目を閉じた。そうするとたちまち、でこぼこになってい た空気が溶けだして、あたしの手がモノを感じるのか、あたしがあの人を通してモノを感じるのか区別がつかなくなるくらい、あたしはあの人を感じた。きっと、あの人も。もうモノのほかの理由なんて、探さなくてよかった。それ以来ずっと、あの人とあたしは、こんな遊びをつづけている。

いつだって、あたしは目をつぶって待っている。あの人が遊びの用意をする物音を聞きながら、体の力を抜いて。あたしはよく、ぼんやりした、半分眠ったような振りをするけれど、本当は全身で待ちこがれている。あの人のくれるモノの形や感触がいろいろ頭に浮かんできて、待ち遠しくてたまらなくなる。冷たくてぬるぬるしたモノ。あったかくてざらざらしたモノ。なんの温度もなくて、ぶよぶよしたモノ。……

あの人が近づいてくる。床につけた足の裏から伝わる振動で、それがわかる。あの人は立ち止まって、椅子を近くに寄せて、じっとあたしの様子をうかがう。片側の空気があったまるから、それがわかる。おそるおそる手を出してみると、指先や手のひらに、たまにはぜんぜん思ってもいなかったところに、モノの感じがともる。あたしは一瞬、息を詰まらせる。そんなあたしを、あの人は見つめている。どんな顔をして見つめているかはわからないけれど、べつに気にならない。あたしはあの人に見られているのを感じながら、あの人と一緒に、モノの感触を味わってみる。あんまり急いでするとあの人が置いてけぼりになるから、ゆっくりと、時間をかけて、確かめる。あの人がなにか言うまでは、体を動かすのもいけない。この遊びにはルールがあって、これがそのひとつ。あたしは動かない、しゃべらない、あの人の言うことには絶対服従する。あの人のほうに制限がないのは不公平かもしれないけれど、たぶん、そうじゃない。こんなルールが通るのは遊びのあいだだけだし、縛られたぶんだけ、きっと楽しみが多くなる。そしてあの人も、べつのやり方で、このルールを楽しんでいる。

遊びのあいだにあの人がしゃべることはめったにないけれど、それでもときどき、撫でてみて、とか、こねまわしてみて、とか言う。声の調子はいつもと変わらないけれど、きっとあの人は、意地の悪そうな、うれしそうな顔をしている。いつだったか、握ってみてって言われてぎゅっと力を入れたら、手のひらがざっくり切れて驚いたことがあった。あの人は笑った。こんなふうに楽しむこともできるってわかったのはうれしかったけれど、あれ以来、遊びの途中でなにか言われたら、ゆっくりするようにしている。それは怖いからでも、用心しているからでもなくて、今度はあたしの楽しみがなくなるようでいやだから。同じ痛さでも、不意打ちだと我慢できない。ただ驚かされて、痛みが残るだけなんて。もっとゆっくり、してほしい。そうすれば、今度はあたしがあの人の楽しみを追いかけられる。そうじゃなくちゃ、楽しみは分け合わなくちゃ。いつだったかみたいに。

あの人はあたしの手のひらに、ずっしりした、小さい金属の円盤をのせた。あたしの体温が、冷たい表面に移って、だんだん手のひらになじんでくると、金属の感じがなくなって、モノの感じがなくなって、ただの重さだけになる。あたしはそれが不思議で、うれしくてしょうがない。そのままずっと、そうしていたってよかった。でもあの人は、急にそれを取り上げる。あたしのシャツの裾をまくりあげて、肌をむき出しにして、わき腹の変に感じやすい部分をゆっくりと撫ではじめる。さっきと同じモノとは思えないくらい、感触が粗い。あの人は触れるか触れないかの距離で、それを上げたり下げたり、円を描いたりする。右から左へ。くすぐったくて、たまらない。思わず笑い声をあげそうになるのを我慢すると、おなかがぴくっと動く。とたんに何十本もの針が当たる。あの人は器用にそれを操る。また鋭い針が刺さる。わき腹のあちこちにみみずばれができて、同じ距離でそれを動かそうとすると針先が引っかかるようになっても、あの人はやめようとしない。もうくすぐったくなかったけれど、やっぱりおなかはひくひくする。どうしても、止められない。べつに苦しかったからじゃない。それどころか、あの感じを思い出すだけで、あれのときみたいに声を出したくなる。あの人の手の動きは、どこかやさしかったから。

あたしも、あの人も、お互いが楽しんでるのを感じていればそれでいい。あの人とあたしは、一緒に楽しみを味わう。だから、一緒にいる。それがたまたまこんな形になっただけのことだから、それでも関係はうまくいっているんだから、不安になる必要なんてどこにもない。でも、やっぱりときどき自信が持てなくなる。あたしが手のひらのモノにあんまり熱中しすぎると、あの人はいつも、遊びにけりをつけるようなことをする。あたしの楽しみを取り上げることになるのは、わかっているはずなのに。それがただ、乱暴なだけならいい。でも冷たいのはいや。ただ、あたしには、乱暴さと冷たさの境目がよくわからない。

一度の遊びに使うモノはひとつだけで、いつまでもふたりでそれを楽しんでいられるわけじゃないから、遊びはやっぱり終わりになる。あの人がモノの名前を当ててごらんって言うのが、そのきっかけになる。遊ぶときはいつも真剣だから、あたしはそう言われたら、ちゃんと考えるようにしている。でも、モノの感じにばかり心を奪われて、味わいすぎるおかげで、いつも的外れの答しかできない。あの人はあたしの答を聞くと、ちょっと笑ったきり部屋を出ていく。それっきり、つぎの日まで戻ってこない。いつの間にか、そういうことに決まっている。

モノの感じに心を奪われて、名前が消えてしまうのはうそじゃない。遊びをはじめたばかりのころは、楽しみが新鮮で、すっかり夢中になっていたから。そのときもあの人が部屋を出ていったかどうかは、覚えていない。あたしはいつも、昨日のことを忘れてしまう。感じは覚えているけれど、どんなことがどんな順序で起こったか、どうしても思い出せない。そのくせいくら前のことでも、遊びに使ったモノだけは覚えている。おかしいけれど、あたしはそのおかげで、時間の感覚をなくさずにいられる。毎日違うモノ、それをのぞけば今日は昨日の、一月前の焼き直しでしかない。

一月前も、そのずっと前も、あたしは一度も正しい名前を言ったことがない。だから、夜はいつもひとりで過ごす。ひとりの時間は、べつに苦にならない。遊びを始めてから、あたしが日付の感覚をなくしてから、一度だけ、モノの名前がひらめいたような、固い感じを味わったことがある。昨日だったかもしれない。それでもあたしは間違った答を言った。あの人は出ていった。それが、遊びの終わり。あの、モノの名前が喉につかえたような感じは、気持ち悪くてどうしても忘れられない。それから二度とあの感じを覚えることはなかったけれど、もしかしたら、あたしは初めのころより無垢じゃなくなったのかもしれない。なんの計算も、技巧めいたことも持ち込みたくないけれど、あの気持ち悪さを思い出すと、どこかでためらってしまう。でも、今だって遊びを始めれば夢中になれる。昨日よりもっと、楽しみを味わう気持ちが強い。そうすると、本当にのめり込んでしまって、なにもかも忘れてしまう。そしてあの人はモノの名前を聞く。あたしはモノの感じに心を奪われたまま、考える。いくら待っても、モノの名前が浮かばないのはわかりきったことだけれど。

あたしが考えるあいだ、あの人はずっと黙ってあたしを見ている。ときどき、その間がやけに長く思える。そんなとき、あたしはきっとべつのことを考えている。それに気づくと、息が詰まりそうになる。あたしがモノの本当の名前を言ったら、あの人はどうするだろう。あたしはようやく口を開いて、間違った答を言う。あの人は出ていく。ドアの閉まる音がして、いつもと同じ筋書きだったことになんとなくほっとしながら、あたしは初めて目を開ける。そして、そのモノがなんだったかを知る。それはふだん見慣れていたはずのモノだったり、触ったことさえないモノだったりするけれど、目を開けたときにはいつも、ぽかんとしたような気持ちになる。手触りをよく知っていたつもりでも、目をつぶったままもてあそんでいたモノの感じと、手のひらにのせたのを眺めながら触る感じは、ずいぶん違う。いつも使っていたモノであればあるほど、意外な感じがする。最初に触った感じはいつもの感覚とそれほど変わらないけれど、転がしたり、撫でてみたりして、ふだんはめったに触らないような内側の部分とか、触るために作られてるんじゃない部分とかをよく探ってみると、それはすごく複雑で、大きいモノのような気がしてくる。あんまり細かいところにこだわりすぎて、それぞれが独立したモノにも、いろんな形を適当に継ぎ合わせたわけのわからないモノにも感じられて、全体の形がわからなくなってしまう。そうしてあたしの中で手のつけられないほどふくらんだなにかが、ドアの閉まる音を合図に、手のひらにおさまる程度の小さいモノに、いつの間にか変わっている。それが見慣れたモノであればあるほど、初めからそこにあったとはどうしても思えなくて、薄気味悪くて放り出してしまうこともある。手のひらで味わってみた感じがあまりに違うから、前と同じ使い道では、二度と使えなくなることも。

　あの人があたしにくれるのは、手になじんだモノや、あたしが好きなモノばかりじゃない。あの人がそれを手のひらにのせたとき、あたしは思わず悲鳴をあげそうになった。ぬめぬめしたひもみたいな細い肉が、のたうちまわっていた。じっとしていると、指の叉にはいずり込もうとして、妙にやわらかい突起をもぞもぞ押しつけてくる。よく動く先端の、赤みがかった肉色が目に見えるようで、鳥肌が立った。あたしはつばを飲み込んで、それでもじっとこらえた。べとべとした感じが手のひらじゅうに広がって、手首にまで、袖口からもぐり込もうとする。一度始めたら続けるしかない遊びだったから、あたしはその感じに逆らわず、初めの驚きと気味の悪さを殺すしかなかった。それがどこに動いても不意を打たれないように、手のひらだけじゃなく、体のあらゆる部分で、その感触を待ち受けた。もしかしたら、膝のあいだに落ちてくるかもしれない。あの人のいたずらで、首筋にすべり込んでくるかもしれない。それはまだ、手のひらの上をぎこちなくはいまわっていた。あの人も動かなかった。やがて気味の悪さで固くなってた体の力が抜けて、待つことにも意味がなくなってくると、ただ腕の先から伝わるモノの感じだけが浮き上がってきた。あたしの感覚が慣れてきたのか、モノの動きがなめらかになって、もどかしい嫌らしさが消えると、それがまるであたしの思うとおりにはいまわっているような気さえしてきた。あたしの感じやすいところ、あの人がよく触るところ、触ってほしいのに触れてくれないところまで、それはすべり込んでくる。あの人はモノの動きを目で追っている。あたしの肌のうずいている部分があの人の前にさらけ出されていくようで、恥ずかしかったけれど、気持ちの悪さを感じなくなると、あたしの体を知り尽くした人にかわいがられているような、なんだかくすぐったい気持ちになってきた。ずっと一緒にいるあの人でさえ、あたしの感覚をすっかりわかっているわけじゃないのに、今まで一度も触ってみようとさえしなかったモノは、すごく上手にしてくれる。それはもうただ肉ひもじゃなくて、もっとずっしりした、欲張りなモノだった。それはあたしの中でどんどんふくらんでいった。あの人がそばにいるのを忘れずにいようとしても無駄だった。あたしのまぶたが赤くなって、息が熱っぽくなって、不自然に体を固くしたせいで、あの人はあたしが夢中になりすぎたこと、気づいたと思う。あの人はモノの名前を聞く。あたしは答える。あの人は出ていく。あたしは目を開けて、あんなに楽しませてくれた小さなモノを見つめる。その形も、色も、知っていたはずなのにすごく新鮮だった。細長い体がちょっとねじれて転がるだけで、なんだかおかしくてしかたがなかった。こんなにやわらかくて頼りないくせに、あたしを喜ばせておいて、よくもそんなに無邪気なふりができると思うと、ちょっと憎らしくさえなった。でもあたしだって、ひょっとすると、そのモノには絶対にわからないことを、知っている。

部屋にひとりきりになると、あたしはいつもモノを眺めながら、手のひらだけで味わった感触を確かめて、また目をつぶってみる。一度目よりも喜びが少ないことはあるけど、目で見たモノの形と、名前と、感触がひとつになって、何だか知的な研究でもしているようなおもしろさがある。モノの感じだけが楽しければ、一晩じゅうただじゃれつくこともある。心のどこかでは、なにか、もっとほかのことを考えなくちゃならないような気がしている。あの人の出ていったあとの、ぽっかり空いた場所のことを。あの人はどうして、名前のわからなくなったモノをあてがったまま、あたしを置いていくんだろう。今日のぶんの楽しみは、これ以上手をつけると台無しになってしまうから。それともこれは、あたしが考えもしなかった、なにかいけないことの罰だろうか。

そうかもしれない。でも、そうやってひとりで遊んでいるうちに、そんなことはどうでもよくなってしまう。あたしひとりだけでモノと向き合って、しげしげいじくりまわしてると、そこからあの人の顔や声、においが消えていって、あたしとモノだけが残る。あの人が選んで、あの人がくれたモノなのに、ふたりの遊び道具だったモノが、あたしの手のひらにぽつんと残される。あたしはそれに、自分のにおいを移す。この部屋には、あたしだけのモノが、確実に増えている。

あの人の手触りを残したモノが消えていく。

あたしはあの人が出ていったあと、寂しくて、モノをあの人のかわりにしようと思ったことはない。あの人があたしをひとりきりにしておくのが悔しくて、腹いせにモノからあの人のにおいを消そうとしたこともない。

いつの間にかこうなっていた、それだけのこと。

あの人も、部屋の中の自分の気配が薄れたことに気づいているかもしれないけれど、それでもまた戻ってきて、あたしにモノをくれる。それが変わってしまうことなんて、あり得ない気がする。だからなにもかも、今までどおりにしていればいい。

ただ、あの人がそばで見ているあいだ、あんまりモノの感じに夢中になるのは控えようと思う。あの人は驚くほど敏感にあたしの心がわかるみたいで、あたしが遊びの途中であの人のことを忘れそうになると、とたんに冷たくあざ笑うような調子で遊びを終わりにしてしまう。でも、そうとわかっていても、自分を抑えるのは難しい。あの人は、あたしがあんまり慎ましくしすぎて気が乗らないようでもだめ、夢中になりすぎてもだめ。あの人がいるのを心に留めておくことも、遊ぶことも、両方まじめにやろうとしても、いつも結局はあの人の乱暴な声や動きで目を覚まされて、余計な罪悪感を味わわなくちゃならない。

どうしてあたしはこんなにモノの感じに心を奪われてしまうんだろう。それは自分でも、よくわからない。あたしにモノをくれるためにあの人がいるんじゃなくて、あの人とあたしの楽しみのためにモノがある。それはちゃんと心得ているつもりだけど、あたしはいつも、モノの感じを追いかけるのに夢中になってしまう。そんなあたしを引き戻す瞬間のあの人の声は、決まって不機嫌に聞こえる。あたしの喜びは単純なのに、あの人にはそれがわからなくて、だからいらだってしまうのかもしれない。あたしがあんまりあっけなく熱中できるから、その単純さに腹が立つのかも。

あたしがすぐに夢中になるのは、そうしたほうが、あの人も楽しみに加わりやすいだろうって思うから。あたしが変にぎこちなかったりすると、とたんにあの人の気持ちが引いてしまうから。でもこれだけじゃ、きっとうそになる。あたしはやっぱり、あの人のことを忘れる。モノの感じがあまりにいいと、かえってあの人がそばにいることが、その感じをだめにしてしまうような気がする。

ひとりっきりになって、なりふりかまわずじゃれてみたい。ときどきそう思う。そして、夜の短いのが残念になるほどモノの感じを味わったあと、あたしはばかみたいにぐっすり眠る。それがすごく、気持ちがいい。

でも、あの人が帰ってくると、いつもなんだかだらしないところを見られたような、後ろめたい気分になる。もっと騒々しく帰ってきて、あたしの目を覚ましてくれればいいのに、あの人は静かに部屋に入ってきて、ベッドのわきに立ったまま、あたしをじっと眺めている。ふと気がつくと、もうそこにはいないことが多いけれど、あの人はきっと、おなかの上にモノをのせたままだったり、しっかり握り締めたまま眠りこけるあたしを、じろじろ眺めまわしている。あたしが起き出すと、いろいろとおしゃべりを始めるけれど、あの人の声はいつもとらえどころがなくて、ときどき気味が悪い。あの人は平気なふりをして、気さくに振る舞ったりするけれど、どこか居心地が悪そうで、味気ない時間ばかりが過ぎる。普通のふたりがするようなことをしてみても、やっぱり変わらない。あの人とあたしのあいだには、どこかぎくしゃくした感じがつきまとう。

あの人が、モノになってくれればいいのに。犬や猫みたいにおなかを見せて、あたしの前にごろんと転がってくれればいいのに。そうしたら、あたしはきっと、あの人をもっとよく知ることができる。あの人の脚がどんなふうに曲がっているか、首や肩の強さがどれくらいか。外側の形だけじゃなくて、内側まで、きっとわかる気がする。足や手の指の具合で、あの人がどんな暮らしをしてきたか、ふくらはぎの筋肉のつきかたで、どんなふうに現実と向き合っているか、顔立ちをよく探れば心の中まで、あたしの指は感じることができる。毎日、そうしてくれればいい。あの人の隅から隅まで触ってみれば、昨日と違う部分で、あたしの知らないあいだになにをして帰ってきたかがわかる。昼と、夜に、なにをするのか。

でも、それを知ったらあたしはどうするだろう。あの人の、あたしのものじゃない時間まで知り尽くして、触ったことのない部分を残らず触って、ほかにすることのなくなったあたしの前に、モノになったあの人が転がっている。また目を開けたり閉じたりを繰り返して、あちこちにおかしなあだ名をつけて遊んだってかまわない。でも、モノにはいずれ秘密がなくなってしまう。あたしはきっと、部屋じゅうのモノに飽きてしまう。それが怖い。あたしの知らないあの人がいることより、あの人とあたしのあいだが透明じゃないことより、もっと怖い。今まで一日を区切っていた新しいモノがなくなって、すっかりなじんだけれど飽きてしまいそうなモノに囲まれて、あたしの時間はますますぼやけてしまう。そうしたら、どうやって生きていることがわかるんだろう。あたしは、どうすればいい？　あの人がいつ手のひらにモノをのせてくれるか、こんなに待ち遠しくてしょうがないのに。

あの人が部屋を動きまわる音がする。冷蔵庫かなにかの扉を開けたり閉めたりしている。あたしはただ、あの人との遊びが続けばそれでいい。それ以上はなにも望まない。あの人があたしを見ている、そう感じるだけでいい。あの人の目の奥の、心の中はわからないけど、それが余計にあたしをぞくぞくさせる。あの人はきっと、あたしを見つめることで喜びを味わう。あたしは見つめられることで、ひとりきりじゃ絶対に味わえないような喜びを感じる。遊びのあいだにふたりをつなぐ視線さえあれば、あの人が誰なのかも、あたしが誰なのかも関係なくなるような喜びが生まれる。視線の向こうになにがあるかなんて、本当はどうでもいいことなのかもしれない。わかってしまったら、きっとつまらない。あの人があたしになにか新しいモノをくれる。あの人の声が、意地の悪い言葉を楽しそうにつぶやく。あの人の目が、あたしを見つめる。あたしには、それだけあればいい。

手を出して、あの人の声がする。あたしは指先の力をちょっと抜いて、広げた手のひらを差し出す。どこに置いてくれるんだろう。ざわついていた手のひらの感覚が、軽い圧力がかかったとたん、ぎゅっと一点に集まる。ひんやりした感じが、肌にしみてくる。軽いけれど、充実した感じ。それは小さくて、丸っこいモノだった。指先まで転がしてみたくてたまらないのに、あの人はまだ、なにも言ってくれない。モノの表面が汗をかいているらしくって、手のひらのくぼみが濡れてくる。ひやっとした感じが気持ちよくて、あんまり興奮して温めちゃいけないと思ったけれど、モノがちょこんとのった一点に熱が集まって、とくとく脈打つのはどうしようもなかった。手のひらに感じる重さと、冷たさだけでも泣きたくなるくらいなのに、あたしのほかの部分がむずかって、それがほしくてだだをこねる。あの人は、じっとあたしの様子をうかがっている。そばの椅子に座って、息を殺している。あたしは身動きできないのが苦しくて、うれしくて、抑えたつもりでも身震いが止まらなかった。

ふと、モノの感じが消えた。一瞬のことだった。あの人の立ち上がる音がして、冷たい玉がまぶたを押してくる。そんなところにモノを感じるなんて、初めてのことだったから、あたしは夢中になって、目玉をぐりぐり動かした。この遊びからいつも仲間外れになってた目玉の感覚はウブだったから、黒目がモノに当たるたびにめまいがした。丸いモノは、まだ飽きたらないまぶたから鼻筋を転がって、唇の上のくぼみに落ちた。よく熟れた果実の甘ったるいにおいがして、生唾があふれてきた。冷たく濡れた感じが、唇の線をゆっくりと、繰り返しなぞる。はやく、舌にのせてみたい。こんなににおいが強いから、腐りかけているかもしれないけれど、かまわないから、押し込んで……。

モノは唇のあいだをなめらかに行ったり来たりする。唇のふくらんだあたりが、じんとしびれてくる。口を開けて、あの人の声がする。あたしはためらわず、口を大きく開ける。すっかり充血した味蕾のひとつひとつまで、きっとあの人に見られている。上を向いて、またあの人の声がする。あたしは口を開けたまま、すなおに上を向く。きっと、喉の奥の襞が見える。あの人は、手のひらをあたしの首にそっと当てる。こんなに興奮したあの人なんて、感じたことがないくらい、手のひらが熱かった。なにをしてくれるのか、わからないけど、あんまり急がないで。あたしは……。

もがいても無駄だった。あの人の骨ばった指で、唇が裂けるのもかまわずあたしの口をこじ開けて、舌を押さえて喉の奥を探りはじめた。思わずかみつくと、首をつかんだ手であたしを締め上げる。抵抗しなくなるまで揺さぶりつづける。あたしは観念して、うめくのをやめた。戻しそうになったけれど、あの人が指を抜くまでじっとこらえていた。混乱した頭でも、なにが起きたかようやくわかりかけてくる。あの人は、あたしを試そうとしている。なにかの決断を迫っている。モノは微妙な具合に、食道の入口に引っかかっている。息ができなくて失神しそうになったけれど、あたしはじっとしていた。身動きしたら、モノを飲み込んでしまいそうで怖かった。これを飲み込んだら、なにかが崩れるような気がした。

無様な格好のまま、どうしようもできないでいるあたしに、あの人の声がする。あの人はうれしそうにモノの名前を聞く。あたしの喉の奥、襞のあいだで、モノの感じが固まっていく。それは甘いモノでも、やわらかいモノでもなかった。その名前は、きっとあたしに吐き気を催させる。名前のわからないまま、それを消してしまうのは簡単だったかもしれない。でもあたしには、それを飲み込むことが、どうしてもできない。あの人とあたしは、モノで遊ぶしかなかったから。

腫れ上がった唇は、血の味がする。唾液と涙に濡れて、真っ赤にのぼせたあたしの顔を見て、あの人は笑う。笑いの合間に同じ問いを繰り返す。その声を聞くと、喉が締めつけられるようで、こらえきれなくなって、あたしは前のめりにせき込んだ。吐き出したモノでべとついた手のひらから、いやなにおいが漂ってくる。締まりのなくなった口の中にも、その味が消えない。あの人はもう、笑っていなかった。ただ静かにあたしの答を待っていた。

あたしとあの人は、ずっとこうして遊んできた。でも、遊びの終わりはいつもあいまいだった。お互いなにかを避けようとしてきたから、そうなるしかなかった。今はそれがはっきりわかる。あたしがモノの名前を口にしたら、それはその、「なにか」の名前を言うことになる。あたしはゆっくり息を吸い込んで、モノの感じが言葉に変わるのを待った。それは喉に支えている。あたしには、やっぱりそれを口にできない。「なにか」を言葉にする役目は、あたしには重すぎる。でも、あたしが黙ったままでいたとしても、それを避けつづけることができるだろうか。

わからない。だんだん焦りが募ってくる。崩れそうなものを支えるために、それとももとっくに中身のなくなった、古びたものを崩すために、なにかをしなくちゃならない。……あたしはようやく手を上げて、モノを唇に当てた。そして言葉のかわりに、丸い小さなモノにゆっくりと歯を立ててみた。あの人の声はなかった。軟骨みたいな歯ごたえのあとに、ドアの閉まる音がした。

それはひからびて、ほこりにまみれて、どんどん輝きを失っていく。ある一点にぽっかりと穴があいて、そのまわりからゆっくりと落ち込んでいくのがわかる。でもあたしは、その空洞を見ると、妙に安心する。真っ黒い点を見つめたまま、「なにか」のことを考えずにいられる。もう、夜を数える必要もない。

＜編者略歴＞

道又　力（みちまた　つとむ）

脚本家。1961年（昭和36年）、岩手県遠野市生まれ。

大阪芸術大学映像学科卒業。テレビ、ラジオ、演劇、漫画の脚本を手がけるほか、『開封　高橋克彦』講談社文庫、『梅沢富美男と梅沢武生劇団の秘密』平凡社、『芝居を愛した作家たち』文藝春秋、『野村胡堂・あらえびす』文藝春秋、など著書多数。

日本推理作家協会、日本脚本家連盟、日本放送作家協会に所属。盛岡市在住。

岩手の純文学

２０１７年３月１７日　初刷発行

定　価――本体２、３１５円＋税

編　者――道又　力

発行者――斎藤　勝己

発行所――株式会社東洋書院
〒１６０－０００３　東京都新宿区本塩町２１―８Ｆ
電　話　０３－３３５３－７５７９
ＦＡＸ　０３－３３５８－７４５８
http://www.toyoshoin.com

印刷所――シナノ印刷株式会社

製本所――株式会社難波製本

ISBN978-4-88594-506-9